rowohlt
HUNDERT AUGEN

ANTTI TUOMAINEN

DER KANINCHEN-FAKTOR

ROMAN

Aus dem Finnischen von
Niina Katariina Wagner und
Jan Costin Wagner

ROWOHLT HUNDERT AUGEN

Die Originalausgabe erschien 2020
unter dem Titel «Jäniskerroin» bei Otava, Helsinki.

Deutsche Erstausgabe
Veröffentlicht im Rowohlt Verlag, Hamburg, November 2021

Redaktion Maximilian Murmann
Covergestaltung bürosüd, München,
nach einem Entwurf von Orenda Books; Design kid-ethic
Coverabbildung Shutterstock
Satz aus der Karmina
bei Pinkuin Satz und Datentechnik, Berlin
Druck und Bindung CPI books GmbH, Leck, Germany
ISBN 978-3-498-00132-2

Für Freunde, die ich mit Vornamen kenne

JETZT

Ich sehe dem Hasen tief in die Augen, als das Licht ausgeht. In der linken Hand halte ich die Tube mit dem Industriekleber, in der rechten einen Schraubenzieher. Ich lausche.

Im Halbdunkel scheint der Hase zu wachsen. Sein Kopf schwillt an, die Augen quellen hervor, die Ohrenspitzen ragen in die Höhe und scheinen in der Dunkelheit zu verschwinden, die Vorderzähne krümmen sich wie die Stoßzähne eines Elefanten. Im Nu wirkt die drei Meter große Gestalt doppelt so groß, doppelt so breit und deutlich bedrohlicher. Es sieht aus, als würde der Hase die Dunkelheit in seinem Inneren bewachen. Jetzt scheint er mich zu beobachten wie ein verlockendes Möhrchen.

Natürlich stimmt das nicht. Nicht wirklich. Der Riesenhase aus Deutschland besteht aus hartem Kunststoff und Metall.

Die Halle, in der ich stehe, ist groß und öde. Im Abenteuerpark *DeinMeinFun* liegt immer noch der Duft von Fastfood und dem täglichen Treiben in der Luft. Die Süße der Backwaren haftet an meinen Kleidern. Ich stehe zwischen Rutschberg und Krokodilbahn und warte. Die Leiter neben mir wirft einen langen Schatten. Weit oben dringt ein wenig Licht herein, es kommt von der Signalleuchte, die über dem Ausgang angebracht ist, und von den verstreuten Leuchten in der weiten Halle. Ein verwaschenes vages Licht, in dem ich immerhin Abstufungen von Dunkelgrün, Warnblinkorange und Stromknopfrot erahnen kann.

Vor nicht allzu langer Zeit wäre ich sicher gewesen, dass ein Stromausfall oder ein technischer Defekt die Ursache dafür ist. Irgendwas mit den Lampen. Aber ich habe dazugelernt. Was einst wahrscheinlich war, bewegt sich mehr und mehr im Bereich des Unmöglichen. Mit anderen Worten, umgekehrt betrachtet: Was ich mir früher mit Hilfe von Wahrscheinlichkeitsrechnung und Risikoanalyse zuverlässig vom Leib halten konnte, ist Teil meines Lebens geworden.

Schritte. Keine Ahnung, warum ich sie erst jetzt höre.

Die Besucher sind vor gut einer Stunde gegangen. Der letzte Mitarbeiter hat sich vor etwa dreißig Minuten verabschiedet.

Seitdem habe ich allein gearbeitet, die Gerätschaften kontrolliert. Ich bin auch auf allen vieren mit Plastikhandschuhen durch das Erdbeerlabyrinth gekrochen. Die Kinder hinterlassen alles Mögliche. Kleidungsstücke, Essensreste und zuweilen auch den Inhalt einer Windel.

Ich bin auf Stufen, Treppen und Absätzen herumgeklettert, habe den Maskentunnel und einige der Schildkröten-Rennwagen gereinigt. Ich habe sichergestellt, dass die Lianen im Trickschloss nicht verknotet sind, sondern in bestem Zustand, um demnächst wieder Klebefinger-Tarzanen Freude zu bereiten. Danach habe ich damit begonnen, den defekten Riesenhasen zu reparieren. Ich begreife nicht, wie jemand das rechte Ohr des Hasen abbekommen hat. Das Ohr befindet sich in 2,50 Metern Höhe. Unsere Besucher sind höchstens 1,20 Meter, im Durchschnitt sogar kleiner.

Ich versuche, die Schritte zu lokalisieren. Mit ziemlicher Sicherheit kommen sie vom Café, dem *Krummen Kuchen.* Sie gehören zu einem Menschen, der sich darum bemüht, leise zu sein, der aber zugleich so gebaut ist, dass es ihm nicht gelingt.

Ich mache einige Schritte zur Seite und dann einige zurück in

Richtung Trickschloss. Jetzt kann ich den Eindringling zum ersten Mal sehen. Ein stämmiger, dunkel gekleideter Mann. In der Tat geht er auf leisen Sohlen, so gut er das eben kann. Er scheint nach mir zu suchen, scheint mich beim Hasen zu vermuten, aber ich bin schon fast auf Höhe der Schildkrötengarage.

Ich verberge mich im Schatten, weiche weiter zurück. Mein Ziel ist der Eingang zum Trickschloss. Von dort könnte ich zur Rückfront des *Geheimen Wasserfalls* gelangen. Das ist natürlich kein echter Wasserfall, sondern eine Kletterwand mit blauen Seilen. Im Trickschloss wird es vermutlich schwierig werden voranzukommen. Könnte ich mit einem der Schildkrötenwagen entkommen? Eher nicht, die fahren höchstens zehn Kilometer pro Stunde.

Der Mann ist vor dem Hasen stehen geblieben. Ich sehe ihn im Profil, hinter seinem Rücken strömt das Signallicht vom Hauptausgang herein. Um seinen kahlen Kopf bildet sich ein giftgrüner Lichtkranz. Er hält etwas in der rechten Hand. Der Mann und der Hase sind schräg rechts vor mir, etwa zwanzig Meter entfernt. Der Eingang zum Trickschloss ist noch etwa sieben Meter entfernt, links von mir. Ich schleiche und taste mich voran, bin auf halbem Weg, als sich der Mann schnell umwendet. Er sieht mich, hebt die Hand.

Ein Messer.

Ein Messer ist besser als eine Pistole. Oder? Mir fehlt die Zeit, um die Wahrscheinlichkeit in Prozenten zu bemessen.

Ich renne ins Trickschloss und bin direkt im ersten Level, auf einer Treppe, deren Stufen in schiefen Ebenen angeordnet sind. Der Mann ist hinter mir. Er schreit nicht, ruft mir nicht hinterher. Er ist gekommen, um zu töten. Der Boden ist abschüssig, ich taste mich am Geländer entlang. Es ist eine mühselige Flucht, noch langsamer, als ich mir das vorgestellt hatte. Durch zwei der Kunststofffenster bricht vages Licht, wie durch ein Sieb. Der Mann steht in der Tür. Scheint seine Möglichkeiten abzuschätzen. Dann folgt er mir, greift nach dem Geländer wie nach einer Hantel und stößt sich ab. Es funktioniert, und ich beginne, an meinem Plan zu zweifeln.

Ich erreiche den Ausgang, betrete den frei drehenden Fasstunnel, der einen Durchmesser von vier Metern hat. Ich stürze, falle auf meine rechte Seite. Das Fass rollt, als wäre es von allem anderen losgelöst. Ich mache einige Umdrehungen, bevor es mir endlich gelingt, mich auf meine Hände und Knie zu stützen. Ich krieche in Richtung der Öffnung. Mein Verfolger betritt das Fass. Das verändert alles. Ich kann mich nicht weiter aufrichten, kann auch nicht auf allen vieren bleiben, werfe mich auf den Boden, erst auf den Rücken, dann auf den Bauch. Ich kann den Mann hören, er katapultiert sich gegen die Innenwand des Fasses, stößt sich vom Boden ab, kommt voran. Er schreit nicht. Murrt höchstens leise. Jetzt höre ich auch eine Art unterdrücktes Gebrüll. Wir kugeln durch diesen Tunnel, torkeln, als wären wir stockbetrunken, Saufkumpel.

Der Mann kommt näher.

Ich erreiche die andere Seite des Fasses, krieche einen Meter und noch einen, richte mich auf. Die Welt schaukelt und schwankt. Als würde ich über Wellen gehen. Wieder Stufen. Die sind Teil meines Plans. Wie gut, dass ich den Industriekleber noch bei mir habe. Ich öffne die Tube, drücke großzügig Kleber heraus und verteile ihn auf den Stufen, die ich schon hinter mir gelassen habe. Der Mann hat einige Mühe, sich auszubalancieren, er kommt etwas langsamer voran, und der Kleber verbindet sich mit seinen Sohlen.

Ich bewege mich wie ein Hampelmann, verteile wie wild den Klebstoff, es ist, als würden die Stufen, die ich beschreite, in der Luft schweben, im freien Raum, in der zweiten oder dritten Etage der weiten Halle. Da ist mehr Licht. Die vereinzelten Lichtquellen verschmelzen miteinander, hier oben, wo sie keine Hindernisse überwinden müssen. Ich bin wie ein Seiltänzer, unter dem Sternenhimmel einer klaren Nacht. Halte mich aufrecht. Unter mir droht keine Gefahr, da ist das weiche Schaumstoffmeer. Aber ich kann mir nicht leisten, mich einfach hineinzustürzen. Ich würde zu langsam fallen. Ich sehe mich um, sehe ... das Messer.

In dem Moment begreife ich auch die eigenartigen Handbewegungen des Mannes. Mit dem Messer kann man nicht nur kämpfen, man kann es auch ... werfen.

Er wirft. Das Messer fliegt auf mich zu, mit schnellen Umdrehungen. Ich weiche dem Messer aus, es verfehlt mein Herz. Aber es streift meinen linken Arm. Es bleibt nicht stecken, immerhin. Die Klebstofftube fällt mir aus der Hand. Der Mann kramt in seiner Jackentasche, fischt ein zweites Messer heraus. Ich laufe, renne, zum Raum mit den Flipperautomaten. Der Mann sagt zum ersten Mal etwas.

«Halt!», ruft er. «Ich warne Sie. Ich will Ihnen zeigen ...»

Seine Argumentation überzeugt mich nicht. Ich setzte meinen Weg zu dem Raum mit den Flipperautomaten fort. Es ist dunkel. Ich kollidiere gleich zweimal mit weichen Säulen aus Kunststoff. Dann schlage ich noch meine aufgeschlitzte Schulter an einer dieser Säulen an. Der Schmerz explodiert, durchdringt meinen Körper, ich muss mich zwingen, nicht auf die Knie zu gehen.

Ich bin wie eine Flipperkugel in einem stockfinsteren Flipperautomaten. Nur ein Hauch von Licht fällt durch die Eingangstür, in der Mitte ist alles schwarz. Das Gute ist, dass es hier unmöglich ist, mit Messern zu werfen. Es gibt keine freie Wurfbahn. Ich versuche, mich mit dem rechten Arm zu schützen, während ich mit Säulen und Gummiwänden kollidiere. Ich laufe dem Licht entgegen, kann den Mann in meinem Rücken hören. Er schlägt sich mühsam durch. Ich hoffe, dass der Kleber an seinen Sohlen ihn verlangsamt.

Ich erreiche den Wasserfall, hangele mich an den Seilen entlang in den nächsten Raum, der einen Zugang zur Lagerhalle hat. Ich taste nach dem Schlüssel in meiner Hosentasche. Ich führe ihn mit zittrigen Fingern ins Schloss, aber die Tür geht nicht auf. Ich ziehe an der verdammten Tür, dann begreife ich. Die Schlösser sind erneuert worden. Heute? Warum ausgerechnet heute? Und warum hat mir das niemand mitgeteilt?

Zurück zum Wasserfall. Ich sehe den Mann, er zieht ein Stück Teppichboden von seinen Schuhsohlen ab. Ich tue, was getan werden muss. Ich renne und springe. Ich lande so hart auf der Blechrutsche, dass ich schreie. Dann rutsche ich, kurvige Strecke, Drehwurm. Die Kräfte, die auf der Rutsche wirken, verstärken den Schmerz meiner Wunde am Arm. Rutschen und Schmerzen, eine unerträgliche Kombination, wie Fahrradfahren ohne Sattel: Man kommt vielleicht an, aber ohne zu sitzen.

Am Ende lande ich dumpf auf einem weichen Teppich. Ich richte mich auf, lausche, überrascht. Ich höre nichts. Der Mann ist nicht auf der Rutsche. Vermutlich ist er oben stehen geblieben.

Ich durchschreite noch einmal das Trickschloss, renne weiter, zurück zum Hasen, bewege mich auf den Ausgang zu. Meine Schlüssel passen nicht mehr, aber die Ausgangstür kann man glücklicherweise von innen auch ohne Schlüssel öffnen. Kurz bevor ich da bin, halte ich inne, sehe mich um, horche. Niemand zu sehen, niemand zu hören.

Ich renne, bin fast am Hasen angelangt, als hinter dem riesigen Tier ein breiter Mann erscheint. Ich brauche den Bruchteil einer Sekunde, um zu begreifen, was ich sehe. Ich frage mich, ob die Schaumstoffquader, die an seinen Schuhen haften, ein Produkt des Zufalls oder eines ausgeklügelten Plans sind. In jedem Fall haben sie ihm ermöglicht, sich schnell und lautlos zu bewegen. Er ist von oben herabgesprungen, und dank der Schaumstoffsohlen war die Landung geräuschlos.

Wut kocht in mir hoch.

Ich habe nach den Regeln gespielt. Mal wieder.

Ich renne. Mehr als der Hase fällt mir nicht ein, ich dresche auf das überdimensionale Ding ein, werfe mich dagegen, bis es zu wanken beginnt. Es fällt, tatsächlich, wir stürzen zu Boden, der Mann, der Hase und ich. Unsere Blicke treffen sich, er ist schneller. Es gelingt mir, mich zur Seite abzurollen, während er das Messer zückt und meinen Oberschenkel streift. Das Messer bleibt in der Sperrholzplatte unter uns stecken. Ich hänge mit meinem Hosenbein fest. Ich höre mich schreien. Taste. Erfasse etwas.

Ein Ohr des Hasen.

Es hat sich schon wieder vom Hasenkopf gelöst.

Ich greife nach dem Ohr, schlage damit zu. Irgendwas habe ich getroffen. Ich versuche aufzustehen, meine Hose reißt ein. Der Mann wühlt in der Innentasche seiner Jacke. Noch ein Messer? Ich handle, bevor es ihm gelingt, nach mir zu werfen oder auf mich einzustechen. Ich schlage einfach zu, wieder und wieder. So lange, bis die Wut und der Zorn nicht mehr groß genug sind, um meinen Arm zu führen. Das dauert eine ganze Weile. Ich lasse das Ohr des Hasen los. Die Halle ist still und leer. Ich kann nur mein eigenes Schnaufen hören, sehe mich um.

Die Halle sieht anders aus.

Ein Abenteuerspielplatz für die ganze Familie.

Plötzlich fällt es mir schwer zu begreifen, wie genau es dazu gekommen ist, dass all das hier in meiner Verantwortung liegt. Das hier und manches andere auch. Alles ist so unerwartet aus dem Ruder gelaufen.

Ich bin Versicherungsmathematiker.

Ich bin kein Betreiber von Vergnügungs- oder Abenteuerparks, und schon gar nicht neige ich dazu, Menschen tödlich zu verletzen, mit überdimensionierten Hasenohren.

Aber wie ich schon sagte: Mein Leben ist schon seit längerer Zeit nicht mehr in Einklang zu bringen mit den Wahrscheinlichkeiten, die ich früher so gerne berechnet und an die ich bedingungslos geglaubt habe.

DREI WOCHEN UND DREI TAGE DAVOR

1

Kannelmäki im September. Ich konnte mir nichts Schöneres vorstellen. Leuchtende Blätter, die vernünftigsten Quadratmeterpreise in ganz Helsinki.

Der Geruch von Herbst erfüllte die Morgenluft, nachgewiesenermaßen die reinste der Stadt. Auf den Oberflächen des rotgelben Laubs lagen Tauperlen, die aufgehende Sonne ließ sie aufflackern wie federleichte Spiegelungen.

Ich stand auf meinem Balkon im vierten Stock und dachte zum wiederholten Male, dass ich am rechten Ort war. Nichts, so dachte ich, würde mich jemals dazu bringen, meine Meinung zu ändern.

Die Umgebung des Bahnhofes von Kannelmäki zählte zu den effizientesten in ganz Helsinki. Von meiner Wohnung aus waren es gerade mal zweieinhalb Minuten bis zur Bahn. Zu meiner Arbeit in Pasila gelangte ich in neun Minuten, zum monatlichen Kinobesuch in der Innenstadt in dreizehn Minuten.

Gemessen an der zentralen Lage war meine Wohnung günstig und angenehm geschnitten. Funktional im besten Sinne, kein Quadratmeter zu viel. Keine Dekoration, kein Tand, nichts, was im Verdacht stand, unnötig zu sein.

Die Häuser waren in einer Zeit der Sachlichkeit erbaut worden, Mitte der achtziger Jahre. Es gab Leute, die die Siedlung als Plattenbau verunglimpften, gar als deprimierend, aber sie sahen nur die äußere Hülle, die würfelartigen Formen und das Grau, die verblüffende Einheitlichkeit. Diese Menschen begingen also einen Fehler, den so viele Menschen begehen: Sie stellten keine exakten Berechnungen an.

Berechnungen, das wusste ich aus Erfahrung, erzählten davon, was wirklich schön war und was nicht.

Kannelmäki, daran bestand kein Zweifel, war schön.

Ich sog noch einmal Luft ein, dann betrat ich meine Wohnung. Ich ging in den Flur, zog die Jacke und die Schuhe an. Den Reißverschluss der Jacke schloss ich nicht ganz, sodass die glänzende Krawatte sichtbar blieb. Der Knoten war gekonnt ausgeführt. Ich betrachtete mich im Spiegel, hatte den Eindruck, ich kannte den Mann, den ich sah.

Mit meinen 42 Jahren hatte ich eigentlich nur einen Wunsch: Ich wollte, dass alles Sinn ergibt.

Die Versicherungsmathematik ist eine Disziplin, die die Fachbereiche Mathematik und Statistik zusammenführt. Es geht darum, die Wahrscheinlichkeit zu bestimmen, mit der ein bestimmtes Ereignis eintreten kann. Daraus resultiert dann eine Risikoabwägung, die es ermöglicht, eine wirtschaftlich angemessene Versicherungsprämie festzulegen. Das ist die offizielle Version.

Wie so häufig verstehen die wenigsten diese formalen, eher langweilig anmutenden Erläuterungen. Und selbst wenn jemand es begreift, wird er zu wenig auf die entscheidenden Worte achten. *Wirtschaftlich angemessen* zum Beispiel.

Versicherungsgesellschaften machen Profit. Unfallversicherungen zuweilen dreißig Prozent. Das gelingt selbst in der herstellenden Industrie den Wenigsten. Die Versicherungsgesellschaften profitieren davon, dass die Leute eigentlich kaum eine andere Wahl haben. Sicher, man kann es auch sein lassen, niemand ist gezwungen, sich zu versichern, aber wenn die Leute ein wenig darüber nachdenken, dann versichern sie zumindest ihr Hab und Gut und ihr Zuhause. Versicherungsunternehmer wissen auch, dass der Mensch ein fragiles Wesen ist. Und dass seine Fähigkeit, sich selbst in Schwierigkeiten zu bringen, die anderer Lebewesen um ein Vielfaches übertrifft.

Deshalb errechnen Versicherungsgesellschaften, wie oft Menschen ausrutschen, insbesondere auf ihrem eigenen Grundstück. Auch wollen sie wissen, wie häufig sich die Leute Gegenstände diverser Form und Größe einführen, wie gerne sie glühende Grillkohle in den Müll kippen oder mit nagelneuen Jetskis ineinanderkrachen. Wie oft strecken sie sich nach dem obersten Regal aus, um hinter der Blumenvase etwas zu suchen, und wie oft stützen sie sich im Vollrausch auf einem Sushi-Messer ab? Nicht zu vergessen Feuerwerkskörper, die sie sich selbst und anderen ins Auge schießen – sobald Neujahr kommt.

Die Versicherungen wissen also zweierlei: Erstens müssen sich Menschen gegen alle möglichen Risiken wappnen. Zweitens wird es immer Menschen geben – gutes Zureden hin oder her –, die mit dem Feuer spielen. In diesem Spannungsfeld, gewissermaßen zwischen dem Bleistift und dem Streichholz, arbeiten wir Versicherungsmathematiker. Meine Aufgabe ist es, sicherzustellen, dass die Versicherung Gewinn macht, und das, obwohl der arme Kerl, der sich selbst angezündet hat, natürlich entschädigt werden muss.

So jemand, der zwischen Blei und Flamme steht, war ich. Mein Büro befand sich im Stadtteil Vallila. Ein moderner Gebäudekomplex, der im Frühling des Vorjahres fertiggestellt worden war. Beim Bezug war die Farbe noch frisch. Jetzt aber spürte ich allmorgendlich, wenn ich das Großraumbüro betrat, dieselbe Wut, dieselbe Enttäuschung, wie Klumpen aus schwarzem, ewigem Eis, die sich in meiner Seele eingenistet hatten – anstelle eines Arbeitszimmers hatte ich nun einen Arbeitsplatz.

Das Wort *Platz* sagt alles. Es war eine schmale, beengte Fläche am Fenster. Mir gegenüber saß, an einem identisch schmalen Platz, ein jüngerer Kollege, auch er Mathematiker, Miikka Lehikoinen. Er neigte dazu, Geschichten von Grillabenden zum Besten zu geben. Links von mir saß Kari Halikko, ein recht junger Risikoanalytiker, der gerne lachte. Sie waren Vertreter einer neuen Generation von Versicherungsmathematikern.

Ich mochte weder die beiden noch das offene Büro. Es war laut, andauernd gab es Störungen, aus nichtigem Anlass. Vor allem war es voller Menschen. Ständig wurde geredet, gekalauert, gewitzelt, um Rat gefragt oder Ratschlag angeboten. Andere mochten das, ich nicht. Mir wollte nicht einleuchten, was das alles mit anspruchsvoller Wahrscheinlichkeitsberechnung zu tun haben sollte. Ich hatte versucht, die Verantwortlichen darüber aufzuklären, dass wir hier eine Abteilung für Risikoverwaltung zu leiten hatten, keinen Vergnügungspark, aber ich war auf taube Ohren gestoßen.

Meine Leistungsfähigkeit hatte definitiv gelitten. Immerhin machte ich nach wie vor keine Fehler, was man von allen anderen vermutlich nicht behaupten konnte. Aber diese ständigen Ablenkungen, vor allem die von Halikko, hemmten mich erheblich.

Dieser Halikko lachte über alles. Er zeigte den anderen Filmchen, auf denen die Hintern von Weitspringerinnen zu sehen waren oder sinnlose Sänger-Duelle oder seltsame Haustiere. Die Leute stimmten in Halikkos Lachen ein, und ein Filmchen führte zum nächsten. Halikko lachte immer lauter, schallend. In meinen Augen, mit Verlaub, ein völlig inakzeptables Verhalten für einen Risikoanalytiker.

Ein anderer Störfaktor war Lehikoinen, er sprach ohne Pause. Montags berichtete er vom Wochenende, im Herbst vom Sommerurlaub, im Januar von Weihnachten. Lehikoinen führte ein ereignisreiches Leben. Er hatte zwei Scheidungen hinter sich, was in meinen Augen bedeutet, dass er die tiefere Bedeutung mathematischer Redundanz nicht verstanden hat.

An diesem Morgen saßen sie bereits an ihren Arbeitsplätzen, als ich ankam. Halikko kratzte sich an seinem kurzgeschorenen Kopf, Lehikoinen spitzte die Lippen, er sah irgendwas auf seinem Bildschirm, das ihn mit den Fingern gegen die Armlehne seines Stuhls trommeln ließ. Sie machten den Eindruck, als konzentrierten sie sich tatsächlich auf ihre Arbeit, was ziemlich überraschend war. Ich sah auf die Uhr, die auf dem Tisch stand. Es war genau neun. Ende der Gleitzeit.

Nach dem Umzug habe ich mir angewöhnt, morgens eine halbe Minute später loszugehen, in der Hoffnung, den morgendlichen Plausch im Büro vermeiden zu können. Das führte dazu, dass ich gerade noch pünktlich zur Arbeit erschien. Was gar nicht meine Art war. Ich legte meine Tasche neben meinem Stuhl ab, zog den Stuhl heran. Zum ersten Mal hörte ich bewusst, wie die kleinen Reifen aus Hartgummi über den Boden schrammten. Das Geräusch hatte etwas Schauderhaftes. Mir liefen Schauer über den Rücken, wie kalte Fingernägel.

Ich fuhr den Computer hoch und stellte sicher, dass alles auf dem Tisch bereitlag, was ich brauchte. Ich war mittendrin in einer Analyse der Zinsfrequenzschwankung in Bezug auf die Entschädigungsoptimierung in einer dynamischen Wirtschaftslage. Ich hegte die Hoffnung, heute die recht mühevolle Tätigkeit der vergangenen beiden Wochen abschließen zu können.

Die Stille fühlte sich an wie Wasser, das in einem Glas ruhte, durchsichtig, aber zugleich konkret, eine Stille, die mit Händen zu greifen war.

Ich gab meinen Benutzernamen und mein Passwort ein. Das Kästchen ruckelte kurz. Darunter stand in roter Schrift, dass Benutzername und Passwort ungültig seien. Ich gab alles noch mal ein, langsamer und achtete darauf, dass die Großbuchstaben groß waren und die Kleinbuchstaben klein. Das Kästchen ruckelte hin und her. Darunter waren jetzt sogar zwei Zeilen. Benutzername und Passwort seien nicht gültig. Und in GROSSBUCHSTABEN der Hinweis, dass ich nur noch einen (1) weiteren Versuch habe. Ich suchte über den Bildschirm hinweg Lehikoinens Blick. Er trommelte mit den Fingern gegen seine Armlehne, betrachtete durch das Fenster interessiert die Fassade des Fastfood-Restaurants.

Ich starrte ihn an, während ich mir noch einmal in aller Ruhe meine Zugangsdaten vor Augen führte. Ich kannte das Passwort, ich kannte den Nutzernamen. Natürlich. Ich wusste auch, dass ich beide zweimal vollkommen korrekt eingegeben hatte.

Lehikoinen wendete sich hastig ab, als unsere Blicke sich trafen. Er trommelte nicht mehr mit den Fingerspitzen, fokussierte jetzt den Bildschirm seines Computers. Es war still im Großraumbüro, nur die Klimaanlage summte vor sich hin. Das Geräusch drang deutlich durch, weil ansonsten Schweigen herrschte. Vielleicht war es die Penetranz dieses Geräuschs, die mich daran hinderte, Halikko zu fragen, ob er heute Probleme bei der Anmeldung gehabt habe.

Falls ja, waren diese Probleme ohnehin behoben worden, denn Halikko klickte munter auf die Maus, als wollte er ihr tausend kleine Klapse verpassen. Ich fuhr über die Tastatur, spürte wieder die kühlen Fingernägel über meinen Rücken kratzen. Ich ließ meine Finger behutsam wandern, konzentrierte mich auf jede einzelne Eingabe, auf jeden Tastendruck. Am Ende drückte ich ENTER. Nur einmal, ohne Hektik, aber entschieden.

Ich hielt die Augen dabei offen, blinzelte nicht. Dennoch hatte ich in dem Moment das Gefühl, lange geschlafen zu haben. Als wäre ich plötzlich eingeschlafen oder ohnmächtig geworden, am helllichten Tag, und jetzt in einer völlig neuen, rätselhaften Landschaft erwacht. Der Tag hatte seine Farbe verloren, die Welt hing schief. Das Kästchen im Zentrum des Displays ruckelte, dann war es ganz weg.

Ich hörte eine Stimme, die mir allzu vertraut war.

«Koskinen, komm doch bitte kurz in mein Büro.»

2

«Du hast doch einen Moment, oder?», fragte Tuomo Perttilä, der Abteilungsleiter. «Auf ein Wort.»

Wir saßen in seinem Büro, einem Würfel aus gläsernen Wänden. Mir war es unangenehm, dass da kein Tisch war, der uns voneinander separierte. Das erschien mir unnatürlich. Es erinnerte mich an einen Arztbesuch. Wobei ich nicht darüber nachdenken wollte, wer hier die Rolle des Patienten und wer die des «Heilers» innehatte. Die Stühle waren aus Metall, mit harten Lehnen. Ich wusste nichts mit meinen Händen anzufangen, ließ sie in meinem Schoß ruhen.

«Ich möchte zuhören», sagte Perttilä. «Hören, wie du es einschätzt.»

Das körperliche Unbehagen war das eine. Aber noch unangenehmer war es, Perttilä in seiner neuen Rolle erleben zu müssen. Auch ich hatte mich auf die Stelle des Abteilungsleiters beworben. Ich war der Kompetenteste und Erfahrenste. Ich weiß bis heute nicht, wie es Perttilä gelungen ist, die Führung von sich zu überzeugen.

«Ich denke, dass wir einander verstehen werden», sagte er. «Wenn wir offen miteinander sprechen, wird etwas Gemeinsames entstehen. Eine gemeinsame Entscheidung, du verstehst. Nur eine Entscheidung, die wir gemeinsam treffen, im Einvernehmen, ist eine gute Entscheidung. Es ist wichtig, dass wir uns auf Augenhöhe begegnen. Wir sind wie zwei entblößte Menschen ohne Hierarchie, die gemeinsam am Lagerfeuer sitzen und reden, sich öffnen, gemeinsam, auch emotional.»

Das war das Gerede, das gerade in Mode war. Perttilä hatte diverse Fortbildungen zu dem Thema absolviert, das wusste ich. Es fiel mir allerdings schwer, das Bild zum Leben zu erwecken. Wir beide, entblößt, an einem Lagerfeuer sitzend, im tiefen Wald. Ich empfand Perttiläs neue Art der Kommunikation auch ansonsten in so ziemlich jeder Hinsicht als mangelhaft, unzureichend, einfach nicht schlüssig.

«Ich fürchte, ich verstehe nicht ganz», sagte ich. «Und sag mal, hast du eine Ahnung, warum ich mich nicht ins System einloggen ...»

Perttilä lachte kurz auf. Wohlwollend, vermutete ich. Er hatte einen glatten, kahlen Schädel, rasierte sich regelmäßig das Kopfhaar. Wenn er lächelte, hatte man immer das Gefühl, der ganze Schädel, inklusive Hinterkopf, würde mitlächeln.

«Entschuldige bitte, ich bin manchmal zu schnell, es ist für mich einfach so normal, mich zu öffnen. Ich möchte dir Raum geben, dich zu erklären», sagte er. Vor einem Jahr hatte seine Stimme noch anders geklungen. Damals hatte er so geredet wie alle anderen. Jetzt, nach den ganzen Fortbildungen für Führungskräfte, bewegte er sich irgendwo zwischen Märchenonkel und Unterhändler bei Geiselnahmen. Das passte nicht zu dem Menschen, den ich kannte.

«Ich möchte dir allen Raum geben, den du brauchst», sagte er. «Du sprichst, ich höre zu. Aber lass mich zunächst noch eine Frage stellen.»

Ich wartete. Perttilä stützte die Ellenbogen auf die Knie.

«Wie erlebst du eigentlich unser neues Arrangement? Unser

Teambuilding? Diese Offenheit, das gemeinsame Arbeiten, dieses Gemeinschaftsgefühl?»

«Na ja, ich habe dir ja schon mal gesagt, dass es in meinen Augen unsere Arbeit erschwert und verlangsamt.»

«Dass wir hier alle zusammen etwas erreichen, einander kennenlernen, die Gegenwart des anderen genießen, voneinander lernen, unsere verborgenen Potenziale ausschöpfen ...»

«Nun ja ...»

«Es gibt Mitarbeiter, die sagen, dass sie sich erst hier bei uns entdeckt haben. Dass sie hier bei uns den Menschen in sich entdeckt haben», sagte Perttilä. «Sie erkennen, dass sie als Mathematiker, Analytiker, aber auch als Menschen gereift sind, ein neues Level erreicht haben. Und das alles, weil wir die Hindernisse einfach beiseitegeräumt haben. Alle, die internen, die externen. Wir sind auf einem neuen Level.»

Perttilä hatte tiefliegende Augen, fast sah es so aus, als seien sie mit der Kopfhaut verwachsen. Sein Blick unter den dunklen Brauen war schwer zu deuten, aber ich sah ein Leuchten, ein Flackern. Und ich spürte wieder die Fingernägel, die über meinen Rücken kratzten.

«Ich weiß nicht recht», sagte ich. «Es fällt mir, offen gestanden, schwer, diese Effekte einzuschätzen.»

«Es fällt dir schwer», sagte Perttilä. Er lehnte sich zurück. «Gut, gut. Nun, was könnte dir denn leichter fallen? Für welche Aufgaben könntest du dich begeistern?»

Die Frage überraschte mich. Ich spürte ein Kribbeln, jetzt auch in meinen Händen, die in meinem Schoß lagen. «Na, für meine Aufgaben natürlich», entgegnete ich. «Ich bin Mathematiker und ...»

«Wie siehst du deine Rolle?», unterbrach mich Perttilä. «Im

Team? Was bringst du ein? Was leistest du, für die Gemeinschaft, für die Familie? Was ist dein Geschenk an uns?»

War das ein Witz? Ich beschloss, ehrlich zu antworten. «Die mathematische ...»

«Wir lassen jetzt mal die Mathematik beiseite, ja? Nur für einen Moment. Keine Mathematik», sagte Perttilä. Er hob den rechten Arm, als wollte er einen unsichtbaren Strom aufhalten, der durch das Zimmer floss.

«Keine Mathematik?», fragte ich. «Aber das ist doch die Basis dessen, was wir tun.»

«Das ist mir bekannt», sagte Perttilä. Er nickte vor sich hin. «Aber wir müssen alle auf demselben Weg voranschreiten, egal, ob wir die Mathematik oder was auch immer unter den Arm geklemmt haben.»

«Unter den Arm geklemmt? Also, das passt nicht. Das ist ein falsches Bild», sagte ich. «Wir arbeiten vernunftorientiert. Wir klemmen nichts unter den Arm, wir nutzen unser Hirn.»

Perttilä beugte sich wieder vor, schaukelte hin und her, hielt inne. Er schwieg lange, bevor er fortfuhr. «Diese Abteilung war wirklich völlig am Ende, als ich hier das Ruder übernommen habe. Du erinnerst dich sicher daran, wie wir alle in unseren kleinen Kabinen gehockt haben, jeder hat vor sich hin gewurschtelt, niemand wusste, was der andere eigentlich macht. Das war ineffizient, wir waren kein Team. Ich bin angetreten, um diese Abteilung von Schlips- und Brillenträgern ins 21. Jahrhundert zu bringen. Das ist jetzt passiert. Wir fliegen. Wir fliegen zur Sonne.»

«Das hoffe ich nicht», sagte ich. «Das ist nicht zu empfehlen, unter keinen Umständen. Und wenn du es metaphorisch meinen solltest ...»

«In der Tat, so meine ich es. Aber es gibt hier einen, der ständig an allem etwas auszusetzen hat. Nur eine Person rechnet immer noch allein vor sich hin. Wie ... wie ein verdammter abgetragener Schuh, den Einstein achtlos in die Ecke geworfen hat. Rat mal, von wem ich spreche.»

«Ich will nur, dass alles Sinn ergibt», sagte ich. «Mathematik verlangt danach. Sie ist immer konkret. Sie vermittelt unmittelbar Information. Ich weiß nicht, wozu wir die ganze Aufregung und das kindische Getue brauchen, meiner Meinung nach ist das ohne jeden Nutzen. Wir brauchen Vernunft und Information. Beides kann ich liefern.»

«Du konntest.»

Das traf mich. Mehr als die tausend Worte davor. Ich wusste um mein Wissen und meine Kompetenz. Mein Puls stieg rasant an, mein Herz pochte. Was Perttilä gesagt hatte, war schlicht unangemessen. Meine Verunsicherung wich der Wut. Ich wurde langsam sauer.

«Ich bin sehr gut in dem, was ich tue, und ich verbessere mich sogar immer weiter.»

«Nicht in jeder Hinsicht.»

«Was man heute ...»

«Was wir heute hier brauchen, ist nicht das, was wir in den siebziger Jahren gebraucht haben», sagte Perttilä aufgebracht. «Ich meine letztes Jahrhundert, oder soll ich noch weiter zurückgehen?»

Ich begann zu begreifen. Das Problem mit dem Passwort war erst der Anfang gewesen. Diesen Perttilä, der jetzt sprach, kannte ich. Er war wieder ganz der Alte, es war seine Stimme.

«Ja, verdammt, du bekommst, was du willst, du verstaubter Versicherungsmathematiker», schrie er. «Du musst nicht Teil unseres Teams sein. Du brauchst unser System nicht. Du darfst allein vor dich hin rechnen, in deinem eigenen Büro.»

Er streckte den Rücken durch, saß ganz vorne auf der Stuhlkante. «Alles ist vorbereitet», sagte er. «Dein Büro ist unten. Das kleine Kabäuschen hinter der Pförtnerkabine. Du kannst deine Tür schließen. Ein Notizheft und ein Taschenrechner liegen bereit. Wie gesagt, Computer und diesen Schnickschnack brauchst du nicht. Ich habe dir die Aufgabe übertragen, zu berechnen, welche Effekte die Inflation 2011 auf die Versicherungsbeiträge im Jahr 2012 hatte. Die Akten liegen auf dem Tisch, sechzehn Ordner, wenn ich mich recht entsinne.»

«Das ergibt doch überhaupt keinen Sinn», sagte ich. «Wir sind im Jahr 2020. Diese Berechnungen wurden bereits durchgeführt, vor vielen Jahren, bevor die Beiträge angepasst wurden.»

«Du berechnest alles noch mal. Du stellst sicher, dass alles korrekt gelaufen ist. Das ist doch genau dein Ding. Mathematik.»

«Ja, sicher, aber ...»

«Du magst mein Teambuilding nicht. Offene Gespräche, dass wir unsere Emotionen teilen, den anderen an unseren Gefühlen teilhaben lassen. Du willst dich nicht auf die Kraft des Moments verlassen und auch nicht auf uns. Dir gefällt nicht, was ich dir geben möchte.»

«Mir gefällt nicht ...»

«Ganz genau. Dir gefällt es nicht. Deshalb, mein Lieber, biete ich dir noch eine Alternative.» Er streckte seinen Arm aus, fischte ein Blatt Papier von seinem Schreibtisch, überreichte es mir.

Ich überflog es. Ich war nicht mehr aufgeregt oder verärgert, sondern einfach nur perplex. Und, nun ja, doch, ich war außer mir vor Wut. Ich suchte seinen Blick.

«Du willst, dass ich kündige?»

Jetzt lächelte er wieder, fast so, wie er zu Beginn des Gesprächs gelächelt hatte. Wobei jetzt sogar noch der Hauch von Wärme fehlte, der anfangs zu spüren war.

«Ich ebne dir nur die Wege», sagte er. «Du musst die Frage beantworten, welchen Weg du einschlagen möchtest.»

«Ich soll also entweder bedeutungslose Berechnungen anstellen oder an den amateurhaften Therapiesitzungen teilnehmen, die der Durchführung ernstzunehmender und höherer Mathematik im Weg stehen? Ersteres ist ohne Sinn, das Zweite führt zu Chaos und Destruktion.»

«Dann wäre da noch dieser dritte Weg», sagte Perttilä und nickte in Richtung des Blattes Papier, das ich in meiner Hand hielt.

«Genauigkeit erfordert Genauigkeit», sagte ich. Meine Stimme zitterte, das Blut in mir kochte. «Man errechnet einen Korrelationsfaktor nicht präzise, indem man ein Gruppengespräch über die KonMari-Methode führt. Ich kann mich keinem Team anschließen, dessen größter Ehrgeiz ein gemeinsamer Sushi-Kurs ist.»

«Nun denn, du findest dein neues Büro im Erdgeschoss, gleich neben der ...»

Ich schüttelte den Kopf.

«Nein», sagte ich. «Das ergibt einfach keinen Sinn. Ich möchte, dass wir die Dinge vernünftig angehen, rational. Diese Kündigung ist ... Da steht, dass ich auf mein Gehalt der kommenden sechs Monate verzichten soll. Das steht mir aber aufgrund meiner langjährigen Tätigkeit zu. Und da steht sogar, dass die Kündigung ab sofort in Kraft tritt.»

«Ja, denn diese Kündigung wäre ja deine eigene Wahl», sagte Perttilä. Jetzt hatte er wieder diese sanfte Stimme, die nicht seine war. Er schien sich aber selbst sehr gerne zuzuhören. «Wenn du hier bei uns bleiben möchtest, hätten wir morgen eine ganztägige Fortbildung über Transzendenz und Meditation am Arbeitsplatz, der Referent ist großartig.»

«Hast du einen Stift?»

Die anderen hatten Bescheid gewusst, ich sah es ihnen an. An meinem Arbeitsplatz hatte ich, abgesehen von einem Bild meines Katers Schopenhauer, nichts Persönliches. Ich entnahm meiner Aktentasche sämtliche Unterlagen und legte stattdessen das Foto meines Katers hinein. Dann fuhr ich mit dem Aufzug nach unten. Ich blickte weder zu dem Pförtner noch zu dem Raum, der mein neues «Büro» hätte werden sollen. Als ich draußen war, blieb ich mitten auf der Straße stehen. Es fühlte sich an, als wäre ich plötzlich erstarrt, als wären meine Beine bewegungsunfähig.

Ich war arbeitslos.

Der Gedanke war unwirklich. Das konnte nicht zutreffen, nicht auf mich. Es erschien mir unvorstellbar, mitten am Tag kein Ziel vor Augen zu haben. Keinen Ort, keine Aufgabe. Als wäre, von einem Moment auf den anderen, der Mechanismus außer Kraft gesetzt worden, der die Welt am Laufen hielt. Ich warf einen Blick auf meine Armbanduhr, aber das war natürlich sinnlos. Sie zeigte mir zuverlässig die Zeit an, aber die Zeit selbst war aus den Fugen geraten, stand in keiner Relation mehr, zu nichts. Zehn Uhr und achtzehn Minuten.

Gerade eben hatte ich noch an einer Berechnung feilen wollen, konditionale Wahrscheinlichkeiten, komplementäre Wahrscheinlichkeiten. Und jetzt stand ich an dieser vielbefahrenen Straße und war ohne Job. Das Einzige, was ich hatte, war das Foto meines Katers in meiner Aktentasche.

Ich musste mich dazu zwingen weiterzugehen. Schritt für

Schritt. Die Sonne war in meinem Rücken, sie wärmte mich, es wurde langsam besser. Als ich am Bahnhof von Pasila ankam, begann ich, meine Situation differenzierter zu betrachten, ein wenig ruhiger. Logik und Ratio waren wieder da.

Ich war ein erfahrener Mathematiker. Ich wusste mehr über das Versicherungswesen als alle anderen in Perttis Abteilung zusammen. Ja, ich begann langsam, mich zu entspannen. Ich würde einfach bei der Konkurrenz anheuern.

Wie schwer konnte es sein, eine Versicherungsgesellschaft zu finden, die den Wert von Mathematik zu schätzen wusste? Einen Arbeitgeber, der meiner Selbstverwirklichung nicht im Wege stehen würde? Nicht allzu schwer, dachte ich. Bald würde sich alles klären.

Ab sofort würde alles nur noch besser werden.

3

Ihr Bruder ist gestorben.»

Der Mann trug ein hellblaues Hemd und darüber ein dunkelblaues Sakko. Beides verstärkte den dritten Blauton, den seiner Augen. Er hatte seine weizenblonden Haare nach links gekämmt. Sogar die Haare wirkten müde, abgekämpft, verwelkt. Sein Gesicht war blass, abgesehen von den rot glänzenden Wangenknochen. Er hatte sich als Anwalt vorgestellt und auch seinen Namen genannt, aber der ist wohl in Anbetracht der Neuigkeit untergegangen.

«Das verstehe ich nicht», sagte ich aufrichtig.

Ich hatte noch den Geschmack des Morgenkaffees auf der Zunge, jetzt schmeckte es anders, wie Blech, rostig.

«Ihr Bruder ist gestorben», wiederholte der Anwalt. Er rutschte auf meinem Sofa hin und her, vermutlich auf der Suche nach einer bequemeren Position. Der Herbstmorgen hinter dem Fenster war sonnig und kühl. Das wusste ich, weil ich Schopenhauer nach dem Frühstück rausgelassen hatte. Wenig später hatte es geklingelt, ich war geradewegs an die Tür gegangen, um zu öffnen. Der Anwalt beugte sich vor, stützte die Ellenbogen auf die Knie, sodass die Schulterpartie seines glänzenden Jacketts ein wenig spannte. «Er hat Ihnen seinen Vergnügungspark vermacht.»

«Abenteuerpark», sagte ich intuitiv.

«Wie bitte?»

«Ein Vergnügungspark ist zum Beispiel *Linnanmäki* in Helsinki, mit Achterbahnen und Karussellen und Fahrgeschäften, in denen man hin und her geworfen wird. In einem Abenteuerpark sind es hingegen die Besucher selbst, die sich in Bewegung bringen. Sie klettern, rennen, springen und rutschen. Es gibt Kletterwände, Seile, Rutschen, Labyrinthe und dergleichen.»

«Ich denke, ich begreife den Unterschied», sagte der Anwalt. «In einem Vergnügungspark gibt es zum Beispiel so ein blinkendes Katapult, das die Leute in ihren Gurten Richtung Himmel schießt, und im Abenteuerpark ... Jetzt fällt mir nichts ein ...»

«Ein Trickschloss», entsann ich mich.

«Genau, ein Trickschloss», sagte der Anwalt. Er nickte und wollte fortfahren, doch hielt plötzlich inne. «Allerdings könnte so ein Schloss doch auch in einem Vergnügungspark stehen. Wie das *Lustige Haus* in *Linnanmäki*. Da kann man auch klettern und balancieren. Nach jedem Durchgang ist man komplett verschwitzt. Andererseits macht es vielleicht keinen Sinn, ein Katapult in einen Abenteuerpark zu stellen. Wenn man dann nur rumsitzt und die Schwerkraft auf sich wirken lässt ... also, ich denke, ich verstehe den Unterschied, aber so ganz klar ist es mir noch ...»

«Mein Bruder ist tot», sagte ich.

Der Anwalt betrachtete seine Hände, führte die Flächen zusammen. «Ja. Mein Beileid.»

«Wie ist er gestorben?»

«In seinem Wagen. Einem Volvo V70.»

«Ich meine, woran? Woran ist er gestorben?»

«Verstehe», sagte der Anwalt. «An einem Herzinfarkt.»

«Ein Herzinfarkt? Im Auto?»

«Er stand an einer Ampel, in Munkkiniemi. Eine von Bäumen gesäumte Straße, eine Allee. Es bildete sich ein kleiner Stau, jemand stieg aus seinem Wagen, klopfte ans Fenster. Ihr Bruder schaltete das Radio ein.»

«Mein toter Bruder schaltete das Radio ein?»

«Nein, natürlich nicht», sagte der Anwalt. «Er ist verstorben, kurz nachdem er das Radio eingeschaltet hat. Es lief Klassik, wenn ich das richtig verstanden habe.»

«Und er hat ein Testament verfasst?»

Wohlwollend betrachtet war Juhani ein spontaner, impulsiver Mensch gewesen. Er hatte im Hier und Jetzt gelebt. Planung und voraussehendes Handeln waren ihm eigentlich fremd gewesen. Er hatte mir oft gesagt, dass ich an meiner Steifigkeit, meiner mangelnden Spontanität verenden werde. Ich hatte erwidert, dass ich keineswegs steif sei, sondern mitten im Leben stehe. Und dass es mir lediglich wichtig sei, mein Handeln an Ratio und Logik auszurichten. Er lachte darüber, es amüsierte ihn köstlich. Wir waren, trotz aller Gegensätze, Brüder gewesen, und ich hatte Schwierigkeiten, mit der Nachricht von seinem Tod umzugehen.

Der Anwalt entnahm seinem hellbraunen Aktenkoffer einen schmalen schwarzen Ordner, schlug ihn auf. Der Ordner enthielt Unterlagen, es waren nur ein paar Blätter. Er las eine ganze Weile still, bevor er zu sprechen begann. «Das Testament wurde vor einem halben Jahr aufgesetzt. Ihr Bruder kam damit zu mir. Sein letzter Wille ist eindeutig. Sie sind der Alleinerbe. Die Ex-Frau Ihres Bruders ist ausdrücklich vom Erbe ausgeschlossen. Weitere Angehörige gibt es nicht. Zumindest hat Ihr Bruder niemanden erwähnt.»

«Das stimmt, es gibt keine anderen.»

«Dann sind Sie Alleinerbe. Sie erben alles.»

«Alles?»

Der Anwalt studierte seine Unterlagen. «Der Vergnügungspark», stellte er fest.

«Abenteuerpark.»

«Ich gestehe, dass ich den Unterschied noch immer nicht ganz begriffen habe», sagte der Anwalt.

«Abgesehen vom Park gibt es nichts?», fragte ich.

«Nein. Im Testament ist nichts Weiteres aufgeführt», sagte der Anwalt. «Nach ersten Erkenntnissen scheint Ihr Bruder nichts weiter besessen zu haben.»

Ich ließ die Aussage nachklingen. «Er war, soweit ich weiß, ein wohlhabender, erfolgreicher Unternehmer.»

«Nun, meines Wissens lebte er in einer Mietwohnung und fuhr einen Leasingwagen, und für beides bestanden seit einigen Monaten Zahlungsrückstände. Und ja, er war Eigentümer dieses ... Parks.»

Mein erster Gedanke war, dass es nicht stimmen konnte. Juhani tot, Juhani pleite. Beides erschien mir höchst unwahrscheinlich.

Hinzu kam ...

«Warum erfahre ich erst jetzt von seinem Tod?»

«Weil er es so wollte. Die Vorgabe war, dass ich im Falle seines Ablebens informiert werden sollte. Und Ihnen sollte ich erst Bericht erstatten, sobald alles vorbereitet sein würde. Sobald das Vermögen geschätzt und das Testament eröffnet werden würde.»

«War Juhani denn krank? Oder gab es ...?»

Der Anwalt beugte sich noch ein paar Zentimeter weiter vor. Er wirkte jetzt hellwach, fast ein wenig aufgeregt. «Wollen Sie sagen, dass irgendjemand einen Grund gehabt haben könnte ... ihn zu töten?»

Er sah mich erwartungsvoll an. Als ob wir ein Rätsel lösten oder uns in einer Quizshow befanden.

«Na ja, also, ich denke eher ...»

«Nein», sagte der Anwalt nun ohne jede Spur von Aufregung,

«leider nichts dergleichen. Ein Herzfehler. Irgendeine Sache, die nicht hätte behoben werden können. Er hatte mir davon erzählt. Das Risiko war bekannt, und dann kam es, wie es kommen musste. Sein Herz hörte auf zu schlagen. Wenn ein Mann mittleren Alters stirbt, ist das in aller Regel eine eher triste Angelegenheit. So leid mir das tut, aber die Sache taugt nicht zum Filmstoff.»

Ich wandte meinen Blick ab, betrachtete den herbstlichen Morgen. Zwei Krähen flogen vorüber.

«Aber wenn Sie die Sache anders betrachten», sagte der Anwalt, «dann tut sich da vielleicht eine Gelegenheit auf. Eine *business opportunity*, sozusagen. Dieser Park Ihres Bruders.»

«Nein», entgegnete ich. «Ich bin kein Mensch für Abenteuer. Ich bin Versicherungsmathematiker.»

«Wo arbeiten Sie?»

Das Blau in den Augen des Anwalts verschmolz so akkurat mit den Blautönen seines Hemds und seiner Jacke, dass ich unwillkürlich an eine mathematische Gleichung denken musste. Unter anderen Umständen hätte mich das womöglich fasziniert. Unter den gegebenen eher nicht, denn genau an diesem Morgen, um sieben Uhr zweiunddreißig, hatte sich für mich die Tür zur Versicherungsmathematik endgültig geschlossen. Ich hatte mich fleißig beworben, etwa zehn Tage lang hatte ich meinen Lebenslauf an jede ernstzunehmende Versicherungsgesellschaft im Land geschickt. Ich hatte in der Bewerbung darauf hingewiesen, dass ich mich ganz der Mathematik verschrieben habe, alte Schule, und dass ich bei der Arbeit weder Zeit für Gesellschaftsspiele noch für das Herumjonglieren mit neumodischen Begrifflichkeiten erübrigen wolle. Weil keine Rückmeldungen gekommen waren, hatte ich selbst bei den Firmen nachgehakt und perplex ihren schwammigen Ausführungen gelauscht. Die einen fabulierten von sanft fließenden Core-Dynamiken, die anderen setzten neuerdings auf Algorithmen. Alle hoben gleichermaßen hervor, dass sie nicht auf der Suche nach neuen Mitarbeiten seien. Ich wies darauf hin, dass ich mich auf konkrete Stellenausschreibungen beworben hatte. Dem folgte eine Art rauschende Stille, bevor die Gespräche fast schon panisch mit guten Wünschen für den Herbst beendet wurden.

«Ich mache eine Auszeit. Ich sehe mich ein wenig um.»

«Und was sehen Sie so?»

Eine gute Frage. An diesem Morgen war mein Saldo recht deutlich ins Minus gerutscht war. Ich fand keine Arbeit, mein Bruder war gestorben und ich Besitzer eines Abenteuerparks.

«Alles wird sich klären», sagte ich.

Das schien den Anwalt zu überzeugen. Irgendwas fiel ihm ein, er kramte in seinen Unterlagen, zog einen Umschlag hervor.

«Ihr Bruder hat Ihnen eine Nachricht hinterlassen. Einen Brief. Für alle Fälle, sozusagen. Das war meine Idee. Ich hatte ihm gesagt, dass es sinnvoll wäre, wegen seiner Diagnose. Und weil er das Testament hatte aufsetzen lassen. Ich sagte ihm, dass er zwei Dinge unbedingt schnellstmöglich tun solle, meine Rechnung begleichen und diesen Brief schreiben. In dem er seinen Wunsch an Sie richtet.»

«Wunsch?»

«So hat er es selbst genannt. Den Inhalt des Briefes kenne ich nicht. Wie Sie sehen, ist der Umschlag verschlossen.»

So war es. Auf dem Umschlag, Format DIN-A5, stand mein vollständiger Name. Henri Pekka Olavi Koskinen.

Es war unverkennbar Juhanis Handschrift. Wann hatte ich ihn eigentlich zuletzt gesehen?

Etwa drei Monate zuvor hatten wir uns auf ein schnelles Mittagessen in Vallila getroffen. Ich hatte damals die Peperoni-Pizzen bezahlt, weil Juhani seine Geldbörse im Auto gelassen hatte. Natürlich ging mir jetzt die Frage durch den Kopf, ob der Grund dafür etwas anderes als Vergesslichkeit gewesen war. Worüber hatten wir gesprochen? Juhani hatte von Neuanschaffungen für seinen Park erzählt, ich hatte beiläufig die Grundlagen von Kolmogorows berühmten Wahrscheinlichkeitsrechnungen thematisiert. In diesem Zusammenhang hatte ich versucht, ihm klarzumachen, dass es sich lohnen könnte, Anschaffungen dieser Größenordnung Schritt für Schritt zu tätigen, stets unter Berücksichtigung, welche Attraktion wie viele Menschen in den Park lockte. Juhani hatte nicht eine Sekunde lang den Eindruck erweckt, in Lebensgefahr zu schweben. Es deutete auch nichts darauf hin, dass er kürzlich sein Testament aufgesetzt haben könnte. Aber woran hätte man das auch erkennen sollen? Es gab vermutlich keinen typischen Gesichtsausdruck dafür. In jedem Fall hatte er sich nach dem Unmöglichen gesehnt – Einfluss zu nehmen auf die Zeit nach dem Tod.

Ich öffnete den Umschlag, faltete das Blatt auf, begann zu lesen.

HALLO HENRI

Ich bin doch nicht tot! Haha. Ich weiß, dir ist jetzt nicht zum Lachen zumute. Aber ich möchte lachen. Ich könnte mir nichts Besseres vorstellen. Denn wenn du das hier liest, werde ich tatsächlich tot sein. Die Ärzte haben festgestellt, dass ich einen Herzfehler habe, der meinen Abschied näher rücken lässt als ursprünglich angedacht. Du weißt inzwischen Bescheid. Du kennst die Sachlage. Ich bin tot, der Abenteuerpark gehört dir.

In Bezug auf den Park habe ich einen großen Wunsch. Mir ist es nicht gelungen, die wirtschaftlichen Aspekte dieser Unternehmung zu meistern. Die Finanzen des Parks sind, nun ja, in einer gewissen Schieflage. Da geht es dem Park also ähnlich wie mir selbst. Mir hat immer die Geduld gefehlt, alles gegenzurechnen. Aber du bist ja ein Mathe-Genie. Meinst du, dass du die Sache wieder ins Rollen bringen kannst? Das ist nämlich mein großer Wunsch. Mein einziger Wunsch. Der Park war von allen meinen Unternehmungen (und da gab es ja einige) die wichtigste. Habe ich dir das jemals gesagt? Ich möchte damit von Herzen Erfolg haben. Oder ich wollte, wie man jetzt wohl sagen muss. Nein, ich will, das gilt auch weiterhin. Du fragst dich vielleicht, warum. Es gibt ebenso viele gute Gründe wie Gläubiger. Vor allem möchte ich, dass mir etwas gelingt und dass ich etwas hinterlasse, das bleibt, etwas Schönes. Einen weiteren Grund wirst du erfahren, sobald du deine Aufgabe erfolgreich gemeistert hast. Kannst du dich an die Sommer erinnern, die wir bei Oma verbracht haben? Weit weg von zu Hause, wo alles immer so ätzend war? An diese Sommer denke ich jetzt. Du hast im Haus gesessen, gelesen, gerechnet. Ich habe draußen gespielt. Aber zum Angeln sind wir immer gemeinsam gegangen. Wenn ich tot bin, dann bleib bitte für eine Weile zu Hause sitzen und rechne, rette den Park. Und danach geh angeln. Ich spendiere die Köder. (Der kleine Scherz muss sein, alles andere meine ich sehr ernst.)
JUHANI

Ich ließ das Blatt sinken, spürte Verärgerung, fast Wut. Dieser Brief rief mir Juhanis Verantwortungslosigkeit in Erinnerung. Seine Rücksichtslosigkeit. Das Schreiben war eindeutig improvisiert, aus einer Laune heraus verfasst. Dem Brief mangelte es an Erdung und Vernunft, an klarer Analyse und fundierten Schlussfolgerungen. Ich wollte ihm, zum tausendsten Male, sagen, dass das keinen Sinn ergibt.

Aber Juhani war tot.

Und ich war traurig. Wütend. Verwirrt. Frustriert. Irgendwie war ich auch müde. Alles in allem genug, um ein bedenkliches Kratzen in meiner Lunge und meiner Brust herbeizuführen. Offenbar war ich Besitzer eines Abenteuerparks.

«Und das war also alles?», schnaufte ich.

«Nicht ganz», sagte der Anwalt. Er entnahm mit einer schwungvollen Bewegung, die merkwürdig einstudiert wirkte, seiner Aktentasche einen weiteren, noch größeren Umschlag. «Meine Rechnung.»

Diesen Umschlag legte der Anwalt neben Juhanis Brief. Auf beiden Umschlägen stand mein Name. Der Anwalt rückte die Dokumente noch mal akkurat zurecht, bevor er mir die Mappe damit entgegenschob.

«Herzlichen Glückwunsch», sagte er. «Mein Beileid.»

4

Das Gebäude, in dem der Abenteuerpark *DeinMeinFun* beheimatet war, ergoss sich in die Landschaft wie ein Schwall von labortechnisch angezüchtetem Herbstlaub. Eine grelle, rotgelb-orange, annähernd zweihundert Meter lange Kiste aus Blech und Stahl, deren Anblick Augenschmerzen verursachte, egal durch welchen Filter man sie betrachtete.

In satten Farben und riesigen Buchstaben sollte die frohe Botschaft allen überbracht werden, die diesem Abenteuerpark zu nahe kamen. Eine Botschaft, ein Versprechen auf fröhliches Spielen, schweißtreibendes Toben. Es war schwer zu schätzen, wie hoch die Stahlkiste war, sicher etwa fünfzehn Meter. Flugzeuge, Fußballfelder, ganze Schulen oder ein Lkw-Parkplatz, all das hätte hier, im *DeinMeinFun*, an der Schwelle zwischen dem Flughafen Vantaa und Helsinki, durchaus Platz finden können.

Seit dem Besuch des Anwalts waren zwei Tage und auch zwei schlaflose Nächte ins Land gegangen.

Ich stieg zwei Haltestellen zu früh aus dem Bus. Je näher ich meinem Ziel kam, desto schwerer fiel mir das Laufen. Das lag weder an der leichten Steigung noch am lauen Gegenwind. Auch nicht daran, dass ich hätte innehalten wollen, um den Anblick des kobaltblauen Himmels und der fast weißen Nachmittagssonne zu genießen. Es lag eher an meinem Unglauben, meinem Widerwillen, der zunahm, während ich mich dem Abenteuerpark näherte. Als sei da etwas, das mich veranlasste, auf dem Absatz kehrtzumachen. Eine andere Richtung einzuschlagen, ohne zurückzuschauen. Ich dachte darüber nach, ob es die Stimme der Vernunft sein könnte. Und dann hörte ich Juhanis Stimme, hatte sie wirklich im Ohr. *Mein einziger Wunsch.*

Ich hatte immerhin eine vage Ahnung davon, wie dieser Park betrieben worden war. Juhani hatte sich nicht mit dem alltäglichen Kleinkram abgegeben. Die Tore waren in seiner Abwesenheit geöffnet und geschlossen worden. Er hatte hier zwar ein Büro gehabt, aber meistens war er unterwegs gewesen.

Wer für das Tagesgeschäft zuständig gewesen war, wusste ich nicht. Der Parkplatz, eine weite, asphaltierte Fläche, so groß wie drei Fußballfelder, war zur Hälfte belegt. Viele Familienautos, tendenziell neueren Baujahrs. Ich betrachtete die Buchstaben, die am Dach des Gebäudes prangten.

DeinMeinFun

Die Buchstaben kamen mir größer vor als bei meinem letzten und bislang einzigen Besuch. Jetzt wirkten diese riesigen Lettern überraschend bedrohlich auf mich. Als täte ich gut daran, achtsam zu sein, weil sonst die spitzen Enden des «F» auf mich stürzen könnten. Ich hatte keine Ahnung, woher der Gedanke kam. Mir fiel nur eine Erklärung ein, nämlich, dass die Überraschungen der jüngsten Zeit irrationale Assoziationen mit sich brachten. Ich ging auf den Eingang zu, sah dabei nur noch einmal nach oben zu dem Schriftzug auf dem Dach.

In der Halle reihte ich mich in der Schlange am Service-Point ein. Ich versuchte, einen ersten Eindruck davon zu gewinnen, was mich erwartete. Vor Energie strotzende Kinder. Wildes Geschrei.

Schrilles Kreischen. Und die weniger begeisterten Stimmen der Väter und Mütter. Der Service-Point war als Halbkreis geformt und in den Farben des Parks gehalten. Oberhalb der gelb-orangen Theke war eine Kuppel, die so breit war wie die Theke selbst. Hinter der Theke stand – und es schien, als wäre die Kuppel sein psychedelischer Astronautenhelm – ein Mann. Er trug ein T-Shirt des Abenteuerparks, ein Namensschild an der Brust und war etwa 25 Jahre alt.

Auf dem Namensschild prangten weiße Buchstaben – *DeinMeinFun* – und etwas kleiner, in Schwarz, der Name des jungen Mannes: Kristian. Er war muskulös und hatte braune Augen. Er trug einen Werkzeuggürtel um die Hüften und war demnach für Reparatur- und Wartungsarbeiten zuständig. So wie ich ihn da hinter der Theke sitzen sah, war ich mir unsicher, ob er nun genau da hinpasste oder völlig fehl am Platze war.

Als ich an der Reihe war, fehlten mir die Worte.

Was genau war eigentlich mein Anliegen? Ursprünglich hatte ich vorgehabt, einfach mitzuteilen, dass Juhani verstorben und ich neuer Eigentümer des Parks sei. Das erschien mir aber in diesem Moment unzureichend. Ich hatte mich vorab weder auf Kristian noch auf die anderen Angestellten oder die erwartungsfreudigen Besucher des Parks eingestellt. Es war einfach unmöglich, sich darauf vorzubereiten, einen Abenteuerpark zu erben.

Ich stellte mich vor und fragte Kristian, ob ich mit jemandem sprechen könne, der für den Park zuständig sei. Kristian fragte mich, ob ich mich nicht an meinen Bruder wenden wolle. Der sei zuständig. Ich sagte, dass das leider nicht möglich sei, weil mein Bruder verstorben und ich somit der neue Besitzer war.

Kristian lächelte nicht mehr. Er verwies mich an Laura Helanto, die Geschäftsführerin. Ich fragte, wo ich sie finden könne, doch

Kristian hatte bereits sein Handy am Ohr und mir den Rücken zugewandt. Ich kam nicht mehr dazu, ihm zu sagen, dass ich Frau Helanto die Nachricht gerne selbst überbringen wolle, er war gerade dabei, es ihr mitzuteilen. «Ja. Sein Bruder steht hier vor mir, der sieht gar nicht wie Juhani aus, vielleicht sollte ich den Personalausweis kontrollieren. Aha. Genau. Ja, tschüs.»

Kristian wendete sich wieder mir zu. Wir standen uns schweigend gegenüber, warteten. Dann sagte Kristian: «Juhani war ein toller Chef. Hat uns freie Hand gelassen. Er war locker. Hat uns nicht ständig auf die Finger geschaut und auch nicht jeden Cent umgedreht.»

Das kann ich mir vorstellen, dachte ich. Dann fiel mir eine Frage ein, die ich Kristian hatte stellen wollen. «Warum stehen Sie hier eigentlich hinter der Theke?» Ich deutete auf die Werkzeuge an seinem Gürtel. «Sieht eher so aus, als seien Sie für etwas anderes zuständig.»

«Venla ist heute nicht zur Arbeit erschienen.»

«Aha. Warum nicht?»

«Es fiel ihr schwer aufzustehen.»

«Ist sie krank?»

«Nein, wieso?», fragte Kristian. Er wirkte aufrichtig besorgt. «Haben Sie etwas in diese Richtung gehört?»

Ich wollte gerade zu einer Antwort ansetzen, als hinter mir eine Frauenstimme erklang. Sie hatte «Hallo» gesagt. Ich drehte mich um und griff nach ihrer ausgestreckten Hand.

Laura Helanto trug eine Brille mit dunklem Rahmen, sie hatte mittellange, braune, leicht lockige Haare, die an den Seiten wie ein wilder Strauch auf ihren Schultern lagen. Ihre blaugrünen Augen inspizierten mich neugierig, alles an ihr wirkte dynamisch. Ich schätzte sie auf Anfang vierzig, sie war vielleicht ein, zwei

Jahre älter als ich. Sie war durchschnittlich groß, etwa 25 Zentimeter kleiner als ich. Da ich selbst mit einem Meter und zweiundneunzig ziemlich großgewachsen bin, hatte ich mich an Fragen zur Körpergröße gewöhnt und war auch geübt darin, die Größe anderer einzuschätzen.

Laura Helanto musterte mich von Kopf bis Fuß, während sie ihr Beileid aussprach. Mir fiel keine passende Reaktion ein, und ich konnte an ihrem Gesicht auch nicht ablesen, ob es ihr wirklich leidtat oder ob sie mehr damit beschäftigt war, mich zu mustern.

Im nächsten Moment lief sie schon munter voran, ich folgte ihr.

«Der Donut», sagte sie und deutete auf die gigantische durchsichtige, gewundene Plastikröhre, in der einige Kinder zusammenprallten und gegen gepolsterte Wände flogen. «Unsere erste Anschaffung, bis heute eine der beliebtesten Attraktionen. Man kann darin im Kreis rennen und die Schwerkraft aufheben. Sagen Sie mir bitte, wenn Ihnen das alles schon vertraut ist.»

«Mir ist hier gar nichts vertraut», entgegnete ich ehrlich.

Ein süßlicher Geruch von Putzmittel und menschlichen Ausdünstungen lag in der Luft, er drang vom Café herüber. Aus allen Richtungen waren schrilles Geschrei, Juchzen, Rufe in hohen Tonlagen zu hören. Ich achtete stets darauf, wohin ich meine Schritte setzte; aus Angst, auf einen der kurzgewachsenen Besucher zu treten.

«Und bitte, fragen Sie jederzeit nach», sagte Laura Helanto. Sie sah mich an, während wir scharf nach rechts abbogen. Ihr Blick war forschend, unverhohlen neugierig. Als sie sich ruckartig abwendete, flogen ihre vollen Haare, als hätte ein Windstoß sie in Bewegung gebracht.

«Das ist nun Ihr Park», sagte sie. «Dahinten ist das Trickschloss. Eine Art riesiges Klettergerüst. Es gibt verschiedene Routen, jede ein wenig anders, unterschiedliche Hindernisse, die es zu überwinden gilt. Das Schloss ist auch eine echte Herausforderung für unseren Wartungsarbeiter. Dauernd ist was anderes kaputt. Manche nennen es ‹das Ersatzteileschloss›. Der Verschleiß ist enorm. Man mag kaum glauben, dass kleine Persönchen, kaum 20 Kilo schwer, solche Wucht haben könnten, aber glauben Sie mir, es ist so.»

«Verstehe», sagte ich, ein wenig besorgt. «Und die Reparaturen macht ...»

«Kristian», sagte sie. «Sie sind ihm schon begegnet. Er ist gut, allerdings ...» Sie schien nach Worten zu suchen. «Manchmal ist er ein wenig schwer von Begriff. Aber er ist gewissenhaft. Zuverlässig. Fleißig. Im Gegensatz zu ...»

«Venla», sagte ich.

Laura Helanto war überrascht. Sie verlangsamte ihre Schritte, was mir Gelegenheit gab, mich wieder auf etwas anderes als meine Schritte zu konzentrieren. «Kristian erwähnte, dass Venla heute schwer aus dem Bett gekommen ist.»

«Ah, ist das so», murmelte Laura Helanto, in Gedanken versunken. Sie strich sich eine Haarsträhne von der Brille. «Ja, also, hier fahren die Schildkröten-Rennwagen los. Wir haben dreißig Stück davon. Die Strecke führt quer durch die Halle. Wie der Name schon sagt, ist es nicht gerade die Formel 1. Es soll die Hitzköpfe eher ein wenig abkühlen. Sie setzen sich einfach ins Auto und tuckern durch die Halle. Sie verstehen, was ich meine. Haben Sie Kinder? Oder ein Kind? Es geht mich ja nichts an ...»

«Nein», sagte ich. «Ich lebe allein. Das ist auch das Vernünftigste, in Bezug auf Wahrscheinlichkeiten. Aber zurück zu Venla.

Meinten Sie, dass es ihr grundsätzlich schwerfällt, aus dem Bett zu kommen? Warum arbeitet sie dann hier? Wofür wird sie bezahlt?»

Wir waren stehen geblieben. Einer der dunkelgrünen, von einem Schildkrötenpanzer umhüllten Rennwagen setzte sich gerade in Bewegung. Die Nummer 13. Am Lenkrad saß ein etwa dreijähriger Junge, der uns anstarrte, nicht die Fahrbahn. Hinter dem Jungen saß dessen Vater, der so aussah, als würde er in der nächsten Kurve einschlafen. Es war in der Tat keine riskante Unternehmung, die Fahrgeschwindigkeit lag ein wenig unter normaler Schrittgeschwindigkeit.

«Haben Sie jemals mit Juhani über den Park gesprochen? Darüber, wie wir hier unsere Arbeit machen?», fragte Laura Helanto.

«Nein, nicht wirklich», sagte ich. «Manchmal hat er mir von neuen Anschaffungen erzählt. Über die Hornkanone, den Krokodil-Zug, vielleicht auch über den Donut. Und ein paar andere Sachen. Aber ansonsten, nein. Wir haben uns selten über den Park unterhalten.»

«Okay», sagte sie. «Das ist bedauerlich. Ich hatte gehofft, dass Sie zumindest ein bisschen Vorwissen mitbringen. Am besten beginne ich mit mir. Wer ich bin und was ich hier tue. Ich bin die Leiterin dieses Parks. Das heißt, ich bin hier für das Tagesgeschäft verantwortlich. Dafür, dass alles geregelt abläuft, dass alle ihren Job machen, dass alles an Ort und Stelle ist. Das mache ich seit zweieinhalb Jahren. Ich hatte keine Karriere in einem Abenteuerpark vor Augen, eigentlich bin ich Künstlerin. Ich male. Aber na ja ... Dinge passieren. Sie kennen das.»

«Da bin ich mir gar nicht so sicher, ehrlich gesagt», entgegnete ich. «Meiner Erfahrung nach führen pauschale Annahmen oft in die Irre.»

Jetzt sah sie mich direkt an. Ihr Blick war prüfend, ihr Gesichtsausdruck vage besorgt. Oder eher misstrauisch. «Na ja, ich habe eine Scheidung hinter mir und eine Tochter, die wegen ihrer Allergie teure medizinische Behandlung braucht», sagte sie. «Aber Sie fragten ja nach Venla. Juhani hat sie eingestellt.»

Das war ein plötzlicher Themenwechsel. Offenbar waren die Unwägbarkeiten des Lebens damit vorläufig abgehakt. Das war mir recht. «In Anbetracht der Umstände scheint mir das keinen Sinn zu ergeben», sagte ich.

Laura Helanto blickte zu den metallisch schimmernden Rutschen.

«Ihr Bruder wollte anderen Menschen eine Chance geben.»

Eine Gruppe kleingewachsener Menschen rannte an uns vorbei. Ihre Lautstärke glich dem eines Stadionkonzerts. Nachdem das Gebrüll verebbt war, fuhr ich fort.

«Das verstehe ich.» Doch ich verstand es nicht ganz. «Wie viele Mitarbeiter gibt es hier?»

Laura Helanto lief weiter, ich hielt Schritt. Sie trug bunte Laufschuhe mit dicken Sohlen. Es war offensichtlich, dass sie daran gewöhnt war, in Bewegung zu sein. Waren es ihre Haare, die diesen angenehmen Duft ausströmten? Ihre Augen waren mir jedenfalls sofort aufgefallen, der Blick, der mich beobachtete und zugleich auswich.

«Wir haben sieben Festangestellte», sagte sie. «Ich werde sie Ihnen gleich vorstellen. Zudem gibt es einige Aushilfen. Vor allem im *Krummen Kuchen*, dem Café. Die Zahl der Aushilfen variiert, mal sind es null, mal fünfzehn. Hängt vom Tag und der Woche ab. Am meisten ist bei uns in den Herbst- und Winterferien los. Da kommen die Kids. In den Sommerferien ist mal viel los, mal eher wenig. Ich bringe manchmal Tuuli mit, sie findet immer schnell

Spielkameraden. Wie Kinder das halt so machen, Sie erinnern sich. Oder?»

Ich erinnerte mich tatsächlich. Allerdings an etwas anderes. Ich hatte mich immer allein wohlgefühlt. Schon früh hatte ich begriffen, dass mit der Zahl der Menschen auch die Zahl der Probleme zunahm.

«War Juhani oft hier?»

«Eigentlich nicht. Seitdem ich hier angefangen habe, ist er immer seltener vorbeigekommen. Er war wohl mit meiner Leitung des Parks zufrieden. Entschuldigung, wenn ich mich selbst lobe. Aber er hat gesagt, dass er hier an der Front nicht gebraucht werde, ich hätte alles im Griff.»

«Hat er mit Ihnen jemals über die Finanzen des Parks gesprochen?»

«Natürlich», sagte sie eilig. «Unsere Besucherzahlen sind stets gewachsen. Er meinte, dass es gut laufe, sehr gut. Vor allem in letzter Zeit. Er hat immer in die Hände geklatscht und lustige Sprüche gemacht. Kürzlich sagte er, wir würden alle einen Bonus bekommen.»

«Einen Bonus?»

Sie wendete sich wieder mir zu, mit wehenden Haaren. Da war jetzt weniger Misstrauen in den blaugrünen Augen, aber etwas anderes, ich konnte es nicht deuten.

«Er stellte das in Aussicht, für den Fall, dass wir die angestrebten Besucherzahlen erreichen würden. Und das erhoffte Ergebnis in unserer Studie zur Kundenzufriedenheit. Und es sah alles sehr vielversprechend aus. Die Boni wollte er Ende des Jahres auszahlen, sozusagen als Weihnachtsgeschenk.»

«Dieses Jahr?»

«Es sind noch 87 Tage bis dahin. Ich weiß das, weil eine Freundin von mir jeden Tag auf Facebook postet, wie viele Tage es noch sind. Ich könnte den Zuschuss weiß Gott brauchen. Ansonsten wird es ein eher karges Fest für Tuuli und mich.»

Ich hatte Juhani vor Augen, hörte sogar seine Stimme. Sah ihn in seiner eigenen Wirklichkeit leben, sah ihn tun und lassen, wozu er gerade Lust hatte. Wir blieben stehen. Laura erklärte mir die Attraktionen, sie war jetzt richtig munter und motiviert. Auf mich hatte dieser Ort, die Weite und die Fülle der Dinge, eine alles andere als angenehme Wirkung. Laura Helanto deutete zu den riesigen Rutschen und fragte: «Wollen Sie die mal ausprobieren?»

Ich suchte ihren Blick. Sie lächelte.

«Ein Scherz», sagte sie. «Entschuldigen Sie, es ist mehr als nachvollziehbar, dass Sie jetzt nicht in der Stimmung sind. Sie haben einen lieben Menschen verloren, der Ihnen sehr nahe ...»

«Wir standen uns eigentlich nicht sehr nah», sagte ich. Ich hatte nicht mal mitbekommen, dass ich den Mund geöffnet hatte. «Es gibt vieles, was ich nicht über ihn wusste. Vielleicht wusste ich gar nichts über ihn. Ich wusste natürlich, dass ihm das hier ... gehörte ...» Ich machte kreisende Handbewegungen, die sich unbeholfen anfühlten. Als hätte ich etwas umrühren wollen, in einem Topf, der direkt über meinem Kopf schwebte. «Aber in Wirklichkeit hatte ich keine Ahnung davon, was genau er hier macht. Das muss ich zugeben. Dieser Park ist überraschend für mich. In vielerlei Hinsicht.»

Sie musterte mich etwas angespannt. So erschien es mir zumindest. Im nahegelegenen Café klirrte Geschirr. Ein Kind rief nach seiner Mutter. Einmal, zweimal.

«Wie fühlt es sich an?»

«Was denn?»

«Das hier, *DeinMeinFun*», sagte Laura Helanto. Sie sprach den Namen mit Freude aus, mit einem gewissen Stolz.

Ich sah mich um und fragte mich, wie ich sagen sollte, dass alles, was ich bislang gesehen und gehört hatte, so ziemlich zum Schrecklichsten zählte, was mir in meinem Leben begegnet war.

Herumhüpfende Zwerge, unerträgliches Chaos, hohe Instandhaltungskosten, nutzlose Aktivitäten, Versprechen, die niemand erfüllen konnte, Rennwagen, die buchstäblich im Schildkrötentempo vorankrochen. Ich prüfte den Knoten meiner Krawatte. Er saß gut.

«Verstehe», sagte sie. «Das ist sicher alles ein bisschen viel auf einmal. So viel Freude, so viele Leute. Wir gehen am besten mal zu den anderen.»

Samppa war ein ehemaliger Erzieher, um die dreißig, er trug Ringe an beiden Ohren und einen dicken roten Schal um den Hals, und er verfügte über eine verwirrende Sammlung von Tätowierungen an seinen Armen. Eine Gruppe von Kindern trommelte neben uns auf einer Buschtrommel, während Laura Helanto Samppa erklärte, wer ich war und weshalb ich gekommen war. Samppa hob die Hand vor den Mund, als wollte er sein Entsetzen verbergen. Dann sprach er über die heilende Kraft des Spielens. Und dann gingen wir weiter, ich folgte Laura Helanto zum Café.

Johanna war die Wirtin im *Krummen Kuchen*. Sie war ausgesprochen schlank, rothaarig und etwas älter als ich. Mein erster Gedanke war, dass sie kürzlich beim Ironman teilgenommen haben könnte oder sich auf eine Teilnahme vorbereitete. Ihr Blick ließ mich frösteln. Eiskalt und zäh. Sie mixte mir einen Smoothie mit der Begründung, dass ich müde aussehe und unter Eisenmangel leide. Ich entgegnete, dass ich gerade meinen Job und meinen

Bruder verloren hatte und unverhofft Besitzer eines Abenteuerparks geworden war. Das schien Johanna aber nicht zu überzeugen.

Wie liefen weiter, vorbei an der Schießanlage des *Krummen Horns* auf der einen und dem *Maskentunnel* auf der anderen Seite und erreichten eine Metalltür. Auf einer gelben Tafel stand in schwarzen Lettern: BETRIEBSRAUM. Laura Helanto öffnete die Tür mit einem Schlüssel. Wir durchschritten einen kurzen Gang, der in einen winzigen Flur mit zwei Türen mündete. Die erste der Türen führte offenbar zu dem Raum, in dem die ganze Elektronik untergebracht war. In dem anderen Raum saß ein etwa fünfzigjähriger, breitschultriger Mann auf einem Bürostuhl mit Nackenlehne vor einer Wand, die gut bestückt war mit Monitoren. Mir ging durch den Kopf, dass es im Park offenbar deutlich mehr Kameras gab, als ich bei unserem Rundgang wahrgenommen hatte.

Der Mann hieß Esa und war Sicherheitschef des Abenteuerparks. Auf seinem College-Shirt stand «US-Marine – and proud of it». Mir fiel es schwer, zu glauben, dass dies der Wahrheit entsprach. Andererseits, was wusste ich schon. Ich war Eigentümer eines Abenteuerparks. Vieles war möglich. Ich hatte keine Ahnung, wo Esa gewesen war, bevor er im Überwachungsraum von *DeinMeinFun* gelandet war. Er hatte einen Bart. Ein dünnes, schwarzes Rechteck, mit scharfkantigen Rändern. Hinzu kam eine breite Nase, die blauen Augen waren rötlich unterlaufen. Wir stellten einander vor, weiter sagten wir nichts.

Dann durchquerten wir die ganze Halle, um die letzte der Personen aufzusuchen, die Laura Helanto mir vorstellen wollte. Die Fenster des Büros waren von heruntergezogenen Jalousien verdeckt. Dort arbeitete die Marketing- und Vertriebsleiterin, Minttu K. So jedenfalls stellte sie sich in der Tat vor. Ich hatte flüchtig den Nachnamen auf dem Schild neben der Tür gelesen.

Kaislapuro.

Minttu K. war etwas jünger als ich, sie hatte sehr kurz geschnittene blonde Haare und war auffällig sonnengebräunt. Sie trug ein dunkelblaues Kostüm, ein oder zwei Nummern zu klein. Sie lächelte mir betont freundlich zu und sagte ohne lange Vorrede, dass sie alles verkaufen könne, egal was, egal wem. Ich kannte sie zwar erst seit etwa fünfzehn Sekunden, hielt das aber durchaus für möglich. Ich war mir auch sicher, dass ein Hauch von Grapefruit und Alkohol in der Luft hing. Minttu K. entschuldigte sich und sagte, sie müsse jemanden anrufen. Sie zwinkerte mir zu, nahm eine Zigarette aus der Schachtel Pall Mall, die auf dem Tisch lag, und kündigte mit einem sanften Gurren in der Stimme an, jetzt gleich einen ungehobelten Kerl zu skalpieren. Und das mit meinem Bruder tue ihr sehr leid.

Laura Helanto und ich verabschiedeten uns, liefen wieder den Gang entlang, bogen rechts ab und erreichten Juhanis Büro. Neben der Tür auf dem Schild stand sein Name. Dieses Schild weckte in mir unmittelbar das merkwürdige Gefühl, das ich auch gehabt hatte, als der Anwalt vor meiner Tür gestanden hatte. Juhanis Name hing in der Luft. Als würde er darauf warten, irgendwie Gestalt anzunehmen.

Wir traten ein. Es war unschwer zu erkennen, dass Ordnung nicht zu Juhanis Prioritäten gezählt hatte. Haufen von Papier stapelten sich auf dem Schreibtisch, aufgeschlagene Prospekte lagen verstreut auf dem langen Tisch herum, an dem vermutlich die Meetings abgehalten worden waren.

Auf dem Tisch stand auch das kunterbunte Modell eines Schlosses mit Türmen. Aus einem der Turmfenster ragte ein

Sprungbrett heraus. Mir ging durch den Kopf, dass eine Anschaffung dieser Art möglicherweise Probleme verursachen könnte, solange nicht auch ein Pool mit in Betracht gezogen werden würde.

«Was machen Sie eigentlich beruflich?», fragte Laura Helanto. Ihre Worte holten mich zurück ins Hier und Jetzt.

«Ich bin Versicherungsmathematiker», entgegnete ich. «Allerdings habe ich vor zwei Wochen gekündigt.»

«Wegen uns? Wegen *DeinMeinFun*?»

Ich verneinte. «Ich wusste damals noch nicht, dass ich Eigentümer dieses Parks werden würde. Ich habe gekündigt, weil sich das Unternehmen, für das ich tätig gewesen bin, in eine Art Spielplatz verwandelt hat. Und jetzt habe ich einen geerbt.»

Huschte da ein Lächeln über Laura Helantos Gesicht? Ich hatte eigentlich nichts Amüsantes gesagt. Sie führte eine Hand zum Mund. Als sie sie wieder sinken ließ, war ihr Gesichtsausdruck wieder ganz neutral.

«Sicher wollen sie sich alles in Ruhe ansehen.»

Genau das wollte ich nicht. Aber da war Juhanis Stimme. *Mein einziger Wunsch*, das waren seine Worte. Ich betrachtete den Tisch. Die wild verstreuten Zettel.

Laura Helantos Telefon klingelte. Es war ein normaler Klingelton, kein Song, kein witziges Geräusch, keine Toilettenspülung oder Ähnliches. Sehr vernünftig, meiner Meinung nach. Sie betrachtete die Nummer auf dem Display.

«Esa», sagte sie.

Sie wendete sich ab, während sie das Gespräch entgegennahm, verschwand aus meinem Blickfeld. Ihr Duft, nach Kräutern und Wiesenblumen, blieb zurück.

5

Das *DeinMeinFun* war in den Miesen, 63 541 Euro und 80 Cent. Die Sonne war inzwischen untergegangen. Ich hatte erst einen Teil der Unterlagen gesichtet, aber allein der Stapel unbezahlter Rechnungen und ignorierter Mahnungen war so dick wie mein Zeigefinger. Die Summe war beachtlich.

Ich hatte Juhanis Rechner hochgefahren, kam aber ohne Passwort nicht weiter. Das Gerät hatte nur leise und tief vor sich hin gebrummt. Ich hatte es in den Ruhemodus versetzt und weiter aufgeräumt.

Jetzt saß ich auf dem Bürostuhl, den Juhani mir hinterlassen hatte, und dachte darüber nach, ob ich das Ganze hier einfach alles abfackeln könnte. Oder ob ich mit diesem Park untergehen würde, wie ein Kapitän auf seinem sinkenden Schiff.

Ich dachte, dass ich in jedem Fall keinen Fuß mehr in diesen Raum setzen würde. Ich würde nie wieder auf diesem Stuhl sitzen. Ich hatte meine Pflicht erfüllt. Ich hatte mir einen Überblick verschafft, hatte Tatsachen zur Kenntnis genommen. Ich hatte eine schmerzliche, aber unausweichliche Entscheidung getroffen. So ähnlich versuchte ich die Sache zu sehen. Aber es fiel mir schwer, meine Gedanken zu sortieren, denn sie flogen umher, von einem Ort zum anderen.

Ich führte in Gedanken Unterhaltungen, mit meinem ehemaligen Vorgesetzten Perttilä sprach ich über meine Kündigung, mit

Juhani redete ich ein ernstes Wörtchen zum Thema Vernunft. Der eine war ein Idiot, der andere tot.

Juhani, kannst du dich erinnern, an die finalen Momente? Du hast das Radio eingeschaltet, hast Klassik laufen lassen. Vielleicht Brahms? Dunkelgrüne Linden am Straßenrand? War der Weg, den du eingeschlagen hast, der Weg deiner Wahl? Darüber dachte ich nach, mit diesen Fragen beschäftigte ich mich, um anderen Fragen auszuweichen. Zum Beispiel der Frage, wie der defekte Bananenspiegel mit einem noch welligeren Zerrspiegel ersetzt werden konnte, oder wie man das Café rentabler gestalten konnte.

Der Tod.

Ich wusste so manches über ihn.

Auch darüber, dass es zuweilen eine Sehnsucht nach ihm gab.

Das kannte ich nicht aus eigenem Erleben, aber sehr wohl war es Gegenstand meiner Arbeit als Versicherungsmathematiker gewesen. Das war ein Thema, das gemieden wurde, kein Stoff für die Wohlfühl-Werbekampagne. Aber jedes Versicherungsunternehmen arbeitet in dem Wissen, dass es Kunden gibt, die sich entschließen, ihre Mitgliedschaft auf Basis einer einmaligen Entscheidung zu beenden, einer Entscheidung, die nicht rückgängig zu machen ist und von der, versicherungstechnisch, nur noch andere profitieren könnten, nicht mehr die Versicherten selbst.

Vage hatte ich vor Augen, dass ich aufstehen und einfach losrennen könnte. In den Park. Ich könnte mich, zum Beispiel, vor die Krokodilbahn werfen.

Aber nein.

Ich war nicht der Typ dafür. Ich dachte mir eher, dass man im Leben nicht nach Schwierigkeiten suchen musste, man wurde von ihnen gefunden.

Ich wollte meine Krawatte lockern. Aber das hatte ich vor

einigen Stunden schon einmal getan. Der Druck auf der Brust hatte andere Ursachen. Während ich die Unterlagen gesichtet hatte, war mir bewusst geworden, dass mit dem Park sämtliche Gegenstände auf diesem weitläufigen Gelände in meinen Besitz übergegangen waren. Der Gedanke war befremdlich, erschreckend, überwältigend. Der Stuhl, auf dem ich saß, der Stift auf dem Tisch, die Trapez-Schaukel, die langsamsten Rennwagen im ganzen Universum, die schwarze Jacke mit dem Logo eines Herstellers von Schokoladenriegeln in der Garderobe.

Alles.

Juhani war tot, weshalb aus seinen Sachen meine Sachen wurden. Dieser Tod war nichts Fernes, Abstraktes, Stilles, Körperloses. Er bestand aus tausend Dingen, von verschiedenster Beschaffenheit und Form, alle beanspruchten einen Platz, alle würden mehr oder minder geräuschvoll protestieren, wenn ich sie in einen Mülleimer werfen oder an irgendeinen Ort zur Aufbewahrung verbringen würde.

Ich hatte nicht die Absicht, alles in Brand zu setzen, das war nicht so meins. Ich hatte gehört, dass es solche Männer gab. Die machten ein Feuerchen, verbargen sich im Dickicht und ergötzten sich daran. Manche, so hieß es, masturbierten sogar, während sie die Flammen bewunderten. Nun ja. Ich für meinen Teil konnte mir kaum vorstellen, auf diese Weise meine Probleme zu lösen.

Hinzu kam, dass ich Wichtigeres zu tun hatte. Zum Beispiel, den fast einen Zentimeter dicken Stapel an verbleibenden Unterlagen zu sichten. Nicht zu vergessen die Haufen mit Rechnungen und Mahnungen.

Der Park trug sich von selbst, er machte sogar minimal Gewinn. Trotzdem hatte Juhani kaum eine Rechnung bezahlt und sogar Kredite aufgenommen.

Ich verstand die Gleichung nicht.

Während meines Studiums hatte ich mich für eine Weile auch in Buchhaltung schulen lassen. Ich hatte diese Kenntnisse noch nie anwenden können, aber die Prinzipien der Buchhaltung waren die gleichen, die ich an der Mathematik liebte. Es war das Streben nach Perfektion und Genauigkeit, nach unbedingtem Gleichgewicht, vollkommener Fehlerlosigkeit.

Das gefiel mir. Das Material, das ich hier zu sehen bekam, war natürlich höchst lückenhaft, aber es lieferte immerhin ein erstes Bild von dem, was hier vor sich ging. Und letztlich war der Park auf einem ganz guten Weg. Ich fand den Abschlussbericht vom Vorjahr, ausgestellt von einer Wirtschaftsprüfungskanzlei. In demselben Stapel fand ich allerdings auch ein Schreiben derselben Firma, das die Zusammenarbeit mit dem Betreiber des Parks aufkündigte. Das hing vermutlich mit der Mahnung zusammen, die dem Schreiben beilag. Ich fand keine Hinweise auf einen neuen Wirtschaftsprüfer, der die Buchhaltung übernommen haben könnte. Vielleicht gab es keinen.

Warum nur hatte Juhani Kredite für seinen Park aufgenommen, wenn der Park Gewinne abwarf? Und wohin war das ganze Geld geflossen? Gewiss nicht in die neueste Anschaffung, die gewellte Rutsche, genannt *Riesenlocke*. Auch dafür hatte Juhani nur eine Anzahlung in bar geleistet. Seitdem die Buchhalter gekündigt hatten, hatten sich die Rechnungen unkontrolliert angehäuft. Streng genommen war seitdem gar nichts mehr bezahlt worden. Irgendetwas musste passiert sein. Abgesehen von einem der Bankkredite waren alle unbezahlten Rechnungen und Geldflüsse nach der Kündigung der Buchhalter datiert. Wenn man alles zusammenrechnete, waren rund 200 000 Euro verschwunden. In nicht einmal einem Jahr. Irgendwie musste sich das doch nachvollziehen lassen, irgendwo musste doch Geld sein. Aber wo?

Juhani hatte einen zwei Jahre alten Volvo gefahren, er hatte ihn geleast. Gewohnt hatte er seit seiner Scheidung zur Miete in einer sparsam eingerichteten Zweizimmerwohnung. Er kleidete sich zu erschwinglichen Preisen, aß gerne und oft chinesisch, in seinem Stammlokal. Dieser Juhani, den ich – zugegeben, nur aus der Ferne – gekannt hatte, wusste nicht einmal, was *Versace* und *Savoy* waren.

Ich konnte mir also nicht vorstellen, dass er Geld für Maniküre, Wellness oder sonstigen Luxus zum Fenster rausgeworfen hatte. Auch wusste ich nichts von extravaganten Auslandsreisen. Juhani war manchmal in Tallin gewesen, hatte sich dort immer im Hotel Viru eingebucht und war nach einer Übernachtung nach Finnland zurückgekehrt.

Nach allem, was ich wusste, war er ein ganz normaler Finne mittleren Alters gewesen. Hobbys, von denen man hätte sagen können, sie seien seine Leidenschaft, hatte er nicht gehabt. Männer wie er kamen eigentlich mit weniger Geld zurecht als ... Sperlinge. Aber irgendwohin war Geld geflossen. Viel Geld.

Während ich darüber nachgrübelte, klopfte jemand an die Tür.

6

Ich konnte mich gar nicht daran erinnern, die Tür geschlossen zu haben. Mir fiel ein, dass ich Schritte gehört hatte, die sich genähert und im selben Moment wieder entfernt hatten. Jemand hatte die Tür geschlossen? Warum? Wieder wurde geklopft. Ich musste etwas sagen.

«Ja, hier bin ich», sagte ich. «Herein.»

Der Türknauf drehte sich, dann wurde behutsam die Tür aufgeschoben. Hatte der Park schon Feierabend? Ich sah auf die Uhr. Ja, vor einer halben Stunde waren die letzten Besucher gegangen. Vielleicht war ich allein im Gebäude. Nicht ganz natürlich, irgendjemand stand ja vor der Tür, und dieser Jemand kam noch immer nicht herein. Dann endlich konnte ich eine Schulter sehen, dann ein Hemd und die Hälfte eines Gesichts.

«Wie bitte?», fragte Kristian.

«Hier bin ich», sagte ich. «Ich habe Sie doch gebeten einzutreten.»

«Das habe ich nicht gehört», sagte er. Er stand regungslos in der Tür.

«Kommen Sie doch endlich herein», sagte ich, fast schon schreiend.

«Okay, alles klar», sagte er und trat ein.

Kristian blieb vor meinem Tisch stehen. Ich deutete auf den Stuhl, er setzte sich. Sein Werkzeuggürtel klapperte. Seine braunen Augen sahen aus wie Mandeln, die voluminösen Brustmuskeln spannten das T-Shirt des Abenteuerparks.

«Waren Sie den ganzen Tag an der Kasse?», fragte ich.

Kristian nickte. «Es lief richtig gut heute», sagte er. «Und das Eidechsen-Gruppen-Armbändchen war der Renner.»

«Venla ist also nicht zur Arbeit gekommen?»

Er senkte den Blick.

«Nein, wahrscheinlich ist sie krank.»

Im gleichen Moment dachte ich an die fehlenden 200 000 Euro und an das, was Laura Helanto gesagt hatte. Dass Juhani Venla nicht nur wegen des Ticketverkaufs eingestellt hatte. Mir war noch nicht klar, wie das alles miteinander zusammenhing. In jedem Fall musste ich mit dieser Venla sprechen. Sofern sie an ihren Arbeitsplatz zurückkehrte, immerhin eine Vollzeitstelle, für die sie monatlich bezahlt wurde. Es war absurd. Und ärgerlich.

«Hat Sie sich bei Ihnen gemeldet?», fragte ich. «Konnten Sie mit ihr sprechen?»

Kristian sah mich an. Überrascht, verwirrt. Seine Wangen waren gerötet.

«Also, ja. Und nein.»

Ich wartete.

«Nicht wirklich.» Kristians Gesicht war inzwischen feuerrot angelaufen. «Mit anderen Worten, gar nicht.»

«Sie sprechen nicht miteinander?»

«Nein.»

«Aber Sie sind doch ihre Vertretung.»

«Ja.»

«Wobei Sie eigentlich für Reparaturen zuständig sind.»

«Das stimmt.»

«Sollte Venla nicht ihre Arbeit machen?»

Kristian schluckte schwer. Er versuchte, es zu verbergen. «Halb so wild», sagte er. «Macht keine Mühe.»

«Wie wäre es, wenn Sie auch noch die Arbeit von allen anderen erledigen würden?»

«Was? Warum denn?»

«Wenn es keine Mühe macht.»

«Die Arbeit von den anderen? Wieso denn? Was machen die denn dann?»

«Mal sehen», sagte ich. «Vielleicht machen sie einfach frei, so wie Venla.»

Kristian lächelte gequält. «Steht das etwa zur Diskussion?», fragte er.

«Nein», schnaufte ich. «Nicht, dass ich wüsste. Meine Frage war rhetorisch. Ich wollte Ihnen vor Augen führen, dass Sie eine unlogische Verhaltensweise an den Tag legen. Ganz grundsätzlich gesprochen.»

Kristian sah aus, als würde er einen steilen Gipfel erklimmen. «Sie wollten etwas besprechen», sagte ich. «Sie haben geklopft.»

«Ja, genau», sagte er, sichtlich erleichtert über den Themenwechsel. «Ich weiß ja, dass heute Ihr erster Tag bei uns ist. Es wurde darüber gesprochen, also, die anderen sprachen darüber, dass wir einen neuen Chef und Sie ab jetzt hier das Sagen haben ...»

«Ja, danach sieht es aus», sagte ich. Nickte.

«Also, vor etwa einem Monat haben Juhani und ich so eine Art Vereinbarung getroffen. Und jetzt ist Juhani ... nicht mehr hier, sitzt nicht mehr da auf dem Stuhl, das tut mir so leid. Aber wir hatten diesen Deal ... und ich frage mich, wie es jetzt mit dieser Sache weitergeht.»

Ich wartete einen Augenblick. «Um welche Sache geht es denn?»

«Na ja, wir hatten vereinbart», sagte Kristian. Sein Blick suchte den Raum ab. Vielleicht suchte er einen Fixpunkt, an dem er sich festhalten könnte. «Also, dass ich ... er wollte mich zum ...»

«Sie sollten befördert werden?», sagte ich.

«Zum Geschäftsführer», sagte er.

Ich war sicher, mich verhört zu haben. «Bitte?»

«Chef. Boss. Geschäftsführer.»

Und dann begriff ich. Natürlich. Juhani wollte Kristian zum Geschäftsführer machen. Weil er einen brauchte, der nicht so genau hinschauen würde. Einen, der eine Unterschrift leisten würde, wenn es sich als nötig erweisen sollte.

Oder konnte es sein, dass ich die verborgenen Talente dieses Mannes übersah? Ich musterte ihn, ließ mir durch den Kopf gehen, was ich bisher über ihn wusste. Nein. Falls man bei diesem Mann Führungskompetenz freilegen wollte, musste man bis zum Mittelpunkt der Erde vordringen. Oder so ähnlich.

«Kristian», sagte ich. «Das wird nicht gehen.»

Kristian sah mich mit seinen braunen Augen an. «Doch», sagte er.

«Nein. Wissen Sie, es ist so ...»

«Ja. Ich bin Geschäftsführer.»

«Nun, was ich sagen möchte ...»

«Ich will nichts hören», sagte er mit Nachdruck. «Ich will Geschäftsführer werden.»

Wir schwiegen.

«Wir haben eine Vereinbarung», sagte er schließlich. Seine Stimme war wieder eine Oktave tiefer.

Ich betrachtete die Papierstapel auf dem Schreibtisch, vor allem die, die ich schon hatte sichten können. Juhani war in irgendetwas verstrickt. Natürlich war er in eine finanzielle Katastrophe geraten, aber da war noch etwas anderes.

Falls Kristian die Wahrheit sagte, und ich hatte keinen Grund, daran zu zweifeln, dann war Juhani vor etwa einem Monat in eine Situation gekommen, in der es ihm ratsam erschienen war, die Führung dieses Unternehmens abzugeben.

«Kristian», sagte ich behutsam. «Lassen Sie uns ein anderes Mal darüber reden.»

Er sprang von seinem Stuhl auf, reichte mir die Hand. Ich nahm sie, spürte unmittelbar die Wucht seines Händedrucks. Eine Kraft, die aus der Mitte seines Körpers zu kommen schien. Er hatte kachelartige Bauchmuskeln, die man durchaus als Argument für einen Deal hätte betrachten können. «Dann ist das also abgemacht», sagte er.

Ich wollte neu ansetzen, bremste mich aber und wiederholte einfach, was ich zuvor gesagt hatte. Dass wir auf die Angelegenheit demnächst zurückkommen würden. Das überzeugte ihn, er ließ meine Hand los, wendete sich ab, ging zur Tür. Dann drehte er sich noch einmal um, streckte seinen Arm aus. Zeigefinger und Daumen formten eine Pistole, er drückte ab, zwinkerte mir zu, wobei er beide Augen schloss.

«Cool», sagte er.

7

Der Mann wedelte mit den Unterlagen vor meiner Nase herum. «Blablabla», rief er. Er zog sich zurück, ich folgte ihm. Ich wollte nach dem Papierstapel in seinen Händen greifen, aber meine Hände waren schwer, meine Bewegungen hoffnungslos langsam. Der Mann quälte mich mit seinem Geplapper. Ich konnte sein Gesicht nicht erkennen. Die einzelnen Teile, Mund, Nase, Wangen, Stirn wechselten fortwährend den Ort, das Gesamtbild blieb unvollständig. Ich brauchte diese Unterlagen. Sie würden mir erklären können, was mit dem Geld passiert war. Ich holte Schwung, sprang und bekam etwas zu packen ...

Dann erwachte ich, während ich zu Boden fiel. Ich fiel auf die linke Seite, meine rechte Faust prallte gegen den Teppich neben meinem Bett. Der Schmerz kam mit Verzögerung. Ich wollte mich aufrichten, als ich spürte, dass ich mir auch den Kopf aufgeschlagen hatte. Der Kopf hatte den Teppich verfehlt und war stattdessen mit dem Laminatboden kollidiert. Links an der Stirn war ein Pochen. Ich setzte mich endlich auf, sondierte die Lage.

Die Digitaluhr auf dem Nachttisch zeigte in blutroten Ziffern die Zeit an: 03:58.

Schopenhauer war ebenfalls wach, er betrachtete mein Treiben vom Fußende des Betts. Ich sagte nichts zu ihm. Ich hatte keine Lust auf eine Diskussion über einen Nachtsnack. Ich streifte die

Wollsocken und den Bademantel über, ging in die Küche, trank ein Glas Wasser und öffnete die Tür zum Balkon.

Der Beton unter meinen Füßen war eiskalt, aber die Luft war rein und leicht. Es herrschte vollkommene Stille.

Ich war erschöpft nach Hause gekommen, hatte mir schnell etwas zu essen gemacht – kalte Würstchen und einen sauren Apfel – und war dann ins Bett gegangen.

Mein erster Tag im Abenteuerpark hatte bei mir denselben Effekt wie bei den Besuchern. Laura Helanto hatte das auf den Punkt gebracht. Wer einen Tag lang im *DeinMeinFun* herumtobte, schlief am Abend wie ein Stein. Absolut richtig, das konnte ich bestätigen.

Die Kälte fühlte sich inzwischen recht angenehm an. Meine Stirn pochte immer noch, aber der Schmerz ließ langsam nach. Vieles, was Laura Helanto am Tag zuvor gesagt hatte, fiel mir wieder ein. Eines nach dem anderen. Als würde jemand in regelmäßigen Abständen Steine in einen spiegelglatten See werfen.

Sie hatte sich darüber gewundert, dass ich so zügig vor Ort gewesen war, so kurz nach Juhanis Tod. Ich hatte zunächst nicht verstanden, was sie meinte. Trauerzeit, hatte sie gesagt. Ob ich mir nicht eine Weile dafür nehmen wolle. Dann war ihre Aufmerksamkeit vom defekten Bananenspiegel absorbiert worden, ich war nicht mehr dazu gekommen, ihre Frage zu beantworten. Aber jetzt, an der Schwelle zwischen Nacht und Morgen, kam ich darauf zurück, setzte die Unterhaltung mit ihr fort, obwohl sie gar nicht da war.

In Gedanken antwortete ich Laura, dass ich nicht sah, wie sich die Situation verändern oder gar verbessern würde, wenn ich auf dem Sofa über Tod und Zukunft grübelte. Keines von beidem scherte sich um mein Grübeln.

Hinzu kam, dass für Juhanis Beerdigung nichts zu organisieren war. Der Anwalt hatte gesagt, dass er sich Juhanis Anweisungen folgend um alles kümmern werde. Ich sollte lediglich die Urne aussuchen, Juhani hatte eine Einäscherung gewollt. Den Termin für die Urnenbeisetzung würde mir der Anwalt nennen, eine Trauerfeier war nicht geplant. Es gab auch gar nicht viele Menschen in Juhanis Umfeld, für die man trockene Fleischbällchen, warmen Kartoffelsalat und ein wenig zu harte Zimtschnecken hätte bestellen müssen. Deshalb würde auch niemand den Pfarrer vermissen, der in seiner Rede über den Verstorbenen Informationen aus zweiter Hand wiedergegeben hätte. Informationen, die vermutlich nicht mal aus erster Hand hätten beglaubigt werden können. Ich ging davon aus, dass ich beizeiten Ort und Zeit der Beisetzung erfahren würde. Man würde mir immerhin ein Stück Seil zur Verfügung stellen. Für die Beisetzung der Urne, nicht um Juhani ins Grab zu folgen.

Vor allem aber fragte ich mich, wie genau ich um Juhani hätte trauern sollen.

Er war mein Bruder gewesen.

Wir waren im Chaos aufgewachsen.

Unsere Eltern hatten nacheinander die Kontrolle über irgendeinen Bereich ihres Leben verloren. Der Spruch *vom Regen in die Traufe* war vermutlich für die beiden erfunden worden. Wann immer sie ihr Alkoholproblem, die Imitation eines Künstlerlebens, vorübergehend in den Griff bekommen hatten, verging in der Regel eine Woche, bis sie begannen, sich sinnlos Dinge zu kaufen. Dinge, die wir nicht brauchten und die sie sich nicht leisten konnten. Als das Ganze dann erwartungsgemäß auf eine Katastrophe zusteuerte, wechselten sie den Wohnort und nahmen uns mit in eine muffige Kommune, um von vorne anzufangen. Die Kommune wurde geleitet von einem vollbärtigen Mann, der stets einen zu kurzen dreckigen Pullover trug. Sogar wir Kinder wussten, dass er mit jeder Frau im Haus etwas hatte.

Als diese Wahrheit auch unserem impulsiven Vater dämmerte, waren wir wieder auf Achse. Um sich an dem sexsüchtigen Kommunen-Utopisten zu rächen, begab sich mein Vater direkt ins Herz des Kapitalismus. Meine Eltern verdingten sich für eine Weile als Verkäufer von Tupperware. Irgendwann stand unsere überteuerte Mietwohnung voll mit Plastikbehältern und Plastikgeschirr in allen erdenklichen Größen. Um dieses Minusgeschäft auszugleichen, gründeten sie dann ein Puppentheater. Ich war dreizehn Jahre alt, aber mir war bereits klar, dass auch diese Unternehmung in einem Desaster enden würde. Es änderten sich nur von Mal zu Mal die Erscheinungsformen.

Und so weiter.

Niemals ergab irgendetwas einen Sinn.

Ich hatte mir deshalb schon in jungen Jahren geschworen, mein späteres Leben auf Fakten, Vernunft, Kontrolle und Voraussicht aufzubauen. Bereits als Kind wurde mir klar, dass der Schlüssel zu all dem die Mathematik ist. Menschen lügen, Zahlen nicht. Mein Leben war von Chaos umgeben, Zahlen versprachen Ordnung. Zusätzlich zu den Schulaufgaben begann ich aus purer Freude zu rechnen. Bald war ich in Mathe den anderen um zwei Jahrgangsstufen voraus.

Unsere Eltern starben, als Juhani und ich Anfang zwanzig waren. Es waren keine dramatischen Umstände. Irgendwie starben sie an Altersschwäche, obwohl sie noch gar nicht so alt gewesen waren, noch keine sechzig. Vermutlich war das haltlose Leben, das sie geführt hatten, einfach zu anstrengend geworden. Sie wurden ihrer merkwürdigen Projekte einfach müde – zuletzt hatten sie Joghurt aus Bulgarien importiert.

Wie genau sollte ich jetzt um Juhani trauern?

Ich denke, dass ich schon vor langer Zeit begonnen hatte, um ihn zu trauern. Dieser Gedanke kam mir, während ich gegen das kühle Geländer des Balkons gelehnt stand. Ich hatte um Juhani getrauert, als ich auch um unsere Eltern getrauert hatte. Juhani war ihnen sehr ähnlich gewesen, und er hatte sich nicht mal daran gestört. Wie unsere Eltern war auch Juhani von einer hoffnungslosen Lebenssituation in die nächste geschlittert. Er hatte rauchende Ruinen zurückgelassen, hatte vor selbstverursachten Fiaskos die Flucht ergriffen und darüber sogar noch lachen können. Genau deshalb war ich so wütend auf ihn. Vor allem, weil er ausgerechnet mir diesen auf mysteriöse Weise verschuldeten Abenteuerpark vermacht hatte.

Jetzt, als ich das Geländer umfasste und mit aller Kraft die kühle Luft einsog, wurde mir das mit voller Wucht bewusst. Und mir wurde auch klar, dass es die Geschichte meiner Familie war, die hier konsequent fortgeschrieben wurde.

DeinMeinFun war Juhani, es war mein Vater und meine Mutter.

Es war unsere Familie.

Genau das machte die Sache so schwer.

Ich hatte nämlich keineswegs vergessen, wie die letzten Gespräche mit meinen nächsten Verwandten abgelaufen waren. Immer wieder, bis zum Ende, hatte ich versucht, ihnen gut zuzureden. Ich hatte ihnen vor Augen geführt, dass ihr Handeln nicht rational war, rosarotes Wunschdenken. Ich hatte erläutert, dass die Kosten-Nutzen-Abwägung und die Soll-Haben-Bilanz nicht aufgingen. Ich hatte auch deutlich gemacht, wie eine Konsequenz unwillkürlich andere Konsequenzen nach sich ziehen konnte. Meistens waren diese Gespräche im Sande verlaufen, oder sie hatten im Streit geendet. Man war beleidigt gewesen oder auch stinksauer, Funkstille. Der nächste Versuch hatte zum nächsten Konflikt geführt.

Und jetzt waren sie alle tot.

Der Beton unter meinen Füßen war plötzlich eiskalt, ein stechender Schmerz fuhr in meine Fußsohlen. Die Sterne am Himmel waren wie hell leuchtende Nadelspitzen.

Ein Gedanke hatte sich angeschlichen wie eine Welle, wie ein Schnellzug, der zügig heranrast. Ich kannte den Inhalt des Gedankens, bevor ich ihn in Worte fassen konnte. Ich wusste, dass die Entscheidung längst getroffen war, auch wenn ich kurz zuvor allem ausweichen wollte: dem Gedanken, den Folgen und der Verantwortung, die ich tragen musste.

Ich war *DeinMeinFun*.

8

Laura Helanto aß ihre Zwischenmahlzeit auf dem Hinterhof des Parks. Sie saß allein auf einem der Gartenstühle, die kürzlich geliefert und dort abgestellt worden waren.

Ich lief die Metalltreppe hinunter, die zum Hof führte, steuerte auf die Sitzgruppe zu. Für die Jahreszeit war es ein eher ruhiger, warmer Tag, der Himmel tiefblau und wolkenlos. Die Welt erschien mir hell. Alles war in Bewegung und stand im selben Moment still.

Ich atmete tief ein.

Ich hatte den Abend, die Nacht, den Morgen mit Juhanis chaotischen Unterlagen verbracht. Meine Zweifel hatten sich, wenn das überhaupt möglich war, noch weiter verdichtet. Andererseits hatte ich vielleicht einen wirtschaftlichen Hoffnungsschimmer in dem ganzen Durcheinander gefunden.

Laura hielt die Gabel in der rechten, das Telefon in der linken Hand. Sie hob den Blick erst, als ich nur noch wenige Schritte von ihr entfernt war. Ihre Brillengläser reflektierten das Sonnenlicht. Trotzdem glaubte ich, einen blitzschnellen Schreck zu sehen, bevor sie ein Lächeln auf ihr Gesicht zauberte.

«Ah, hallo», sagte sie.

«Ich habe festgestellt, dass die Buchführung der Tageskasse eine Art Eigenleben führt», sagte ich. Ich setzte mich ihr gegenüber, auf die andere Seite des Gartentisches. «Können Sie mir sagen, wer dafür verantwortlich ist?»

Sie schwieg, stocherte mit der Gabel in ihrem Lunchpaket herum. Offenbar suchte sie die Gurkenstückchen. Das Lächeln war gewichen.

«Juhani hatte mir die Verantwortung für die Tageseinnahmen übertragen», sagte sie.

«Warum?», fragte ich.

«Gibt es ein Problem? Ich sende jeden Morgen eine Auflistung an Juha... an Sie, wie vereinbart. Und natürlich lasse ich Ihnen Wochenberichte zukommen. Am Ende des Monats einen Monatsbericht. Den sogar als Ausdruck, den ich auf den Schreibtisch lege. So hat Juhani es gewollt.»

«Ja, ganz richtig», sagte ich. «Das meine ich ja. Die Tageskasse führt dahingehend ein Eigenleben. Die Erträge sind bestens. Ich war nur überrascht, dass ich den aktuellen Bericht, ebenso wie etwa zwanzig weitere, als Ausdruck auf dem Schreibtisch vorfand. Warum wollte Juhani das so? Und haben Sie das früher anders gehandhabt?»

Die Gabel verharrte in der Luft, auf halbem Weg zwischen der Lunch-Box und Laura Helantos Mund, mit einem Stückchen Gurke.

«Wenn ich das richtig sehe, wurde es früher anders geregelt», sagte sie. «Da gingen alle Daten direkt an die externe Buchhaltung, elektronisch. Aber Juhani teilte mir mit, dass er den Buchhalter entlassen habe. Und solange er keinen neuen fand, wollte er, dass ich mich um die Tageseinnahmen kümmere und die Berichte direkt an ihn schicke.»

Sie zögerte, ließ die Gabel sinken. «Gibt es denn irgendein Problem?», fragte sie.

Die kurze, ehrliche Antwort hätte lauten müssen: «Ja.»

Es kam ordentlich Geld rein, aber deutlich mehr versickerte.

Und je länger ich das alles zusammenrechnete – diesen Anwalt und Kristian, der Geschäftsführer werden wollte, und die doppelten Buchführungen sowie dubiose Kredite, in die auch die Künstlerin Laura Helanto verstrickt war –, desto eigenartiger wurde das alles. Ich kam nicht dazu, Laura Helantos Frage zu beantworten, denn sie fuhr fort. «Ich weiß, dass der Park gut in Schuss ist. Und ich habe meine Arbeit immer nach bestem Wissen und Gewissen gemacht.»

Das klang aufrichtig. Auch das war ein Problem. Kristian machte einen ehrlichen Eindruck, selbst der Anwalt. Laura Helanto sowieso. Alle schienen aufrichtige Personen zu sein, aber dennoch war auf dubiose Weise eine große Menge Geld verschwunden.

«Wissen Sie, wie Juhani diese Angelegenheiten früher bearbeitet hat?»

«Welche Angelegenheiten?»

Die Frage kam schnell, wie aus der Pistole geschossen. Ein Flackern huschte über die Brillengläser.

«Betriebswirtschaftliche Dinge», sagte ich. «Das *DeinMeinFun* ist ja eher ein mittelgroßes als ein kleines Unternehmen, deshalb denke ich ...»

«Verfügen Sie denn über solche Erfahrungen?», fragte sie. «In betriebswirtschaftlichen Dingen?»

Die Frage überraschte mich, obwohl sie eigentlich nahelag. Vielleicht sah sie mir die Überraschung an.

«Nein», sagte ich, weil es der Wahrheit entsprach. «Gar keine.»

Wir sahen einander an. Laura Helanto schwieg. Auch ich hatte nichts mehr hinzuzufügen. Ich wollte nicht meine unfertigen Schlussfolgerungen offenlegen. Das erschien mir unangemessen. Es entsprach mir nicht, und es passte auch nicht zum Ernst der Lage.

«Ich versuche einfach, herauszufinden, was hier los ist», sagte ich. «Vieles ist gut. Der Park hat viele Besucher, das ist erfreulich. Im Großen und Ganzen läuft es.»

Ich hielt inne, verschwieg die Kehrseite der Medaille. Sie suchte meine Augen, dann schien sie sich ein wenig zu entspannen, führte die Gabel an ihre Lippen.

«Haben Sie schon zu Mittag gegessen?», fragte sie.

«Nein», entgegnete ich. Ich stellte fest, dass ich daran gar nicht gedacht hatte. Aber ich hatte Hunger. «Nein, noch nicht ... vielleicht hole ich mir was aus dem *Krummen Kuchen.*»

«Ich hätte Falafel und Hummus im Angebot», sagte sie. Sie schob die kleinen Behälter auf meine Seite des Tisches. «Ich bin schon satt. An den Gurkenstückchen knabbere ich nur herum, weil ich davon so viele in den Salat getan habe.»

Ich warf einen Blick in die kleinen Behälter. Obwohl ich Hunger hatte, sträubte sich etwas in mir dagegen zuzugreifen. Es war nicht richtig, etwas von einem Menschen entgegenzunehmen, den ich der Unterschlagung verdächtigte.

«Nein, aber trotzdem danke», sagte ich.

Laura Helanto stocherte weiter in den Gurken, ihr Telefon bimmelte. Sie betrachtete das Display. Ich erkannte ein buntes Bild, ein Gemälde, auch wenn das Sonnenlicht stark spiegelte. Sie atmete tief ein und aus, sah mich an.

«Entschuldigung», sagte sie. «Dieser Kerl hier will eines meiner Bilder kaufen, bietet aber einen Preis, der nicht mal die Kosten für die Farbe deckt. So läuft das heutzutage, alle wollen was für umsonst. Alle denken natürlich, dass sie ja auch selbst so ein Bild malen könnten, wenn sie nur die Zeit dafür hätten. Vielleicht sogar ein besseres.»

«Darf ich es mal sehen?», fragte ich, ohne den Gedanken zu

Ende zu denken. Das war jetzt schon das zweite Mal. Am Tag zuvor hatte ich zu meinem eigenen Erstaunen begonnen, Laura Helanto von meiner Beziehung zu meinem Bruder Juhani zu erzählen. Ich hatte keine Ahnung, was los war.

«Selbstverständlich», sagte sie, hielt mir das Display vor die Nase. Ich sah Rot und Weiß. Es war wohl ein recht großes Gemälde. Es stellte nichts Konkretes dar, und doch konnte ich in den Mustern bald Figuren und Bewegungen erkennen. Ich war wie gefangen. Musste mich losreißen.

«Beeindruckend», sagte ich und spürte sofort, dass ich mich auf gefährliches, fremdes Terrain bewegte. Trotzdem redete ich weiter, ich wusste nicht, warum. «Das ist wirklich kraftvoll. Es wächst beim Betrachten. Es beginnt, sich zu bewegen. Es lebt. Ich hatte den Eindruck, andauernd etwas Neues zu entdecken.»

«Danke», sagte sie, nahm das Telefon wieder an sich, verdunkelte den Bildschirm. «Das freut mich.»

Ich wollte mich der Situation entziehen, blieb aber sitzen. Ich dachte darüber nach, wie ich ausgehend von buchhalterischen Fragen plötzlich bei wirren Interpretationen von Kunst gelandet war. Das sah mir nicht ähnlich. Ich stand auf, vermied es, Laura Helanto in die Augen zu sehen.

«Sie haben also auch eine andere Seite», sagte sie.

«Welche?»

«Ich meine, was Sie gerade über mein Bild gesagt haben, die freundlichen Worte.»

Ich hätte sagen müssen: Keine Ahnung, woher die Worte gekommen waren.

«Das freut mich wirklich», sagte sie. «Gerade weil mir das Malen so schwergefallen ist. Vielen Dank für die Ermutigung.»

«Gern geschehen», sagte ich.

Vielleicht war da neben dem Rauschen und Summen, das von der Schnellstraße kam, auch ein anderes Rauschen zu hören, auf einer anderen Frequenz. Laura beugte sich vor, hob die Schultern an. «Als Sie hier angekommen sind, haben Sie keine Zeit verschwendet, kaum gegrüßt und auch nicht gefragt, wie es uns geht und wie es so läuft.»

«Solche Fragen stelle ich grundsätzlich nicht», sagte ich. Ich entspannte mich ein wenig, die schweren Themen waren abgearbeitet. Ich wusste, wovon ich sprach.

«Aha. Okay», sagte sie.

«Ich bin einfach nicht daran interessiert, wie es den Leuten geht. Ich will auch nicht wissen, was sie denken. Ich will nicht in Erfahrung bringen, was sie gemacht haben oder wie sie irgendetwas empfunden haben. Ich möchte nicht darüber informiert werden, was sie vorhaben, anstreben oder was sie sich wünschen. Deshalb stelle ich solche Fragen nicht.»

«Okay.»

«Aber natürlich mache ich unter besonderen Umständen auch Ausnahmen.»

«Aha.»

Ich stand immer noch vor ihr. Lächelte sie? Ihre Reaktion war so unerwartet wie meine eigene. Ich hatte keineswegs vorgehabt, meine Gedanken preiszugeben, aber genau das hatte ich getan. Die Sache wurde zunehmend unangenehm. Die Unregelmäßigkeiten in der Buchhaltung haben Vorrang. Sonst nichts, schon gar nicht ... was immer es war. Ich hatte keine Ahnung, was genau hier ablief. Und warum ich hier wie angewurzelt rumstand, Laura Helantos Blick suchend. Ich wollte gerade wieder etwas Unbedachtes sagen, als hinter meinem Rücken Rettung nahte.

«Hallo, Henkka», rief Kristian mir von der Laderampe zu und

winkte. «Hier sind zwei Herren, die dich sprechen möchten. In deinem Büro. Sie sagen, dass ihr euch kennt. In jedem Fall wussten sie, wo dein Büro ist.»

Ich machte einen Schritt in seine Richtung, wendete mich noch mal an Laura Helanto.

«Kein Mensch nennt mich Henkka», sagte ich. «Das mag ich nicht.»

«Okay», antwortete sie und fügte hinzu: «Henri.»

Ja, sie lächelte wirklich.

9

Mein erster Eindruck war, dass die beiden Herren zwei Ein-Mann-Delegationen waren. Sie passten absolut nicht zusammen.

Der Ältere war in meinem Alter, trug ein blaues Hemd und ein schwarzes Jackett sowie helle Jeans und hellbraune Lederschuhe. Er schien mich sofort zu erkennen, in dem Moment, in dem ich das Büro betrat. Genauer gesagt, hatte ich den Eindruck, dass er schon vorher genau gewusst hatte, wem er begegnen würde.

«Mein Beileid», sagte er. «Ihr Bruder war ein interessanter Mensch.»

Sein Gesicht war rundlich und mit Pockennarben übersät. Seine Augen waren blau und klein. Die adrett gekürzten hellbraunen Haare hatte er nach links gekämmt. Abgesehen von dem halben Fußball am Bauch entsprachen Statur und Figur der Norm. Wir reichten einander die Hand, ich stellte mich vor, obwohl mir klar war, dass er mich kannte. Ich wartete vergeblich darauf, dass er seinen Namen nennen würde.

«Wir sollten kurz reden», sagte er. Das war alles.

Ich sah hinüber zu dem zweiten Mann, der auf der anderen Seite des Raums stand, fast an der Wand. Ein junger, breitschultriger Kerl mit Glatze. Er kaute Kaugummi, trug einen schwarzen Trainingsanzug von Adidas, dem Augenschein nach in Größe XXL. In seiner rechten Hand hielt er ein extragroßes Smartphone, in seinen Ohren steckten weiße Kopfhörer. Alles in allem sah er aus wie ein Teenager-Mutant.

«Um was geht es denn?», fragte ich.

Der Ältere bewegte sich, als wäre er hier zu Hause Er schloss die Tür. Dann wies er mir den Platz hinter dem Tisch zu und zog sich selbst einen Stuhl heran. Ich umkreiste den Konferenztisch, setzte mich. Der Mutant stand still, wie eine Statue mit Stöpseln in den Ohren.

«Ich hörte, Sie seien Mathematiker», sagte der Ältere.

«Versicherungsmathematiker. Worum geht es?»

Er betrachtete mich für eine Weile, bevor er antwortete. «Es geht um eine Angelegenheit Ihres Bruders, die jetzt Ihre Angelegenheit ist.»

Klar, dachte ich. Ich beugte mich vor, griff nach dem zentimeterdicken Stapel Rechnungen und legte ihn vor mir ab.

«Von welcher Firma kommen Sie?», fragte ich.

Die schmalen Augen des Mannes öffneten und schlossen sich langsam. Der Gedanke an ein Reptil drängte sich auf, auch wenn ich es nicht wollte. Eine Eidechse, ein Leguan, etwas in der Art.

«Als Juhani starb, hatte er bei uns 200 000 Euro Schulden», sagte er. «Inzwischen sind es 220 000. Wissen Sie, warum?»

«Wovon genau sprechen wir denn?», fragte ich.

«Wissen Sie, warum?», wiederholte der Mann.

«Ich müsste erst wissen ...»

«Wegen der Zinsen», sagte er. «Und der Zins liegt bei zehn Prozent.»

«In welchem Zeitraum?»

«Wie gesagt. Seitdem Ihr Bruder verstorben ist.»

«Also zwei Wochen, vier Tage. Zehn Prozent? Wo wurde diese Vereinbarung geschlossen?»

«Hier. In diesem Raum», sagte der Mann. Er streckte mir beide Hände entgegen, als wolle er ein Geschenk überreichen. «Per Handschlag.»

«Handschlag? 200 000 Euro?»

Er führte jetzt die Hände vor dem Körper zusammen, öffnete sie, nickte. Es war theatralisch, und von mir aus hätte die Vorstellung an diesem Punkt gerne enden dürfen.

«Das ist völlig absurd», sagte ich. «Ich muss Sie bitten zu gehen. Ich weiß nicht mal, wer Sie sind. Sie haben keinen Vertrag. Das alles ergibt keinen Sinn. Bitte gehen Sie.»

Dem Mann rührte sich nicht. Der Mutant hatte ohnehin die ganze Zeit regungslos an der Wand verharrt. Die kleinen stechenden Augen des Älteren öffneten und schlossen sich, sehr langsam.

«Ich kann den Zinssatz auch gut und gerne erhöhen, wenn es Anlass dazu gibt», sagte er.

«Sie kommen hierher und fordern 200 000 Euro …»

«220 000», korrigierte er.

«Und dieser Zinssatz. Zehn Prozent in zwei Wochen und vier Tagen. Das läuft auf einen Jahreszins von … sechshundert Prozent hinaus?»

«Sie sind ein Schnellrechner?»

«Ist nicht allzu schwer. 220 000 dividiert durch 200 000 hoch 365 durch 18, multipliziert mit einhundert minus einhundert ergibt 590,799.»

«Respekt», sagte der Mann.

«Was?»

«Das war schnell, wirklich. Das hätte sogar ich selbst nicht ad hoc benennen können.»

«Ich wollte Ihnen lediglich vor Augen führen, dass Sie hier verrücktes Zeug erzählen. Wenn Sie jemanden auf den Arm nehmen wollen, dann machen Sie es doch bitte demnächst überzeugender.»

«Überzeugender?»

«Etwa so wie Wertheimer fast den großen Einstein auf den Arm genommen hat. Er hat folgende Konstellation in den Raum gestellt: Ein altes Auto fährt eine Strecke von zwei Kilometern, auf einen Hügel und runter. Weil es ein altes Auto ist, kann es den ersten Kilometer, nach oben, nicht schneller als mit durchschnittlich 15 km/h zurücklegen. Die Frage lautet – wie schnell muss die Karre den zweiten Kilometer bewältigen? Abwärts kommt sie schneller voran. Wie schnell muss das Auto sein, um im Durchschnitt bei 30 km/h zu landen?»

Der Mann spitzte die Lippen, dachte nach, sagte: «Das ist einfach. Zwei Kilometer. Der erste wird mit 15 km/h zurückgelegt. Ganz klar, dann muss der zweite mit 45 gefahren werden. Weil 45 plus 15 60 ergibt. Macht bei zwei Kilometern 30.»

«Sie lassen sich täuschen», entgegnete ich. «Die richtige Antwort lautet, dass es schlicht nicht möglich ist. Nicht mal, wenn das Auto den zweiten Streckenteil wie eine Rakete düsen würde.»

Der Mann schwieg.

«Das alte Auto braucht bei 15 km/h Fahrtgeschwindigkeit und einer Strecke von einem Kilometer vier Minuten, um nach oben auf den Hügel zu kommen. Wie lange dauern Auf- und Abfahrt bei 30 km/h? Die Strecke nach oben und unten ist zwei Kilometer. Das müssten dann also auch vier Minuten Fahrt sein. Vier Minuten für die gesamte Strecke. Aber diese vier Minuten sind bereits verstrichen, wenn das Auto oben auf der Hälfte der Strecke ankommt. Verstehen Sie?»

Ich suchte die Augen des Leguans, der Eidechse. Er senkte seine Lider ab und hob sie an.

«Einstein hat das auch erst begriffen, als er sehr gewissenhaft gerechnet hat», fügte ich hinzu. «Aber natürlich sind nicht alle wie Einstein. Sie auch nicht. Das meine ich nicht böse, ich möchte Ihnen nur den Sinn dafür schärfen, dass es manchmal sinnvoll sein kann, die Dinge präzise zu durchdenken. So wie Wertheimer das gemacht hat.»

«Und Sie?», fragte er.

«Was?»

«Sind Sie in die Falle getappt?»

«Zunächst, ja», antwortete ich ehrlich. «Aber weil ich immer alles gegenrechne und sorgfältig überdenke, habe ich schnell bemerkt, dass ich getäuscht werde. Es ist schwer, mich auszutricksen. Ich überlasse nichts dem Zufall. Ich glaube fest an Wahrscheinlichkeiten.»

«Das erscheint mir vielversprechend.»

«Inwiefern?», fragte ich. Keine Ahnung, warum ich nachhakte. Ich wollte einfach nur, dass diese Männer mein Büro verließen.

«Für das Verständnis der Angelegenheit», sagte er. «Es ist sicher an der Zeit, die Sache ein wenig verständlicher zu machen. AK.»

Dieses AK galt offenbar dem Mutanten. Der reagierte zunächst nicht, anscheinend lief etwas Spannenderes auf seinen Kopfhörern.

«AK!»

Der Teenager-Mutant zuckte zusammen, nahm den Stöpsel aus seinem rechten Ohr. Ich konnte ein tiefes Wummern hören. Er sah den Älteren fragend an.

«AK», sagte der Ältere. «Sei so gut.»

Dann ging alles sehr schnell.

AK steckte den Stöpsel zurück ins Ohr, steckte sein Telefon in die Jogginghose, machte einige zügige Schritte auf mich zu, umkurvte wendig den Schreibtisch und griff sich meinen rechten Arm, er nahm ihn an sich, als sei er nun ein Teil seines eigenen Körpers.

Ich wurde nach oben gewuchtet, unter AKs Achsel. Er roch stark nach Aftershave und Deodorant. Der Schmerz war wie eine Explosion, deren Druckwellen sich in meinem Körper ausbreiteten. AK verbog meinen kleinen Finger. Ich tastete mit meiner freien Hand nach seinen Händen, versuchte, mich aus der Umklammerung zu lösen. Es fühlte sich an, als würde ich mit bloßen Händen versuchen, einen Dammbruch zu verhindern. AK drehte die Schraube immer weiter an. Der Schmerz ließ mich erstarren, ich bekam keine Luft mehr.

«Na, du Einstein. Du verfluchter Windjammer oder Wiener oder was auch immer. AK kann dir den Finger auch ganz abreißen. Ich war mal dabei, als er das gemacht hat. Hat einfach den Finger abgerissen, durchaus beeindruckend. Ich mochte das Geräusch. Als würde man ein Hähnchen zerlegen. Fleischig. Nur deutlich lauter. Ob es heute dazu kommen wird, weiß ich nicht. Er kann mich sowieso nicht hören. Kannst du mich denn hören, Henri?»

Ich nickte. Einmal, zweimal.

«Das ist gut», sagt der Mann.

AK drehte die Schraube an.

«Es könnte dich überraschen, dass dein Bruder Juhani ein passionierter Pokerspieler war. Er liebte es. Wir haben ihm Geld geliehen, damit er seiner Passion nachgehen konnte. Alles lief gut. Er spielte, wir liehen ihm Geld. Er beglich seine Schulden, wir liehen ihm wieder etwas. Warum auch nicht? Alle waren zufrieden. Dann hörte er plötzlich auf, seine Schulden zu begleichen, spielte aber weiter. Da waren nicht mehr alle zufrieden. Verstehst du?»

Ich nicke, wieder zweimal. Der Ältere hob seine Arme und spreizte sie vom Körper ab, wie ein Schiedsrichter, der ein Tor für ungültig erklärte. AK ließ mich los. Meine Hand brannte wie Feuer. AK ging zurück an seinen Platz bei der Wand, als hätte er sich in Wirklichkeit nie wegbewegt. Ich tastete mit meiner linken die rechte Hand ab. Ich war nicht sicher, ob etwas gebrochen war oder nicht.

«Der Finger scheint noch dran zu sein», sagte der Mann. «220 000 Euro.»

«Ich habe keine ...»

«Du hast, und ich weiß es», sagte er. «Das Geschäft an der Tageskasse brummt.»

Ich hörte seine Worte zweimal. Als er sie aussprach und als sie in meinen Gedanken widerhallten. Er wusste Bescheid.

«Für den Fall, dass du in Betracht ziehst, die Polizei hinzuzuziehen, würde ich dir raten, das zu überdenken. Im ungünstigsten Fall wird der Park hier dichtgemacht, und du hast immer noch deine Schulden bei uns. Wie willst du die dann begleichen?» Eidechse ließ die Worte einwirken. Dann fuhr er fort: «Es gibt sogar einen Lichtblick. Wir sind bereit, die Zahlungsfrist zu verlängern. Natürlich mit fortlaufenden Zinsen, aber die Hauptsache ist doch, dass die Zahlungen zu fließen beginnen. Der Vergnügungspark wirft einiges ab.»

Mein Finger pochte. Ich hatte meine Entscheidung schon getroffen. «Nein», sagte ich. «Das ist ein Abenteuerpark.»

«Wie bitte?»

«Das ist ein Abenteuerpark, kein Vergnügungspark.»

Ich erläuterte den Unterschied, so wie ich das bereits im Gespräch mit dem Anwalt gemacht hatte. Im Vergnügungspark werden Menschen in Bewegung gebracht, im Abenteuerpark sind es die Menschen selbst, die sich bewegen. Und so weiter. Ich fügte hinzu, dass es Überschneidungen gäbe, so könne man in beiden Parks ein Trickschloss wie das unsere finden. Dennoch sei der Unterschied wichtig und beachtlich.

Der Mann schwieg.

«Sie sagen nein?»

«Genau, so ist es», sagte ich. «Ich bin nicht verantwortlich für die Schulden meines Bruders. Ich weiß gar nicht, wie Sie auf diese Idee kommen. Ich werde nicht zahlen.»

Er wirkte zum ersten Mal unruhig. «AK war dabei, dir den Finger abzutrennen. Ich habe ihn davon abgehalten. Ich habe dir einen Gefallen getan.»

Ich betrachtete AK. Er hörte und sah nichts.

«Ich möchte, dass Sie jetzt gehen, Sie beide», sagte ich.

Das Reptil suchte meine Augen. Dann wendete es sich wieder AK zu, als jemand an die Tür klopfte.

«Herein», sagte ich, bevor der andere dazu kam, etwas zu sagen.

Laura betrat den Raum.

«Wir müssten was besprechen, die Schildkrötenautos müssen gewartet werden ...»

Sie hielt inne. Ihr Blick wanderte von mir zu dem Mann, dann zu AK und zurück zu mir.

«Ich wusste nicht ...», sagte sie, schwieg. Ich konnte an ihrem Gesicht ablesen, dass sie begriffen hatte, in eine heikle Situation hineingeplatzt zu sein.

«Ich wusste auch so manches nicht, als ich hier ankam», sagte der Ältere, der mir inzwischen schon mehr wie eine Eidechse und weniger wie ein Mensch vorkam. «Aber vielleicht können wir Erkenntnis schaffen, indem wir AKs Aktionsradius einfach ein wenig ausweiten.»

Eidechse sah mich an, dann Laura. Nein, dachte ich. Nein, nein. Von mir aus sollten diese Spinner meine Knochen brechen, aber nicht ...

Genau in diesem Moment schlugen die Absätze von Stöckelschuhen gegen den Boden, und wieder betrat jemand den Raum. Schwungvoll und ohne anzuklopfen, Minttu K.

«Auf ein Wort», sagte sie. «Das Marketing-Budget, hast du kurz Zeit?»

Auch sie hielt inne, blieb an der Tür stehen. Jetzt waren wir zu fünft im Raum, und für einige Momente, vielleicht zehn tickende Sekunden lang, stellte ich mir vor, dieser Raum sei ein Wachsfigurenkabinett, und die Menschen seien Puppen, Menschen zum Verwechseln ähnlich. Dann begann ich zu rechnen, einfache Zahlen, einfache Fakten. Wir waren zu dritt. Nicht mal diesem AK würde es gelingen, uns alle dreißig Finger zu brechen, bevor die ganze Situation im Chaos endete.

Die Wachspuppen erwachten zum Leben.

Eidechse stand auf, Laura machte einen Schritt auf meinen Schreibtisch zu, Minttu K. betrachtete die beiden Männer aufmerksam, insbesondere schien sie sich auf AK zu konzentrieren. Sie straffte sich und zupfte am Saum ihres etwas zu eng sitzenden Jacketts. AK setzte sich in Bewegung, folgte dem Älteren zur Tür. An der Tür blieb erst der Ältere stehen, dann auch AK.

Laura kam noch einen Schritt näher, und trotz der ganzen Aufregung wurde mir warm ums Herz. Eidechse wendete sich mir zu, freundlich lächelnd, und seine Stimme hatte sich verändert, als er zu sprechen begann: «Danke vielmals, Henri. Wir lieben Vergnügungsparks. Wir werden unbedingt gerne wiederkommen.»

AK schwieg.

10

Die folgenden drei Tage – Donnerstag, Freitag und Samstag – verbrachte ich ausschließlich im Park.

Morgens wurde ich von Schopenhauers Pfoten aufgeweckt, der neben meinem Gesicht schnurrte und mit meiner Nase spielte. Immer zwischen fünf und Viertel nach fünf. Ich stand auf, gab ihm zu fressen, rasierte mich, frühstückte, band mir die Krawatte um und fuhr zum Park.

Ich nahm den Zug Richtung Aviapolis und stieg am Flughafen in den Bus um. Die Fahrt dauerte im Durchschnitt 47 Minuten, und man brauchte ein Zwei-Zonen-Ticket. Die Fahrt nutzte ich zum Arbeiten. Ich stellte Berechnungen an, über alles Mögliche. Juhanis Spielschulden zog ich nicht in Betracht. Die Sache erschien mir mit jedem Tag absurder. Der Besuch dieser Männer, die Behauptungen, die Forderungen. Mein kleiner Finger war noch geschwollen, der Schmerz immer noch da. Er erinnerte mich daran, dass es wirklich passiert war, aber …

Ich hatte einfach gesagt, was ich dachte.

Falls Juhani sich tatsächlich beim Poker überschuldet hatte, war das nur insofern mein Problem, als dass der Park in Schwierigkeiten steckte. Ich hielt es für absolut denkbar, dass Juhani gespielt hatte. Es erschien mir sogar wahrscheinlich, denn es erklärte so manches von dem, was bisher ans Licht gekommen war. Eine leichtfertige und realitätsferne Betrachtung von Wahrscheinlichkeiten verleitet Menschen häufig dazu, ihr Glück herauszufordern – sei es im Zwischenmenschlichen oder in Geldfragen. Das ist der Grund, weshalb ich nie gespielt habe. Niemals, grundsätzlich nicht, in keiner Weise. Spielen, das war wie in einem Haifischbecken zu schwimmen. Auch wenn der Hai nur in einer Hälfte des Beckens schwamm, gehörte es doch ihm.

Ich hatte die Nächte in einem unruhigen Halbschlaf verbracht. Immer wenn ich eingenickt war, erschien ein Flackern vor meinen Augen, wie Bildstörungen im Fernseher. Als würde eine Diashow in überhöhter Geschwindigkeit ablaufen und jemand zu allem Überfluss andauernd das Licht an- und ausschalten.

Juhani in seinem Wagen, im Schatten der Lindenbäume, ein Toter, der klassische Musik hörte.

Laura Helanto beim Malen eines riesigen roten Bildes, beim Auswerten der Tageskasse, neben meinem Schreibtisch.

Der Anwalt mit seinem routinierten Auftreten und der lange, ausgestreckte Arm mit dem Überraschungsbrief aus dem Grab.

Der namenlose Mann mit den Eidechsenaugen, der 200 000 Euro haben wollte.

Kristian, der die mysteriöse Venla schützte, der Geschäftsführer werden wollte, der seine Brustmuskeln anspannen konnte, die kleinen Fischen gleich den dünnen Stoff seines T-Shirts zucken ließen.

Johanna Helanto, die mir einen eisenhaltigen Smoothie mixte, ob ich wollte oder nicht.

Esa in dem Raum mit den Monitoren. Er konnte uns alle sehen, auf körnigen Schwarzweißbildern, er sah alle unsere Bewegungen.

Samppa mit seinen Tattoos und Piercings. Er war Psychiater, ich sein Patient. Er erklärte mir die heilsame Kraft des Spielens.

Neben mir stand Minttu K. Sie roch nach Zigaretten und Cidre und erläuterte, dass wir ein einmaliges Werbepaket schalten könnten, wenn wir unser Marketingbudget nur minimal erhöhen würden. Nur so viel, sagte sie, und zeigte mit ihren Fingern, wie viel, an allen trug sie Ringe.

Natürlich basierten einige dieser Traumbilder auf dem, was sich in der vergangenen Woche ereignet hatte.

Nachdem der Mann mit den Eidechsenaugen und sein Assistent namens AK mein Büro verlassen hatten, hatte ich Laura Helanto gebeten, mir alles zu zeigen, was ich wissen musste.

«Alles?», hatte sie gefragt.

«Ja, ganz genau», hatte ich entgegnet. «Ich möchte wissen, wie dieser Park funktioniert, ich möchte wissen, wo was gemacht wird, ich möchte ihn in den Griff bekommen.» Ich verschwieg, dass es sich um eine schlichte Notwendigkeit handelte. Ich verschwieg auch, was genau gerade in meinem Büro stattgefunden hatte. Ich behielt auch die katastrophale wirtschaftliche Lage und Juhanis Spielschulden für mich.

Es wurden lange Tage.

Ich prägte mir alles ein, versuchte, jeden Job, der im Park anfiel, selbst auszuprobieren.

Mit einem Schraubenzieher zog ich den Unterbau der Rutschen fest. Ich putzte Stellen, die selten eine Hand erreichte. Mit Minttu K., die nachmittags immer nach Cidre roch, ging ich das Marketing-Budget durch. Mit Johanna, dem «Gesicht aus Stahl», verhandelte ich über die Senkung der Anschaffungskosten in der Gastronomie (die Antwort war nein). Esa hatte ich von seinen Bildschirmen weglocken und zu mehr Kundenkontakt anregen wollen (was in Anbetracht der größtmöglichen Kundensicherheit undenkbar war). Ich wollte auch in Erfahrung bringen, wann Venla das nächste Mal zur Arbeit käme (ich konnte sie nie erreichen). Kristian wich ich nach Möglichkeit aus. Er quälte mich mit Anfragen zum Beginn seiner Geschäftsführertätigkeit, wollte wissen, wann er den anderen davon berichten dürfe.

Am Sonntagmorgen saß ich wieder im Zug.

Die Sonne ging gerade auf. Die Straßen, Felder, Parks und Radwege waren leer. Das Gold und Rot der Bäume hatte ein wenig an Strahlkraft eingebüßt, aber während der Zug eine Haltestelle nach der anderen abklapperte und die Sonne höherstieg, kehrte das Leuchten zurück, und als ich in Helsinki-Vantaa in der Nähe des Flughafens ausstieg, betrat ich ein Farbenmeer.

Laura Helanto hatte gesagt, dass die Sonntage fast ebenso gut besucht waren wie die Samstage. Ich hatte mir selbst gesagt, dass dieser Sonntag mein letzter Tag als Lehrling sein würde. Die vergangene Woche hatte zur Einarbeitung gedient, jetzt wurde es ernst. Ich war bereit. Ich war auch darauf vorbereitet, den Mitarbeitern meine Liste der Neuerungen zu präsentieren, neue Arbeitsabläufe, neue Budgets für jeden Bereich.

Ich bemerkte ein Lächeln auf meinem Gesicht.

«Geht es Ihnen nicht gut?», fragte Laura Helanto, als wir uns um die Mittagszeit trafen.

«Warum fragen Sie?»

«Sie sehen irgendwie ... seien Sie mir nicht böse, aber Sie sehen aus, als würden Sie kränkeln. In jedem Fall anders.»

Vermutlich war es das Lächeln, das sie irritierte. Ich hörte auf damit, und Laura hatte keine weiteren Fragen.

Sie sagte mir, dass der Riesenhase, der die Besucher am Haupteingang erwartete, Gefahr laufe, eines seiner Ohren zu verlieren. Es wackele bereits. Sie drehte sich um, während sie sprach, und deutete in Richtung des überdimensionierten Hasen.

«Die Ohren dürfen nicht wackeln», sagte sie. Jetzt war sie es, die lächelte. Ich wusste allerdings nicht, ob es mir oder dem Hasen galt.

«Ich werde das selbst in Ordnung bringen», sagte ich. Kristian war am Empfang beschäftigt, in Vertretung der stets abwesenden Venla. Ich hatte allerdings auch noch diverse Sachen zu erledigen, deshalb fügte ich hinzu: «Am Ende des Tages.»

Laura betrachtete mich. Ich mochte ihre Augen, sie waren hell und strahlten eine Neugier aus, die mich daran erinnerte, dass es sicher Dinge auf der Welt gab, an denen man sich erfreuen und für die man sich begeistern konnte. Ich mochte auch ihr wildes Haar, dieses Gestrüpp war gleichermaßen lustig wie anziehend. Dennoch wollte ich unser Gespräch nicht in die Länge ziehen. Laura hatte mir im Laufe der Woche immer wieder unangenehme Fragen gestellt. Über den Besuch der merkwürdigen Männer, über meinen Wunsch, die Tageseinnahmen sowie andere Umsätze stärker zu kontrollieren.

«Wäre es okay, wenn ich heute etwas früher gehe?», fragte sie. Das überraschte mich. Aber dann wurde mir klar, dass sie sich mit dieser Bitte an mich wenden musste.

«Sicher. Wenn dann alles in Ordnung gebracht ist.»

Sie blickte eilig zur Seite.

«Soweit ich das überblicken kann, ist alles in bester Ordnung», sagte sie.

Hatte sich ihr Tonfall verändert?

«Ich werde noch einen Rundgang durch den Park machen», sagte sie. «Und den anderen Bescheid sagen, dass ich früher gehe. Und ich werde sie daran erinnern, dass keiner versehentlich Überstunden schiebt.»

Ausgezeichnet, dachte ich. Die Überstundenzuschüsse an

Sonntagen waren Gift für die Bilanz des Parks, insbesondere im Zusammenhang mit den Einsparungen, die ich ab sofort vorzunehmen gedachte. Es war von Vorteil, die Mitarbeiter dafür zu sensibilisieren. Falls etwas liegenbleiben würde, könnten wir es in Zukunft am ruhigsten Tag der Woche machen, am Montag.

«Passt», sagte ich. «Dann schließe ich am Abend alles ab.»

«Ich kann also den anderen sagen, dass sie heute Abend gehen können, wenn sie ihre Sachen erledigt haben?»

«Passt ebenfalls», sagte ich. «Ich kann das Hasenohr auch alleine reparieren.»

Sie sah erst mich an, dann den Hasen.

«Der Hase ist ziemlich unberechenbar», sagte sie. «Seien Sie vorsichtig.»

JETZT

1

Aus der Stirn des Toten wächst das Ohr eines in Deutschland gefertigten Riesenhasen.

Ich kann meinen Blick lösen und mich zur Seite drehen. Meine Beine zittern, mein Herz wummert. Wie ein Schiff im Eis. Ich richte mich auf, stehe blutüberströmt zwischen der Krokodilbahn und der Schießbude mit den Hörnern. Hinter mir ist der defekte Riesenhase, zu meinen Füßen liegt ein Toter.

Für eine Weile gelingt es mir, den Gedanken fast zu versachlichen, dann nähert sich wieder die Panik an, die Angst, der Kontrollverlust. Intuitiv spüre ich, dass es klug ist, einfach hier stehen zu bleiben und abzuwarten.

Die Zeit verstreicht langsam.

Die vergehenden Sekunden sind wie Hiebe eines Boxers, der mich immer wieder k. o. schlägt. Ich beginne langsam, wieder die Dinge außerhalb meines Körpers wahrzunehmen. Die Gerüche des Parks, den süßlichen Duft aus dem Café, die Strukturen der Spielgeräte. Sperrholz, Metall, Plastik. Kleine bunte Lichtpunkte. Die Regungslosigkeit von allem. Stille. Mein Atem ebbt langsam ab, wird gleichmäßiger. Meine nassgeschwitzten Klamotten kleben auf meiner Haut. Meine linke Schulter pulsiert, pumpt Blut auf mein T-Shirt und durch es hindurch. Die Milchsäure verschwindet aus meinen Muskeln, und mein Tastsinn kehrt zurück in die Oberschenkel, in die Waden.

Natürlich stehe ich unter Schock, es kann nicht anders sein. Der Adrenalinpegel sinkt langsam, ganz bei mir bin ich noch nicht. Aber immerhin schon ein wenig.

Also beginne ich zu rechnen.

Vor drei Tagen bekam ich Besuch von zwei Männern. Der eine forderte Geld, der andere riss mir fast den Finger ab. Ich weigerte mich zu zahlen, sie kündigten an wiederzukommen.

Die Rechnung ist nicht besonders kompliziert. Trotz des Umstands, dass der am Boden liegende Mann keiner der beiden ist. Ich muss seine Identität nicht kennen, um zu wissen, dass er auf derselben Seite steht. Und diese agiert nicht so, wie Mitarbeiter von Banken das gewöhnlich tun. Auch wenn der Service der Banken immer schlechter wird, habe ich noch nie gehört, dass sie ihren Schuldnern in der Nacht Messerwerfer auf den Hals hetzen. Den Schrei des Mannes kann ich immer noch hören, er klingt nach in der menschenleeren Halle.

Das ist eine letzte Warnung.

Wenn das Messer, das meine Schulter getroffen hat, die letzte Warnung war, was kommt dann als Nächstes? Auch diese Rechnung ist leicht. Sie offenbart, mit wem oder eher womit ich es zu tun habe.

Juhani hat sich mit Kriminellen eingelassen, schuldet ihnen Geld. Entweder bekommen diese Leute, was sie wollen, oder ...

Mir wird, abgesehen von der Tragweite meines Problems, noch etwas anderes bewusst. Vor wenigen Minuten wollte ich die Polizei verständigen. Einen Krankenwagen rufen.

Aber was hätte das eigentlich zur Folge? Wieder eine einfache Antwort. Der Park müsste für einige Zeit dichtmachen, der gute Ruf wäre hinüber, die wirtschaftliche Lage würde sich zuspitzen. Ich hätte nach wie vor Schulden bei diesen Kriminellen und nicht mal einen Abenteuerpark, der mir dabei helfen könnte, meine Schulden zu begleichen, während die Zinsen täglich stiegen.

Meine Zweizimmerwohnung könnte ich verkaufen, aber das würde nicht reichen, und nach einer Weile würde die Situation eher noch hoffnungsloser werden. Ohne Wohnung, ohne Park, zahlungsunfähig – was würden diese Leute mit einem solchen Schuldner machen?

Nein. Und nochmals nein. Es muss eine andere Lösung geben.

Und was hatte ich mir davor noch gedacht? Dass ich genug davon habe, unverschuldet in Situationen wie diese hier gebracht zu werden. Dass ich keine Lust mehr habe, Opfer von irgendwelchen Tricksereien, Intrigen oder Lügen zu werden. Oder gar, wie jetzt, Opfer eines Verbrechens.

Zunächst einmal ...

Ich brauche Abstand und Zeit zum Nachdenken. Zeit, um einen Plan zu entwickeln, Berechnungen anzustellen, die Dinge klarer zu sehen. Ich muss herausfinden, welcher Weg gangbar sein könnte. Ich brauche ...

Ja.

Ich laufe, mit holprigen Schritten, meine Beine sind noch steif. Langsam komme ich in Bewegung, ich kann den Parkplatz erahnen, der aussieht wie eine Mondlandschaft. Kalt, bewegungslos. Immerhin, die erste Prüfung habe ich überstanden. Ich kehre in die Halle zurück, gehe zu dem Toten, knie neben ihm. Ich sehe nicht hin. Es bereitet mir Unbehagen, aber ich muss seine Taschen abtasten. Der Körper des Mannes ist lauwarm, bereits etwas abgekühlt und ungewöhnlich breit. Die Reißverschlusstaschen der Jacke sind weit voneinander entfernt, wie zwei kleine Tüten, die in einem Park fallen gelassen wurden. Endlich finde ich, wonach ich suche.

Den Autoschlüssel.

Das ist schon wieder eine gute Neuigkeit. Da er seinen Autoschlüssel bei sich hat, ist er höchstwahrscheinlich allein hierhergekommen. Zugegeben, das ist eine Einschätzung, die nicht im strengen Sinne mathematisch ist, sondern eher einem Bauchgefühl folgt. Eigentlich gebe ich als gelernter Statistiker nicht viel auf derlei Gefühle. Aber egal. Die Situation ist außergewöhnlich, und es mangelt an empirischen Daten, die eine seriöse Prognostik ermöglichen.

Ich weiß nicht, was mir schwerer fällt: mir vor Augen zu führen, was ich als Nächstes werde tun müssen, oder die Tatsache anzuerkennen, dass ich mein Metier, die Berechnung von Wahrscheinlichkeiten, zum wiederholten Mal in dieser einen Woche über Bord werfen muss.

Ich stehe auf, umfasse den Autoschlüssel, lasse ihn in meine eigene Tasche gleiten. Ich lausche. Da ist nur die Stille der Nacht, ich sehe die Konturen der Krokodilbahn, sie scheint für immer zum Stillstand gekommen zu sein. Ich laufe, so schnell ich kann, zur Werkstatt.

Ich finde, wonach ich gesucht habe, kehre zurück zum Hasen. Ich lege alles ab und versuche, mich darauf vorzubereiten, etwas zu tun, das ich mir noch vor ein paar Stunden nicht hätte vorstellen können. Ich denke, dass nur die wenigsten so viel Phantasie hätten, dafür braucht es keinen Analytiker.

Es geht um Folgendes:

Das Hasenohr lässt sich nicht ohne Weiteres vom Kopf des Mannes lösen. Metallteile sind ins Innere gedrungen, das netzartige Geflecht hat sich abgelöst, einige der metallischen Fäden sind abgebrochen und ragen aus dem Hasenohr heraus wie zähe, feste Haare. Ich versuche, diese Fäden ein wenig zu lockern, und ziehe sie mit einigem Kraftaufwand aus der Stirn des Mannes. Endlich halte ich das Ohr in den Händen, lege es am Boden ab. Ich greife nach der Folienrolle, die ich aus der Werkstatt geholt habe, lege sie neben dem Toten aus. Das mache ich, bis die von Folie bedeckte Fläche etwa fünf Meter beträgt. Ich kehre zu dem toten Mann zurück und schiebe ihn vorsichtig auf diese Fläche. Ich muss ihn mehrfach einwickeln, nach einer Weile schmerzt meine Schulter so stark, dass ich eine Pause einlegen muss. Ich denke, dass die Zahl der Lagen ausreichen sollte. Ich verschließe die Rolle mit einem Tacker. Ein straffes Paket und – so soll es sein – gut zu transportieren.

Den Schubkarren finde ich im Ladebereich, hinter der Tür. Es gelingt mir, das Paket seitlich auf den Karren zu hieven, ein wenig improvisiert, ich ziehe die Last bis zum Café, dem *Krummen Kuchen.* Ich ziehe mit einer Hand, lehne mich fast kopfüber nach vorn, jeder Schritt schmerzt. Natürlich ist der Plan weder überzeugend noch im Entferntesten perfekt, aber immerhin gewinne ich Zeit. Falls das Vorhaben gelingt.

Wie gut, dass Johanna gestern nicht eingewilligt hat, als ich angeregt hatte, das Lager auszumisten. Ich ziehe den Karren durchs Café. Die Stand-by-Beleuchtung, die Johanna angelassen hat, flackert vor sich hin. Über der Theke sind die Preislisten und die Abbildungen der Mahlzeiten zu erahnen. *Flinke Fleischbällchen* und *Abenteurer-Spaghetti. Kichernde Zimtschnecken* und das *Sonnen-Frühstück.* Die Preise erscheinen mir sehr moderat.

Ich erreiche die Küche, zwänge mich durch die Schwingtür hindurch, bin endlich am Ziel. Hier stehen die beiden großen Tiefkühltruhen. Ich wähle die linke, öffne sie, mache mich an die Arbeit. Den Inhalt der Truhe lade ich auf dem nebenstehenden Tisch und am Boden ab, wobei ich darauf achte, mir einzuprägen, wie die Sachen in der Truhe gestapelt lagen. Absurderweise kommt mir in den Sinn, dass Johanna verschwenderisch und unpräzise mit den Lebensmittelbestellungen umgeht und dass man das beizeiten rationalisieren sollte. Ich weise den Gedanken ab. Ich muss vermeiden, dass die Sachen schmelzen. Das wäre in mehrfacher Hinsicht schlecht. Erstens ist es immer schlecht, wenn Lebensmittel verderben. Außerdem würde vielleicht jemand nachfragen, wie es dazu kommen konnte.

Ich gebe mir alle Mühe, alles stabil und lückenlos zu stapeln, unter Berücksichtigung ökologischer und kriminologischer Aspekte. Die große schwarzweiße Wanduhr zeigt mir an, dass die Zeit schneller läuft als je zuvor in meinem Leben.

Die Truhe komplett leerzuräumen dauert länger, als ich vermutet habe. Erstens, weil meine Schulter kaum erträglich schmerzt, zweitens, weil die Truhe deutlich voller war, als ich dachte.

Ich stemme den Karren so hoch, wie ich kann, der Messerwerfer in der Folie ist schon auf halbem Wege in die Truhe. Das muss reichen. Ich lockere meine Knie, schüttle die Beine aus, gehe in die Hocke, hake den Toten unter und hebe ihn an.

Nach einigen kleinen Rückschlägen und Anstrengungen gleitet der Mann tatsächlich auf den Boden der Truhe. Er passt genau rein. Ich nehme die Styroporplatten, die ich aus der Werkstatt mitgebracht habe, und schneide sie so zu, dass die Stücke den Mann ... das Bündel ... vollständig bedecken. Diese Idee mit dem doppelten Boden funktioniert besser, als ich erhofft hatte. Die Platten fügen sich wunderbar ein, besonders nachdem ich eine Schicht Teigmasse und Hühnerschenkel darauf drapiere. Anschließend befülle ich die Truhe komplett und muss ein wenig nachjustieren. Wieder so ein Beispiel praktisch angewandter Mathematik. Ich nutze jeden Raum, so passt am Ende alles hinein, obwohl die Truhe inzwischen geschätzt 95 Kilo mehr Masse enthält.

Ich reinige die Küche, dann gehe ich. An der Schwingtür halte ich inne, gehe noch mal zurück zum Kühlschrank und nehme mir eine Flasche *Jaffa*. Ich leere die Orangenlimonade in einem Zug. Dem Pappkarton auf dem Tisch entnehme ich zwei Schokoriegel und esse sie umgehend, sehe auf die Uhr.

Das Wischen des Fußbodens in der Halle ist schnell erledigt. Ich bringe den Reinigungswagen zurück in den Wartungsbereich und nehme das Ohr des Hasen mit in die Werkstatt. Das Ohr zu reparieren erweist sich als aufwendig, ich muss es fast komplett auseinandernehmen und wieder zusammensetzen. Die Farbe ist noch nass, als ich in der Halle auf die Leiter steige und das Ohr mit Schraubenzieher und Klebstoff wieder an dem Hasenkopf anbringe.

Ich steige von der Leiter, entferne mich ein paar Schritte, betrachte mein Werk. Würde meine Schulter nicht vor Schmerz pochen, würden meine Gedanken nicht wild hin und her springen, schreckliche Bilder heraufbeschwören, wäre ich nicht so erschöpft, dann würde ich vermutlich denken, dass dieses Tierchen mit den steifen Ohren ein lustiges Kerlchen sei. Mit seinen 25-Zentimeter-Hauern. Vielleicht ist die Welt wieder in Ordnung, wenn dieser deutsch-finnische Hase lächelt und die Ohren spitzt. Aber nein, nichts ist in Ordnung. Alles ist anders.

Ich halte den Autoschlüssel in der Hand und rufe mir in Erinnerung, wie alles angefangen hat. Am Anfang stand meine Absicht, diesen Abenteuerpark zu retten.

Draußen ist es dunkel und kalt. Ich schließe den Reißverschluss meiner Jacke, rücke meine Schirmmütze zurecht. Ich warte, lausche, laufe, finde den Wagen, nachdem ich einige Male auf dem

Schlüssel herumgedrückt habe. Die Scheinwerfer des Hyundai flackern auf. Abgesehen von allen anderen Unverschämtheiten hat der Mann sich auch noch erdreistet, auf dem Mitarbeiterparkplatz zu parken. Jeder dieser Plätze ist mit dem Kennzeichen des jeweiligen Wagens versehen. Ich kenne die Zuordnung der Stellplätze nicht auswendig, vermutlich spielt es auch keine Rolle. Wäre hier ein Mitarbeiter involviert, hätte er dem Messerwerfer, der den Vorgesetzten zur Strecke bringen soll, sicher nicht vorgeschlagen, den Wagen auf dem eigenen Parkplatz abzustellen.

Das Auto ist unaufgeräumt und riecht nach McDonald's. Die Fastfood-Tüte liegt im Fußraum auf der Beifahrerseite. Einige Pommes lugen hervor. Ich starte den Wagen, öffne das Fenster einen Spaltbreit und fahre los. Ich fahre langsam und vorsichtig, sehe mich in aller Ruhe um, blicke in regelmäßigen Abständen in den Rückspiegel. Aber das alles wäre nicht notwendig, niemand folgt mir. Niemand schenkt mir Aufmerksamkeit, niemand ist um diese Zeit auf der Straße. Ich sehe auf die Uhr oberhalb des Tachos. Ich liege noch im Zeitplan.

In Myyrmäki parke ich den Wagen im Schutz der Hochhäuser, in einer Einfahrt, die im toten Winkel der Überwachungskameras liegt und an einen Fußweg angrenzt. Ich lasse die Autotür offen, lege den Schlüssel aufs Armaturenbrett. Die fünfhundert Meter zum Bahnhof gehe ich zu Fuß. Ich nehme den ersten Zug des Tages Richtung Flughafen. Ich setze mich auf einen Platz am Fenster, die Landschaft und die nächtlichen Straßen ziehen vorüber, vereinzelte beleuchtete Fenster.

Dann steige ich aus, laufe nach Hause. Vermutlich wird Schopenhauer verärgert sein. Er hat nichts zu fressen bekommen, ist hungrig und wird dann auch noch von mir geweckt werden. Genau so kommt es. Ich bitte um Verzeihung, öffne eine Büchse seiner Lieblingspastete und gebe als Nachspeise ein wenig Sahne in eine Schüssel. Schopenhauer frisst. Ich berichte ihm wie immer von den Ereignissen, die der Tag gebracht hat. In diesem Fall sind es eher die Ereignisse des Abends und der Nacht. An zwei Stellen hebt er den Blick von seinem Fressnapf.

Ich ziehe mein Shirt aus und begutachte meine Schulter. Es blutet nicht mehr, und an den Schmerz habe ich mich gewöhnt. Ich sollte mich aufraffen und duschen. Aber das hat Zeit. Ich sitze gemeinsam mit Schopenhauer in der Küche, sehe aus dem Fenster. Es ist, als würde ich alles zum ersten Mal sehen, mit neuen Augen.

Die Sonne ist noch nicht aufgegangen, aber für mich hat schon jetzt ein neuer Tag begonnen, in einer neuen Welt.

2

Tot.»

Ich habe nur anderthalb Stunden geschlafen und bin auch sonst nicht im Ansatz auf das vorbereitet, was Minttu K. mir zu berichten hat. Ihre Stimme ist heiser, und gemeinsam mit ihr ist auch ein ambivalenter Duft in den Raum gekommen, eine Mischung aus morgenfrischem Parfum und Nacht, ein Hauch von Nachtclub und knallenden Sektkorken. Es ist eine Minute nach neun. Ich bin gerade erst im Park angekommen, habe mich gerade erst hinter meinen Schreibtisch gesetzt.

«*Dead*», sagt Minttu K. Ihre gebräunten Wangen sind scheinbar gerötet. «*Over*. Was bezweckst du eigentlich damit?»

Ich begreife nicht unmittelbar, worauf sie hinauswill. Meine Verwirrung ist immerhin nachvollziehbar. Ich verwechsle da etwas. Als Erstes denke ich, dass jemand was in der Halle oder in der Gefriertruhe gefunden haben könnte. Etwas, das da nicht hingehört. Und Minttu K. ist gekommen, um mir das zu sagen. Aber nein, es geht um was anderes, jetzt erst sehe ich die Papiere in ihrer Hand, die habe ich ihr gestern auf den Schreibtisch gelegt.

«Wir sparen ein, auf allen Ebenen», sage ich.

«Das bringt mich um.»

«Nein, nicht dich», entgegne ich. Vielleicht war das etwas schroff. «Also, es geht doch nicht um dich persönlich. Keiner der

Mitarbeiter, weder im Marketing noch sonst irgendwo, soll unter den Einsparungen leiden. Ich versuche einfach, dort zu sparen, wo es möglich ist.»

Minttu K. setzt sich auf den Stuhl mir gegenüber, schlägt ihr linkes Bein über das rechte. Sie trägt enganliegende Hosen.

«Schätzchen», sagt sie. «Ich verstehe, dass das alles hier neu für dich ist. Dass es schwerfällt. Dein Bruder und das alles. Das hat dich sicherlich überrascht.»

«Das kann man wohl sagen.»

«Aber ich schwöre dir, ich habe schon Schlimmeres erlebt. Das kann ich dir bei Gelegenheit erzählen. Sonst glaubst du es mir nicht.»

«Möglich.»

Sie hält inne. Fokussiert mich. «Du siehst irgendwie verändert aus.»

«Ich habe schlecht geschlafen.»

«Ich habe seit den Neunzigern nicht mehr geschlafen», sagt sie. «Es geht um meinen guten Ruf. Denn damit verkaufe ich. Wie schafft man sich einen guten Ruf? Indem man Dinge tut und darüber spricht.»

Sie spricht mit dem ganzen Körper. Ihre Lippen sind rot lackiert, ihre Silberringe glitzern. «Man muss schon Eier haben», sagt sie. Sie fasst sich in den Schritt, ich wende hastig den Blick ab. «Dieses Dokument hier», sagt sie, «hat keine Eier.»

«Das ist ein Budgetentwurf.»

«Richtig, das meine ich», sagt sie, inzwischen ziemlich erbost. «Ich brauche Geld.»

Das rutscht ihr so raus. Ihre Stimme hat sich verändert. Die Ironie, die noch da war, als sie mich Schätzchen nannte, ist weg. Jetzt klingt sie ein wenig verzweifelt.

«Du ... brauchst Geld?»

Sie wendet sich ab. Betrachtet den Boden, hebt den Blick. «Das Marketing braucht Geld. Und ich bin das Marketing», sagt sie.

Ich denke an das ganze Geld, das verschwunden ist. Wer hat eigentlich kontrolliert, zu welchen Zwecken Minttu K. das Marketingbudget verwendet hat? Was war mir vorhin durch den Kopf gegangen, bezüglich Nachtleben und Sektflaschen? Und da sind noch ein paar weitere Fragen. Zum Beispiel, wie es dem Messerwerfer eigentlich gelungen ist, in die Halle zu gelangen. Diese Frage hat mich schon heute Nacht und in den frühen Morgenstunden beschäftigt. Woher wusste er, dass ich dort allein am Arbeiten war?

Bevor ich dazu komme, mich weiter diesen Fragen zu widmen, erregt etwas an der Tür meine Aufmerksamkeit. Ich sehe Laura Helanto, bevor sie uns sieht. Sie will vorübergehen, zuckt aber kaum merklich zusammen und bleibt stehen, als sie Minttu K. sieht.

«Guten Morgen», sagt sie.

Minttu K. wendet sich ruckartig der Tür zu und ebenso schnell wieder ab. Sie erwidert nicht mal den Gruß. Ich erinnere mich, wie merkwürdig die Stimmung war, als ich mich in Begleitung von Laura Helanto allen vorgestellt habe. Auch dann haben sich die beiden weder gegrüßt noch eines Blickes gewürdigt. Sie haben kein einziges Wort gewechselt, wenn ich mich richtig erinnere.

«Guten Morgen», sage ich und warte.

«Ich wollte nur Büromaterial holen», sagt Laura. Sie deutet mit der Hand in Richtung Lager, das sich am Ende des Gangs befindet. «Ich wusste nicht, dass Sie schon da sind.»

Zweite Person Singular. Für sie gibt es nur eine Person in dem

Raum. Das ist an sich nichts Außergewöhnliches. Ich selbst habe erst kürzlich die Erfahrung gemacht, dass man nicht mit allen am Arbeitsplatz klarkommt. Mein ehemaliger Vorgesetzter, Perttilä, würde sicher eine Friedensverhandlung für Laura und Minttu K. organisieren, mit einem Mediator, im Yoga-Raum bei Kerzenschein. Aber auf meiner Prioritätenliste steht diese Angelegenheit zurzeit nicht ganz oben.

«Warum sollte ich denn nicht hier sein?», frage ich.

Laura denkt zwei Sekunden lang nach. «Sie hatten gestern Überstunden gemacht. Ich dachte, dass Sie sich heute früh ein wenig ausruhen würden. Montag ist der ruhigste Tag, besonders am Morgen.»

«Haben Sie schon den Hasen gesehen?», frage ich.

Ein unberechenbarer Hase. Das hat Laura Helanto gesagt, es ist nicht lange her. Jetzt sieht sie sich um, da ist kein Hase.

«Noch nicht», sagt sie. «Ich war noch nicht in der Halle. Ich wollte erst ... eine Sache ... erledigen.»

Ihr Handy klingelt. Sie geht ein paar Schritte, nimmt das Gespräch entgegen. Minttu K. richtet sich auf, schlägt das rechte Bein über das linke. «Schätzchen», sagt sie. «Wir werden beim Marketing nicht einsparen, ja?»

Meine Gedanken kreisen noch um den Hasen. Ich versuche, mich auf Minttu K. zu konzentrieren, als plötzlich Laura Helanto wieder in der Tür steht.

«Wir haben ein kleines Problem», sagt sie.

Das kleine Problem befindet sich auf dem Hof. Jemand hat unseren Flaggenmast demoliert, ist dagegen gefahren oder getreten. Der Morgen ist angenehm klar, es weht ein kühler Herbstwind. Der Himmel ist hellblau und wolkenlos. Unsere gelb-grün-rote

Flagge liegt am Boden, auf dem grauem Asphalt, etwa zwanzig Meter von uns entfernt. Wir stehen, wo gestern noch der Fahnenmast gestanden hat. Ich sehe hinüber zu Kristian, der Laura Helanto informiert hat. Er scheint den Tränen nah zu sein. Und er kocht vor Wut.

«Verdammte Amateure», zischt er. «Verdammte Fahranfänger.»

«An wen denken Sie denn?», frage ich.

Er sieht mich an. Seine Augen sind feucht, weit aufgerissen. «Na, an wen wohl? An den Deppen, der gegen den Mast gefahren ist.»

Ich drehe mich im Kreis, einmal um die eigene Achse. Hier ist jede Menge Platz, zu jeder Seite mindestens dreißig Meter. Niemand fährt aus Versehen gegen diesen Flaggenmast. Man muss den Mast erst mal treffen, man muss den Weg sehr genau wählen, schon wenn man auf den Parkplatz einbiegt, in 150 Metern Entfernung. Wer immer gegen diesen Mast gerast ist, hat das mit voller Absicht getan.

«Ich denke nicht, dass wir es hier mit dem Fehlverhalten eines Fahranfängers zu tun haben», sage ich. «Kristian, würden Sie sich um die Sache hier kümmern?»

«Wer betreut dann den Service-Point?»

«Ist Venla nicht da?»

Kristian schaut zu Boden. «Krank», murmelt er.

«Schon wieder?»

«Ja.»

Die Flagge, die am Boden liegt, kommt mir immer jämmerlicher vor, je länger ich sie dort liegen sehe. Das hat etwas Metaphorisches. Etwas, an das ich nicht erinnert werden möchte. Kristian und ich stehen zu zweit auf dem Hof, der Wind fährt durch mein Hemd, wirbelt meine Krawatte auf. Laura Helanto ist drinnen gerade mit einer Gruppe Kinder beschäftigt, es geht um eine Kombination aus Kunst und Gymnastik.

«Kümmern Sie sich bitte um die Flagge und den Mast», sage ich. «Und bitte heute. Ich übernehme den Kundenservice.»

Ich habe mich schon abgewendet, als ich Kristian noch einmal lamentieren höre:

«Verdammt, da fährt so ein Depp hier rein und demoliert meinen Park. Meinen Park.»

Ich laufe weiter, sehe auch nicht mehr zurück, sondern nähere mich mit großen Schritten dem Haupteingang. Mein Hirn ist voller Fragen, es glüht, die Fragen brennen wie heißes Eisen auf meiner Haut. Meine Schulter schmerzt, als würde jemand mit einhundert Nadeln gleichzeitig hineinstechen.

Alles in allem fühle ich mich so, als ob jemand diesen ganzen verdammten Park auf mich gewuchtet hat, um mich mit Wucht niederzustrecken. Dieses Ding raubt mir die Kraft, nimmt mir den Atem. Ich sehe die Besucher, meistens Mütter mit ihren kleinen Kindern. Ein paar Väter sind auch dabei.

Dann stehe ich zum ersten Mal hinter der Theke am Service-Point, aber ich kenne mich schon aus, komme zurecht.

Es kann nicht so schwierig sein, Kunden zu betreuen.

Aber Kundenbetreuung ist schwierig. Das liegt an den Kunden.

Mir ist niemals in den Sinn gekommen, dass so viele Menschen irgendetwas haben wollen, was wir gar nicht anbieten. Oder dass es so viele Leute gibt, die die bereits gebuchten Leistungen noch mal modifizieren möchten. Manche stellen auch einfach nur Fragen zu den verschiedensten Attraktionen und Angeboten (die es gar nicht gibt), nur um dann doch das auszuwählen, was verfügbar ist. Nicht zu vergessen diejenigen, die lange Diskussionen mit ihren laufenden Metern anfangen, ohne zu erkennen, dass die Kleinen gar nicht im Besitz der Fakten sind, die benötigt werden, um das jeweilige Problem zu lösen. Mir wird auch mitgeteilt, dass wir so schönes Wetter haben, deshalb wollen einige Besucher lieber raus ins Freie. Ich entgegne, dass der Besuch in unserer Halle ja nicht verpflichtend sei und es in Kürze deutlich abkühlen solle. Der Nordwind nähert sich, und in einer Stunde sollen Windgeschwindigkeiten von 8 Metern pro Sekunde herrschen. Ein Tief werde Wolken und Regen bringen, von schönem Wetter könne also bald keine Rede mehr sein.

Der Vater, der auf das Wetter zu sprechen kam, schweigt.

Ich arbeite weiter die Schlange der Wartenden ab, die schon am frühen Morgen sehr lang ist. Die Eingangshalle leert sich für einen Moment, ich sehe Kristian hinter dem Fenster, er läuft neben dem am Boden liegenden Flaggenmast auf und ab. Ich hoffe, dass er dabei ist, den Abtransport zu organisieren oder einen neuen Mast zu ordern. Mir ist schleierhaft, was uns dieser Sabotageakt sagen soll und was genau die Täter damit erreichen wollen. Sicher ist, dass die Angelegenheit ein weiteres Problem darstellt. Als wären die Sorgen noch nicht groß genug.

Wir haben kein Geld. Ich habe mögliche Lösungen durchdacht, von der Erhöhung der Eintrittspreise bis hin zu Einsparungen beim Personal. Aber wir haben all das schon bis zum Anschlag ausgereizt. Der Eintritt kostet den entscheidenden Euro weniger als bei der Konkurrenz, dem Marktführer, der im ganzen Land Parks betreibt. Unser Versprechen: Bei uns spielt ihr am günstigsten. Und wir arbeiten mit so wenig Personal wie möglich. Was wir allerdings nicht an die große Glocke hängen. Eltern könnten auf die Idee kommen, dass ihr Nachwuchs in der Entwicklung gehemmt wird, wenn wir hier über keine diplomierten

Ballettlehrer oder auf Kinder spezialisierte Gestaltungstherapeuten verfügen.

Ich bin nicht so naiv, mir einzubilden, dass ich dem Eidechsenmann und seinem Fingerverdreher mit den Ohrstöpseln zum letzten Mal begegnet bin. Bald werden sie wiederkehren. Und ihr Kumpel liegt in der Tiefkühltruhe.

In der Nacht habe ich getan, was zu tun war. Das ist mir klar. Ich weiß auch, dass bei der Aufklärung von Morden nahezu hundert Prozent der Arbeit die Leiche selbst leistet. Sozusagen. Wer ist gestorben? Wo, wann, unter welchen Umständen? Der Tote erzählt die ganze Geschichte. Wenn es keine Leiche gibt, fällt die Klärung schwer.

Ich bin nicht stolz auf das, was ich getan habe, aber ich tat es, um am Leben zu bleiben. Und um diesen Park, das Erbe meines Bruders, die Erinnerung an meine Eltern, zu verteidigen. Es gab keine Wahl. Ich habe die Sache durchgezogen, weil es notwendig war.

Dennoch muss ich gestehen, dass ich damit nur aufgeschoben habe, was in Wirklichkeit ansteht. Wenn die Männer zurückkehren, muss ich vorbereitet sein und Antworten liefern können.

Ich brauche Geld.

DeinMeinFun braucht Geld.

Viel, schnell, woher auch immer, irgendwie.

Auf dem Parkplatz kniet Kristian vor der Flagge. Er beginnt, sie zu falten, langsam, respektvoll, mit Würde. Der Moment ist ihm offenbar wichtig, dem Wind eher nicht. Die Flagge wird an den Enden, die seine Hände nicht erreichen, immer wieder aufgewirbelt. Kristian versucht, sie glattzustreichen, aber er hat nur zwei Hände für vier Ecken. Er scheint mit einem unsichtbaren Gegner zu ringen, statt einer Matte dient die Flagge als Unterlage. Ich habe keine Ahnung, wie ich ihm klarmachen soll, dass aus ihm nie ein Geschäftsführer werden wird.

Ein uralter Opel Vectra nähert sich, kommt vor dem Haupteingang zum Stehen. Ein etwa dreißigjähriger Mann steigt aus. Er trägt eine schwarze Kapuzenjacke, helle Jeans, weiße Sneaker mit drei Streifen. Er läuft um das Auto herum. Die Beifahrertür öffnet sich stückweise, so wie ein Kind eine Autotür öffnet. Es ist tatsächlich ein Kind. Der Vater hilft dem Mädchen aus dem Wagen, sie ist vielleicht sechs Jahre alt. Sie trägt ein grellgelbes Sweatshirt, auf dem ein lilafarbenes Einhorn prangt. Ich sehe ihr die Begeisterung an, während sie den Park betrachtet. Ich warte am Service-Point, die beiden betreten die Halle, das Mädchen redet wild drauflos, wie Kinder das oft machen, ohne Punkt und Komma. Der Vater sagt: «Warte kurz, mein Schatz.»

Er hat blaue Augen, ein schmales Gesicht und kurze hellbraune Haare ohne erkennbare Frisur. Er wirkt ernst, gedankenversunken. «Ein Erwachsener, ein Kind», sagt er. Ich tippe ein, reiche ihm das Terminal für die Kartenzahlung. Er gibt seine PIN ein. Die Maschine rattert leise, dann wird der Vorgang abgelehnt. Er versucht es zwei weitere Male, aber die Karte funktioniert nicht. Ich erkläre ihm, dass er auch bar zahlen könne, der nächste Bankautomat sei direkt um die Ecke, hinter dem Grünstreifen ...

«Papa, kann ich schon spielen gehen?»

Das Mädchen ist schon weitergelaufen, ruft aus einiger Entfernung. Der Vater sieht zu ihr hinüber, wendet sich wieder mir zu. «Kann ich im Wagen warten, während sie spielt?», fragt er.

«Nein, leider nicht. Es muss immer ein Erziehungsberechtigter dabei sein, das ist Vorschrift.»

Das Mädchen ruft wieder nach ihrem Vater, fordert ihn auf, sich zu beeilen. Ihr Vater wendet sich dem Parkplatz zu, ich folge seinem Blick. Wir betrachten seinen Wagen, den Opel mit dem rostigen Saum, ohne Radkappen.

«Möchten Sie vielleicht mein Auto kaufen?»

«Der Erwerb eines Autos wäre in meinem Fall zurzeit nicht rentabel», entgegne ich. «Ich habe das schon einige Male durchgerechnet.»

Das entspricht der Wahrheit. Ich wohne und lebe in der Hauptstadt. Busse, Straßenbahnen, U-Bahnen sind für mich fußläufig erreichbar. Würde ich ein Auto kaufen, inklusive Versicherung, Wartung, Nutzung, wäre das vollkommen irrational. Das sage ich ihm nicht, es erscheint mir unpassend. Und es ist natürlich auch nicht der Moment für ein Gespräch über den Klimawandel.

Das Mädchen ruft wieder. Auch andere Kinder schreien, vor Freude. Aus dem Gesicht des Mannes ist der letzte Funken Leben entwichen. Er war ernst. Jetzt ist er todernst. Er wirkt infolge der Enttäuschung nicht mehr fahrtüchtig, wird den Wagen ohnehin nicht mehr brauchen.

Die Sache ist glasklar. Er hat seiner Tochter einen Tag im Abenteuerpark versprochen, aber das Geld dafür fehlt. Er ist bereit, seinen Wagen zu verkaufen, um den Eintritt zu finanzieren. So steht er vor mir, kurz davor, sein Versprechen zu brechen.

Der Gedanke trifft mich wie ein Blitz und löst umgehend eine Kette weiterer Gedanken aus. Alle sind miteinander verbunden, und sie produzieren ... Erträge, Zinsen. Im wahrsten Sinn. Ich habe eine Lösung gefunden. Sie steht vor mir. Letztlich ist es genau das, was mich in der Nacht fast das Leben gekostet hat, ich muss es nur anders wenden, neu kombinieren. Es klingt irrsinnig, aber das ist es nicht. Ganz im Gegenteil, es ist pure Logik, es ist die direkteste Verbindung zweier Punkte.

«Darf ich Ihnen eine Frage stellen?»

Der Mann wendet sich mir zu, sieht mich an, schweigt. Seine Tochter ruft nach ihm. Ihre Stimme hat sich entfernt, sie läuft immer weiter.

«Was halten Sie von einem Kredit? Einem Kredit für den Besuch dieses Parks?»

«Was ist das?»

«Es handelt sich um einen Kredit, den man beziehen kann, um einen Tag in unserem Park zu verbringen.»

«Und ich könnte den bekommen?»

«Noch nicht», sage ich. Meine Gedanken kreisen, schwellen an, wie eine Welle, die alles überschwemmen könnte. Ich versuche, mich zu konzentrieren. «Aber mir geht gerade durch den Kopf, dass wir Ihnen durchaus diesen Kredit einräumen könnten, und er wäre voraussichtlich günstiger als vergleichbare Alternativangebote. Ein günstiges Darlehen. Sind Sie interessiert?»

Die Stimme des Mädchens ist schon verhallt, sie ist bereits in die Zauberwelt unseres Parks eingetaucht. Wir bemerken es beide, suchen mit unseren Blicken den Haupteingang und die ersten Ausläufer der weiten Halle ab.

«Was hätte ich denn da für Alternativen zur Auswahl?», sagt er.

Ich stelle ihm ein paar Fragen, erhalte Antworten. Dann gebe ich ihm die Tickets, eines für ihn, eines für seine Tochter. Gratis. Er steht vor mir, verdutzt, mit den Eintrittskarten in der Hand.

«Danke», sage ich und löse von einem anderen Stapel noch zwei Tickets ab. «Hier noch Gutscheine fürs Café, heute haben wir Papagei-Pfannkuchen mit Erdbeermarmelade und Schlagsahne.»

Ich reiche ihm die Gutscheine. Er wirkt nachdenklich. «Also, ab wann kann man denn diesen Kredit ...»

«Sehr bald», entgegne ich. «Ich treffe meinen Hauptinvestor in den kommenden Tagen.»

3

Der Parkplatz ist ein freies, weites Feld, über dem der Vollmond leuchtet. Die Tür zum Park fällt hinter meinem Rücken ins Schloss, während ich zur Bushaltestelle laufe. Ich werde den letzten Bus zum Bahnhof nehmen und von dort nach Hause laufen. Der Mond ist wie finnischer Rahmkäse: Gelb und schwer hängt er am Himmel, fast so, als könne man ihn mit Händen greifen. Ich stelle mir vor, dass Schopenhauer jetzt gerade auf der Fensterbank sitzt und hungrig das Weltall betrachtet. Ich lausche, höre meine eigenen Schritte und das Rauschen der Autobahn. Irgendwie höre ich auch immer noch das Geratter meines Taschenrechners, denn ich habe den ganzen Tag mit Berechnungen verbracht. Zum ersten Mal seit meinem Weggang aus der Versicherungsgesellschaft spüre ich Freude bei meiner Arbeit. Ich bin glücklich.

Ja. Glücklich.

Ich schwebe fast dahin. Obwohl ich einen Toten in einer Kühltruhe versteckt halte, Schulden bei Kriminellen, Firmen und dem Staat habe und irgendein Spinner unseren Flaggenmast demoliert hat. Der Mast und die Flagge sind abgeholt worden, stattdessen steht da jetzt ein Würfel aus Beton, mit dem Stumpf eines Flaggenmasts. Meine Schulter schmerzt so heftig wie noch nie. Ich beschleunige meine Schritte, fast finden meine Füße nicht mehr die Zeit, den Boden zu berühren. In meinem Hirn wimmelt es vor Zahlen. So reich kann die Mathematik, echte Mathematik, einen

Menschen beschenken. Mit Glück, Trost, Hoffnung. Vernunft und Logik.

Vor allem: mit Lösungen.

Die Mathematik gewinnt immer. Sie hilft, sie …

Ein Wagen nähert sich mir von hinten. Ich höre ihn erst jetzt, weil er im Schutz eines Gebäudes beschleunigt hat, da war der Lärm noch vermengt mit dem Rauschen der Autobahn. Er fährt auf den Parkplatz, den ich gerade überqueren möchte. Ein SUV, er steuert direkt auf mich zu. Ich kann mich nicht entsinnen, das Auto je zuvor gesehen zu haben, aber es ist nicht die Zeit, das Fabrikat in Erfahrung zu bringen. Es ist ein Geländewagen, sehr groß und schwer.

Ich wende mich um, renne, so schnell ich kann. Ich steuere den tiefen Graben an, der den Parkplatz von der Straße trennt, eine bessere Idee habe ich nicht. Man kann diesen Graben nicht mit einem Geländewagen durchqueren. Und von der einen auf die andere Seite zu springen, ist unmöglich. Man muss durch den Graben laufen, steil nach unten, steil nach oben. Das Ende des Parkplatzes ist plötzlich gefühlt Kilometer entfernt. Ich renne, aber jetzt habe ich nicht mehr das Gefühl dahinzuschweben. Ganz im Gegenteil. Es fühlt sich an, als würden meine Füße am Asphalt festkleben. Ich höre die Reifen. Ich höre den Motor. Ich wechsle ruckartig die Richtung, in der Hoffnung, den Fahrer in die Irre zu führen.

Tatsächlich gelingt mir das, aber nicht für lange. Die Reifen quietschen über den Asphalt, der Fahrer tritt auf die Bremse, dann wieder aufs Gas, er hat gewendet, ist schon wieder hinter mir. In meinen Gedanken ist das schon kein Geländewagen mehr, sondern ein ausgesprochen wendiger Panzer. Ich mache einen weiten Bogen und verlängere damit meinen Weg, aber der Fahrer lässt sich nicht mehr so leicht täuschen. Ich werde den Graben nicht erreichen. Der Graben ist zu weit entfernt, der Wagen zu nah. Egal, weiterrennen. Das Dröhnen des Motors übertönt inzwischen jedes andere Geräusch. Die Drehzahl ist am Anschlag, bald hat mich das Auto eingeholt. Gleich werde ich unter diesem verdammten Wagen liegen ...

Nein. Der Wagen überholt mich. Der Spiegel auf der Beifahrerseite streift meine Schulter, ich taumle, sehe, dass der Geländewagen rasant eine enge Kurve fährt. Mehr kann ich nicht erkennen, denn ich stürze, kugle einige Male über den Boden, schlage mit Knien, Händen und Ellenbogen auf den Asphalt.

Der Wagen kommt ächzend zum Stillstand, eine Wagentür geht auf. Schritte nähern sich, und mir ist klar, dass ich rennen müsste, denn ich habe kein Hasenohr bei mir. Ich versuche mich aufzurichten, aber ich komme nicht weit, denn AK tritt schnell an mich heran, verdreht mir die Arme, hievt mich hoch.

Es ist quälend, ich bin wie taub. Ich will mich aus dem Griff lösen, aber es ist unmöglich, genau wie bei unserer letzten Begegnung. Um ihn herauszufordern, müsste ich zwanzig Jahre jünger und siebzig Kilo schwerer sein. Das bekomme ich heute Abend nicht mehr hin.

Er schleift mich zum Geländewagen. Aus irgendeinem Grund denke ich, dass sich mein Leben seit der Teilnahme an einem von Perttiläs Seminaren über positives Denken verändert hat.

Dann erkenne ich Eidechse, er sitzt am Steuer. Seine Augen sind ebenso kalt wie der Ausdruck auf seinem Gesicht.

Der Geländewagen lässt Helsinki hinter sich. AK sitzt neben mir auf der Rückbank, mit Stöpseln im Ohr. Ich bin mir sicher, ein monotones Wummern zu hören. Er hält mein Handgelenk fest umschlossen. Keine Handschellen, kein Klebeband, kein Kabelbinder. Nur AKs Hand, breit wie ein Schneidebrett, mit Fingern, die sich wie Stahlkabel um mein Handgelenk gewunden haben. Wir sind ein ungleiches Paar, aber wenigstens verzichtet er momentan darauf, meinen Arm wie ein nasses Handtuch auszuwringen. In gewisser Weise bin ich erleichtert darüber, den Angreifer, der mich fast überfahren hätte, zu kennen, andererseits ist es offensichtlich, dass mir die Zeit wegrennt. Wir werden wohl weder ein nettes Pläuschchen halten noch gemeinsam ins Kino gehen.

«Ich hatte euch früher erwartet», sage ich. «Ich habe einige Berechnungen angestellt. Ich habe einen Vorschlag.»

«Ich auch», sagt Eidechse. Dann schweigt er, lässt den Inhalt des Vorschlags im Dunkeln.

«Ich wusste nicht, wie ich euch erreichen könnte», sage ich. Ich versuche, meine Beine auszustrecken. Mein Knie schmerzt höllisch von dem Sturz. «Ich kenne ja nicht mal eure richtigen Namen. Also, seinen Namen habe ich schon mitbekommen, aber das ist wohl eher ein Spitzname, nicht wahr? Vermutlich Initialen des Vor- und des Nachnamens? Es gibt etwa fünfzig gängige Männervornamen, die mit dem Buchstaben A beginnen. Und sogar mehr als 500 Nachnamen, die vorne ein K haben. Wenn ich sein Alter zugrunde lege, ist es sicher deutlich wahrscheinlicher, dass er Antero Korhonen heißt und nicht etwa Aabraham Keräsaari. Ich stütze mich immer auf Wahrscheinlichkeiten, und insofern kann das sicher ein guter Anfang sein …»

«AK ist Vorname plus Vorname», sagt Eidechse. «Und diese beiden Vornamen sind Spitznamen. Und die kenne nur ich, niemand sonst. Nicht mal AK selbst.»

«Das erschwert die Sache natürlich erheblich», sage ich. «Vor allem auch die Suche nach einem Telefonkontakt oder Ähnlichem.» Ich lasse meinen Blick zur Seite abgleiten. AK erweckt nicht den

Eindruck, an unserem Gerede über die Ursprünge seines Namens sonderlich interessiert zu sein. «Nun, wie ich bereits sagte, habe ich einige Kalkulationen angestellt.»

«Warum hast du uns nicht früher von diesen ... Kalkulationen ... berichtet?»

«Ich habe sie erst heute angestellt. Ich hatte eine Idee. Heute Vormittag.»

«Aha», sagt Eidechse frostig. «Dir fällt also was ein, während ein Auto auf dich zurast, AK dich am Genick packt und auf die Rückbank wirft. Da kommen die Ideen. Ich habe schon viele Ideen in solchen Momenten gehört. Sag mal, hast du neulich einen breitschultrigen Mann gesehen, der Hallo sagen wollte?»

Eidechse fährt von der Autobahn auf eine schmale, kurvige Straße. Die Straßenbeleuchtung lassen wir schnell hinter uns. Wir fahren mitten hinein in die Herbstnacht.

«Jemand wollte mir Hallo sagen?»

Eidechse nimmt die Augen von der Straße, wirft einen Blick in den Rückspiegel.

«Er wollte dich auch an die Sache mit dem Kredit erinnern. Seltsame Angelegenheit. Ich hatte ihm gesagt, er soll dir dasselbe erzählen, was wir dir erzählt haben. Nur auf etwas andere Weise. Damit du die Geschichte begreifst. Er hat mich noch mal von unterwegs angerufen. Er war sich unsicher, ob es um einen Vergnügungs- oder um einen Abenteuerpark ging.»

Mir liegt natürlich auf der Zunge, dass es sich um einen Abenteuerpark handelt, aus diesem und jenem durchaus bedeutsamen Grund, aber nein. Mir ist nicht danach, dieses Gespräch in die Länge zu ziehen. Ich schweige.

«Aber seitdem», fährt Eidechse fort, «haben wir von ihm nichts mehr gehört. Wir haben nach seinem Wagen gesucht, haben den

Parkplatz abgesucht, sind einmal ums Gebäude herumgefahren. Nichts. Der Mann ist einfach verschwunden. Du hast ihn nicht gesehen?»

Ich sehe die Reptilienaugen im Rückspiegel. Vor uns erstreckt sich die schmale Straße im schummrigen Mondlicht.

«Ich kann mich nicht entsinnen, unter unseren Besuchern einen besonders breitschultrigen Mann bemerkt zu haben. Die meisten sind eher schmal.» Das stimmt sogar.

Eidechse schweigt. Häuser fliegen nur noch vereinzelt vorüber.

«Ich habe versucht, ihn anzurufen», sagt er. «Aber ich kann ihn nicht erreichen. Keine Verbindung. Das bereitet mir ein wenig Sorge. Ihm wird doch nichts zugestoßen sein?»

Telefon. Natürlich. Es liegt am Boden der Kühltruhe, in einer seiner Jackentaschen. Ich hatte nur den Autoschlüssel an mich genommen, das ließ sich nicht vermeiden.

«Dann kam mir der Gedanke, dass ich dich einfach mal fragen könnte. Ob ihr euch vielleicht ein wenig unterhalten habt. Und wenn ja, wie das Gespräch so gelaufen ist.»

«Ich habe mich mit niemandem unterhalten, der breite Schultern hat», entgegne ich. Auch das ist die reine Wahrheit. Wir haben kein Wort gewechselt.

Eidechse hat den Blinker gesetzt und fährt geduldig, ohne die zugelassene Geschwindigkeit zu überschreiten. Er nähert sich vorbildlich der Kreuzung, der Traum jedes Fahrschullehrers. Kies prasselt gegen den Unterboden des Wagens. Die Nacht ist gleichzeitig dunkel und fahl erleuchtet. Der Mond erscheint mir wie ein gedimmter Scheinwerfer am Himmel. Der Wagen wird langsamer, wir fahren jetzt über erdigen, von Schlaglöchern durchzogenen Boden, geraten ab und zu ins Schwanken.

«Ich kann euch zehntausend anbieten», sage ich.

«Du schuldest uns 220 000.»

«Die schulde ich dir nicht persönlich.»

Er schweigt.

«Ich zahle dir persönlich zehntausend, wenn du ein Treffen organisierst.»

«Ein Treffen?»

«Vergangene Woche sagtest du, dass du im Auftrag von jemandem agierst.»

«Ich habe nichts dergleichen gesagt.»

«Du hast in der ersten Person Plural gesprochen, was meine Hypothese stützt.»

«Was faselst du da?»

Seine kalten Augen funkeln im Rückspiegel. Inzwischen fahren wir sehr langsam, erreichen einen von Bäumen gesäumten Strand an einem kleinen See. Wie lange sind wir gefahren? Etwa dreißig, fünfunddreißig Minuten. Ich sehe kein Gebäude, kein Haus, keine Hütte. Nur das Ufer und hohes Gras. Eidechse hat den Motor abgestellt. Ich habe gelesen, dass es für Start-up-Unternehmen eine große Herausforderung darstellt, Anleger für eine neue Idee zu begeistern. In diesem Zusammenhang sei es wichtig, schnell einen guten Eindruck zu hinterlassen. Allerdings müssen die wenigsten ihr Geschäftsmodell nachts am Wasser präsentieren. Wo sie ertrinken könnten, wenn ihre Ideen auf Ablehnung stoßen. Mir ist klar, dass es genau darum gehen wird. Das ist die letzte Chance, das sind die finalen Momente.

«Zehntausend Euro», sage ich. «Bar oder als Überweisung. Für dich persönlich. Zu deinen Händen. Im Gegenzug möchte ich die Leute treffen, für die du arbeitest. Diejenigen, die so viel Geld haben, dass sie meinem Bruder diese riesigen Summen zur Verfügung stellen konnten. Wenn du mir dieses Treffen ermöglichst, bekommst du zehntausend.»

AK umschließt mein Handgelenk, seine Hand ist wie eine Zange. Meinen Fingern kommt der Tastsinn abhanden. Aus seinen Kopfhörern dringt beharrlich derselbe monotone Beat. Wohl eines der längsten Musikstücke aller Zeiten.

«Zuletzt hast du uns mitgeteilt, dass du kein Geld hast», sagt Eidechse. Er klingt wenig überzeugt. «Jetzt willst du bereit sein, zehntausend auf den Tisch zu werfen, damit ich irgendwen anrufe.»

«Das ist einfache Mathematik. Ich habe zehntausend, aber nicht dreihunderttausend. Um die größere Summe zu erzielen, bin ich bereit, die kleinere vorab zu bezahlen. Und sobald ich die dreihunderttausend habe, bekommt ihr euren Anteil.»

«Und wie hoch ist dieser ... Anteil?»

«Das hängt davon ab, was wir vereinbaren.»

«Das heißt?»

«Ich kann dir die zehntausend Euro nur geben, wenn du mir dann ein wenig Zeit einräumst. Näheres erläutere ich dann bei dem Treffen.»

«Woher weiß ich, dass du zahlen wirst?»

«Ich bin Versicherungsmathematiker. Ich gebe niemals eine Zusicherung, die ich nicht einhalten kann.»

Für eine Weile herrscht Schweigen, alles, die ganze Szenerie steht still. Dann hebt Eidechse die Hand, deutet auf das Wasser, das ruhig daliegt, Windstille. Das Wasser glänzt im Mondschein wie eine Eisfläche.

«Siehst du das?»

Ich antworte mit Ja.

«Am Grund dieses Sees ist noch Platz für einen schlanken Mann wie dich.»

«Verstehe.» Ich verzichte darauf, diese Aussage auf ihre Wahrscheinlichkeit zu prüfen. Ich müsste ohnehin zwei Unbekannte mitdenken, das Volumen und die Kriminalhistorie dieses Sees. Eidechse macht nicht den Eindruck, hier zum ersten Mal zu stehen.

Er blickt noch einmal in den Rückspiegel, öffnet die Fahrertür, steigt aus. Er entfernt sich, hebt sein Telefon ans Ohr, verschwindet hinter den Bäumen.

Ich sitze in einem schwedisch-chinesischen SUV der Oberklasse und warte, AK hat mich fest im Griff. Unter anderen Umständen kann man in diesem Wagen gewiss sehr sicher von einem zum anderen Ort fahren. Für mich allerdings ist es brandgefährlich. Irgendwie steht alles auf dem Kopf, Gleichungen gehen nicht mehr auf, ergeben keinen Sinn. Dennoch bin ich merkwürdig ruhig. Vielleicht ist das einfach die Erschöpfung, die Müdigkeit, vielleicht ist es der Schock. Ich friere, schwitze, wie im Fieber, und der Aufruhr im Innern hat längst den kritischen Punkt überschritten. Es fühlt sich an, als wäre ich auf dem Gipfel eines Berges angekommen, im rauen Wind, aber ich kann atmen.

Eidechse kehrt zurück. Er hat sein Telefonat beendet, läuft zügig zum Wagen. Seinen Gesichtsausdruck kann ich nicht deuten. Er steigt ein, sucht eine bequeme Sitzposition. Eine Weile vergeht.

Seine nächsten Worte werden darüber entscheiden, ob ich zum Bankomaten oder auf eine kurze Tour mit dem Ruderboot gehen werde. Ich suche seine Augen im Rückspiegel. Meine Finger sind längst taub, aber jetzt spüre ich auch den Rest meines Körpers nicht mehr. Ich hänge in der Luft, mein Herz schlägt wuchtig und kalt.

«Zehntausend, in bar», sagt er.

4

Das Telefon muss schon eine ganze Weile geklingelt haben. Schopenhauer liegt regungslos am Fußende des Bettes, ich weiß nicht, wie spät es ist. Das ist nicht meine Art, entspricht nicht meinem Naturell. Ebenso wenig, dass ich mich mit Gangstern verabrede und früh am Morgen meine Ersparnisse abhebe. Aber genau das ist geschehen. Schopenhauer hebt den Kopf und öffnet seine Augen einen Spalt. Das Telefon klingelt und klingelt. Schopenhauer sieht nicht zum Telefon, sondern zu mir. Als sei es meine Schuld, dass sein Schlaf gestört wurde. Was letztlich stimmt. Ich richte mich auf und will das Telefon vom Nachttisch nehmen, aber da ist es nicht.

Ich gehe in den Flur. Mein Handy liegt auf dem Tisch neben der Garderobe. Die Nummer kenne ich nicht. Ich gehe ran: «Hallo.»

«Wo sind Sie?», fragt Laura Helanto. Sie klingt wie immer munter und klar, meine Stimmung verändert sich unmittelbar, ich weiß allerdings nicht genau, in welche Richtung. Immer wenn ich sie sehe, passiert irgendetwas, das ich nicht genau zuordnen kann.

«Ja, hier bin ich», sage ich. Ich sehe mich im Spiegel und frage mich, ob das so stimmt. Ich habe im Hemd geschlafen, das ist mir noch nie passiert. Ich wende mich ab und versuche, mich auf Laura zu konzentrieren.

«Entschuldigung, ich bin gerade erst aufgewacht. Gibt es Probleme?»

«Nein, nein», sagt sie. «Ich bin gerade in Pitäjänmäki und dachte, dass ich Sie zum Park mitnehmen könnte, wenn Sie wollen, das liegt auf meinem Weg.»

«Mitnehmen? Pitäjänmäki? Und wie ...»

«Ich bin hier im Industriegebiet», sagt sie, als hätte ich sie nicht richtig gehört, was gut sein kann, denn sie ruft offenbar aus dem Auto an. Ich höre ein Surren und Brummen, ihre Stimme ist ein wenig abgedämpft, als würde sie unter Wasser sprechen. «Ich habe den neuen Flaggenmast ausgesucht. Sie wohnen doch in Kannelmäki, das liegt auf meinem Weg zum Park.»

«Ah. Woher wissen Sie ...»

«Dass Sie zu Hause sind? Es ist halb elf, aber als ich im Park losgefahren bin, waren Sie noch nicht da.»

Ich drehe mich zur Uhr über der Wohnungstür. Ich habe lange geschlafen ... habe ich überhaupt jemals bis halb elf geschlafen? Nein, nie. Schopenhauer trottet gemächlich in den Flur. Er streckt sich, gähnt, sieht sich um, als sei er zum ersten Mal in dieser Wohnung. Auf seltsame Weise spüre ich Lauras Präsenz am anderen Ende der Leitung, obwohl sie schweigt.

«Ich bin noch nicht ...»

Plötzlich fühlt es sich an, als wären Schopenhauer und ich von der Welt und vom Leben überrascht worden; wir sind aufgewacht und finden uns in einer fremden, unwirklichen Umgebung wieder. Wir wissen nicht mal mehr, wer wir sind.

«Ich kann auf Sie warten», sagt sie. «Es gibt auch etwas, das ich besprechen möchte. Wie wäre es, wenn Sie einen Kaffee kochen? Ich hole noch Zimtschnecken und bin in etwa einer Viertelstunde da.»

Ich betrachte Schopenhauer. Er erwidert meinen Blick.

«Das müsste gehen», höre ich mich sagen.

Ich nehme eine Dusche, rasiere mich, ziehe mich an, binde meine Krawatte. Fünfzehn Minuten. Hätte jemand anderes diesen Vorschlag gemacht – Kaffee, Zimtschnecken, bei mir zu Hause, wo ich ohnehin zu spät dran bin –, hätte ich garantiert vehement abgelehnt. Da es aber Laura Helantos Idee war, willige ich nicht nur ein, sondern bewege mich gefühlt in Lichtgeschwindigkeit, wie Superman bei seinen morgendlichen Ritualen.

Was ich tue, entbehrt jeder Logik. Das sollte mir Sorge bereiten. Aber ich habe keine Sorge, eher ein Kribbeln im Bauch.

Exakt fünfzehn Minuten nach Beendigung unseres Telefonats klingelt es an der Tür.

Laura Helanto und die Zimtschnecken duften angenehm. Sie hat heute wieder ihre Sturmfrisur und trägt die große Brille mit dem dunklen Rahmen. Sie sitzt mir gegenüber. Die Zimtschnecken liegen auf einem kleinen Teller in der Mitte des Tisches. Die Kaffeemaschine gurgelt vor sich hin, und ich muss mich im Zaum halten. Am liebsten würde ich ihr erzählen, warum ich so lange geschlafen habe. Ich möchte hervorheben, dass ich keineswegs verschlafen habe und in Wirklichkeit an einem dunklen See um mein Leben gerungen habe und dass es mir mit Hilfe von zehntausend Euro gelungen ist, vorläufig am Leben zu bleiben. Die erste Hälfte haben wir abgehoben, an einem Geldautomaten eines großen Einkaufszentrums. Ich könnte hinzufügen, dass der Mangel an Schlaf auch mit der Nacht davor zusammenhängen könnte, denn da, so könnte ich berichten, musste ich aus Selbstschutz einen Mann töten, mit dem Ohr unseres Riesenhasen, der Laura zufolge unberechenbar ist. Ich könnte auch darauf hinweisen, dass es zwei Stunden Schwerstarbeit erforderte, die Leiche zur Tiefkühltruhe im *Krummen Kuchen* zu schleppen und darin zu verstauen. Stattdessen schweige ich und stelle sicher, dass meine Krawatte akkurat gebunden ist. Meine Hand zittert.

«Nochmals Entschuldigung», sagt sie, bereits zum zweiten Mal. Sie hat sich schon im Flur für ihr Kommen entschuldigt, während sie die Wohnung betreten hat. Sie hat ihre Aktentasche abgelegt und mir die Tüte mit den Backwaren überreicht. «Aber es gibt da etwas, das ich unbedingt besprechen möchte, es beschäftigt mich schon eine ganze Weile. Ich habe jetzt die ganze Vorarbeit gemacht und brauche nur noch ... aber, dass ich hier so reinplatze und mich sozusagen selbst einlade.»

«Ich lasse nur willkommene Gäste herein», sage ich. Das ist die Wahrheit.

Sie sieht mich mit ihren blaugrünen Augen an, lächelt. «Das freut mich zu hören», sagt sie.

«Es ist so», sage ich, weil mir nichts anderes einfällt und ich mich etwas unwohl fühle. Einige unserer Begegnungen stehen mir vor Augen, ich habe ihre Worte abgespeichert, sogar ihre Gesten oder ihr überraschtes Gesicht, als sie gestern an der Tür zum Büro stand. Das alles geht mir durch den Kopf, aber auf recht diffuse Weise.

Die Kaffeemaschine steht still. Ich stehe auf und schenke uns beiden ein. Laura schiebt den Teller mit der Zimtschnecke in meine Richtung. Sie schmeckt frisch, und ich habe Hunger. In letzter Zeit habe ich einen größeren Appetit als in meiner Jugend. Offensichtlich erfordert mein neuer Job als Betreiber eines Abenteuerparks jede Menge Energie. Laura lächelt nach wie vor, inzwischen vielleicht ein wenig verunsichert.

«Der neue Flaggenmast wird großartig», sagt sie hastig. Ich denke, dass sie eigentlich etwas anderes sagen wollte, aber dann hat sie sich hierfür entschieden. Sie legt die zweite Zimtschnecke auf ihren Teller. «Der wird in jedem Fall stabiler sein. Man hat mir versichert, dass er standhalten wird, auch wenn jemand aus Versehen dagegen fährt.»

Ich verkneife mir den Hinweis, dass es unmöglich ein Unfall gewesen sein kann, verzehre meine Zimtschnecke, trinke meinen Kaffee. Laura Helanto sieht sich um, scheint einige Aufmerksamkeit dem Wohnraum zu widmen. Wir sitzen gewissermaßen zwischen Küche und Wohnzimmer. Es war die bequemste Lösung, den Raum so einzurichten. Die lange Küche ist zu schmal für den alten Esstisch meiner Eltern. Das Wohnzimmer hingegen ist zu weit entfernt von den essenziellen Elementen der Küche, vom Kühlschrank, vom Herd, von der Mikrowelle und eben auch von der Kaffeemaschine.

«Sie sind ein Freund minimalistischer Einrichtung», sagt sie. Ich folge ihrem Blick. Tatsächlich wirkt die Wohnung im hellen Licht des Morgens recht spärlich ausgestattet. Im Wohnbereich stehen ein Sofa und ein Sessel mit hellblauen Bezügen, neben dem Sessel steht eine Leselampe aus Metall. Zwischen Sofa und Sessel ist ein weißer Tisch. An der einen Wand das Bücherregal, an der anderen das Gemälde von Carl Friedrich Gauß, es zeigt ihn vertieft in seine Gleichungen und Berechnungen. Am Boden liegt ein hellgrauer Teppich, an der Decke hängt eine kugelrunde Reispapierleuchte. Nichts von alldem ist neu, das muss ich zugeben. Aber darauf wollte Laura Helanto mit ihrem Kommentar wohl nicht hinaus. Ich denke, ich sollte besser die Sachlage erläutern.

«Ich habe mal ausgerechnet, wie häufig ich überhaupt jedes Möbelstück nutze.» Ich esse ein Stück Zimtschnecke. «Ich habe Wahrscheinlichkeit und Nutzen potenzieller Neuanschaffungen berechnet. Die Ergebnisse waren eindeutig. Die Wahrscheinlichkeit, dass ich einen weiteren Stuhl benötigen oder ein Buch auf einem alternativen Tisch ablegen würde, war verschwindend gering. Auch die Zeit, die ich grundsätzlich sitzend verbringe, erwies sich als vernachlässigbar, sodass sich für Neuanschaffungen keine rationale Argumentation finden ließ.»

Ich mache eine kurze Pause, füge dann hinzu:

«Mit anderen Worten, ich habe nicht vor, neue Möbel zu erwerben, ich habe ja schon welche.»

Während ich gesprochen habe, hat sich Laura Helanto mir zugewendet. Ist da wieder dieses leise Lächeln auf ihren Lippen? Mir war klar, dass dieser Besuch überraschend ist, aber ich begreife langsam auch, wie spannend ich das hier finde. «Sie sagten, dass Sie etwas besprechen möchten. Etwas Wichtiges.»

Sie nickt. Zögert. Eben war sie noch munter und zu Scherzen aufgelegt, jetzt liegt ein Schatten über ihrem Gesicht. «Ja. Ich weiß allerdings nicht, ob mein Anliegen ... Ihren Vorstellungen von Vernunft entsprechen wird.» Das Wort Vernunft betont sie so offensichtlich, dass es fast das Einzige ist, was hängenbleibt. «Diese Sache hat eigentlich eher mit Emotion zu tun. Das hoffe ich zumindest. Darf ich es näher erklären?»

«Unbedingt», sage ich.

Sie steht auf und holt ihre schmale Aktentasche aus dem Flur. Auf dem Weg zurück huscht ihr Blick scheinbar über das Bild von Gauß. Für einen Moment hoffe ich insgeheim, dass sie mir irgendeine Frage stellen wird, zu dem Bild. Aber sie schweigt. Sie legt die Tasche auf den Tisch. Die Mitte lässt sie frei, sie bittet mich aufzustehen. Wir stehen beide vor dem Tisch, und sie öffnet ihre Tasche und zieht eine Mappe heraus, die sie ebenfalls öffnet. Daraus zieht sie ein großes Bild des Abenteuerparks. Allerdings kein gewöhnliches, dem Bild sind weitere Bilder hinzugefügt worden, in wilden Farben, mutige Muster.

«Das sind Wandgemälde», sagt sie, während sie weiterblättert. «Ich möchte die Wände bemalen, das sind die Entwürfe. Ich habe ganz bewusst Graffiti mit Einflüssen meiner Lieblingskünstler kombiniert. Sie sind ganz anders als die Bilder, die ich sonst male. Aber ich finde, sie passen zum Park. Sie sind irgendwie am Puls unseres Parks, entsprechen seinem Naturell. Kindlich und abenteuerlich im besten Sinn. Es wäre so eine Art Installation, auch wenn man in der Kunst damit eigentlich was anderes meint.»

Jetzt ist sie wieder ganz sie selbst, voller Begeisterung. Ich betrachte die Entwürfe. Was ich sehe, ergibt keinen Sinn, aber ich kann meinen Blick nicht abwenden.

«Das hier zum Beispiel», sagt sie und tippt auf den dritten Entwurf. «Da sind Einflüsse von Lee Krasner dabei, das nächste erinnert eher an Dorothea Tanning. Ich habe die Bilder nach den Künstlern benannt. Das ist *Krasner goes adventure park*. Und das hier *Tanning takes the train*, weil die Wand direkt hinter der Krokodilbahn wäre. Jede Wand steht mit der Umgebung im Dialog. Insgesamt sind es sechs Wände: Krasner, Tanning, de Lempicka, Frankenthaler, O'Keeffe und Jansson. Die Breite der Wandgemälde variiert zwischen vier und zwölf Metern, alle sind vier Meter hoch. Für die Umsetzung bräuchte ich vielleicht jemanden, der mir beim Malen hilft. Dann könnten wir das innerhalb eines Monats fertig haben. Natürlich neben der eigentlichen Arbeit. Ich kann auch nachts daran arbeiten, wenn ich Ihre Erlaubnis dafür bekomme. Die Kosten wären überschaubar, ich würde herkömmliche Farben verwenden. Abgesehen von einigen wenigen Stellen, für die ich Spezialmischungen benötigen würde. Ich denke, dass sich alles im Rahmen unserer Instandhaltungskosten bewegt. Die Wände in der Halle sind dafür wunderbar geeignet. Ich hatte schon immer diese Idee, wusste aber nicht ganz genau, wie ich es umsetzen könnte. Jetzt weiß ich es. Deshalb wollte ich mit Ihnen sprechen.»

Ich bin immer noch mit den Bildern beschäftigt, als mir bewusst wird, dass Laura seit einiger Zeit schweigt. Ich bemerke ein Lächeln auf meinen Lippen. Wie vor einigen Tagen, als ich das Bild auf ihrem Handy-Display betrachtet habe, möchte ich auch jetzt immer weiter in die Bilder eintauchen, weil ich immer mehr, immer Neues erkenne. Es sind Bilder, die mir einfach gefallen, die sich Vernunft und Pragmatismus entziehen. Nein, ich habe keine Ahnung, warum ich das in diesem Fall genieße. Warum es plötzlich mehr als legitim erscheint.

«Das gefällt mir am besten», sage ich. «Nein, vielleicht doch das hier. Oder das? Das ist noch viel besser. Nein, das hier ist mein Favorit.»

Und so weiter. Irgendwann reiße ich mich los, wende mich Laura zu, die mein Lächeln erwidern möchte, aber sie ist angespannt, nervös. Dann sind wir also zwei: Ich bin in ihrer Anwesenheit immer nervös. Und meine nächsten Worte überraschen mich selbst: «Das alles ergibt absolut keinen Sinn, aber wir müssen es unbedingt machen.»

Ihre Reaktion ist noch überraschender. Sie schreit. Es ist eine Art Siegesschrei. Ein Ausruf des Triumphs, ein universales *Ja*. Sie wirft ihre Arme um mich, zieht mich an sich und drückt mich. Ich spüre den Druck, die Wärme und solch ein starkes Gefühl von Nähe in meinem ganzen Körper, dass man das Gefühl als ganzkörperlich bezeichnen könnte. Ich rieche sie, spüre sie, ihre Arme, ihren Körper, ich höre ihren Siegesschrei so nah an meinem Ohr, dass ich meine, die Wärme ihres Atems zu spüren. Der Duft ihrer Haare, überhaupt ihr Duft, der ihrer Kleidung, alles kann ich wahrnehmen, weil sie mir einige Sekunden so nah ist und die

Sekunden so lang sind wie Glockenschläge. Dann löst sie sich, weicht zurück, wedelt mit den Armen und entschuldigt sich bereits zum dritten Mal, seit sie hier ist.

«Das freut mich riesig», sagt sie. «Das macht mich glücklich. Du bist ... anders als die anderen. Du bist ...»

«Versicherungsmathematiker», sage ich.

«Genau, das meine ich», sagt sie lachend. «Du sagst, was du denkst. Du bist etwas steif und sachlich, aber trotzdem nett und ... ja ... vertrauenswürdig. Ist dir klar, wie selten das ist? Magst du meine Bilder wirklich?»

«Nein», entgegne ich. Vermutlich entspreche ich damit ihrer Voraussetzung für offene Worte. Aber das ist ja nur der erste Teil meiner Antwort. «Ich liebe deine Bilder.»

Ich stehe inmitten meines Wohnzimmers, die Krawatte sitzt gut, aber es kommt mir vor, als sei ich nackt, schutzlos und gerade dabei, eine neue Welt zu betreten.

«Und ja, du kannst dich auf mich verlassen. Ich halte mein Wort, immer.»

5

Dieses Mal verbinden sie mir die Augen. AK hält wieder meine Hand. Ich habe mich daran gewöhnt. Was sich etwas seltsam anfühlt. Wir sind wieder unterwegs. Es ist kühl im Wagen, ein beißender Geruch hängt in der Luft, nach teurem Aftershave und Wunderbaum, Kiefer. Ich spüre, wie der Geländewagen, beschleunigt, bremst und in die Kurven fährt. Die verbundenen Augen haben nichts mit der Tageszeit zu tun. 22.30 Uhr, auf dem Personalparkplatz hinter dem Park, so lautete der Befehl. Niemand spricht.

Davor war es ein gewöhnlicher Tag, wenn man meine Tage zurzeit so bezeichnen kann.

Den Vormittag über habe ich mich der Kunst gewidmet. Laura Helanto hat mich zur Arbeit mitgenommen und weiter erläutert, wie sie sich die Wandgemälde vorstellt. Im Nachhinein kommt es mir so vor, als sei ich den ganzen Morgen dahingeschwebt, irgendwo anders, nicht in meinem eigenen Leben. Ja, kein Zweifel, es muss an ihr liegen.

Am Nachmittag habe ich versucht, einen Moment abzupassen, in dem Johanna endlich mal den *Krummen Kuchen* verlässt. Ich wollte die Tiefkühltruhe in Augenschein nehmen, vor allem das Handy, das am Boden der Truhe liegen muss. Aber es ergab sich keine Gelegenheit. Johanna ist eine vorbildliche Mitarbeiterin, immer im Dienst, höchstmotiviert.

Ich habe Esa einen Besuch im Überwachungsraum abgestattet. Die Luft war stickig. Einige wichtige Dinge habe ich gelernt. Erstens funktioniert zurzeit nur eine der außerhalb der Halle montierten Kameras. Zweitens kontrolliert Esa die Aufnahmen, die nach einer Woche ohnehin gelöscht werden, nur auf Anfrage oder unter besonderen Umständen. Ich stellte keine Fragen, ließ ihn einfach reden. Wenn man ihnen ein zusätzliches Budget in Aussicht stellt, werden die Leute gesprächig. Ich musste nur dasitzen und durch den Mund atmen, die Nasenatmung scheiterte am Schwefelgehalt der Raumluft, der mir Unwohlsein bescherte.

Jetzt fahren wir auf einer kurvenreichen Straße in die Stille. Entgegenkommende Fahrzeuge scheint es nicht zu geben. Mein Körper schwankt von einer Seite zur anderen, die Fahrt ist beinahe geräuschlos. Wir werden langsamer, Kies knirscht unter der Last der Räder. Dann halten wir an, der Motor geht aus, AK lässt meine Hand los. Wieder habe ich dieses Gefühl, meine Hand zurückzubekommen, nachdem ich sie kurzzeitig verliehen hatte. Die Türen werden geöffnet.

«Raus», sagt Eidechse.

Ich steige aus. AK führt mich, er drückt meinen Oberarm fest zusammen. Für eine Weile ist Kies unter meinen Schuhen, dann harter Boden. Wir machen einige scharfe Wendungen, bleiben endlich stehen. Ich bin nicht sicher, was das für ein Geruch ist. AK reißt mir das Tuch von den Augen.

Wir befinden uns in einer alten Scheune.

Ich öffne und schließe die Augen, gewöhne mich langsam daran, wieder sehen zu können. Eidechse und AK stehen hinter mir. Die Scheune ist recht groß. Der Boden unter unseren Füßen ist aus Beton, die Wände aus Holzbrettern. Das Licht kommt von Leuchtern, die an massiven Querbalken hängen. Große Gerätschaften stehen herum, Schneefräsen, Traktoren und eine Menge anderes Zeug. Ich sehe alles schummrig und diffus, es fällt mir schwer, meinen Blick zu fokussieren. Meine Aufmerksamkeit richtet sich schließlich auf den Mann links von mir, der andauernd ein unterdrücktes Stöhnen ausstößt.

Das Seil sieht stabil aus, es führt vom Hals des Mannes zu einem Querbalken über ihm und verläuft von dort schräg nach unten zu einem Quad. Der Mann balanciert auf einem wackeligen Holzklotz. Es fällt ihm schwer, das Gleichgewicht zu halten, aus mindestens drei Gründen. Das Seil reibt gegen seinen Hals, der Holzklotz und der Boden sind uneben, und die Hände sind hinter seinem Rücken festgebunden. Er ist vermutlich etwas älter als ich, hat eine normale Statur und blonde Haare. Er trägt ein hellblaues Poloshirt, eine hellbraune Hose und braune Lederschuhe. Sein Gesicht ist verständlicherweise feuerrot. Die Situation ist äußerst nachteilig für ihn, in jeder Hinsicht.

Ich frage mich, wie günstig das für meine Lage ist. Ich habe selbst um dieses Treffen gebeten. Ich habe auch vorausgesehen, dass diese Begegnung – mit wem auch immer – an bestimmte Bedingungen geknüpft sein wird. Allerdings, wenn das hier die Bedingungen sind ...

Ich höre Schritte, schwer und kraftvoll, aus dem Halbdunkel treten dunkelgrüne Gummistiefel hervor. Die Gestalt kommt von der anderen Seite der Scheune. Die Gummistiefel müssen Größe 50 sein. Jetzt erkenne ich auch eine schwarze Arbeiterhose und ein rot-schwarzes Flanellhemd in Übergröße. Und dann das Gesicht, oben eckig, nach unten hin spitz zulaufend. Wie ein mit Haut überzogener Spaten. Der Mann sieht nicht besonders zufrieden aus, und er würdigt den balancierenden Mann keines Blickes. Dann ist er bei mir, und ich komme mir reichlich klein vor.

Der Mann auf dem Baumstamm brüllt, der Große dreht sich um, aber nur kurz. Danach wendet er sich wieder mir zu.

«Wir hatten eben eine andere Besprechung», sagt er. Seine Stimme ist tief und ruhig.

«Verstehe», sage ich.

«Lassen Sie sich davon nicht stören.»

«Nein.»

«Man sagte mir, Sie hätten einen Vorschlag?»

«Ja», sage ich. «Ich habe einige Kalkulationen angestellt ...»

Der Holzklotz knirscht auf dem Betonboden.

«Wie viel Zeit habe ich? Ich müsste ein wenig ausholen.»

Der Große mit dem Gesicht eines Spatens hört aufmerksam zu. So deute ich zumindest den nicht vorhandenen Gesichtsausdruck.

«Gut», sage ich. «Es scheint, dass ich neben einem fast insolventen Unternehmen auch andere Altlasten meines Bruders geerbt habe. Ich vermute, dass ihr eure Geschäfte weitestgehend in bar abgewickelt habt. Dennoch verknüpft ihr eure Einlagen mit einer Zinserwartung. Diese vier Faktoren – Überschuldung des Parks, private Schulden meines Bruders, Probleme durch Bargeldtransfer und der zugleich erwartete Profit eurerseits – können miteinander verbunden und gelöst werden.»

Der Große scheint nach wie vor zuzuhören. Ich versuche, mich auf ihn zu konzentrieren, aber der ächzende Mann auf dem Holzklotz zu meiner Linken lässt meinen Blick immer wieder abgleiten, ich kann nicht hinsehen.

Auffällig ist die Stille. Eigentlich sind Bretterwände schalldurchlässig, aber da ist nichts. Wir sind offenbar weit weg von Straßen, von der nächsten Siedlung. Wir sind wie isoliert.

«Die Lösung ist ganz einfach: *DeinMeinFun.*»

Der Große sucht den Blick von Eidechse. Dann betrachtet er wieder mich. «Geldwäsche?», fragt er.

«So möchte ich es ungern nennen», sage ich. «Zumal das, was Sie möglicherweise darunter verstehen ...»

«Wir müssen uns nicht siezen. Ich bin Jouni.»

«Henri», sage ich.

«Ich weiß.»

Natürlich.

«Also, was Sie ... was du unter Geldwäsche verstehst, verstehe ich als Verkauf. Und das soll erst der Anfang sein. Phase eins sieht vor, dass ich euch Eintrittskarten verkaufe.»

«Eintrittskarten?»

«Für unseren Park, zunächst mal 50 000.»

Eidechse lacht schallend. Höhnisch, abfällig. Ein Lachen, dass meine Dummheit hervorheben soll. Der Große schweigt.

«Dieser verdammte Clown ...», sagt Eidechse. Jouni, oder wie immer er heißt, sieht ihn an. Und Eidechse vergeht das Lachen.

«Ich verkaufe euch vergünstigte Tageskarten, zehn Euro pro Besucher, dafür bekommt ihr im Café auch noch das Hefegebäck des Tages.»

Das sollte ein kleiner Scherz sein, aber niemand amüsiert sich. Ich fahre schnell fort.

«Also, das wird fünfhunderttausend Euro in die Bilanzbücher des Parks spülen. Was wiederum zur Folge haben wird, dass der Park in der Lage ist, seine Schulden zu begleichen. Das wird uns erlauben, Kredite aufzunehmen und die Kredite sind gerade günstig. Das Geld nutzen wir zur Gründung eines Tochterunternehmens, wir gründen also eine Firma innerhalb der Firma ...»

«Das Geld geht zur Bank?»

«In Phase eins, ja», sage ich. «Natürlich.»

«Das ist dein Vorschlag?», fragt der Große. Jouni.

«Nein», erwidere ich. «Mein Vorschlag ist, dass wir das Geld dann abheben.»

Jouni starrt mich an. Ein Spaten aus kaltem Stahl. Wir kommen jetzt zum Kern der Sache. Zu der Idee, die sowohl das Erbe meines Bruders als auch mein Leben retten soll.

«Was ich damit sagen will: Wir gründen eine Bank.»

Der Holzblock knirscht. Der Mann, mit dem Seil um den Hals, verliert das Gleichgewicht. Er stürzt, röchelt kurz, es klingt wie ein Bellen, wie der Ruf eines Tiefseetauchers, dann bricht der Schrei ab, als sei er mit einem Messer abgeschnitten worden. Der Mann zappelt wie vom Blitz getroffen. Mehrere Blitzeinschläge. Der Holzblock bewegt sich nicht, das Seil gibt nicht nach.

Ich wende mich ab.

Mein Herz hämmert, ich bekomme keine Luft. Die Sekunden vergehen langsam, als ob jede einzelne von ihnen besondere Aufmerksamkeit verlangt. Dieser Abend verläuft anders als gehofft, so viel ist sicher. Natürlich kenne ich nicht alle Umstände einer Existenzgründung, aber das hier dürfte nicht zu den Vorbereitungen gehören. Es vergeht eine weitere gefühlte Ewigkeit, bis die Stille in der Scheune endlich durchbrochen wird.

«Wen genau meinst du mit wir?»

Ich blicke nach links. Der Mann baumelt gleichmäßig. Ich suche den Blick des Großen. Die, die noch am Leben sind, denke ich. «Mit wir meine ich uns. Dich und mich. Wir verleihen Geld an die Leute.»

«Das tue ich bereits», sagt er.

«Ja, aber genau da liegt ja das Problem», entgegne ich. «So wie du das im Moment machst, ist es ungesetzlich. Und Bargeld bleibt immer heikel, egal, in welche Richtung es abfließt. Die Lösung ist eine Bank, die schnell und unbürokratisch Kredite vergibt.»

Eidechse lacht wieder. Kurz und spöttisch. Der Große bleibt ungerührt.

«Eigentlich hat er mich darauf gebracht», sage ich und nicke Eidechse zu. Sein Blick ist feindseliger denn je. Ich bewege mich auf sein Terrain. «Und dann hatte ich diese Idee, als ich an der Kasse stand und Tickets verkaufte. Im Kern geht es hier um den Zins, den ihr meinem Bruder auferlegt habt. Es handelt sich ja um eine Art Blitzkredit. Also, in aller Kürze: Wir gründen ein Unternehmen für Blitzkredite. Dafür nutzen wir das Kapital, das wir durch die Zunahme an Eintrittseinnahmen generieren werden. Dann gewähren wir den Kunden Darlehen, die umgehend ausbezahlt werden. Der Bestand an Darlehen wird schnell anwachsen, ebenso wie der Umsatz des Parks, weil die Leute mehr Geld zur Verfügung haben. Dementsprechend können wir immer weiter Kredite gewähren, oder ich begleiche anteilig die Schulden meines Bruders. Abgesehen davon bekommt ihr die Zinserlöse, die wir auf Basis der Blitzdarlehen einnehmen. Und das Beste ist, dass das alles bis zu diesem Punkt völlig legal ist.»

«Du hast dir Gedanken gemacht», sagt Jouni.

Ich blicke nicht zurück, der Erhängte ist außer Sicht. Mir kommt eine Floskel in den Sinn, die Perttilä gerne verwendet hat.

«Ich bin motiviert», sage ich.

«Aber wenn alles klar ist, wofür brauche ich dann dich?»

Darauf habe ich eine Antwort parat.

«Ich bin Versicherungsmathematiker.»

Eidechse lacht ein drittes Mal. Inzwischen kommt es mir recht gezwungen vor. Er ist sich seines Spotts nicht mehr so sicher.

«Will sagen, meine Rechenkünste befinden sich auf dem höchsten Niveau. Das ist unersetzlich für euch, hinzu kommt, dass ich einhundert Prozent zuverlässig bin. Und wenn ich alles in Betracht ziehe, was zuletzt passiert ist, denke ich, dass ich von uns der Einzige ohne Strafregister sein könnte.»

Niemand lacht. Niemand legt Protest dagegen ein. Vielleicht lag ich richtig. Vielleicht bleibe ich am Leben.

«Ich bin der Einzige von uns, der eine Kreditgesellschaft gründen kann. Und nur ich bin in der Lage, die dafür notwendige Kalkulation aufzustellen.»

Es herrscht Stille in der Scheune.

«Ja, für einen solchen Mann könnte man Verwendung finden, vorausgesetzt, der Vorschlag taugt was. Aber was, wenn er nichts taugt? Wo befestigen wir dann das Seil? An diesem oder einem anderen Holzblock?»

Jouni legt eine Pause ein.

«Wie schnell?», fragt er dann.

«Was meinst du?»

«Wie schnell werden wir sehen, ob die Sache funktioniert?»

«Zwei Wochen nach Gründung des Kreditinstituts», sage ich. Eigentlich gehe ich von einer vierwöchigen Startphase aus, aber unter den gegebenen Umständen erscheint es mir angemessen, das ein wenig zu beschönigen.

«Und was passiert, wenn alles schiefläuft?», fragt Jouni.

«Auch diese Möglichkeit habe ich natürlich in Betracht gezogen. Es wird nicht schiefgehen. Sollte niemand Kredite aufnehmen wollen, bleibt euch in jedem Fall eure Kapitaleinlage. Sollten die Kreditnehmer ihre Kredite nicht zurückzahlen, wovon ich keineswegs ausgehe, gibt es immer noch den Park als Sicherheit. Ihr seid also auf der sicheren Seite. Und wie gesagt, alles legal.»

Ich schiele hinüber zu Eidechse. Er sieht alles andere als glücklich aus. In seinem Innern scheint ein Orkan zu toben.

«Und was passiert, wenn die Einnahmen zu gering ausfallen?», fragt Jouni.

Jetzt sehe ich doch, intuitiv und widerwillig, wieder hinüber zu dem Erhängten. Ich komme nicht umhin, eines klarzustellen. «Ein Kernelement wird sein, dass wir einen goldenen Mittelweg ...»

«Was ist denn so goldig an einem Mittelweg?», fragt Jouni.

Ich habe keineswegs den Vater und seine Tochter vergessen, die mit dem alten Opel zum Park kamen. Ich weiß noch, wie das Mädchen sich auf den Besuch unseres Parks gefreut hat. Ich möchte das Ganze so aufziehen, dass alle etwas davon haben. Ich sehe zum ersten Mal einen Ausdruck in Jounis Gesicht. Aber eigentlich verzieht er keine Miene.

«Ich dachte, du bist Versicherungsmathematiker», sagt er.

Die Raumtemperatur sinkt mit seinem Tonfall um geschätzt zehn Grad. Nein, es ist nicht der Moment, um über Moral im Bankwesen zu fabulieren.

«Sehr richtig», sage ich. «Genau. Es wird alles exakt kalkuliert.»

Er sieht mich an. Sekunden vergehen, während mein Schicksal entschieden wird. Das weiß ich. Außer mir und dem Toten sind ausschließlich Kriminelle vor Ort. Es ist nicht die Zeit für «Ausbrüche spontaner Freude», wie Perttilä es gerne nannte. Der Große wendet sich Eidechse zu, nickt. Ich muss hinsehen, ich kann nicht anders. Eidechse schüttelt den Kopf, atmet tief ein und aus, nickt widerwillig.

«Versicherungsmathematiker hin oder her», sagt Jouni, der Große. «Wir behalten dich im Auge.»

Dann blickt er zum ersten Mal in Richtung des Erhängten. Er wirkt nachdenklich.

«Das Geld wächst nicht an Bäumen», murmelt er.

Die Rückfahrt verläuft ebenso wie die Hinfahrt. Mir werden die Augen verbunden, wir fahren zunächst schmale Wege entlang, der Innenraum des Wagens ist angefüllt mit dem Duft von Aftershave und Kiefer. Die Klimaanlage pustet eiskalte Luft an meine Beine und mein Gesicht. AK hält meine Hand fest. Wir schweigen. Als wir auf der Schnellstraße sind, was ich aus dem allgemeinen Rauschen und Überholen schließe, finde ich den Mut, etwas zu sagen.

«Wer war der Mann?», frage ich.

Eidechse antwortet umgehend.

«Ein anderer Mathematiker.»

6

Esa ist enttäuscht, das sehe ich ihm an. Als würde er etwas Unangenehmes kauen und mühsam versuchen, es herunterzuschlucken. Aber er bleibt ruhig.

«Es geht mir um die Sicherheit des Parks», sagt er. «Das ist ein langer Stellungskrieg, der unserer Verteidigung dient. Die Abwehr ist immer so stark wie das schwächste Glied in der Kette. Ich habe lange selbst die Bargeldtransporte erledigt. Das war Teil unseres ganzheitlichen Verteidigungskonzeptes.»

«Ganzheitliches Verteidigungskonzept?», frage ich.

«Die Strategie habe ich entwickelt, Juhani hat sie abgesegnet», sagt Esa. «Ich habe mich an den besten Beispielen aus der Militärgeschichte orientiert.»

Drei Tage sind vergangen seit der Nacht, in der ich in der Scheune meine Pläne vorgestellt habe. Jetzt sitzen wir in Esas Überwachungsraum mit den leuchtenden Bildschirmen. Die Funktion des Geldkuriers gehörte eigentlich nicht zu Esas Aufgabenspektrum. Für die Fahrten hat er seinen alten Geländewagen genutzt, ohne jemals Kilometerpauschalen oder Zuschüsse einzufordern. Ich hatte vermutet, dass er die Aufgabe gerne abgeben würde, aber da habe ich mich definitiv getäuscht. Leider stellt Bargeld ab sofort ein echtes Problem dar (ganz abgesehen von den anderen Problemen wie etwa der Leiche in der Kühltruhe oder der Option, dass ich jederzeit in einer entlegenen Scheune erhängt werden könnte). Das Bargeld füllt zwei graue Sporttaschen. Das Problem daran ist weniger das Geld als solches, sondern mehr die Anzahl der Leute, die damit in Berührung kommen.

Da Venla immer noch abwesend ist, nimmt Kristian das Geld der Besucher entgegen. Laura rechnet die Kasse ab und bringt das Geld zu Esa, dem Sicherheitschef. Der wiederum bringt es zur Bank. Ich muss die beiden Letzteren von diesen Aufgaben entbinden, zu ihrer eigenen Sicherheit. Deshalb und auch, weil ich diesen Park und mein eigenes Leben retten möchte.

«Esa», sage ich. Deeskalation, denke ich. «Ich schätze deine Arbeit sehr. Und ich werde mich hüten, deine ganzheitliche Lösung anzutasten. Diese kleine Anpassung hat einen einfachen Grund ...»

«Der Park will doch wohl nicht in die Offensive gehen?»

«Wie bitte?»

«Wir verteidigen, was unser ist, das muss reichen.»

Es waren ereignisreiche Tage. Ich habe im Park gewerkelt, Berechnungen angestellt, Formulare ausgefüllt, Anzeigen aufgesetzt, Unterlagen eingereicht, rund um die Uhr gearbeitet. Ich habe für die Firma eine Excel-Tabelle erstellt, mit der Absicht, zukünftige Gewinn-Verlust-Rechnungen flexibel gestalten und letztlich verschwinden lassen zu können. Während ich das tat, habe ich mir vor Augen geführt, dass es darum geht, Schulden zu begleichen, den Park zu erhalten und dem drohenden Tod zu entrinnen. Ich habe auch den Anwalt, Heiskanen, in seinem Büro in Kallio, auf Höhe des Karhuparks, aufgesucht – Name und Adresse fand ich auf der Visitenkarte und der Rechnung, die er mir hinterlassen hatte. Ich habe ihm einige Aufgaben übertragen, denn ich brauche seine juristische Expertise und schätze seine zügige Arbeitsweise.

Innerhalb der nächsten Tage müsste alles erledigt sein. Eigentlich. Aber erst muss ich Esa überzeugen. «Wir hier mit unserem schönen Abenteuerpark sind natürlich friedfertige Akteure», sage ich. Ich sehe Esa tief in die Augen. «Das kann ich dir zusichern. Wir bleiben bei unserem Grundsatz, wir sind unparteiisch und friedliebend.»

Im fieberhaften Flackern der Bildschirme glänzen Esas Augen und sein Gesicht. Wir sehen einander lange an. Er nickt, zackig, wie ein Soldat.

«Ich ziehe mich zurück», sagt er. «Aber du musst wissen, dass ich jederzeit bereit bin, in Aktion zu treten, sollte die Lage eskalieren.»

«Danke, Esa.»

Wir bleiben noch eine Weile still sitzen. Ich habe tausend Fragen im Kopf, die unser Gespräch aufgeworfen hat, aber ich habe auch etwas Grundsätzliches gelernt: Ich muss nicht mehr alles begreifen, alles durchdringen. Falls Esa eine Abwehrstrategie für den Abenteuerpark entworfen hat, soll es mir recht sein. Ich glaube kaum, dass Juhani sich intensiver mit diesem Thema befasst hat. Fast habe ich den Eindruck, seine Stimme hören zu können – *das klingt doch super, alles bestens.* So oder ähnlich wird er Esas Strategie kommentiert haben, ohne seinen Ausführungen sonderlich aufmerksam gelauscht zu haben. Ich stehe auf.

«Semper Fidelis», sagt Esa.

Ich kenne die Phrase. Das Motto der US-Marines. «Für immer treu.» Ich denke nicht, dass einer von uns beiden bei der nordamerikanischen Elitetruppe gedient hat, aber das spielt jetzt keine Rolle.

Ich danke Esa für sein Engagement, verlasse den Raum und tauche direkt wieder in den Lärm ein.

Es ist viel los. Die große Halle ist erfüllt vom Schreien und Lachen der Kinder, alles ist in Bewegung. Einige der kleinen Besucher werden jetzt aber auch langsam müde, deshalb gehören auch Weinkrämpfe und Wut zur Geräuschkulisse. Andere werden immer schneller und wilder, sind nicht mehr zu bremsen. Die Eltern, die schon früh am Morgen hier angekommen sind, sehen langsam aus, als würden sie ein Verbrechen oder ihre Flucht ins Ausland planen.

Laura finde ich schnell, sie hält in der rechten Hand einen Zollstock und in der linken eine Mappe. Diese erkenne ich natürlich, sie hat kürzlich bei mir auf dem Esstisch gelegen, als sie mir ihre Pläne vorgestellt hat. Sie steht mit dem Rücken zu mir. Ich will Hallo sagen, halte dann doch inne. Was, wenn Laura ebenso sehr an der Aufgabe hängt? Ich atme tief ein und sage «Hallo».

Sie dreht sich um. Ihr Lächeln kommt unmittelbar und spontan, und es hat wieder diese verlangsamende, benebelnde Wirkung auf mich. Ich muss mich zusammenreißen, um mein Anliegen vorzubringen.

«Frankenthaler», sagt sie und deutet mit ihrem Zollstock auf die Betonwand. Ich folge ihrem Blick, betrachte die weißen Kreidezeichnungen, geschwungene Bögen in verschiedenen Größen und Kreuze.

«Wir werden ein paar organisatorische Anpassungen vornehmen», sage ich. Ich teile ihr mit, dass ich die Bargeldangelegenheiten inklusive der Geldfahrten in Zukunft selbst übernehmen möchte, und füge hinzu, dass das hoffentlich kein Problem für sie sei.

«Natürlich nicht», sagt sie, ohne den Blick von der Wand zu nehmen. «Im Gegenteil.»

Sie dreht sich zu mir um, nach wie vor lächelnd. «Jede Minute mehr, die ich mich diesem Projekt hier widmen kann, ist für mich Gold wert. Nochmals danke.»

Ich bin erleichtert, vielleicht rutschen mir deshalb die folgenden Worte so raus. «Ich bin wirklich gespannt. Auf die Wandgemälde. Habe viel über sie nachgedacht, über ihre Wirkung.»

Ich will noch etwas sagen, wieder ohne genau zu wissen, worauf ich abziele, aber ich komme nicht dazu. Lauras Handy klingelt. Sie zieht es aus der Tasche, betrachtet das Display.

«Eine Sekunde, sorry», sagt sie und nimmt den Anruf entgegen, ohne sich fortzubewegen. Sie sagt nur ein paar Worte, beendet das Gespräch, schüttelt den Kopf.

«Es ging um Tuuli», sagt sie. «Wir brauchen einen Physiotherapeuten, der auf Kinder mit Atemwegserkrankungen spezialisiert ist. Aber wir haben noch keine Zusicherung für die Kostenübernahme. Das ist eine ziemlich teure Angelegenheit.»

Unsere Blicke wandern wieder zur Wand, zum grauen Beton und den weißen Kreidebögen.

«Aber hey», sagt sie. «Du hast über die Wirkung von Bildern gesprochen. Wenn du magst, könnte ich zum Dank ein wenig die Museumsführerin für dich spielen. Im Ateneum läuft noch die Monet-Ausstellung, heute hat das Museum bis acht Uhr geöffnet. Was meinst du?»

Wieder dieses komische Gefühl, als seien meine Sinne zugleich verlangsamt und beschleunigt, angeregt. Auch die folgende Reaktion kommt automatisch:

«Sechs Uhr würde mir passen», sage ich, ohne nachzudenken.

Habe ich was Lustiges gesagt? In jedem Fall grinst sie.

«Schön. Dann sehen wir uns im Ateneum. Und ich mache hier weiter mit de Lempicka.»

Ich nicke. «Bestens», sage ich. «Dann bis nachher im Museum.»

Laura ist schon losgelaufen, nimmt die nächsten Abmessungen vor.

Als ich fast das andere Ende der Halle erreicht habe, höre ich jemanden meinen Namen rufen.

Die Krokodilbahn ist entgleist. Nein, es war kein schwerer Unfall, keine Personenschäden. Die Knirpse konnten einfach aus den Waggons gehoben werden. Jetzt wuchte ich zusammen mit Kristian die Lokomotive zurück auf das Gleis.

«Ich begreife es nicht», sagt er, nachdem wir sichergestellt haben, dass die Lok die Waggons wieder einwandfrei zieht. «Wie konnte das Ding entgleisen? Ein pedalbetriebener Zug, der mit weniger als zehn Kilometern pro Stunde in die Kurven fährt?»

Er lässt seinen Blick über das Gleis wandern, dann über die Lok.

«Sabotage», sagt er, so leise, dass ich das Wort im Kopf vervollständigen muss. Dann begutachte ich selbst die kleine Bahn aus Holz, Kunststoff, Metall. Was Kristian sagt, ergibt natürlich keinen Sinn.

«Das glaube ich nicht», sage ich.

Kristian schüttelt den Kopf. «Kennen Sie alle Mitarbeiter hier? Alle Besucher? Haben Sie langjährige Erfahrung mit unseren technischen Geräten?»

Ich sehe mich um. «Wenn es Sabotage war», frage ich leise, «warum sollte ich dann als Erstes nicht Sie verdächtigen?»

Da ist ein Flackern in Kristians braunen Augen. Er stellt sich breitbeinig hin, baut sich auf. So wie er dasteht, ist er wie eine Wand aus Muskeln.

«Zu Ihrer Information», sagt er. «Ich war dabei, als dieser Zug gebaut worden ist. Ich habe die roten Lämpchen angebracht. Ursprünglich hatte er keine Lampen. Das war meine Idee. Ich habe damals Juhani gesagt, dass mit den Lampen ein schöner Effekt entsteht. Geschwindigkeit, Gefahr. Juhani fand die Idee klasse. Er war begeistert.»

Kristian meint es ernst, kein Zweifel. Und wieder wirkt er vollkommen aufrichtig. Er macht nicht im Ansatz den Eindruck eines Mannes, der seinen eigenen Zug hat entgleisen lassen.

«Was lässt Sie vermuten, dass es Sabotage war?», frage ich.

Er starrt mich noch für einige Sekunden an, dann deutet er auf die einige Meter entfernt liegende Kurve. Ich laufe in die Richtung, er folgt mir, spricht in meinem Rücken weiter.

«Jemand hat einen gefrorenen Hähnchenschenkel auf das Gleis gelegt. Genau da ist der Zug aus der Kurve geflogen. Hätte er mehr Geschwindigkeit, hätte es schlimmer enden können.»

Was die Möglichkeit einer Katastrophe betrifft, bin ich anderer Meinung, aber dieser gefrorene Hähnchenschenkel gibt definitiv Anlass zur Sorge. Soweit ich weiß, befinden sich die Schenkel in der Tiefkühltruhe unseres Cafés.

«Ich kümmere mich darum», sage ich, bevor Kristian dazu kommt, weitere Spekulationen anzustellen. «Also, alles bestens. Der Zug fährt wieder und ...»

«Wann werden wir die anderen informieren?»

Ich brauche einen Moment, um zu begreifen, wovon er redet. Einen weiteren Moment brauche ich, um passende Worte zu finden. Kristian bemerkt es.

«Sie wissen, dass wir eine Vereinbarung haben», sagt er.

«Genau genommen ...»

«Ich habe schon erzählt, dass ich Geschäftsführer werde.»

Den letzten Satz hat Kristian nicht zurückhalten können, er errötet, seine Augen sind feucht und voller Wut und Enttäuschung.

«Wem?», frage ich. «Und warum?»

Kristian ist ein wenig außer Atem und peinlich berührt. Kinder kommen angerannt, zum Zug. «Ein paar Leuten halt», murmelt er.

Mir wird klar, dass es in Kristian brodelt. Peinlichkeit, Wut, Entschlossenheit und Muskeln sind ein gefährliches Gemisch. Ich kann keine weiteren Probleme brauchen. Ich möchte dieses Gespräch beenden. Alles daran beunruhigt mich. Die entgleiste Bahn, der Hähnchenschenkel, Kristians ewige Litanei, er sei der kommende Geschäftsführer. Ich frage mich, wer alles davon weiß, dass Juhani ihm diesen Posten angeboten hat. Und wer grundsätzlich die Interna dieses Unternehmens kennen könnte. Während sich die Kinder annähern wie Zombies in Horrorfilmen, unausweichlich, aber irgendwie desorientiert, habe ich eine Idee, die zumindest vorläufig Ruhe schaffen könnte. Mein ehemaliger Vorgesetzter steht mir vor Augen.

«Kristian, sehen Sie sich eher als offene, emotionale Führungskraft oder als Chef alter Schule?»

«Was?»

«Denken Sie darüber nach», sage ich. «Heute ist Führen anders als früher. Es ist wichtig, eine Reihe von Fähigkeiten mitzubringen: Ergebnisorientiertes Verständnis emotionaler Dynamik, ganzheitliche Betrachtung wirtschaftlicher Prozesse und sozialer Erfahrungen, Einsatz personeller Teilhabe auf allen Ebenen.»

Ich hätte niemals gedacht, dass ich so reden kann, aber in diesem Moment bin ich Perttilä dankbar für all den Unsinn. Die Worte kommen wie vom Band.

«Ich will ...», sagt Kristian.

«Sie wollen Geschäftsführer werden», entgegne ich nickend. «Aber ich als Eigentümer dieses Unternehmens möchte sichergehen, dass Sie die inneren, äußeren, aber ganz besonders auch die emotionalen Voraussetzungen für diese Position mitbringen.

Ich schlage vor, dass Sie zunächst an einer oder nach Möglichkeit auch mehreren Fortbildungen teilnehmen. Ich will, dass Sie Ihre ganz eigene Gefühlskarte zeichnen, dass Sie Ihre Insel der Positivität finden, Ihre tiefsten Gefühle entdecken und lernen, die Mitarbeiter zum Gipfel ihres Erfolgs zu geleiten.»

Kristians Blick schweift zur anderen Seite des Parks.

«Sind Sie bereit, das emotionsgebundene Geschenk eines anderen entgegenzunehmen?»

«Was?»

«Das ist ein wesentlicher Teil des modernen Berufslebens», sage ich und höre dabei Perttiläs Stimme. Unwillkürlich rutscht mir ein *Du* heraus. «Deine Stärke kann anderen die Basis sein, auf die sie sich in schwachen Momenten stützen. Du bist für diesen anderen dann ein sicherer Gefühlshafen. Wenn sich Stärke und Schwäche vereinen, entsteht aus dieser Symbiose eine kollektive Kompetenz, die einen emotionalen Mehrwert generiert.»

Kristian kann mir nicht folgen. Es ist auch, rein logisch betrachtet, nicht möglich. Ich begreife ja selbst nicht, wovon ich rede. Inzwischen sind wir von Kindern umzingelt. Die Krokodilbahn kann bald wieder losfahren.

«Am besten, du schaust selbst mal nach Fortbildungsmöglichkeiten, dann suchen wir Seminare aus, die passen. Nicht vergessen, zwei sollten es in jedem Fall sein.»

Ich entferne mich, drehe mich noch mal um und sehe, wie Kristian die Krokodilbahn für ihre erste Fahrt nach dem Zwischenfall anschiebt.

Ich gehe ins Büro und arbeite noch ein wenig. Dieses Zimmer ist für mich immer noch Juhanis Zimmer, so wie es ja auch an der Tür geschrieben steht. Ich hatte Kristian darum gebeten, das Schild auszuwechseln, aber das hat er noch nicht gemacht. Alle anderen Sachen erledigt er schnell, das hier kann warten. Ich ahne, weshalb. Ich habe meinen neuen Laptop auf dem Schreibtisch platziert und damit Juhanis Rechner ersetzt. Links von dem Laptop liegt ein Stapel mit meinen Unterlagen, rechts liegen die Ausdrucke der Wandgemälde, die Laura mir gegeben hat.

Nach einer Weile wird mir bewusst, dass ich mich seltsam verhalte (was zurzeit keine Seltenheit ist). Immer, wenn ich einen Arbeitsschritt gemacht, eine Aufgabe gelöst habe, nehme ich Lauras Entwürfe zur Hand und betrachte sie. Als wolle ich mich damit nach getaner Arbeit belohnen. Es erscheint mir einerseits schlüssig, andererseits bekloppt. Eine vernünftige Erklärung habe ich nicht parat. Ich sehe einfach die Bilder an, und mir gefällt, was ich sehe. So einfach ist das, mehr scheint nicht dahinterzustecken.

Oder doch?

Ich bin Versicherungsmathematiker.

Ich weiß, dass mehr dahinterstecken muss.

7

Im Zug rechne ich aus, dass ich – sollte ich pünktlich am Hauptbahnhof in Helsinki ankommen und den direkten Weg zum Ateneum nehmen – noch vor Lauras Ankunft 2,5 Minuten für alle bedeutenden Werke hätte und eine halbe Minute für alle weiteren Exponate. Das müsste reichen, denke ich, während die Herbstlandschaft vorüberzieht. Es ist ein bewölkter Tag, deshalb sehe ich heute eine ausgefranste, matte Fläche, nicht die bunte Decke, die an hellen Tagen am Fenster des Zuges vorüberfliegt. Der Waggon ist fast unbesetzt, nur die Fahrtgeräusche sind zu hören. Der Tag neigt sich seinem Ende entgegen, der Abend kommt.

Es ist mir peinlich bewusst, dass ich heute vorzeitig das Büro verlassen habe. Das ist weder gut noch richtig. Aber diese Entwürfe, die Wandgemälde haben mich in Unruhe versetzt. Warum gefallen sie mir so gut? Sicher hat es auch mit Kunst an sich zu tun, ein mir bislang ganz unbekanntes Feld.

Aus Erfahrung weiß ich, dass ich, wenn mich etwas dergestalt beschäftigt, alle Faktoren ausmachen, einige Berechnungen durchführen und schließlich das Ergebnis herausfinden muss. Die klassischen Gemälde im Ateneum sollten da keine Ausnahme bilden. Sie zeigen vorwiegend Landschaften und Menschen, bemerkenswert realistisch, was bedeutet, dass sie Eigenschaften besitzen, Abmessungen, Volumen, Flächen, die im mathematischen

Sinne zugänglich sein sollten. Ich bin sogar sicher, dass ich schon anspruchsvollere Rechnungen bewältigt habe.

Als ich aussteige, fallen federleichte Regentropfen vom Himmel. Als würde da oben jemand noch darüber nachdenken, ob es nun regnen sollte oder nicht. Es ist jede Menge los, Feierabendverkehr, ich weiche den Menschen aus, zwänge mich durch die Menge, durchquere die Bahnhofshalle, die von einem widerhallenden Stimmengewirr erfüllt ist. Ich überquere zwei Straßen und erreiche das Ateneum, wo angenehme Ruhe herrscht. Ich denke, dass ich hier zum ersten Mal seit etwa 35 Jahren bin. Ich gehe davon aus, dass ich das Museum als Grundschüler besucht habe, aber ich bin mir nicht ganz sicher.

Ich kaufe ein Ticket, nehme auch einen Audioguide. Die Frau an der Kasse hat gelbe Haare und trägt eine Brille mit quadratischen Gläsern. Ich frage sie, wie lange die Erläuterungen sind, sie weiß es nicht genau. Sie denkt darüber nach. «Manche eine halbe Minute, manche fünf Minuten», sagt sie. Ich hoffe, dass nicht sie dafür zuständig ist, die Kunstwerke zu erklären. Es würde mir schwerfallen, einer solchen Ungenauigkeit zuzuhören. Ich bedanke mich und bin schon an der Treppe, die zur Ausstellung führt, als die Dame mir hinterherruft, dass es auch eine Sonderausstellung zu sehen gebe. So nennt sie es. Ich frage, was an dieser Ausstellung so sonderbar sei. «Monet», sagt sie und setzt zu einer weitschweifigeren Rede an, die ich unterbinde. «Ich möchte alles sehen, was Sie hier haben», sage ich. «Deshalb bin ich hier.»

Die Frau scheint ein wenig verwirrt zu sein. Sie verkauft mir die Karte für die Sonderausstellung, erfreulicherweise, ohne etwas zu sagen.

Ich werde schon im ersten Saal mit Schwierigkeiten konfrontiert, die die Durchführung meines Vorhabens gefährden. Das liegt einfach daran, dass bereits dieser Saal weit mehr Zeit beansprucht als vorgesehen. Ich kann das angedachte Tempo nicht halten, es gelingt mir bei den vielen Bildern nicht mal, entscheidende Faktoren auszumachen.

Einige Gemälde erschließen sich sofort, sie sind plausibel, symmetrisch, es erscheint sinnvoll, sie zu betrachten (Haus + Kreuzung + Baum + Frühling = Frischluft in einem französischen Dorf). Dann gibt es welche, die ich wirklich nicht begreife (Flecken + Kleckse + Linien + Farben = Experimente mit Farben). Dann erschließen sie sich plötzlich doch (Flecken + Kleckse + Linien + Farben = X). Alle Exponate haben eines gemeinsam. Ich verweile viel länger bei ihnen, als ich eigentlich vorhatte.

Es ist dasselbe Phänomen wie bei den Wandgemälden. Erneut frage ich mich, warum mein Blick länger als notwendig verweilt. Es ist, als würde mein Gehirn das Gleis wechseln. So geht es immer weiter, von Bild zu Bild. Der erste Ausstellungssaal beansprucht die Hälfte meiner Zeit. Ich atme tief ein und aus. Keinesfalls werde ich vor Lauras Ankunft alle Säle begehen können. Und das Studium der schönen Künste sollte eigentlich in meinem Leben zurzeit nicht unbedingt Vorrang genießen. Deutlich dringlicher ist es, ein Kreditunternehmen zu gründen, den Kopf aus der bereitliegenden Schlinge zu ziehen und die Berufskriminellen bei Laune zu halten, solange unsere unverhoffte Zusammenarbeit andauert.

Aber jetzt bin ich hier.

Ich sehe mich um und widerstehe der Versuchung, noch näher an die Gemälde heranzutreten, die mir besonders gut gefallen. Ich betrachte die anderen Leute im Saal. Es sind drei. Ein Paar am anderen Ende des Raums und eine Frau in der Mitte. Die Frau steht seit einiger Zeit an der gleichen Stelle, vielleicht ist auch sie unerfahren und hat ein paar Schwierigkeiten im Umgang mit Kunst.

Ich treffe eine schnelle Entscheidung, gehe zur Sonderausstellung. Dem Namen nach klingt sie vielversprechend. Nach einer besonderen Lösung.

Monet, denke ich, also gut.

Die Ausstellung gefällt mir gleich, sie zeigt eher große Bilder mit klaren Mustern und Formen. Ausgezeichnet geeignet für meine Analysen. Ich bin gerade dabei, mich dem ersten Gemälde zu nähern, als ich in meinem Rücken ihre Schritte höre, sie ist schon da.

Laura Helanto.

In dem Moment, in dem ich sie sehe, spüre ich Wärme, eine unerklärliche Welle von Freude, Aufregung und Prickeln. Ich verstehe es nicht. Ich habe sie zuletzt im Abenteuerpark gesehen. Meine Reaktion ist eindeutig übertrieben.

«Hallo», flüstert sie.

«Hallo», sage ich, dämpfe ebenfalls meine Stimme.

«Du bist schon hier», sagt sie. «Wie gefällt es dir?»

Ich hebe den Blick zu dem Gemälde. Es ist etwa drei Meter breit, zwei Meter hoch und zeigt verschwommene Seerosen und Blätter in einem Teich. Eine überschaubare Zahl an Bildelementen.

«Mir gefällt die Zusammenstellung des Gemäldes», sage ich. «Die Klarheit, die Fokussierung.»

«Monet hat eine ganze Reihe Bilder von diesem kleinen Teich gemalt.»

«Aha. Ein Bild pro Seerose?», frage ich.

Laura lacht und hält die Hand vor den Mund. Ich wollte allerdings gar nichts Lustiges sagen, der Gedanke erschien mir logisch und wahrscheinlich. Wie viele Rosen wohl in einen kleinen Teich passen? Wir betrachten das Gemälde von Monet, schweigen für eine Weile.

«Versteh mich bitte nicht falsch», sagt sie. «Ich bin überrascht, dass du hier ins Museum kommst. Dass es dich interessiert.»

«Ich bin in der Tat interessiert», sage ich. «Aber ich habe hier noch nichts gesehen, was an deine Wandgemälde heranreicht.»

Aus dem Augenwinkel sehe ich, dass Laura mir einen schnellen Blick zuwirft. Ich spüre den Blick auf meinem Gesicht. Wir stehen für eine Weile schweigend vor dem Bild. «Magst du alles erst mal in Ruhe ansehen? Ich bin schon zum zweiten Mal in dieser Ausstellung und kenne die Bilder auch sonst recht gut.»

«Dann könntest du mir erzählen, wovon die einzelnen Bilder erzählen.»

«Gerne», sagt sie. «Ich erzähle dir, was ich weiß, und du kontrollierst dann noch mal mit dem Audioguide, ob es stimmt.»

«Ich denke eher nicht, dass ich noch Zeit dafür haben werde. Das Museum schließt bald.»

Laura schmunzelt, fast lacht sie. «Du hast einen guten Sinn für Humor», sagt sie, und ich bin mir nicht sicher, wie sie das meint.

Wir schlendern durch die beiden großen Säle, bleiben vor einigen Bildern länger stehen. Manchmal sind es die großen Gemälde, die wir nur kurz betrachten, und die kleineren, die unsere Aufmerksamkeit erregen. Laura erweist sich als sehr kompetente Führerin, auch wenn ich nicht alle ihrer Erläuterungen verstehe. Sicher ist, dass nichts von dem, was sie sagt, meinen ursprünglichen Erwartungen entspricht. Und das macht mir nicht einmal etwas aus. Lauras Gesellschaft, ihre Stimme, die Bilder. Das alles erscheint mir jetzt wichtiger. Es *ist* das Wichtigste. Und dann frage ich mich zum wiederholten Male, was mit mir los ist.

Unser Rundgang endet beim größten Bild der Ausstellung. Eigentlich sind es drei Bilder, deren Rahmen sich fast berühren. Insgesamt ist das Bild sicher fast fünf Meter breit und zweieinhalb

Meter hoch. Als hätte Monet den Teich in Originalgröße abbilden wollen.

Ich lausche Laura, die in dem Gemälde weit mehr sieht als nur Seerosen. Während ich zuhöre, ist es, als würde ich langsam in dem trüben Wasser versinken. Es ist angenehm warm. Es duftet nach Lauras Haaren und ...

«Liebe Gäste, unser Museum schließt in zehn Minuten.»

Die Durchsage holt mich zurück ins Hier und Jetzt. Laura lächelt.

«Du hattest recht, es ist zu spät für eine Kontrollrunde.»

«Das ist auch nicht nötig», entgegne ich. «Hast du noch etwas Zeit? Wir könnten weiter über Kunst reden.»

Sie lacht, ist dann aber schnell wieder ernst. «Ich muss schon sagen, so hat mich noch niemand um ein Date gebeten.»

«Wie denn?»

«Ob ich Zeit habe, um über ... egal. Meine Tochter verbringt die Herbstferien bei ihrer Cousine. Also sehr gerne. Lass uns noch ein wenig über Kunst reden.»

8

Dass ich Malerin werden möchte, war mir schon klar, aber ich hatte noch nicht meinen eigenen Weg gefunden», sagt sie. «Natürlich nicht, ich war ja erst achtzehn. Ich wusste noch nicht einmal, wo ich diesen Weg finden sollte. Dann habe ich in London eine Ausstellung von Helen Frankenthaler gesehen. Das war der Anfang. Und auf derselben Reise habe ich die ganzen Klassiker, die mir wichtig sind, im Original gesehen. Cassatt, Turner, Pissarro, Sisley, Degas, klar, auch Werke von Monet. Von den Genannten mag ich Pissarro am liebsten. Wie er es schafft, das Licht so zu bannen, in einem bestimmten Moment, sodass aus vermeintlich Alltäglichem etwas unendlich Schönes entsteht. Und im Tate Modern und Tate Britain habe ich Pollock, Hockney, Rothko studiert. Und, wie gesagt, Frankenthaler natürlich. Später habe ich auf derselben Reise in Wien die Galerie Belvedere besucht. Dort sind die berühmtesten Bilder von Klimt zu sehen. Auch der Kuss.»

Nein, ich weiß nicht genau, wovon Laura spricht, aber ich höre ihr gerne zu. Immerhin verstehe ich, dass es um Malerei geht, auch wenn mir die meisten der Namen völlig unbekannt sind. Wir sitzen in einer Kneipe mitten in Kaisaniemi.

Als wir das Ateneum verlassen haben, hatte sich schon die Dunkelheit herabgesenkt, und es hatte zu nieseln begonnen. Der Regen wurde stärker, während wir die Treppe hinunter zur Straße liefen, und jetzt tanzen die Regentropfen schon zu Tausenden auf dem Gehweg hinter dem Fenster, überall, zwischen Himmel und Erde, ist Wasser. Blitze zucken auf, wie von einer riesigen Kamera, das Gewitter ist direkt über uns. Auf dem Tisch brennt eine Kerze. Normalerweise würde ich denken, dass sie keinerlei Nutzen hat, weder als Lichtquelle noch als funktionaler Bestandteil des Raums. Ich würde vermutlich auch anmerken, dass Kerzen in Lokalen gerne zur Steigerung der Gemütlichkeit und mithin zur Gewinnmaximierung platziert werden. Aber jetzt finde ich, dass das sanfte, flackernde Licht der Kerze wunderbar zu diesem Abend und zu Lauras Begeisterung und zu ihrem durchaus attraktiven Wesen passt. Das Licht der Kerze verschmilzt mit ihren wilden Haaren und ihren blaugrünen Augen. Schön auch, wie die Flamme von Zeit zu Zeit in ihren Brillengläsern aufflackert.

«Wie sieht es bei dir aus?», fragt sie.

«Du meinst, mit der Kunst? Also, ich bin blutiger Anfänger», sage ich. «Das muss ich zugeben.»

«Ich meinte es auch eher allgemein», sagt sie. «Was hat dich denn veranlasst, ein ... wie heißt das noch mal?»

«Versicherungsmathematiker», sage ich. Ich erkläre ihr kurz und knapp, was mich an der Mathematik interessiert hat, warum ich diese Disziplin für so wichtig erachte, warum ich meinen Job gekündigt habe. Ich reiße sogar meine chaotische Kindheit an und den Trost, den mir die Mathematik in schwierigen Zeiten gespendet hat.

Laura lässt ihren Blick abgleiten, zum Regen hinter dem Fenster. «Du bist sehr offen», sagt sie.

«So ist es eben gewesen», sage ich.

«Ja, sicher. Ich meinte nur, dass die wenigsten beim ersten

Treffen so ... also, wenn man zum ersten Mal zusammen ausgeht, so ehrlich von sich erzählen.»

«Ach so. Damit kenne ich mich nicht so aus. Ich bin selten in einer Situation wie dieser hier. Ich finde Menschen eigentlich nicht so interessant. Aber dich finde ich interessant. Ich habe im Museum jedem deiner Worte zugehört, ich hätte dir stundenlang zuhören können. Und die Wandgemälde oder die Entwürfe, wie man es vielleicht in dieser Phase nennen muss, könnte ich andauernd ansehen. Ich finde dich wundervoll.»

Mir ist sofort klar, dass ich länger als geplant gesprochen habe. Und ich habe auch manches gesagt, was eigentlich unausgesprochen bleiben sollte. Es muss am Kerzenlicht liegen, an Lauras Augen, ihrem Duft, Monet, an den Bildern oder an allem. Meine Gedanken bewegen sich jedenfalls in einer neuen Umlaufbahn. Es fühlt sich fremd, neu und gut an. Was ich gesagt habe, entspricht eins zu eins der Wahrheit. Jetzt merke ich es, nachdem ich es bereits ausgesprochen habe, so als wäre ich geschwommen, bevor ich mich dazu entschlossen habe, ins Wasser zu springen.

Laura scheint zu lächeln, ich bin nicht ganz sicher. Dann hat sie irgendeinen Gedanken, der sie ernst, fast traurig macht. Sie nimmt einen Schluck von ihrem Bier. «Ich weiß nicht, ob du damit recht hast», sagt sie. «Aber danke.»

«Ist etwas?»

Sie zuckt die Achseln, schüttelt den Kopf. Dann huscht ein Grinsen über ihr Gesicht. «Wir reden ganz direkt, ja?»

«Ich denke, das ist immer zu empfehlen», sage ich. «Manche sind wohl der Meinung, dass Wahrheiten unangenehm sein könnten, aber in meinen Augen überwiegen die Vorteile. Genaue Zahlen kann ich dir nicht bieten, aber aus Erfahrung würde ich schätzen, dass die Wahrscheinlichkeit, einen Menschen mit der

Wahrheit tief zu beleidigen, höchstens bei zehn Prozent liegt. Das bedeutet im Umkehrschluss, dass sich in neunzig Prozent der Fälle Offenheit als schlüssig erweist. Das ist deutlich.»

«Hm. Du hast definitiv einen eigenen Stil.»

«Ist das gut oder schlecht?», frage ich.

«Gut», sagt sie.

Ich warte, habe den Eindruck, dass sie fortfahren möchte. Sie stützt sich mit den Ellenbogen auf dem Tisch ab. «Es gefällt mir, dass du einen ehrlichen, zuverlässigen Eindruck machst. Du sagst, was du denkst, und du hältst Wort. Ich bin nicht sicher, ob dir bewusst ist, wie selten so was ist. Du bist, was du von dir sagst.»

«Ich bin Versicher...»

«Versicherungsmathematiker, ich weiß. Aber auch abgesehen davon. Du bist anders. Im positiven Sinn. Und du siehst gar nicht mal schlecht aus. Auf deine Art. Noch ein Pluspunkt. Anzug, Krawatte, immer, auch hier im Museum. Ausgezeichnet. Jetzt habe ich mehr gesagt, als ich wollte. Es war ein langer Tag, ich war früh wach. Besuch bei Monet, ein Bier zu viel. Ich habe zu schnell getrunken. Keine Ahnung, ich denke ...»

Sie vollendet den Satz nicht. Ich warte.

«Du machst dir über irgendwas Sorgen», sage ich.

Sie lehnt sich zurück.

«Du bist anscheinend nicht bereit, das zu vergessen.»

«Nein.»

Sie schüttelt den Kopf. «Es geht um die Wandgemälde», sagt sie.

«Wir haben doch Budget und Zeitplan. Du musst sie nur noch malen.»

Draußen zucken wieder Blitze auf. Der Regen wird überraschenderweise noch stärker.

«Das ist genau der Punkt», sagt sie. «Das Malen. Ich bin bisher nie so weit gewesen, wirklich zu malen. Ich mache Skizzen, zeichne alles, habe den Plan vor Augen, bin voller Überzeugung, aber dann, sobald ich den Pinsel in die Hand nehme, finde ich den Anfang nicht mehr. Und dann kommt eine neue Idee, ich zeichne neue Skizzen, mache neue Pläne, bin wieder begeistert ... Darüber habe ich noch nie mit jemandem gesprochen.»

Die Sache ist schwierig für Laura. Das sehe ich in ihrem Gesicht und ihrem Wesen. Ihr Glas ist fast leer.

«Magst du noch ein Bier?», frage ich.

«Du denkst, das hilft?» Fragt sie. «Trinken, um wieder malen zu können?»

«Nein, ich ...»

«Ich verstehe schon», sagt sie. Jetzt lächelt sie wieder, auch wenn es ein melancholisches Lächeln ist. «Aber nein, danke dir, das hier reicht vollkommen.»

«Also, auch ich habe ja meine Probleme», sage ich.

Sie sucht meinen Blick.

«Ich denke, alle Menschen haben welche. Das ist ein weites Feld. Ich löse meine Probleme immer mit Hilfe von Mathematik.»

«Immer?»

«Ja.»

«Das ist interessant. Ich weiß allerdings nicht, wie mir Mathematik helfen kann. Wenn ich mir die Wand im Park ansehe ... dann verlässt mich einfach der Mut.»

«Weil du dir genau diese Wand ansiehst, eine Unbekannte, eine Variable. Nehmen wir an, du betrachtest stattdessen eine unbekannte Wand. Die Wand ist also X.»

«Die Wand ist X?»

Ich nicke.

«Genau. Jetzt betrachte das Ganze in Ruhe. Geh noch mal alle Informationen durch, bedenke die Voraussetzungen, mit denen du konfrontiert bist. Ich würde darüber nachdenken, ob ich schon einmal vor einem ähnlichen Problem gestanden habe. Und falls ich das ganze Problem nicht mit einem Mal lösen kann, wie wäre es, zunächst einen Teil zu bewältigen? Die Teillösung könnte mir etwas offenbaren, das mir dabei hilft, einen weiteren Teil des Problems zu lösen.»

Laura schweigt, aber mir scheint, dass sie zuhört.

«Ich würde die Skizze auswählen, die am einfachsten umzusetzen ist. Dann würde ich mir von dieser Skizze genau den Teil aussuchen, der am leichtesten zu malen ist. Dann würde ich einen möglichst simplen Plan zur Umsetzung dieses Bildausschnitts machen, diesen Plan noch mal kontrollieren und damit anfangen, ohne weiter nachzudenken. Ich hätte dann erst mal eine Herangehensweise, die ich Schritt für Schritt auch auf das Gesamtproblem anwenden könnte.»

«Hm. Irgendwie weiß ich das alles», sagt sie.

«Aber richtest du dich danach?», frage ich.

«Nein.»

«Mathematik», sage ich. «Du folgst einfach dem Plan.»

«Und dann wird X gelöst?»

«Ich kann es nicht versprechen», sage ich. «Aber wenn ich alle Faktoren in Betracht ziehe, insbesondere auch die, die nicht der Mathematik zuzuordnen sind, dann halte ich es für möglich. Sogar für wahrscheinlich. Wie ich bereits sagte, du bist wunderbar.»

Wir sitzen für eine Weile schweigend.

«Wenn du an einem Menschen Interesse findest», sagt sie, «ist diese Person dann in deinen Augen X?»

9

Der Zug schwebt voran. Die Lichter der Häuser und Bürogebäude flimmern, glitzern in der Nacht. Ich stelle mir vor, dass jemand diese Lichter nimmt und wirft, er möchte den Zug treffen. Aber der Zug fliegt, nichts kann ihm etwas anhaben. Es ist Viertel nach elf, und meine Wangen glühen. Gleichzeitig zittern sie. Lauras Wangenküsse begleiten mich auf der Reise, sind eine Konstante in dieser galaktisch schnell rasenden Bahn.

Es sieht mir nicht ähnlich, aber tatsächlich gelingt es mir nicht, unser Gespräch chronologisch zu rekonstruieren. Alles ist durcheinander. Wie in kleinen bunten Teilen, Abschnitte, Aufnahmen, die willkürlich vor- und zurückgespult werden. Ich bin außer Atem, obwohl ich einfach nur dasitze. Ich habe keine Ahnung, was genau ich ihr alles erzählt habe. Insbesondere fehlt mir, was ich sagte, nachdem Laura zum Abschied an mich herangetreten, sich bedankt und meine Wangen geküsst hat.

Ich glaube, dass ich nach den Küsschen irgendwas gefaselt habe, über die Wandgemälde. Ja, genau, ich sagte, dass die Wahrscheinlichkeit des Gelingens bei etwa 120 Prozent liege. Ich habe keine Ahnung, woher dieser Satz kam, er klingt nicht nach mir, eher nach meinem ehemaligen Vorgesetzten Perttilä. Dennoch, ich fürchte, dass ich etwas Derartiges gesagt habe. Ich erinnere mich nicht einmal daran, in diesen durch die schwerelose Nacht gleitenden Regionalzug eingestiegen zu sein.

Lauras Stimme hallt noch nach. Vor mir taucht das vertraute, im blauen, weißen Licht des Bahnhofs schimmernde Schild auf, ich bin in Kannelmäki angekommen. Ich muss mich beeilen, um rechtzeitig aus dem Zug zu steigen. Ich gehe schnell die Treppe hinunter, verwirrt über meine Träumerei. Um ein Haar hätte ich meine Endstation verpasst. Wann ist mir so was passiert? Nie. Ich schwebe, so wie eben noch der Zug.

Die Nacht ist kühl, aber windstill. Sie duftet nach Herbst. Die ersten vom Frost getrockneten Blätter, die feuchte Erde, die vom Regen gereinigte Luft. Ich sehe meine Wohnung in «Haus H» auf der anderen Straßenseite. Schopenhauer wird ein wenig wütend sein, weil ich so spät komme. Ich denke darüber nach, wie ich es wiedergutmachen kann. Ich bin am Zebrastreifen, will gerade die Straße überqueren, als ich einen Wagen in meinem Rücken höre. Der Wagen entfernt sich von dem Haus, in dem ich wohne. Jetzt wird mir auch bewusst, dass er dort eben schon gestanden hat, jetzt fährt er mir entgegen. Der Wagen brettert heran, ich erkenne ihn, obwohl die Scheinwerfer mich blenden. Ich müsste mich nur leicht vorbeugen, um die warme Motorhaube berühren zu können. Ich stehe mitten auf dem Zebrastreifen, zwischen AK und dem Geländewagen

Im Wagen riecht es wieder unverkennbar nach Aftershave. Die Klimaanlage verströmt eisige Luft in den Bodenraum, wie zuletzt. Dieses Mal hält AK nicht meine Hand, er hat seinen Arm hinter meiner Kopfstütze. Ein unangenehmes Gefühl, ich spüre, dass seine Pranke jeden Moment wie eine Schlange zubeißen und würgen und quetschen könnte.

Eidechse fährt. Die nächtlichen Straßen sind leer, er befolgt die Geschwindigkeitslimits nicht ganz so penibel wie zuletzt.

«Also, wenn es um die Eröffnung der Kreditanstalt gehen sollte ...»

«Nein», sagt Eidechse.

«Aha. Darf ich fragen, worum es geht?»

«Rate mal.»

«Ich rate grundsätzlich ungern. Insbesondere nicht in so einer Situation wie dieser hier, wenn ich die Alternativen nicht kenne.»

Eidechse schüttelt den Kopf. Ich sehe seine Augen im Rückspiegel. Er lächelt. Es ist kein freundliches Lächeln. Er schweigt. Ich denke an die beiden letzten Male zurück, als ich in diesem Geländewagen saß. Die erste Fahrt führte zu dem See, die zweite in die Scheune. Gute Erinnerungen habe ich an keine der beiden Fahrten. Bald sind wir in Vantaa, ich frage mich, wo wir hinfahren.

Wohnhäuser und Industriegebäude fliegen vorüber, die meisten dunkel, es geht auf Mitternacht zu. Zunächst passieren wir größere Gebäude, an den breiten Schildern prangen Logos von Staubsauger-, Limonade- und Turnschuhherstellern. Auch der Schriftzug eines Reifenherstellers ist dabei. Danach verschwinden die Schilder, und es gibt nur noch Gebäude: teils dunkel, teils schummrig beleuchtet. Schließlich werden wir langsamer, wir fahren durch ein von Maschendrahtzaun umgebenes Tor und bleiben am Ende einer langen Reihe von Autos stehen. AK steigt aus, geht um den Wagen herum, öffnet mir die Tür.

Das Gebäude hat zwei Stockwerke. Ich höre ein Wummern. Drinnen wird sehr laute Musik gespielt. Die Autos auf dem Parkplatz sind bei näherer Betrachtung allesamt Luxuskarossen. Allerdings kann ich an dem Gebäude kein Schild entdecken, das diesen Ort als Verkaufsstelle für Autos ausweist. Die Autos scheinen hier auch noch nicht allzu lange zu stehen. Eidechse signalisiert mir mit einer Handbewegung, dass ich ihm folgen soll. An der Eingangstür winkt er kurz. Für einen Moment denke ich, dass er die Tür begrüßt, aber dann sehe ich die Kamera, die in der Wand versteckt ist. Ich höre ein lautes Summen und das Klicken des Schlosses. Eidechse zieht die Tür auf, fordert mich auf einzutreten.

Direkt hinter der Tür sind zwei dicke Vorhänge. Während ich den ersten zur Seite schiebe, schwillt die Musik an. Beim zweiten wummert sie dann schon mitten in meinem Brustkorb. Ich stehe in einem hohen Raum, an der Decke wirft eine Discokugel mit hellen Strahlen um sich. Scheinwerfer schießen buntes Licht wie Kanonenkugeln gegen die Wände. Es riecht nach Zigarren, Tabak, Alkohol und Parfüm. Und nach etwas anderem, etwas Süßlichem, Muffigem. Links ist eine Bartheke, rechts sind Sofas, Sessel und Tische. Auf den Tischen stehen Gläser und Flaschen. Im Schatten tummeln sich offenbar die Besitzer der Autos, die draußen vor dem Gebäude stehen. Ich schätze, dass etwa dreißig Personen im Raum sind. Es ist so schummrig, dass ich nur die Silhouetten erkennen kann. Meine Aufmerksamkeit wird ohnehin von etwas anderem vereinnahmt.

Direkt vor mir ist eine Bühne, auf der zwei Frauen tanzen. Sie tragen nichts als Unterwäsche und hochhackige Pumps. Mir selbst mangelt es an Rhythmusgefühl – ich habe allerdings auch nie versucht, das zu ändern –, aber ich würde sagen, dass der Tanz mit den Bässen der Musik verschmilzt.

«Was willst du trinken?», schreit mir Eidechse ins Ohr.

«Darf ich nach Hause?»

«Nein», sagt Eidechse.

AK bleibt neben mir stehen, während Eidechse zur Bar schlendert. Er kehrt schon bald zurück, reicht mir eine Flasche ausländisches Bier und nickt AK zu. Der umfasst meinen Arm, packt zu und zerrt mich noch tiefer hinein in diesen ominösen

Nachtclub. Am anderen Ende des Raums sind wieder Vorhänge, sie füllen die gesamte Wand aus. Ganz links sind sie einen Spaltbreit geöffnet, wir gehen hindurch. Das hier scheint ein privater Raum zu sein. Im Zentrum steht ein langer, flacher Tisch, umgeben von einem Sofa in Hufeisenform. Die Beleuchtung ist blutrot. AK schiebt mich in den Raum, weist mich mit einer Handbewegung an, mich hinzusetzen. Ich nehme Platz und stelle meine Bierflasche auf dem Tisch ab. Mir ist nicht nach Bier. AK starrt mich kurz an, dann zieht er die Vorhänge zu. Er selbst bleibt hinter dem Vorhang stehen, ich sitze jetzt allein in dem blutroten Zimmer.

Der massive schwarze Vorhang dämpft alle Geräusche effektiv ab. Ich schaue mich um. In einer Ecke steht ein Spiegel, in dem ich mich selbst sehe. In derselben Ecke steht auch ein Regal mit einer Rolle Haushaltspapier und einem kleinen Behälter, dessen Inhalt ich nicht ausmachen kann. Dieses Zimmer ist definitiv merkwürdig.

Ich möchte gerade aufstehen und gehen, als sich der Vorhang öffnet und eine der Frauen von der Bühne den Raum betritt. Sie hat inzwischen auch ihre Unterhose abgelegt, jetzt trägt sie nur noch Stöckelschuhe. Sie hat lange blonde Haare, ist stark geschminkt. Sie starrt mich an, sieht aber gleichzeitig auch an mir vorbei oder einfach nur durch mich hindurch.

«Jemand hat einen Blowjob bestellt?»

«Was?», frage ich. «Nein, das ist absurd. Warum sollte ich so etwas mitten in der Nacht irgendwo in Vantaa bestellen, noch dazu von einer Person, die ich gar nicht kenne?»

Die Frau hält inne. Aber nur für einen Moment.

Bevor ich hinzufügen kann, dass es sich offenbar um ein grobes Missverständnis handelt, kniet sie zwischen meinen Beinen.

Ihre Lippen finden meinen Mund und kleben daran wie ein Magnet auf Metall. Sie schmeckt nach Lippenstift und Zigaretten. Sie nimmt meine linke Hand, führt sie zu ihrem Hintern und grabscht zu. Eigentlich grabsche ich mit ihrer Hilfe zu. Dann löst sie ihre Lippen von meinen und schiebt mir ihre Brust in den Mund. Ich versuche, mich abzuwenden, aber die Brust ist ziemlich groß und hart, und sie steckt bereits so tief in meinem Mund, und die Frau drückt meinen Kopf so fest gegen sich, dass es mir nicht gelingt, mich schmerzfrei aus dem Klammergriff zu lösen.

Sie zieht an meinen Haaren, als würden wir miteinander ringen. Ich lehne meinen Kopf zurück und falle langsam nach hinten. Ich versuche, ihre Finger mit der rechten Hand aus meinen Haaren zu entfernen, aber diese Faust ist hart wie Stein. Sie führt meine andere Hand von ihrem Hintern in ihren Schritt. Ich liege inzwischen rücklings auf dem Sofa und brülle vor Schmerz, während sie immer noch an meinen Haaren zieht.

Das alles passiert so schnell und ist so verwirrend, dass ich nicht in der Lage bin, so zu handeln, wie ich möchte: vernünftig. Ich bin wie gelähmt, vollkommen überrascht. Jede ihrer Bewegungen erscheint einstudiert, gekonnt. Als hätte sie dergleichen schon einige Male vorher gemacht.

Sie wirft sich auf mich, zieht noch fester an meinen Haaren, gleitet dann erstaunlich schnell und wendig nach vorn und setzt sich auf mein Gesicht wie auf einen Stuhl. Ich weiß nicht, wo mein Mund ist, aber ich schmecke Meersalz und Vanille. Sie reißt meine Haare mit ungeahnter Kraft nach rechts und links, wütend, als wollte sie einen Teppich waschen. Mit meiner freien Hand versuche ich, ihren Hintern zu fassen und diesen von meinem Gesicht zu lösen. Gerade als ich endlich einen Griff finde, lässt sie von mir ab, ebenso plötzlich, wie sie sich auf mich gestürzt hat.

Sie geht rückwärts zum Vorhang, schiebt ihn zur Seite, verlässt den Raum. Auf dem Weg zur Bühne streift sie fast AK, ohne ihn eines Blickes zu würdigen.

Es gelingt mir, mich aufzurichten und aufzustehen. Es fühlt sich an, als hätte ich etwa die Hälfte meiner Haare eingebüßt. Meine Kopfhaut brennt, und ich spüre, wie meine Hose nach unten rutscht. Es ist ihr offenbar gelungen, meinen Reißverschluss und den Knopf zu öffnen.

AK hält ein Handy in der Hand und macht ein Foto von mir.

Im Nachhinein wird mir klar, dass AK das Foto nur zu seinem eigenen Vergnügen geschossen hat. Sie werden dieses Bild nicht brauchen, weil sie Dutzende andere haben. Auf der Rückfahrt legt AK das iPad in meinen Schoß, ich darf eine halbe Minute lang die Fotos durchblättern. Sie zeigen mich in hitziger Interaktion mit einer splitternackten Frau. Dem Anschein nach habe ich das alles aus freien Stücken getan, mit allergrößter Lust. Ich schreie genussvoll und habe meine Hände überall.

«Und jetzt wirst du mir gut zuhören, du verdammter Idiot», sagt Eidechse auf dem Fahrersitz. «Der große Mann, dem du begegnet bist, mag es nicht, wenn seine Angestellten solche Dinge tun. Das offenbart seiner Meinung nach, dass du unzuverlässig bist. Du erinnerst dich sicher daran, was er mit unzuverlässigen Menschen macht. Er hängt sie auf. Wenn er gute Laune hat. Du bist ein verdammter Klein-Hirn-Android, du versuchst, mich zu verarschen, seitdem ich zum ersten Mal deinem Geschwätz, deinem Klugscheißer-Gerede zuhören musste. AK hätte dir einfach das Genick brechen sollen. Du hast den großen Mann von deiner Eins-plus-eins-Geschichte überzeugen können, aber vertrau mir, diese Überzeugung ist schnell vergessen. Ich werde ihm die Bilder zeigen, und dann baumelst du demnächst in der Scheune. Begreifst du, was ich sage, du Hirnamputierter?»

Ich schweige. Die Eidechsenaugen funkeln im Rückspiegel.

«Gut», sagt er. «Ich erkläre es dir noch mal ganz einfach, damit auch du es verstehst. Wir haben nun diese Fotos von dir. Wenn du nicht tust, was ich sage, lasse ich sie dem Großen und deiner Frau oder Freundin oder was immer sie ist zukommen. Von mir aus auch der Ziege, die du fickst. Den Fotos werde ich ein paar Zeilen beilegen. Summa summarum oder wie du das vielleicht nennen wirst: Du arbeitest ab sofort für mich. Du gehörst mir.»

Ich würde niemals den Ausdruck «summa summarum» verwenden, aber es ist nicht der Zeitpunkt, Eidechse darüber aufzuklären.

«Ich denke, es hat dir gefallen, was? Iira ist ein heißer Feger.»

«Iira?»

«Ich wusste, du hast Feuer gefangen.»

«Warum hat sie das gemacht? Warum hat sie mich so überfallen?»

«Weil ich es ihr gesagt habe.»

«Du erteilst ihr allen Ernstes den Befehl, sich nackt auf den Schoß fremder Menschen zu setzen?»

Eidechse lacht. Höhnisch, so wie zuletzt in der Scheune. «Iira ist noch zu ganz anderen Dingen in der Lage.»

«Wenn du es ihr befiehlst?»

«Ganz recht, ja. Ich sehe, dass du langsam beginnst, das Ganze zu begreifen. Es ist nämlich denkbar einfach. Sie gehört mir. Du gehörst mir.»

Einige Sekunden lang herrscht Stille im Wagen. Dann sehe ich wieder im Rückspiegel die kühlen Augen, höre seine tiefe Stimme.

«Eins plus eins, Einstein», sagt er.

10

Ich schlafe keine Minute. Stattdessen sitze ich auf dem Sofa, bis der Morgen graut.

Die Krawatte um den Hals, einen Brief in der Hand. Schopenhauer kommt zweimal, um sich zu erkundigen, warum ich nicht im Bett liege und schlafe. Beide Male kraule ich ihn, bis er genug hat und wieder schlafen geht. Ich kann nicht mal ihm erzählen, welche Gedanken mir durch den Kopf gehen und wie aufgeregt ich bin.

Stunden vergehen, bis ich mich beruhigt habe. Mir ist klar, dass die Lage lebensbedrohlich ist, im wahrsten Sinn. Auch wenn ich keine Wahrscheinlichkeit benennen kann für die Wendung, die meine Situation in kürzester Zeit genommen hat, muss ich eine sachliche Betrachtungsweise finden. Das erfordert einen kühlen Kopf, und das Abkühlen braucht Zeit.

Eidechse. Laura. AK. Der mysteriöse Nachtclub. Die Leiche in der Tiefkühltruhe. Die nackte Iira. Der große Mann. Die Bank. Die Geldwäsche. Der Erhängte. Perttilä und sein emotionaler Führungsstil.

Ich sortiere alles in Gedanken. Das dauert Stunden. Am Ende habe ich eine Art Plan für jede Person, jeden Ort, jede Angelegenheit. Nur Laura Helanto ist nicht darin enthalten, denn ich bin außerstande, planvoll an sie zu denken. Wenn ich es versuche, komme ich nur bis zu der Erkenntnis, dass möglicherweise meine Pläne unseren angedachten Besuch im Museum für moderne Kunst gefährden könnten. Laura will mich wieder durch die Ausstellung führen, das haben wir vereinbart. Es ist verrückt. Nach allem, was passiert ist, ist meine größte Sorge, dass ich einen Museumsbesuch mit Laura versäumen könnte. Es ist schwer zu erklären. Warum kreisen meine Gedanken um moderne Bildhauerei und Lauras Einschätzungen dazu? Warum kreisen sie nicht um die Frau, die mir ihre Brust in den Mund geschoben, mir die Haare ausgerissen hat? Warum kreisen sie nicht um die Tatsache, dass mein Leben bedroht wird und ich unter die Geldwäscher zu gehen gedenke? Warum kreisen sie nicht um den Mann, den ich getötet habe, mit einem Hasenohr? Einen Mann, der zuvor versucht hat, mich zu töten?

Der Brief in meiner Hand ist von der Regionalverwaltung. Ich habe ihn vorgestern erhalten. Darin ist zu lesen, dass es mir oder eher dem von mir gegründeten Unternehmen gestattet worden ist, Kredite zu vergeben. Der Anwalt, Heiskanen, hat mir unterdessen Mails mit Dokumenten und Benachrichtigungen gesendet, er hat schnell gearbeitet. Seine Rechnung im Anhang ist recht hoch ausgefallen. Er hat mir auch angeboten, dass sein Neffe, ein Informatikstudent, mit der EDV behilflich sein könnte.

Alles ist vorbereitet.

Ich kann loslegen. Meinen ersten Kredit gewähren.

Um halb sieben ist es hell. Es ist keine strahlende Helligkeit, aber der Tag ist angebrochen. Ich erhebe mich vom Sofa, gehe in die Dusche, ziehe mir frische Klamotten an. Ich frühstücke mit Schopenhauer, binde meine Krawatte und mache mich auf den Weg zum Abenteuerpark. So wie hoffentlich eine Menge anderer Leute auch.

11

Minttu K. ist bereit, umgehend zu handeln. Anders als sonst fängt sie nicht an, mich herauszufordern. Vielleicht spürt sie, dass ich es ernst meine. Natürlich war es mir auch schon davor ernst, aber jetzt bewege ich mich anders, spreche anders, deutlicher, als gäbe es keine Alternativen. Was auch stimmt. Es gibt keine Alternativen.

Sie riecht schon um neun Uhr morgens nach Cidre und Zigaretten. Vielleicht hat sich der Geruch auch einfach längst an den Wänden, Möbeln und Kleidern in der Garderobe festgebissen. Ich habe das Gefühl, in einer Kneipe aus den Neunzigern zu sitzen. Minttu K. trägt ein enganliegendes weißes Top und einen schwarzen Blazer. Sie ist sonnengebräunter als die Urlauber am Strand in Schweden.

«Schätzchen», sagt sie mit ihrer Sandpapierstimme. «Ich werde das umgehend an meinen Lieblingsgrafiker weiterleiten. Am Nachmittag haben wir die Entwürfe.»

Ich kehre in mein Büro zurück, während Minttu also beginnt, die Poster, Flyer und Tischständer in Auftrag zu geben. Ich habe immerhin einige neue Begriffe gelernt. In meinem Büro am Konferenztisch sitzt der junge, schlaksige Verwandte des Anwalts, Heiskanen. Er starrt auf meinen Laptop, in seine Arbeit vertieft. Seine Finger flitzen über die Tastatur, fast tänzerisch. Kurz darauf verkündet er, dass er fertig sei. Ich bedanke mich, und er steht auf wie ein animiertes Männchen aus Streichhölzern: Die Bewegungen sind abgehackt, die Glieder dürr.

Ich entnehme meiner Geldbörse 200 Euro und gebe sie ihm. Er betrachtet die Scheine in seiner Hand etwas angewidert. Ich sage ihm, dass sein Stundenlohn damit bei 300 Euro läge. Er erwidert, bei 289 Euro und 70 Cent, wenn man es genau nimmt.

Wir sehen einander in die Augen, und ich nehme noch einen Fünfziger aus dem Portemonnaie, lege ihn zu den vier anderen in seine Hand. Plötzlich habe ich das merkwürdige Gefühl, in einen Spiegel zu schauen, der den Blick in eine andere Zeit erlaubt. Als wäre ich selbst dieser junge Mann. Ich denke an Einstein und seine Theorie von der Raumzeitkrümmung, davon, dass die Zeit mancherorts schneller voranschreitet als anderswo.

Ich sehe auf meine irdische Uhr und mache mich auf den Weg in die Halle, um Kristian am Service-Point abzulösen. Ich habe den Zeitpunkt für den Schichtwechsel so gewählt, dass schon eine kleine Schlange am Schalter wartet. So kann Kristian kein Gespräch über die Geschäftsführung vom Zaun brechen. Er sieht allerdings gar nicht so aus, als habe er Interesse daran. Ich hoffe, dass Kristian unser letztes Gespräch zu diesem Thema mindestens ebenso verstört hat wie mich selbst. Ich habe da tatsächlich mit der Stimme des Schlangenölverkäufers Perttilä gesprochen. Als hätte ich meinen Körper meinem ehemaligen Vorgesetzten überlassen. Kristian ist schweigsam. Er beugt und spannt seine Arme an, während er seine Sachen zusammensucht – Schlüsselbund, Handy, Geldbörse, Proteinshake. Ich glaube, er will mir seinen Bizeps präsentieren. Der ist in der Tat beeindruckend. Als er geht, plustert er sich noch mal auf, spannt die Rückenmuskeln und die Schultern an. Sind wir jetzt im Dschungel gelandet, ein paar Stufen weiter unten auf der Leiter der Evolution?

Wie auch immer. Jetzt steht Wichtigeres an. Ich vergebe meinen ersten Kredit.

Es ist nicht besonders schwer. Da sind drei Kinder, alle alt genug, um Forderungen zu stellen, und der Vater hadert ein wenig mit dem Preis der Eintrittskarten. Ich deute die Frage an, ob er möglicherweise einen finanziellen Engpass habe. Er erwidert, dass das schon sein könne, und dann flüstert er mir zu, dass es mich verdammt noch mal einen Scheißdreck zu interessieren habe. Er hebt die Augenbrauen an.

«Natürlich nicht, aber ich könnte Ihnen einen Kredit gewähren. Hier und jetzt.»

Letztlich endet unser kurzer Dialog tatsächlich damit, dass er ein paar Daten in das dafür bereitliegende iPad tippt, woraufhin sein Online-Konto aktiviert wird und das Geld auf selbigem landet.

Minttu K. schaut vorbei und berichtet, dass sie die Bestellungen aufgegeben habe. Morgen wird alles da sein, bis dahin müsse ich diese Kreditsache mündlich kommunizieren. Ich habe noch nie im Verkauf gearbeitet, aber ich lerne schnell, dass es effektive und ineffektive Wege des Marketings gibt. Ich sage den Leuten, dass sie in Geldschwierigkeiten zu stecken scheinen und dass ich ihnen helfen kann. Die Nachfrage ist bemerkenswert. Viele nehmen gerne einhundert oder zweihundert Euro, genau, wie ich vermutet hatte. Erstaunlich viele gehen aber auch gleich an die Obergrenze, lassen sich zweitausend auszahlen. Das überrascht mich. Vor allem, weil ja die Preisliste unsres Parks über der Verkaufstheke hängt. Es wäre ein Leichtes, auszurechnen, was alles zusammen, Karten, Verpflegung und so weiter, kosten wird. Das alles scheint vergessen, sobald ich die Kreditwürdigkeit bestätige. Mehr als verwundert bin ich darüber, dass die Leute kaum auf das achten, was mir am wichtigsten war, nämlich den fairen Zins. Davon wollen die meisten gar nichts hören. Je mehr Kredite ich vergebe, desto größer wird meine Verwunderung in diesem Punkt. Ich muss einfach den Kredit offerieren, mehr hören viele gar nicht mehr.

Ich bin noch in meine Überlegungen vertieft, als ich bemerke, dass ein Mann schon recht lange am Eingang verweilt, er sieht mich an. Auf den ersten Blick ist er einer der Väter, die gerade mit ihrem Anhang ankommen oder den Park in Richtung Parkplatz verlassen. Mein Eindruck ist aber, dass dieser Mann auf etwas wartet. Nämlich darauf, dass die Halle sich leeren wird. Er möchte mit mir unter vier Augen sprechen. Tatsächlich kommt er auf mich zu, nachdem sich das Chaos gelegt hat und der vorläufig letzte schrille Freudenschrei verklungen ist.

Er ist kräftig gebaut, schreitet entschlossen voran. Er trägt ein Jackett in Asphaltgrau, ein blau-weiß kariertes Hemd, eine blaue Stoffhose und schwarze Lederschuhe. Seine schütteren hellbraunen Haare hat er akkurat nach hinten gekämmt. Sein Gesicht ist breit und eckig, die Augenbrauen sind vage, wie verblasst. Er hat breite Schultern und einen kugelrunden Bauch. Seine hellblauen Augen suchen die Umgebung ab, dann wendet er sich wieder mir zu.

«Pentti Osmala. Polizei Helsinki. Guten Tag.»

«Guten Tag», erwidere ich, überraschend locker. Vermutlich habe ich mit einer Begegnung dieser Art gerechnet, habe mich unterschwellig vorbereitet. Trotzdem spüre ich einen kühlen Schauer, er wandert über meinen Rücken, während ich dem Blick des Polizisten standhalte.

«Ich würde gerne mit dem Geschäftsführer sprechen, Herrn Juhani Koskinen.»

«Herr Koskinen ist bedauerlicherweise verstorben», sage ich, ein wenig verwundert über meine Wahl der Worte. Natürlich ist es bedauerlich, dass Juhani tot ist, aber sollte diese Sache, die den Polizisten zu uns führt, nur mit Juhani zu tun haben, wäre das durchaus in meinem Sinne.

Herr Osmala hat eine Mappe mit Unterlagen bei sich. Er öffnet sie einen Spaltbreit und fischt ein Papier heraus. «Wer ist dann für dieses Unternehmen verantwortlich?»

«Ich.»

«Und Sie sind?»

«Henri Koskinen.»

«Ah, verstehe.» Er nickt. «Das macht Sinn.»

Osmala legt das Papier zurück in seine Mappe, schweigt für einen Moment. Er erläutert nicht näher, was genau Sinn macht.

«Unterhalten wir uns ein bisschen?», fragt er stattdessen. Es ist eher eine Aussage als eine Frage. «Ich könnte einen Kaffee vertragen. Und gerne etwas Süßes.»

Wir gehen die Treppe hinauf in den *Krummen Kuchen*. Hier wimmelt es von Menschen. Weniger als die Hälfte der Anwesenden sind Erwachsene. Der Lärm ist ohrenbetäubend. Der Geruch unseres Tagesangebots, «Fliegende Fleischbällchen» und «Kartoffelbrei von hüpfenden Knollen», hängt in der Luft.

Wir stellen uns wortlos in die Warteschlange. Als wir an der Reihe sind, sucht Osmala sich ein Vanilleteilchen aus, ich nehme den Blaubeerkuchen nach «Großmutters Art». Johanna sieht uns dabei zu, wie wir Kaffee einschenken, sie betrachtet den Polizisten, dann mich.

Wir finden einen freien Tisch, abseits vom wilden Treiben, neben der Tür zur Küche. Es ist eigentlich ein Kindertisch, niedrig und klein. Die Stühle sind aber normal groß. Wir müssen uns nach unten beugen, um unseren Kaffee und die Backwaren auf dem Tisch abzustellen. Es scheint Osmala nicht weiter zu stören. Auch mich stört das wenig, weit mehr Sorge bereitet mir, was ich durch das breite, rechteckige Fenster zur Küche sehe. Da steht die große, glänzende Tiefkühltruhe, nur etwa viereinhalb Meter von uns entfernt.

«Mein Beileid für den Verlust Ihres Bruders», sagt Osmala, bevor er einen Bissen nimmt. Es klingt, als hätte er dergleichen schon häufiger gesagt. Ich weiß immer noch nicht, was ich entgegnen soll. Mich zu bedanken, erscheint unangemessen, denn aus Osmala spricht kein echtes Bedauern.

«Kam es überraschend?»

«Juhani hatte einen angeborenen Herzfehler. Warum? Ist denn ... ist die Polizei ... sind Sie deswegen hier, Herr ...?»

«Pentti», sagt Osmala. «Pentti Osmala. Nein, wir untersuchen nicht den Tod Ihres Bruders.»

Pentti, denke ich. Pentti untersucht etwas anderes. Mein Appetit auf Blaubeerkuchen hält sich in Grenzen.

«Diese Angelegenheit könnte etwas unangenehm sein», sagt er. «In gewisser Weise geht es auch um Ihren verstorbenen Bruder. Wir haben Grund zu der Annahme, dass er in kriminellen Kreisen verkehrte.»

Osmala beißt in sein Hefeteilchen, blickt mich über die Vanillefüllung hinweg an. Ich weiß, was ich sagen muss.

«Kriminelle Kreise?»

Osmala nickt. Er braucht einen Schluck Kaffee, damit er wieder reden kann. Nachdem er seine Tasse abgestellt hat – er beugt sich hinunter, als würde er seine Schnürsenkel binden –, entnimmt er seiner Mappe einen farbigen Ausdruck und legt ihn neben meiner Tasse auf den kleinen Tisch. Das Foto zeigt eine Frontalaufnahme des Mannes, der in meiner Tiefkühltruhe liegt. Auf diesem Bild hat er mehr Teint als in der Truhe. Sonst handelt es sich aber zweifellos um dieselbe Person.

«Wir vermuten, dass dieser Mann und Ihr Bruder finanzielle Unstimmigkeiten hatten. Dieser Mann ist ein Berufskrimineller. Er hat eine lange Liste an Gerichtsverfahren hinter sich gebracht, Tötungsdelikte inklusive. Er ist gefährlich und zurzeit unauffindbar. Vielleicht hat er das Land verlassen, aber das denke ich eher nicht. Vielleicht ist er untergetaucht, auf eigenen Wunsch oder aus Gründen, die mir noch nicht klar sind. Natürlich ist es in diesen Kreisen nicht ungewöhnlich, dass jemand mal verschwindet. Unter uns gesagt, ich würde mich kaum wundern, wenn jemand die Nerven verloren und dazu beigetragen haben sollte, dass er verschwindet. Er war nicht gerade ... der nächste Friedensnobelpreisträger.»

Ich hefte meinen Blick auf das Foto.

«Haben Sie diesen Mann jemals in Gegenwart Ihres Bruders gesehen?»

«Nein», entgegne ich aufrichtig.

«Und ist er Ihnen bekannt?»

«Nein. Ich kann nicht behaupten, diesen Mann zu kennen.»

Osmala nimmt das Bild, legt es zurück zu seinen Unterlagen. «Sie sind also nun der Inhaber dieses Vergnügungsparks?»

«Ja, richtig.» Ich kläre ihn darüber auf, dass es sich um einen Abenteuerpark handelt, nicht um einen Vergnügungspark. Ich schmücke die Erläuterung ein wenig aus, um Zeit zu gewinnen. Wie ich vermutet habe, ist Osmala wenig interessiert an den feinen Unterschieden.

«Sagen Sie, haben Sie mit Ihrem Bruder jemals über Dinge gesprochen, die sein Unternehmen betrafen?»

«Na ja, er hat mir manchmal von Anschaffungen erzählt, zum Beispiel von der Krokodilbahn, daran erinnere ich mich.»

«Was sagte er damals?»

«Er sagte, dass die Bahn aussehen wird wie ein langes, glänzend grünes Krokodil. Und dass die Lok ein lächelndes Krokodil darstellen soll. Mit lang ausgestreckter Zunge. Und dass zur selben Zeit bis zu vierzig Kinder damit fahren könnten und eine Fahrt etwa fünf bis sechs Minuten dauern werde, abhängig von der Trittgeschwindigkeit.»

«Ich meinte eher, ob er irgendwas gesagt hat darüber, wie er seine Anschaffungen finanziert? Hat er von Geschäftspartnern gesprochen?»

«Nein», entgegne ich wieder aufrichtig. «Über Geld haben wir nie gesprochen. Ich hatte keine Ahnung, wer seine Geschäftspartner waren. Oder dass er mit diesem Mann zu tun hatte, auf dem Foto, das Sie mir gezeigt haben.»

«Eine gefährliche Person.»

«Ich verstehe», sage ich.

«Wie läuft der Park?»

Osmala stellt die Frage in diesem beiläufigen Ton, den er die ganze Zeit durchhält. Mir ist klar, dass er das mit Absicht macht. Er speichert jedes meiner Worte ab, macht sich seine Gedanken.

«Na ja, wir sind in einer Art Übergangsphase. Das muss ich so einräumen. Ich habe noch nie in diesem Gewerbe gearbeitet. Das Ganze hat mich völlig unvorbereitet getroffen. Alles ist neu für mich. Aber die Besucherzahlen steigen, auch unsere Bilanz kann sich sehen lassen. Wir könnten uns sogar vorstellen, weiter zu expandieren ...»

«Und Ihre Mitarbeiter? Sind das dieselben, die auch für Ihren Bruder tätig waren?»

«Ja. Ich habe die gesamte Belegschaft übernommen.»

«Ich würde ihnen gerne dieses Foto zeigen und fragen, ob sie den Mann irgendwann mal gesehen haben.»

«Natürlich.»

Osmala schiebt ein Hefestück von der Größe eines Tennisballs in seinen Mund, an den Mundwinkeln bleibt ein wenig Vanillecreme hängen. Er wischt sich die Lippen ab, gleichzeitig zermahlen seine Kiefer den Teig. Wir schweigen beide. Ich habe nichts weiter zu sagen, Osmala ist durch seinen Gebäckgenuss kurzzeitig verhindert. Mir geht durch den Kopf, dass alles, was Osmala sagt, auf die Beschaffung von Information ausgerichtet ist. Jedes seiner Worte hat eine Art doppelten Boden.

Die Kinder tollen herum, schreien schrill, die Erwachsenen bitten die Kleinen, mehr oder minder erfolglos, um Ruhe. Osmala hat inzwischen den letzten Bissen runtergeschluckt. Ich bilde mir ein, trotz des Lärms zu hören, wie das Gebäck von seinem Hals nach unten wandert.

«Mögen Sie das hier?»

«Das Hefegebäck?»

«Nein, den Park», sagt Osmala und nickt in Richtung Halle, lässt seinen Blick durch die Halle schweifen. «Ihr neuer Job.»

«Ich habe es noch nicht unter dieser Prämisse betrachtet. Ich habe den Park eben geerbt. Man kann sich wohl nicht aussuchen, was man erbt.»

«Was haben Sie vorher gemacht?»

«Ich bin Versicherungsmathematiker.»

Ich erkläre ihm in aller Kürze, wie das alles gekommen ist. «Ich müsste dann bald wieder an die Arbeit gehen, fürchte ich.»

«Ja, sicher», sagt Osmala. Wir erheben uns, gehen ein paar Schritte, dann bleibt er abrupt stehen.

«Wollen Sie, dass ich Ihnen das Foto dalasse?»

Sein Gesichtsausdruck hat sich verändert. Seine Stimme ist immer noch sanft und tief, die Frage stellt er vermeintlich beiläufig. Aber er ist wachsam. Ich bin ebenfalls auf der Hut, das ist etwas, das mich die Ereignisse der vergangenen Tage gelehrt haben. Man kann mich nur noch sehr schwer auf dem falschen Fuß erwischen, so wie damals, als Perttilä mich in sein Büro gerufen hat.

«Nein, zumindest nicht meinetwegen», sage ich. «Das Gesicht habe ich mir eingeprägt.»

Osmala betrachtet meinen Heidelbeerkuchen.

«Das wird doch wohl nicht weggeworfen?»

«Nein, keine Sorge. Bei uns gibt es jede Menge Schleckermäuler und Naschkatzen, die nichts verkommen lassen.» Keine Ahnung, warum ich so blumig daherrede, vielleicht liegt es am *Krummen Kuchen.* Überall hängen Plakate mit lustigen Slogans, die das Essen anpreisen. Osmala starrt den Blaubeerkuchen an, dann hebt er den Blick.

«Zur Not können Sie es einfrieren», sagt er mit seiner sanften, tiefen Stimme.

12

Die Woche vergeht wie im Flug. Erst am Freitag, im Baumarkt, finde ich ein wenig Ruhe. Natürlich kann nicht wirklich von Entspannung die Rede sein, aber immerhin erscheinen mir meine Probleme etwas blasser, ferner. Als Laura mich fragte, ob ich sie begleiten will, habe ich sofort zugesagt. Der Abend ist da, der Park hat seine Pforten geschlossen. Ich habe die ganze Woche lang Kredite vergeben. Über den Besuch des Polizisten habe ich mehrere Tage nachgedacht und auch darüber, wie ich meine Probleme elegant lösen könnte. Ich habe leider keine einfachen, zügig umsetzbaren Lösungswege ausmachen können.

Der Baumarkt ist heute überraschend anders. Das Gefühl ähnelt den Überraschungen, die ich in letzter Zeit erlebt habe. Als würde ich erwachen, die Dinge mit neuen Augen sehen. Ich habe mich an Orten wie diesem nie wohlgefühlt, aber jetzt empfinde ich den Geruch des Baumarktes als zutiefst beruhigend. Hier ist man bei den grundlegenden, handfesten Dingen. Böden, Wände, Dächer. Stein, Holz, Stahl. Klinken, Stiele, Griffe. Alles ist greifbar, macht unverwechselbare Geräusche. Körperliche Arbeit, deren Ertrag man mit bloßem Auge sehen kann. Der Duft von Holz, die Kühle von Metall. Alles konkret. Man schreitet voran, Nagel für Nagel, Schraube um Schraube.

Das sind so die Gedanken, die mir durch den Kopf gehen. Vermutlich sind sie nicht allzu realistisch, denn eigentlich laufen

Renovierungen und dergleichen ja anders ab. Am Ende kosten sie doppelt so viel wie veranschlagt, brauchen doppelt so lange wie geplant. Meine Gedanken haben wohl vor allem mit der Person zu tun, in deren Begleitung ich den Baumarkt betreten habe. Es bleibt dabei, irgendwas passiert mit mir in Lauras Anwesenheit. Ob ich will oder nicht. Ich bekomme einen Schub, bin schwungvoller, leichter unterwegs. Ein Kribbeln stellt sich ein, und ich neige dazu, wie ein Wasserfall zu reden. Über Dinge, die mich selbst in Erstaunen versetzen.

«Lass uns direkt zu den Farben gehen», sagt sie, nachdem ich uns einen Einkaufswagen geholt habe. «Wir beeilen uns.»

«Ich habe es nicht eilig. Es reicht, wenn ich morgen früh wieder pünktlich im Büro bin.»

Laura lacht, obwohl ich es völlig ernst meine. Ich schiebe den leeren Wagen, er klirrt und scheppert vor sich hin. Ich frage mich, warum noch niemand einen Einkaufswagen erfunden hat, der nicht so klingt, als sei alles in seiner Umgebung defekt. Lauras Duft vermischt sich mit den Gerüchen im Laden. Die Ereignisse des Tages beginnen zu verblassen. Laura wirft mir einen schnellen Blick zu, schmunzelt, ihre Brillengläser schimmern. Ich denke, ich könnte diesen Einkaufswagen problemlos eintausend Kilometer weit schieben mit ihr an meiner Seite. Während der Fahrt haben wir wenig gesprochen. Jetzt, während ich darüber nachdenke, fällt mir auch auf, dass Laura mich, nachdem sie mich gefragt hatte, ob ich am Abend mit in den Baumarkt komme, nur noch mit beilläufigen Blicken gestreift hat.

Wir erreichen die Farbenabteilung. Es gelingt uns, einen Angestellten des Marktes aufzuhalten, der an uns vorbeihuschen möchte, als seien wir gar nicht da oder physisch existent. Laura sucht die Farben aus. Auf ihrem Tablet hat sie verschiedene Farbtöne, Skizzen und Abbildungen, die sie mit den angebotenen Farben abgleicht. Der Verkäufer ist ein junger Mann mit hellblonden Haaren. Er ist schmächtig, ich kann mir kaum vorstellen, dass er schwere Farbbottiche stemmt. Aber er stellt die Farbmischung nach Lauras Vorgaben her. Der Einkaufswagen füllt sich mit Eimern. Der junge Mann mischt gerade das Grün für die O'Keeffe-Wand, als ich neben mir eine Stimme höre.

«Hallo, Laura.»

Ich blicke zur Seite und sehe einen Mann in meinem Alter. Damit enden aber auch schon die Gemeinsamkeiten. Er ist klein und breitschultrig, unter seinem T-Shirt zeichnen sich klar definierte Muskeln ab. Er hat intensive, dunkelbraune Augen und kurze dunkle Haare.

«Kimmo», sagt Laura. «Grüß dich.»

Neben dem Mann namens Kimmo steht eine deutlich jüngere Frau mit pechschwarz gefärbten Haaren, sie ist offenbar schwanger und genervt. Sie ist noch kleiner als Kimmo, so klein und schmal, dass der Babybauch wie eine optische Täuschung anmutet. Wir sehen einander an, stehen in einem nahezu akkuraten Quadrat. Ich wende mich Kimmo zu, der sich an Laura wendet. «Kaufst du Farben? Steht eine Ausstellung an?»

«Nein», sagt sie. «Oder na ja, doch. Irgendwie.»

«Das ist Susa», sagt Kimmo und deutet mit einer Hand auf Susas Bauch.

«Ja. Ich bin Henri», sage ich.

Kimmos Blick streift mich nur, er konzentriert sich auf Laura. «Ich wusste gar nicht, dass du inzwischen Ausstellungen machst.»

«Einige habe ich gehabt», sagt Laura. «Aber ich hatte natürlich auch anderes zu tun.»

«Ja, sicher», sagt Kimmo. «Wie geht es Viivi?»

«Tuuli. Es geht ihr gut.» Lauras Stimme ist wie eingefroren, unter null.

«Ich habe in einem Monat eine Vernissage. Ich besorge gerade Stachel- und Maschendraht und Metallstäbe. Meine neuen Werke werden die Globalisierung ins Visier nehmen, wie sie uns beherrscht und zerstört. Wie sie alles unterdrückt. Natur, Menschen, die Kunst. Wir werden in Ställen gehalten, in denen wir konsumieren, fressen, scheißen und verrecken. Es geht nur um Geld, Geld, Geld. Kaufen, kaufen, kaufen. Ich halte dagegen. Na ja, ich habe erst die Hälfte der Exponate fertiggestellt. Du kennst mich ja, nicht wahr?»

Laura schweigt. Vielleicht kennt sie Kimmo gar nicht so gut, wie er behauptet.

«Ich werde mit dieser Ausstellung von der Enge der marktwirtschaftlichen Hölle erzählen. Vom Polizeistaat.» Er scheint gar nicht wahrgenommen zu haben, dass Laura ihm nicht geantwortet hat.

«Wir werden unterdrückt, so einfach ist das», sagt Kimmo. «Eines der Exponate ist nach London verkauft worden, an diese Galerie, in der wir waren. Eines nach Malaysia, eines nach Toronto.»

Kimmo wendet sich Susa zu.

«Wir sind kürzlich in eine größere Wohnung in Töölö gezogen. Wir brauchen mehr Platz, die Familie wächst. Susa, ich darf ja sagen, dass es ein Junge wird, oder? Kimmo junior.»

Ich kenne Kimmo nicht, kann deshalb auch nicht beurteilen, ob er immer so seltsam spricht. Aber sicher ist, dass er seine Worte besser abwägen sollte, denn was er hier gerade redet, entbehrt jeder Logik. Mir liegt es auf der Zunge, aber Laura kommt mir zuvor.

«Wir müssen los», sagt sie. Sie hievt den letzten Farbeimer von der Servicetheke in den Einkaufswagen und schiebt los. Ich helfe ihr.

«Ja, bis dann», ruft Kimmo noch, als wir an ihm und Susa vorbeigehen. «Ich schicke dir eine Einladung zur Vernissage. Wohnst du noch in Munkkivuori?»

Nachdem wir unsere Einkäufe bezahlt haben, frage ich Laura, wann sie in Munkkivuori gelebt hat.

«Nie», sagt sie.

«Warum sagt Kimmo das dann?»

«Weil er ein selbstverliebter, egoistischer Kerl ist, der ausschließlich um sich selbst kreist. Alles, was er sagt, hält er für den Ausdruck von Genialität. Er denkt, dass wir all das bewundern müssen wie Kinderkacke, was es ja auch ist. Er wurde mit dem berühmten goldenen Löffel im Mund geboren und hat dann noch den Platinlöffel dazubekommen, denn schon seine erste Ausstellung war ein Riesenerfolg, so wie auch alle folgenden Ausstellungen. Er ist verwöhnt und privilegiert, geht mit Scheuklappen durchs Leben, in seiner eigenen Blase, ein Heuchler, der sich im eigenen Schlamm wälzt und sich von allen Honig ums Maul schmieren lässt. Das ist wohl das Geheimnis seines Erfolgs.»

Die Schiebetüren öffnen sich, wir gehen über den Parkplatz, der Einkaufswagen wackelt auf dem unebenen Asphalt, die Farbeimer ruckeln hin und her.

«Woher kennst du ihn eigentlich?» Das rutscht mir so raus.

«Ist das wichtig? Aus dem Studium ...»

Sie zögert. Schnauft. «Wir waren zusammen, einige Jahre lang. Es lief nicht gut. Das Ganze war eine Art Missverständnis.»

Tatsächlich kommt es mir so vor, als sei es deutlich kühler und die Nacht in Rekordgeschwindigkeit hereingebrochen, aber das ist natürlich Unsinn. Der Septemberabend ist lau, der Parkplatz gut beleuchtet, die Szenerie keineswegs nächtlich. Die Leichtigkeit und das wohlige Kribbeln sind verschwunden. Die Bilder vor meinen Augen verändern sich. Bisher hatte ich nur den Blick für Laura, jetzt sehe ich Laura und Kimmo. Merkwürdig. Es fühlt sich an, als würde jemand mit einem Rechen über meine Innereien kratzen.

Wir erreichen Lauras Auto, sie öffnet den Kofferraum. Ich hebe die Eimer in den Wagen, spüre, wie mir übel wird. Ich kenne mich selbst nicht mehr.

«Ich muss dir auch eine Frage stellen», sagt Laura, während ich den letzten Bottich in den Wagen hebe. «Was wollte denn dieser Polizist heute bei uns?»

Ich straffe mich, schließe den Kofferraum. Ist es das, was Laura so schweigsam gemacht hat? Sie wirkte den ganzen Abend schon bedrückt. Woher weiß sie eigentlich davon? Ich habe niemandem von Osmalas Besuch erzählt. Ich will sie nicht anlügen.

«Er hatte Fragen zu Juhani. Wegen Juhanis Verbindungen zu einem Mann.»

«Zu diesem Mann auf dem Foto?»

Natürlich, Osmala hat noch eine Runde gemacht, nachdem er sich von mir verabschiedet hatte.

«Ja.»

«Um was geht es denn da?»

Sie steht auf der einen, ich auf der anderen Seite des Wagens, wir reden über das Autodach hinweg.

«Die Polizei hat den Verdacht, dass dieser Mann und Juhani finanzielle Differenzen hatten.»

«Aber ist mit dem Park alles in Ordnung?»

Ich zögere etwa eine halbe Sekunde. «Na ja, wir sind im Umbruch, das kostet natürlich. Aber ich denke, dass wir es hinbekommen.»

Laura schweigt. Schließlich öffnet sie die Fahrertür.

«Das ist gut», sagt sie.

Irgendwie herrscht auf der Heimfahrt eine andere Stimmung. Und ich denke nicht, dass es primär mit den Farbeimern im Kofferraum zu tun hat. Meine Gedanken sind vage, aber irgendwann beginnen sie zu kreisen, hallen nach, werden greifbar.

Missverständnis. So hat Laura ihr Verhältnis zu Kimmo beschrieben. Darum kreisen meine Gedanken, um Missverständnisse, Fehlannahmen, Trugschlüsse. Um ihren innersten Kern. Ich habe keine Ahnung, warum ich jetzt diese Dinge im Kopf habe. Ich weiß nicht, was Lauras längst vergangene Beziehung zu einem verwöhnten Künstler mit mir heute zu tun hat und weshalb dies Bilder in mir heraufbeschwört, die ich nicht sehen will. Doch ich kann nichts dagegen unternehmen.

13

Schopenhauer zittert wie eine Küchenmaschine, er schnurrt so laut wie seit langer Zeit nicht mehr. Sein Frühstück hat er verspeist und war verwundert darüber, dass ich nicht wie sonst nach dem Wochenende am Montag zeitig zur Arbeit gefahren bin.

Ich habe mich nach dem Frühstück noch aufs Sofa gesetzt, Schopenhauer hat es mir gleichgetan. Sein schwarzes Fell glänzt in der Morgensonne, während er geduldig nach dem besten Platz für seine ausgiebige Mittagsruhe sucht.

Die Sonne steht am blauen Himmel hinter dem Nachbarhaus und leuchtet mit Wucht, geradezu unwiderstehlich. Als würde nur eine Scheibe dieses Sonnenballs ausreichen, um das ganze Wohnzimmer mit warmem, hellem Licht zu fluten.

Der Anwalt hat mir eine Mail geschrieben, mit einem Link und einer Bitte. Ich solle einen Sarg für Juhani aussuchen und ihn über meine Wahl in Kenntnis setzen.

Schopenhauer hat meinen Bruder Juhani nie getroffen, ihm liegt diese ganze Sache fern. Ich wollte ihn mit dieser Angelegenheit auch gar nicht behelligen. Schopenhauer hat seine eigenen Sorgen, seine eigene Agenda. Er ist schon immer Realist gewesen. Schon seit er klein war, neigte er dazu, deshalb habe ich ihm auch den Namen gegeben. Daran habe ich lange nicht gedacht. Inzwischen ist Schopenhauer sieben Jahre alt. Falls der echte Arthur

Schopenhauer, Philosoph und Namensvetter meines Katers, noch leben würde, wäre er stolze 232 Jahre alt.

Die Auswahl an Särgen ist groß. Betont wird fast immer, dass sie in Finnland hergestellt wurden, aus recyceltem Material, einschließlich des Innenlebens. Ich habe die Wahl zwischen knapp zwanzig Modellen, vom schlichten Basis- bis hin zum echten Luxussarg. Vermutlich könnten sich schon an diesem Punkt die Interessen von Verstorbenen und Angehörigen deutlich unterscheiden. Wer sagt schon vor seinem Tod: Nehmen wir den Billigsten, es geht ja nur um meine letzte Reise. Und wer kommt schon auf die Idee, dass die Trauergäste nur ein Glas Wasser bekommen und bitte Blumen aus dem eigenen Garten mitbringen sollen. Sicher, das wäre günstig und vernünftig. Aber mehr auch nicht.

Ich weiß sehr wohl, wer mich zu diesen Gedanken verleitet.

Schopenhauer. *Einsichten eines glücklichen Pessimisten. Von der Nichtigkeit und dem Leiden des Lebens.*

«Denn das menschliche Daseyn, weit entfernt den Charakter eines *Geschenks* zu tragen, hat ganz und gar den einer kontrahirten *Schuld*. Die Einforderung derselben erscheint in Gestalt der, durch jenes Daseyn gesetzten, dringenden Bedürfnisse, quälenden Wünsche und endlosen Noch. Auf Abzahlung dieser Schuld wird, in der Regel, die ganze Lebenszeit verwendet: doch sind damit erst die Zinsen getilgt. Die Kapitalabzahlung geschieht durch den Tod. – Und wann wurde diese Schuld kontrahirt? – Bei der Zeugung.»

Diese Worte las ich erstmals als junger Student der Mathematik, etwa ein oder eineinhalb Monate nach dem Tod meines zweiten Elternteils. Schopenhauers Gedanken waren damals in Verbindung mit Mathematik wie eine Offenbarung, wie die einzige Möglichkeit, in einer Welt zu überleben, die mir ansonsten vollkommen wahnsinnig erschien.

Ziemlich lange haben mir die Einsichten dieses deutschen Philosophen dabei geholfen, mich zurechtzufinden. Mit den Menschen und den Dingen. Schopenhauer schien von der Wahrheit zu sprechen. Während Leibniz behauptete, diese Welt sei die bestmögliche, stellte Schopenhauer kühl fest, sie sei die schlechteste aller möglichen Welten. Er begründete dies folgendermaßen: Möglich heißt nicht, was einer etwa sich vorphantasieren mag, sondern, was wirklich existieren und bestehen kann. Nun ist diese Welt so eingerichtet, wie sie sein musste, um mit genauer Not bestehen zu können; wäre sie aber noch ein wenig schlechter, so könnte sie schon nicht mehr bestehen. Folglich ist eine schlechtere, da sie nicht bestehen könnte, gar nicht möglich, sie selbst also unter den möglichen die schlechteste.

Ich denke, ich sollte mich zukünftig auf diese Betrachtungsweise besinnen. Das wäre nur logisch. Die Dinge auf Basis von Tatsachen betrachten, das macht Sinn, in meiner Situation. Es geht um Leben oder Tod. Sollte es mir gelingen, Ersteres sicherzustellen, am Leben zu bleiben, habe ich aber immer noch mehr Probleme zu lösen als jemals zuvor. Wäre es unter diesen Umständen nicht sinnvoll, das Leben als schrecklich und sinnlos zu betrachten, als etwas, das Tag für Tag notwendig neues Leiden bringt?

Ich sehe mir die Auswahl der Särge an und denke immer noch an Freitagabend. Ich habe die Farbeimer vom Wagen ins Lager gebracht. Die Anspannung der Autofahrt hat sich rasch aufgelöst, als wir aus dem beengten Fahrzeug gestiegen sind. Wir fanden für die Farben einen guten Platz, neben der ausrangierten Trollschaukel. Laura ist noch geblieben, um die Farben zu sortieren. Aus irgendeinem Grund hat eine der Troll-Masken meine Aufmerksamkeit gefesselt. Während ich die Maske betrachtete, haben wir uns noch unterhalten, aber über andere Dinge, nicht über die merkwürdige Begegnung im Baumarkt.

Laura hat ihre Pläne mit den Malereien erläutert, ich habe, wohl wissend, dass ich ein blutiger Laie bin, meine Hilfe angeboten. Ich denke, Laura fand es komisch, aber ich habe es ganz ernst gemeint. Nachdem Laura schließlich alle Farbeimer in die gewünschte Reihenfolge gebracht hat, sagte sie, dass sie losmüsse, um ihre Tochter von einer Freundin abzuholen. Ich sagte, dass sei für mich in Ordnung, und ich könne alles abschließen. Wir sind durch den Hintereingang rausgegangen, zur Laderampe. Der Abend war kühl und dunkel, und wir standen einander gegenüber. Man konnte selbst das Rauschen der Autobahn bei Tuusula hören. Laura hat sich bei mir bedankt und gesagt, dass es ein schöner Abend gewesen sei. Trotz der Unannehmlichkeiten. Ich weiß nicht mehr genau, welche Antwort mir auf den Lippen gelegen hat, denn sie hat sich vorgebeugt und mir einen Kuss auf die rechte Wange gegeben. Dann ist sie über die Metalltreppe nach unten und zu ihrem Wagen gegangen. Sie hat mir noch zugewinkt, als sie losgefahren ist.

Ich denke, Juhani hat das Beste verdient. Ich entscheide mich für einen Sarg, der eher nach Fünf-Sterne-Hotel aussieht als nach einem Ort ohne Wiederkehr. Ich schreibe dem Anwalt eine Mail, schicke sie ab und schalte den Computer aus.

Die Sonne wärmt. Der Tag ist blendend hell.

Schopenhauer hat eine Liegeposition gefunden, die ihm zu behagen scheint. Als hätte er sich in eine Zimtschnecke eingewickelt, er schnurrt.

Vielleicht ist dieser Schopenhauer hier der einzige seiner Art, dem ich weiterhin bedingungslos folgen werde.

14

Während ich am Bahnsteig in Kannelmäki auf den Zug warte, klingelt mein Handy. Die Nummer kenne ich nicht. Obwohl sie mir bekannt vorkommt.

Früher habe ich Anrufe unbekannter Nummern immer bedenkenlos entgegengenommen. Meistens wollte man mir irgendwas verkaufen, und ich ging natürlich nie darauf ein. Ich habe mir die Angebote angehört und noch während des Monologs des Anrufers die tatsächlich anfallenden Kosten berechnet. Dann habe ich den Leuten erklärt, wo an der Sache der Haken ist. Ich habe mir die Zeit genommen zu erläutern, warum das Angebot eigentlich gar keines sei und warum es hypothetisch eigentlich keinen potenziellen Käufer geben könne. Und das habe noch gar nichts mit den eigentlich beworbenen Produkten zu tun. Die Verkäufer versuchen in solchen Fällen meistens, das Gespräch zu beenden, bevor ich zum eigentlich wichtigsten Punkt komme, nämlich der Darlegung der mathematischen Methodik, die meiner Erkenntnis zugrunde liegt. Genau diese Methoden sind zuverlässige Begleiter meines Alltags gewesen, Boten der Vernunft in allen Lebenslagen. Die Freude daran habe ich gerne mit den Anrufern geteilt. Aber das alles ist weit weg. Ebenso weit weg ist das scheinbar sichere Leben, das ich als Versicherungsmathematiker mit fester Anstellung und Monatsgehalt gelebt habe. Vorhersehbar, erwartungsgemäß und von A nach B.

Ich nehme das Telefonat entgegen und bin nicht einmal überrascht darüber, dass ich mich wenige Sekunden später schon in einer Diskussion mit Minttu K. verstrickt finde.

«Was willst du eigentlich damit sagen, dass du nicht zu viel Aufmerksamkeit erregen möchtest?»

Hm. Ich kann ihr schlecht von Osmalas Verdächtigungen erzählen. Diese Sache möchte ich nicht zu breit streuen. Der Zug fährt ein.

«Ich schlage nur vor, dass wir in nächster Zeit den Ball etwas flacher halten sollten, vor allem was die Geldtransfers anbelangt.»

«Schätzchen, wer von uns beiden leitet hier das Marketing?»

Der Zug hält an. Die Türen öffnen sich, niemand steigt aus, einige steigen zu, ich bin einer von ihnen. Es entsteht ein kleiner Stau an der Treppe, ich achte beim Einsteigen auf meine Füße.

«Das bist du», sage ich und steuere einen leeren Waggon an, ohne mich umzusehen. Ich mag es selbst nicht, wenn Leute im Zug über ihre Familien oder statistisch haltlose politische Ansichten oder ihre Verdauung reden. Ich finde eine Ecke, in der niemand sitzt. «Aber es geht ja hier nicht um die Frage, ob ...»

«Es geht darum, dass wir das Eisen schmieden müssen, solange es heiß ist. Wir müssen die Gunst der Stunde nutzen. Juhani war derselben Ansicht.»

«Also, ich bin mir nicht sicher ...»

«Juhani war dynamisch und vorausschauend. Er hätte die Sache genauso betrachtet wie ich.»

Das Traurige ist, dass Juhani bald in einem dreitausend Euro teuren Sarg liegen wird. Ich würde mir von Herzen wünschen, dass er noch hier wäre und seinen Abenteuerpark führen würde. Dann könnte auch Minttu K. ihr Eisen schmieden und alles auf den Weg bringen, was ihr und ihm sonst so in den Sinn gekommen wäre.

«Ich weiß», sage ich. «Juhani war ...»

«Lustig und flexibel.»

«Hm ...»

«Schlagfertig und humorvoll.»

«Sicherlich ...»

«Spontan und angenehm.»

«Nun ...»

Mir ist nicht entgangen, dass dieses Feuerwerk an Adjektiven eine Kehrseite hat, auf der ich stehe. Das fühlt sich nicht besonders gut an, aber ich kann Minttu K. auch nicht mitteilen, dass ich alle Hände zu tun habe, dem Galgen zu entkommen, und daher ein wenig zur Zurückhaltung neige.

«Und jetzt ist alles anders», sagt sie. «Ich habe das bereits mit den anderen besprochen.»

Mit welchen anderen?

«Wir befinden uns in einer Übergangsphase», sage ich. «Und ich habe gerade eine Bank gegründet.»

«Von der du niemandem erzählen willst», unterbricht sie mich abermals. «Ich plane gerade eine Radiokampagne. Im Hauptstadtgebiet, vielleicht sogar im ganzen Süden des Landes. Ich habe ein Angebot auf dem Tisch, das ich unmöglich ablehnen kann. Ich habe Leute an der Hand, verdammt lustige, durchgedrehte Typen. Ich kann unseren Jingle schon hören, wir könnten einen Gag über die Kombination von Rutsche und Geldfluss reinbringen. Wie bei Dagobert Duck. Der springt doch immer in sein Schwimmbad aus Goldmünzen. Bei uns führt die Rutsche direkt zur Bank.»

«Das klingt richtig witzig.» Obwohl ich bemüht sachlich spreche, finde ich die Idee gar nicht mal schlecht. Unterhaltsam. Irgendwie hat das was. «Lass uns das später weiterdenken. Wir konzentrieren uns erst mal auf den Park, dafür haben wir doch die Poster und Tischständer und alles bestellt. Die sind für den Park.»

«Wovor hast du Angst?»

Die Frage überrascht mich, das muss ich zugeben. Ich denke, dass ich Minttu K. inzwischen gut genug kenne, um zu wissen, dass sie mich einfach nur provozieren will. Dennoch bringt mich die Frage ins Grübeln. Und es ist ganz sicher nicht die Zeit zum Grübeln. Ich muss tun, was getan werden muss. Um zu überleben. Damit auch der Park überlebt.

«Ich habe Angst vor Humor, Heiterkeit, Spontanität, Schlagfertigkeit und Annehmlichkeiten aller Art», sage ich. Ich habe meine Stimme erhoben, rede mich fast in Rage. «Wir agieren jetzt so, wie es die Situation erfordert. Sobald die Lage sich verändert, machen wir uns wieder Gedanken.»

Ich beende das Gespräch, sehe nach draußen. Ein goldener Herbsttag: Die Bäume haben die Farbe von Flammen angenommen, es ist klar und kühl. Ich nehme eine Veränderung wahr. Ich spüre, dass sich jemand hingesetzt hat, in eine Sitzreihe am anderen Ende des Ganges. Und da ist noch jemand.

«Das klang wirklich überzeugend.» Die Stimme kenne ich. Ich drehe mich um, sehe AK. Ihm gegenüber sitzt Eidechse. In diesem Waggon sitzen nur wir drei.

15

Der Zug erreicht Malminkartano. Am Bahngleis sehe ich nur eine Handvoll Menschen. Ich denke, es gibt in unserer Welt nur wenige Momente, die ebenso leise sind wie der nach der Einfahrt eines Zuges in den Bahnhof. Es fühlt sich an, als würde mit dem Zug auch alles andere zum Stehen kommen. Niemand steigt in unseren Waggon.

«Jemand hat mal behauptet, dass dieser Zug im Kreis fährt», sagt Eidechse. Er sieht aus dem Fenster, betrachtet die mit Graffiti bekritzelten Wände. «Das passt doch gut zu dieser Situation hier. So sehen wir uns also schon wieder.»

Ich schweige, denke darüber nach, dass ich mich ein wenig hätte umschauen sollen, während ich mit Minttu K. sprach. Andererseits weiß ich, dass Eidechse und sein Handlanger mich so oder so aufgespürt hätten. Jetzt fahren wir also zusammen in der Bahn, das ist nicht das Hauptproblem. Das Hauptproblem sitzt mir gegenüber.

«Weißt du, was mich an der ganzen Sache am meisten ankotzt?», fragt Eidechse und sieht mich an. Sein mit Pockennarben übersätes Gesicht wirkt ein wenig angeschwollen.

Ich schüttle den Kopf, um zu signalisieren, dass ich keine Ahnung habe.

«Dass man kein Ticket mehr kaufen kann, wenn man keine Kredit- oder EC-Karte bei sich hat. Versuch mal, einen Geldschein in die App deines Handys reinzuschieben. Und da an der Wand im Zug steht, dass hier keine Tickets verkauft werden. Eine Bahn, in der keine Bahntickets verkauft werden? Was kommt denn als Nächstes? In unseren *Alko*-Shops wird bald kein Schnaps und auch sonst kein Alkohol mehr verkauft? Aber sonst bleibt alles beim Alten, herzlich willkommen. Jetzt sitzen AK und ich hier ohne Ticket, und bei jeder verdammten Station haben wir Angst, dass ein Kontrolleur kommt und uns eine Geldstrafe aufbrummt und rausschmeißt. Findest du es fair, dass wir Angst haben müssen?»

Sein Blick ist so intensiv, dass ich es für angemessen halte, ihm zu antworten. «Sicher nicht», sage ich.

«AK ist fertig mit den Nerven.»

Ich sehe hinüber zu AK. Er starrt mit seinen Kopfhörern vor sich hin, und man könnte meinen, dass er nicht einmal weiß, dass er in einem Zug sitzt.

«Du hast natürlich ein Ticket», sagt Eidechse.

«Ich habe eine Monatskarte.»

«Gib her.»

«Was?»

«Gib her. Die Monatskarte.»

Wir sehen einander an. Ja, sein Gesicht ist wirklich angeschwollen. Er scheint es ernst zu meinen. AK scheint unserem Gespräch nicht zu folgen. Aber ich weiß aus Erfahrung, wie schnell seine Passivität damit enden kann, dass er mir den Finger verbiegt. Ich fische die Karte aus der Jackentasche und reiche sie Eidechse.

«Danke», murmelt er. Er lächelt mich an, wie eine Schlange.

Ich schweige. Er verstaut die Fahrkarte in seiner Jackentasche, ganz beiläufig, als sei es schon immer seine Fahrkarte gewesen. Dann lehnt er sich zurück, ins Nackenpolster.

«Schon viel besser», sagt er. «Das muss ich wirklich sagen. Nicht mehr so beschissen. Und bei dir?»

Ich antworte nicht.

«Es ist doch so», fährt er mit rauer Stimme fort, «eines Tages springt man in den Zug, so wie immer, man weiß, wohin der Zug fahren wird. Die Fahrt verläuft bestens, so wie immer. Aber dann begegnet man einem Mann, der komische Dinge erzählt. Er ist ein Blender, er täuscht etwas vor. Zum Beispiel, dass es in diesem Zug keine Tickets zu kaufen gibt oder so. Der Typ redet Unsinn, Humbug. Und der Zug hat plötzlich die Richtung geändert. Und es ist im Abteil etwas kühler geworden.»

Ich verstehe, wovon er spricht. Es geht um seinen Boss und um meine Bank. Darum, dass mein Vorschlag auf Anklang gestoßen ist, obwohl Eidechse darüber lachen wollte.

Eidechse trommelt mit den Fingern gegen AKs Knie. AK hebt den Blick, kramt aus der Tasche seiner schwarz-weißen Jogginghose ein Handy hervor und hält mir das große Display vor die Nase. Ich sehe mich selbst, mein Gesicht im Schoß der nackten Frau. Ich habe den Arm gehoben und zeige, vollkommen zufällig, eine Art Siegerzeichen. Ich denke nicht, dass jemand, der dieses Foto zum ersten Mal sieht, es für eine Inszenierung halten könnte. Für diese Person ist es einfach ein Foto von mir in einem alles andere als ehrenvollen Moment. Eidechse nickt AK zu, der sein Handy wieder in der Hosentasche verschwinden lässt und sich wieder auf das konzentriert, was er ursprünglich tat: vor sich hinzustarren.

«Eine kleine Erinnerung, bevor wir anfangen, über den weiteren Zeitplan nachzudenken.» Eidechse beugt sich zu mir vor. «Wann kann ich denn vorbeikommen und die ersten 50000 abholen?»

Ich kann seinen Atem riechen. Eine Mischung aus Unverdautem und ungeputzten Zähnen.

«50 000 habe ich nicht», sage ich. Weil es die Wahrheit ist.

Sicher, ich habe in dieser Woche schon ziemlich viele Kredite vergeben und zugleich unsere Verbindlichkeiten ein wenig eindämmen können, alles nach Plan. Kommende Woche wird sich die Lage weiter verbessern, denn dann stehen Rückzahlungen und Zinseinkünfte an.

«Wann?», fragt Eidechse. «Das war die Frage. Bei dir scheint alles durch irgendwelche Büros laufen zu müssen, du musst alles hundertfach abklären. Ich sage: Wann?! Sogar du wirst begreifen, dass es um einen konkreten Zeitpunkt geht. Nimm deinen Kalender raus, Gummihirn!»

Ich schweige.

«Na gut», sagt Eidechse. «Wenn dir dein lahmes Oberstübchen im Weg steht und von dir keine Vorschläge kommen, sage ich, wann. Kannst du einen Eintrag in deinem Kalender machen?»

Ich schweige.

«Sollte ich AK bitten, dir einen Knochen deiner Wahl zu brechen?»

«Ich kann einen Eintrag in meinem Kalender machen», sage ich.

«Ich muss demnächst kurz verreisen, also sagen wir: Montag in zwei Wochen. Das ist doch viel Zeit. 25 000 pro Woche. Das hast du natürlich schon selbst ausgerechnet, du Schlaumeier. Zwei Wochen.»

Er lehnt sich zurück. Die Temperatur vor meinem Gesicht nimmt unmittelbar ab, ich kann wieder freier atmen, die Luft ist frischer. Der Zug wird langsamer, wir erreichen Martinlaakso. Eidechse stützt sich auf seinen Knien ab, steht auf. Er wendet sich ab, geht zur Tür. AK wartet, bis der Zug stillsteht, dann geht auch er. Ich bin wieder überrascht, wie wendig, schnell und geräuschlos er sich bewegen kann. Dieser Hüne. Vielleicht ist er sogar schlau, wie ein Fuchs. Die beiden verlassen den Zug, stehen auf dem Bahnsteig, ich sehe noch ihre Rücken, als der Zug sich wieder in Bewegung setzt.

Dann höre ich, aus beiden Richtungen, von rechts und von links kommend, dieselbe Aufforderung.

«Die Fahrkarten, bitte.»

16

Esa sitzt in seinem Überwachungsraum, vor seinen Bildschirmen, auf seinem breiten Stuhl, wie ein König ohne Reich. Er beherrscht gar nichts, er kann nur dabei zusehen, was passiert. Wieder hängt der Geruch von Schwefel in der Luft, über dessen Ursprung ich wegen meinem Befinden nicht unbedingt allzu genau nachdenken möchte oder kann. Der Raum hat die Größe einer kleinen Einzimmerwohnung und ist abgedunkelt. Licht spenden einzig die Monitore. Alles in allem kommt es mir vor wie eine Mischung aus Science-Fiction und Soldatenunterkunft.

Esa ist offensichtlich überrascht, als ich eintrete. Noch überraschter ist er über mein Anliegen.

«Ist damals was vorgefallen?», fragt er. «Die Aufnahme ist sicher noch da. Ich habe sie nie angesehen, weil ich nicht wusste, dass es da was zu sehen gibt.»

Das Ganze scheint ihm ein wenig peinlich zu sein. Was ich verstehen kann. Ich beruhige ihn, sage, dass nichts Schlimmes passiert sei und ich nur etwas überprüfen wolle. Ich nenne ihm das Datum, die Tageszeit und den Ort außerhalb des Parks, den unsere Überwachungskamera noch erreicht. Esa bearbeitet routiniert seine Tastatur, wenig später sehe ich auf dem Bildschirm den bekannten Geländewagen. Ich achte auf die Minute und Sekunde. Notiere die Zeit. Dann verabschiede ich mich eilig, will nur noch raus aus diesem stickigen Raum, der mir die Luft abschnürt.

Zum ersten Mal stehe ich kurz davor, einem anderen Menschen Ernährungsratschläge zu erteilen. Aber ich lasse es sein, bedanke mich bei Esa und trete einen Schritt zurück.

«Habe ich etwas übersehen?», fragt er und macht eine halbe Drehung auf seinem Bürostuhl. Er trägt wieder das Sweatshirt mit dem Emblem der US-Marines.

Vielleicht, dass dein Speiseplan zu sehr von Erbsensuppe und Sauerkraut dominiert wird, denke ich. Das behalte ich für mich, Esa wirkt ohnehin schon zutiefst erschrocken.

«Ist bei uns eingebrochen worden? Es wurde doch etwa nichts ...»

«Nein, keine Sorge.» Was soll ich ihm sagen? Irgendwelche Schlüsse wird er ziehen. Und er hat Zugriff auf sämtliche Kameras, auf tausend und mehr Stunden an Aufnahmen. Ich treffe eine Entscheidung. «Eine Uhrzeit», sage ich. «Ich wollte eine Uhrzeit kontrollieren.»

Er runzelt die Stirn, sieht mich fragend an, aber dann schmilzt seine Verwirrung dahin, er nickt, entspannt sich. Jetzt wirkt er fast schon kollegial, wo er zuvor abweisend und kühl wirkte, erscheint er jetzt verständnisvoll und empathisch. «Persönliche Sache», sagt er.

«Ja, in der Tat.»

«Willst du, dass ich den Besitzer des Wagens ermittle?», fragt er.

«Nein, nicht nötig. Den kenne ich schon.»

Wir betrachten beide den Monitor.

«Darf ich fragen, worum es geht?» Esa klingt nicht nur neugierig, sondern auch unschuldig.

Der Geländewagen auf dem Bildschirm wird größer. Fast ist es, als wäre ich im Wagen, ich spüre die kalte Klimaanlage an meinen

Beinen. Aber nur fast. In diesem Raum hier hat seit Jahren kein frischer Wind geweht.

«Ich vermute, dass meine Bahnkarte in dem Auto ist.»

Das ist nicht der Hauptgrund, aber ein Teil davon. Den Beleg für das Bußgeld habe ich zur Erinnerung in meiner Jackentasche. Achtzig Euro hat mich die Fahrt über drei Stationen gekostet. Das ist aus mehreren Gründen zu viel. Esa denkt immer noch über meine Worte nach. Mit den Fingern seiner rechten Hand streicht er über das quadratische Bärtchen rund um seine Lippen.

«Sag Bescheid, wenn ich irgendwie helfen kann», sagt er. «Ich diene unserem Park, wann immer nötig.»

Ich weiß nicht, was ich sagen soll. Esa klingt im selben Moment wie ein Soldat und ein Teddybär.

«Danke für das Angebot. Ich gebe dir Bescheid.»

Plötzlich fühle ich mich schlecht, weil ich so böse Gedanken über seine Verdauung hege. Diese merkwürdigen Stimmungsschwankungen habe ich schon seit einiger Zeit. Am stärksten natürlich in Anwesenheit von Laura Helanto. Ihren Kuss habe ich das ganze Wochenende über auf meiner Wange gespürt. Und jetzt denke ich zu meiner eigenen Überraschung darüber nach, dass wir Menschen alle fehlbar und unvollkommen sind und jeder von uns mit Blähungen zu tun hat. Ja, der Geruch ist manchmal unerträglich, aber das ist kein Grund, einen Mann wie Esa zu meiden.

«Und das gilt auch umgekehrt, Esa», sage ich. «Wenn ich dir behilflich sein kann, dann immer gerne.»

Ich erreiche mein Arbeitszimmer innerhalb einer Minute. Ich kippe das Fenster, sauge durch den schmalen Spalt die kühle, reine Herbstluft ein, als würde ich damit meinen Durst löschen. Dann setze ich mich an den Schreibtisch. Ich benötige einen Taschenrechner, einen Stift, Google Maps, insbesondere die Satellitenbilder. Jedes Mal, wenn ich in dem Geländewagen mitgefahren bin, hat Eidechse das Tempolimit genauestens eingehalten. Ich kann mich an die Momente erinnern, in denen wir scharf abgebogen sind und habe auch die Länge der Geraden vor Augen. Meine Augen waren verbunden, aber ich konnte ein wenig vom Boden sehen und nachvollziehen, wie das Auto auf den Untergrund reagierte. Vor allem habe ich jetzt die exakten Abfahrt- und Ankunftszeiten.

Ich rechne, messe nach, studiere die Karte, vergrößere und verkleinere das Bild Dutzende Male und kann nach einer Weile die Anzahl der Möglichkeiten auf drei eingrenzen. Ich weiß ziemlich genau, wie das Gebäude aussieht, das ich suche.

Nach vierzig Minuten intensiver Arbeit habe ich zwei Scheunen markiert, zwischen denen ich wählen kann.

17

Der Abenteuerpark macht Gewinn, die Bank logischerweise noch nicht. Seitdem wir ins Kreditgeschäft eingestiegen sind, ist unser Umsatz um etwa zwanzig Prozent gestiegen. Die Zahlen sind vielversprechend. Ich werde die Gehälter, die Steuern und die Verbindlichkeiten der Firma bedienen können. Sollte der Umsatz auf diesem Niveau verbleiben und unsere Bank wachsen, erst marginal, dann spürbar, werde ich bald auch in der Lage sein, Juhanis Spielschulden zu begleichen. Aber die 50 000 für Eidechse werde ich nicht lockermachen können.

Und das ist nur ein Teil der Geschichte.

Ich denke nicht, dass ich eine einzige Sekunde lang in Erwägung gezogen habe, ihm auch nur einen Cent zu geben. Ich habe es einfach satt, es reicht mir. In dem Moment, in dem er meine Monatskarte eingesteckt hat, war das Maß voll und die Sache entschieden. Mag sein, dass ich die Entscheidung schon früher getroffen habe, aber die Sache mit dem Fahrschein hat sie besiegelt. 50 000 hin oder her, so was macht man einfach nicht. Man fährt nicht mit der Monatskarte eines anderen.

Ich arbeite noch für eine Weile an beiden Buchführungen. Man kann nicht behaupten, dass ich etwas fälsche. Ich bringe die beiden Buchführungen schlichtweg in die Richtung, wo sie sich begegnen. Das erfordert präzise Berechnungen. Ich bin so vertieft, dass ich erst bemerke, jemanden hereingebeten zu haben, als die

Person im Raum steht. Laura Helanto. Ihre wilden Haare hat sie im Nacken zusammengebunden, ihre Brille hat sie nach oben geschoben. Zum ersten Mal sehe ich ihr Gesicht in Gänze. Darin ist etwas, was mir bisher noch nicht aufgefallen war. Ich kann nicht benennen, was es ist. Ich komme auch nicht dazu, weiter darüber nachzudenken, weil sie mir eine Frage stellt. Sie bittet mich, ihr zu folgen.

Das erste Wandgemälde ist fast fertig. Laura hat das Wochenende über gemalt. Sie hat in dem Teil der Halle begonnen, in den sich die wenigsten Besucher verirren. Das ist nachvollziehbar, sie wollte erst mal für sich sein, das hätte ich auch so gemacht. Es erklärt auch, warum mir die bemalte Wand bislang gar nicht aufgefallen ist, weder bei meiner Ankunft noch nach meinem Besuch in Esas Überwachungsraum.

Ich hoffe, dass von dem tropischen Eigengeruch in Esas Reich nicht allzu viel an meinen Kleidern haften geblieben ist. Ich widerstehe dem Impuls, an meinen Ärmeln zu schnüffeln. Stattdessen konzentriere ich mich auf Lauras Worte.

«Ich habe es so gemacht, wie du vorgeschlagen hast. Ich habe tatsächlich mit dem Teil begonnen, von dem ich wusste, dass er mir leichtfallen würde. Und das ist mir gelungen. Befriedigend, denke ich. Und jetzt ...»

Ich blicke zu Laura, sehe ihr Profil. Da ist eine Härte, die ich zuvor nicht bemerkt hatte. Damit meine ich nicht, dass ihr Gesicht schroff oder kantig oder verhärmt aussehen würde, ganz im Gegenteil, es ist etwas anderes. Ich sehe ihr jetzt an, dass sie Erfahrungen gemacht hat, dass sie Dinge erlebt hat, die sie vermutlich öffentlich nie teilen würde. Etwas, das die wilden Haare und die Brille im Alltag gut verdecken.

«Da sind wir», sagt sie. Wir passieren den *Wilden Werfer*, wo die Kinder sich im Zielwerfen versuchen können, biegen rechts ab, und dann stehen wir vor der bemalten Wand.

Der Anblick ist atemberaubend.

Ich spüre einen Stich, irgendwo zwischen dem Herzen und dem Magen. Die Muster sind in Bewegung, sie spielen, verändern ihre Gestalt. Auf der Wand erscheinen Bilder, die sich immer neu zu formieren scheinen. Ich stehe da, wie zur Salzsäule erstarrt.

«Frankenthaler», sagt Laura. «Natürlich angepasst, meine Interpretation davon. Eine Art Graffiti-Version von Frankenthaler, würde ich sagen.»

Ich betrachte schweigend die Wand. Ich weiß nicht, was ich spüre. Ich bin mir nicht mehr sicher. Kann es sein, dass ich schon seit Minuten hier stehe, ohne ein Wort zu sagen? Ich rieche die frische Farbe und einen Hauch von Lauras angenehmem Parfum, ein Kontrapunkt zu Esas Dschungel-Deodorant. Mein ganzer Körper reagiert auf das, was Laura geschaffen hat, ich kann gar nichts dagegen tun. Das Gemälde verursacht ein Kribbeln in meinen Füßen, auch wenn das, rational betrachtet, eigentlich nicht sein kann.

«Frankenthaler hin oder her», sage ich. «Das ist das Beste, was ich jemals gesehen habe.»

Das meine ich ernst. Ich wende mich Laura zu, die das Haargummi gelöst hat, jetzt rahmen die vollen Haare wieder ihr Gesicht ein. Sie sieht wieder vertrauter aus, aber ich weiß, dass ich auch die verhärteten Züge gesehen habe. Ich weiß jetzt, dass sie da sind.

Der Gedanke verblasst, ich möchte Laura umarmen, sie fest an mich drücken, was natürlich unangebracht wäre. Aber dann passiert etwas Überraschendes. Mag sein, dass Laura meine Signale gelesen hat, jedenfalls macht sie einen Schritt auf mich zu und legt ihren Arm um mich.

«Danke», sagt sie.

«Frankenthaler hin oder her», murmele ich.

Während Laura mich umarmt und ich die Wand betrachte, spüre ich etwas, was ich nie zuvor gespürt hatte. Ich bin ich. Das klingt völlig bescheuert. Aber es ist, was ich empfinde. Die Tatsache, dass ich wirklich hier stehe, jetzt, in diesem Moment, verschmilzt mit dieser Empfindung und verleiht mir eine Stabilität, mit der ich einen Wolkenkratzer grundlegen könnte. Oder einen ganzen Kontinent.

Dann löst sich Laura aus der Umarmung, ich spüre immer noch ihre Wärme, ihre Haare auf meiner Wange. Ich habe keine Ahnung, was genau passiert ist, aber ganz sicher ist etwas passiert.

«Also findest du es gut», sagt sie.

«Ich liebe es.» Ich höre meine eigenen Worte nachhallen. Es ist eigentlich nicht meine Art, so zu reden. Ganz und gar nicht. In der Ferne sehe ich die riesigen Rutschen, die Kinder werfen sich hinunter, liefern sich der Schwerkraft aus, frei fallend, ungebremst.

Ich verstehe ihre Ausgelassenheit.

18

Früher hat mir schon das Wort *Date* Unbehagen bereitet. Ganz abgesehen davon, dass ich damit konkret immer die Bereitschaft verbunden habe, eine Person zu treffen, die ich kaum oder gar nicht kenne. Ich habe das nie als schlüssig empfunden. Es ist schlicht nicht vernünftig, unter keinen Umständen. Es gibt eine Menge rationaler Erwägungen, die dagegensprechen, so zu handeln. Und die Wahrscheinlichkeit, dass eine solche Begegnung etwas Lohnendes hervorbringt, ist verschwindend gering. Man muss nur die Zahl der interessanten Menschen, denen man im Lauf eines Lebens begegnet, mit der Gesamtzahl der Begegnungen abgleichen, um zu erkennen, dass der Ertrag einer Verabredung einer Lotterie gleichkommt. Als Versicherungsmathematiker kaufe ich natürlich keine Glückslose, und mir war immer klar, dass ich mich nur dann zu einem Date verabreden werde, wenn ich zu dem Ergebnis komme, dass es sich sozusagen lohnen würde.

Das war früher. Jetzt habe ich Laura einfach gefragt, ob sie Lust hat, mit mir auszugehen. Ganz ohne Berechnung, ohne Kosten-Nutzen-Abwägung. Vielleicht könnte man sagen, dass es ein Date ist, das trotz meiner Person zustande gekommen ist. Wir haben vor der Wand gestanden und ich hörte meine eigene Stimme sagen, dass ich sie baldmöglichst wieder treffen wolle. Offenbar hat sie begriffen, worauf ich hinauswollte. Sie war es, die umgehend von einem Date sprach. Woraufhin ich meine Vernunft und meine Wahrscheinlichkeitsberechnungen über Bord geworfen und mich den Schmetterlingen im Bauch anvertraut habe.

Jetzt warte ich vor dem Restaurant, und mir ist natürlich wieder schwindlig dabei, wenn ich an Laura und unsere Verabredung denke.

Das Zentrum von Helsinki wirkt an diesem Abend im späten September wie eine pitschnasse Theaterkulisse. Die schimmernden Straßen lassen den Regen schwarz und grau erscheinen, die Häuser sind nur Fassaden, auch die, in deren Fenstern akkurat Leuchten platziert wurden. Das Weiß der Zebrastreifen ist unnatürlich intensiv, sie ähneln kleinen, hell erleuchteten Eislaufbahnen, überall rauscht Wasser, entstehen Pfützen.

Ein Date. Ich schnaufe unter der Markise in den Regen: Nicht gerade vernünftig.

Vor allem jetzt, wo ich nach der Scheune suche, in der Schuldner entweder erhängt werden oder als Bankgründer herauskommen. Ich weiß nicht mal, ob und inwiefern es mir weiterhelfen könnte, wenn ich die Scheune finde. Ich habe keinen Plan. Es ist durchaus möglich, dass ich, selbst wenn ich die Scheune finde ...

«Sorry, zu spät», sagt Laura. «Ich hatte es schon geahnt. Tut mir leid.»

Sie ist aus einer unerwarteten Richtung unter die Markise gekommen, ich hatte erwartet, dass sie vom Busbahnhof kommen würde, wo ihr Bus hält. Wenn sie von zu Hause kommt und die direkte Route wählt. Und ich wüsste nicht, warum jemand etwas anderes machen würde.

«Du wartest hoffentlich noch nicht lange?»

«Ich weiß nicht mal, wie spät es ist», sage ich und wundere mich selbst darüber.

Sie schließt ihren Regenschirm, richtet sich die Haare, lockert ein wenig ihren Schal und sieht an mir vorbei in das Restaurant.

«Sieht nett aus», sagt sie.

Ich drehe mich um. Eine Dame in einer leuchtend blauen Bluse und einem schwarzen, enganliegenden Rock eilt mit mehreren Weinflaschen an uns vorüber. Die Besucher des Lokals sehen aus wie Menschen in amerikanischen Vorabendserien, weniger wie die Menschen, die in den Abenteuerpark kommen und sich von mir Geld leihen.

«Ich weiß nicht. Ich war noch nie hier.»

«Warum hast du dann dieses Restaurant ausgewählt?»

«In Anbetracht der durchschnittlichen Kundenbewertungen und unserer Anfahrtswege sowie des Wetters, des Wochentags, der Tageszeit und deiner Vorlieben für gut gewürztes Essen, und der Tatsache, dass man bei einem Date einen Eindruck hinterlassen möchte, erschien mir das hier als optimal»

«Optimal …», sagt Laura und lächelt, als hätte ich etwas Witziges gesagt. Ihr Lächeln ist wie ein warmes Licht im Regen. «Das klingt ziemlich romantisch», sagt sie.

«Das denke ich auch», entgegne ich.

Wir bekommen einen Tisch für zwei am Fenster, am Ende des langen Raums. Das Fenster liegt tief, ein wenig unterhalb der Straße. Die Vorübergehenden sehen wir ab der Taille abwärts. Zuweilen ist es unmöglich zu erahnen, wie die Menschen aussehen, die Füße allein reichen nicht für ein Urteil. Mir geht der zugegeben etwas unsinnige Gedanke durch den Kopf, dass man sich leicht tarnen könnte, würde man nur aus Beinen und Füßen bestehen. Ich behalte das für mich. Mir ist schwindlig. Einerseits fühlen sich mein Mund, meine Zunge, mein Kinn eigenartig verkrampft an, wie eingefroren, andererseits spüre ich eine beängstigende Bereitschaft, spontan und ohne Bedenken alles Mögliche zu erzählen. Ich versuche, mich auf Lauras Worte und ihren Blick zu konzentrieren, ohne mich darin zu verlieren. Ihre Haare sind heute wie ein Blumenstrauß, ihre Wangen glühen, ihre Augen funkeln vor Freude und Zufriedenheit. Sie trägt eine bis zum Hals zugeknöpfte Bluse mit schwarzen Kreisen.

Während wir die Karte studieren, werden wir nach den Getränken gefragt. Laura nimmt einen Gin Tonic, ich schließe mich an. Ich mag weder Gin noch Tonic, aber das spielt in diesem Moment gar keine Rolle. Jedes Getränk, das meinen trockenen Mund befeuchtet, bringt mich von der Wüste in Richtung Oase, zumindest einen Schritt. Ich habe das Gefühl, in Sand zu waten. Die Speisekarte ist angenehm überschaubar und übersichtlich durchnummeriert. Es gibt vier Menüs. Jeweils eines mit fünf, acht, elf und sechzehn Gängen. Wir entscheiden uns schnell für das Acht-Gänge-Menü. Einerseits sind wir hier, um zu feiern, andererseits wollen wir auch nicht über Nacht bleiben. Der Kellner entfernt sich, ich hebe mein Glas.

«Glückwunsch», sage ich. Ich habe mir lange überlegt, was ich sagen werde, und das erscheint mir sinnvoll.

«Danke», sagt sie.

Wir stoßen an. Ich will schon mein Glas an die Lippen heben, aber Laura spricht. «Ohne dich ... keine Ahnung ... wir sollten auch auf die Mathematik trinken, oder?» Sie lächelt.

Wir trinken.

Der erste Gang hat die Größe eines halbierten Tannenzapfens und besteht aus einer schaumigen Masse. Ein rosa Tütchen, salzig, leicht, es schmeckt nach Fisch. Laura mag es. Das freut mich. Allerdings stimmen mich meine Berechnungen über die Material-

und Zubereitungskosten im Vergleich zum Endpreis weniger froh. Ich nehme mir vor, derlei Gedanken beiseitezuschieben, aber es gelingt nur mühsam.

«Ich habe auch so einen Kredit aufgenommen», sagt sie.

Vermutlich sehe ich so überrascht aus, wie ich tatsächlich bin.

«Auch alle anderen», sagt sie. «Alle Mitarbeiter. Das war natürlich nicht der Grund dafür, dass ich es gemacht habe.»

Langsam dämmert mir, wovon sie spricht. Von unserem Park, von der Bank, die ich gegründet habe.

«Alle?», frage ich, aufrichtig verwundert.

«Ja,» Laura nickt.

«Also ... alle brauchen auf einmal Geld?»

«Du hast selbst gesagt, dass es vernünftig sei, einen Kredit aufzunehmen.»

«Nun, es ist vernünftig, ...» Wenn man dieselbe Summe nicht anderswo zu besseren Konditionen bekommt, denke ich mir, was bedeutet, dass ...

«So ist es», sagt sie. «Ich brauche das Geld. Tuuli macht eine Klassenfahrt nach Frankreich. Ich will ihr das ermöglichen. Sie soll die Sachen machen können, die ich leider nie tun konnte. Leider sind Reisen für sie besonders teuer, weil wir uns immer auf ihre gesundheitlichen Probleme einstellen müssen. Sie hat lange über diese Klassenfahrt gesprochen und sich gewünscht mitzufahren. Das ist ihr Traum. Ihre Freundinnen werden alle dabei sein. Mir tat es so leid, dass sie ... aber jetzt kann sie ja mitfahren. Ich bin sehr glücklich darüber, das ist viel wichtiger als meine Wände.»

Der Kellner bringt den zweiten Gang. Auf großen weißen Tellern liegen je zwei längliche, fast schwarze, etwa einen halben Zentimeter lange Streifen. Angerichtet ist das Ganze mit mikroskopisch kleinen Sträußen aus Waldblumen, die oberhalb der

Streifen platziert sind. Um die Streifen herum verläuft eine glänzende Flüssigkeit in Form eines schmalen Fadens, die Soße.

«Ich hätte ja nirgendwo sonst einen Kredit bekommen», sagt Laura. «Mein Gehalt geht immer fürs Leben und Wohnen drauf und dafür, dass ... Am Ende des Monats muss ich immer improvisieren. Und auch sonst habe ich keine Ersparnisse. Ehrlich gesagt, hatte ich noch nie ein Händchen fürs Geld. Und habe dafür einen Preis gezahlt.»

Der letzte Satz kommt mit einer gewissen Wucht, wie Wasser aus einem gebrochenen Damm. Laura ist sichtlich verlegen. Sie hat viel geredet, und ich kenne das Gefühl, dass man noch mal den Worten nachlauscht und sich fragt, ob man das alles so stehenlassen kann. Aber dann lächelt sie wieder, nicht mehr ganz so glücklich wie zuvor. «Keine Ahnung, warum ich das alles erzähle. Vielleicht liegt es an der wunderbaren Gesellschaft, der schönen Umgebung und dem phantastischen Essen.»

Wieder wirkt sie verlegen, nachdem sie das gesagt hat. Oder? Die Erkenntnis schlägt ein wie ein Blitz. Ich versuche, sie in Worte zu fassen. Kann es sein, dass sie meine Gesellschaft ähnlich erlebt wie ich ihre? Dass sie ihr Denken und Handeln verändert, verkompliziert, unvorhersehbar macht. Der daran anknüpfende Gedanke, dass sie mich tatsächlich sehr mögen könnte, hat nun wiederum auf mich eine Wirkung, die in der Tat schwer abzuschätzen ist. Liebeslieder habe ich früher für sinnbefreiten Schmalz gehalten, aber plötzlich habe ich gleich mehrere im Ohr. Laura ist begeistert von dem Essen. Ich kann nur normale finnische Pilze herausschmecken und muss mich dazu ermahnen, nicht über den Kilopreis nachzudenken, der hier veranschlagt wird. Und eigentlich ist es mir egal.

Wunderbare Gesellschaft.

Das sind nicht irgendwelche Worte. Sie lassen meine Körpertemperatur ansteigen, mein Herz schneller schlagen, meinen Blutdruck in die Höhe schießen.

Wir verspeisen weitere Arrangements, esslöffelgroße Portionen. Die Kreationen sind symmetrisch, nahezu geometrisch angelegt, das Ganze wiegt etwa so viel wie der Teller als solcher. Besonders leicht ist das geräucherte Wildkaninchen mit Sauerampfer von den Aland-Inseln. Es ist beinahe unsichtbar und wiegt so viel wie ein Schnurrhaar des besagten Tiers. Laura ist dennoch sehr zufrieden, was mich erfreut. Vor uns sammeln sich Weingläser an, denn wir bekommen mit jedem neuen Gericht auch ein neues Glas Wein, von der Sorte, die zu dem jeweiligen Gericht empfohlen wird. Mir fällt es nicht leicht, Wein zum Essen zu trinken, wenn das Essen immer schon weg ist, bevor man das Glas berührt hat.

Die Weine schmecken nicht annähernd so unterschiedlich, wie es den Ausführungen des Kellners zu entnehmen ist. Wir bekommen eine Reihe unbestimmter Adjektive zu hören – muskulös, mineralig, duftig, blumig, erdig, waldig, ein Hauch von Ulme … und eine Fülle durchaus strittiger Informationen zu kleinen Bio-Winzereien in Italien. Ich werde uns diesen hochpreisigen Abend aber nicht mit Kommentaren über logische Fehler oder Ungenauigkeiten verderben. Wir sitzen uns gegenüber, das ist das Wichtigste.

«Ich merke, dass ich mein Selbstvertrauen wiederfinde», sagt Laura, nachdem wir die letzten Bissen von unserer Krabben-Mousse gegessen und die Teller geleert haben. «Ich wusste gar nicht, wie blockiert ich war. Und ich hatte keine Ahnung, dass mir ausgerechnet die Malerei aus der Klemme helfen würde. Eigentlich hat das Malen erst das Unwohlsein hervorgerufen. Ich hätte nie gedacht, dass ich dir zustimmen würde, aber dein mathematisches Vorgehen hilft dabei, die Dinge anders zu betrachten. Es öffnet den Blick, in mehrfacher Hinsicht.»

Laura spricht mit einer tiefen, aber begeisterten Stimme, nimmt einen Schluck Wein und sucht über den Rand des Glases hinweg meinen Blick. Das Licht ist schummrig und weich, aber ich sehe ganz klar, dass sich die Fröhlichkeit, die Dynamik, die sie von Anfang an ausgestrahlt hat, mit einer neuen Härte vermischt hat. Laura hat eine Wandlung vollzogen. Mathematik kann Wunder wirken in diesem irdischen Leben, das weiß ich. Dennoch fällt es mir schwer, zu glauben, dass diese Veränderung ausschließlich mit Mathematik zu erklären sei. Ich habe selbst zu viel gerechnet, zehntausende Male, als dass ich glauben könnte, dass das mathematische Erwachen nur wenigen vorbehalten ist. Ich lächle, weil auch sie lächelt.

«Alles wird sich fügen», sagt sie. Sie lehnt sich ein wenig vor. «Alles.»

Während der zweite Nachtisch ankommt – drei Himbeeren, ein Fleck Sirup und eine winzige Pyramide aus Vanilleschaum –, unterhalten wir uns über das nächste Wandgemälde. «Es wird von Tove Jansson inspiriert sein», sagt Laura.

«Natürlich nicht in ihrem Stil, ich will sie selbst als Person in den Mittelpunkt stellen und ringsherum Verschiedenes malen, was ich mit ihr verbinde. Meer, Freiheit, Schönheit ... Liebe.»

Das letzte Wort hängt in der Luft, zwischen uns, über den Gläsern, über unseren Blicken, die sich begegnen. Ich überlege schon länger, meine Krawatte zu lockern. Es ist nicht wahrscheinlich, dass die Raumtemperatur im Lauf des Abends stetig angestiegen ist, aber es fühlt sich so an.

«Das wird großartig. Was du malst, berührt mich. Immer. Ich habe das auch im Ateneum gemerkt. Ja, ich mochte die Seerosen in dem französischen Teich, auch die finnischen Klassiker, diese immer neue Darbietung des Todes, des Elends, der Misere. Aber diese Gemälde sind mir nicht ans Herz gewachsen. Wenn ich deine Bilder sehe, dann ... dann verliebe ich mich in sie ... also ... die Liebe ... Du ...»

Ich denke nicht, dass ich besonders viel getrunken habe. Aber mir ist schwindlig, ich schwitze, ich rede wirres Zeug. Und ich bilde mir ein, dass die gesalzene Rechnung dieses Abends klein ist im Vergleich zu all den schönen Momenten, die er bringt. Sicher Anzeichen einer leichten Ethanol-Vergiftung. Es fühlt sich an, als würde ich irgendwo herumirren, obwohl ich fest auf einem Stuhl sitze.

Möglich, dass Laura es bemerkt. Sie stützt sich mit den Ellenbogen auf dem Tisch ab und beugt sich zu mir herüber. Ich kann in ihrem Gesicht noch schwieriger lesen als sonst, obwohl sie mir jetzt so nah ist wie noch nie an diesem Abend. Ihre Stimme ist ebenso rätselhaft wie der Ausdruck auf ihrem Gesicht, ihre Frage ist dementsprechend verwirrend.

«Wie geht es denn nach unserem Dinner weiter?»

19

Nein, ich habe noch nie jemanden in einem Regionalzug geküsst. Die Fahrt vergeht so deutlich schneller, die Haltestellen fallen mir gar nicht auf.

Das sind nur oberflächliche Beobachtungen, die mir im Nachhinein durch den Kopf gehen, während wir durch das nächtliche Kannelmäki spazieren.

Meine Lippen fühlen sich an, als würden sie brennen, mein Körper ist federleicht und zugleich angespannt wie ein Bogen. Laura läuft neben mir, oder eigentlich mit mir, so nah ist sie bei mir. Wir sind auf dem Weg zu mir. Obwohl ich mich noch nie so seltsam gefühlt habe, physisch und seelisch, denke ich daran, mich umzusehen.

Ich halte nach einem Geländewagen Ausschau, lasse meinen Blick über die Parkplätze, Straßenränder und Einfahrten wandern. Ich mustere jeden Menschen. AK würde aufgrund seiner Statur herausstechen. Eidechse aufgrund seiner schmalen Schultern. Aber ich sehe keinen der beiden und auch keinen Geländewagen und auch sonst niemanden, der heute Abend mein Leben bedrohen könnte. Ich denke, das ist ein gutes Zeichen, auch in Hinblick auf unser Date.

Ich öffne die Haustür, wir gehen schweigend die Stufen hinauf, erreichen meine Wohnung. Ich schließe auf, lasse Laura eintreten, folge ihr. Ich helfe ihr aus der Jacke, erkläre ihr, wo das Bad ist. Ich gehe in die Küche und gebe Schopenhauer seinen Nachtsnack. Ich höre die Toilettenspülung, Laura wäscht sich die Hände. Sie kehrt zurück, und ich weiß nicht, was ich als Nächstes machen soll, aber mein Körper scheint es zu wissen. Wir küssen uns im Wohnzimmer, unter dem Bild von Gauß, beschienen vom Licht des Mondes. Ich erhasche einen Blick auf die Gleichungen von Gauß, aber heute hält sich meine Begeisterung, mein Staunen in Grenzen. Jetzt sind es einfach nur Ziffern und dann nicht mal mehr das.

Wir ziehen uns im Schlafzimmer aus. Alles passiert sehr unsortiert, zumindest ist das mein Eindruck, als wüsste ich nicht, wie man sich auszieht und in welcher Reihenfolge. Als Letztes streife ich meine Krawatte ab. Die ganze Sache wird dadurch erschwert, dass ich mich eben wie ein Mensch gewordener Flitzebogen fühle. Unsere Lippen und Zungen kleben aneinander, ohne dass wir etwas dagegen machen können. Unsere Küsse sind beinahe einhundert Grad heiß, triefend nass. Das ist aber gar nicht so schlecht, wie es sich vielleicht anhört. Nein, es ist sogar sehr angenehm. Aber nichts im Vergleich dazu, wie sich Lauras Haut auf meiner anfühlt.

Das Gefühl ist berauschend. Befreiend. Komischerweise wissen meine Hände, wohin sie sich bewegen müssen, was sie suchen und finden sollten. Unsere Lippen trennen sich für einen Moment, und wir stoßen Laute aus, die ich bei Tag eher vermeiden würde. Laura bewegt sich in die Horizontale und dirigiert mich sachte auf den Rücken. Ihre wilden Haare kitzeln an meiner Brust, verursachen eine Gänsehaut, die bis zur Wirbelsäule wandert. Als ihr Mund und ihre Zunge neue Bereiche ansteuern, vergesse ich endgültig Gauß und seine Gleichungen. Ich sehe nur noch die Zimmerdecke im Mondlicht, das den Raum flutet, und dann sehe ich gar nichts mehr.

In der Nähe von schwarzen Löchern verlangsamt sich die Zeit, Materie verdichtet sich. Ich denke, dass ich kurz davor bin, das Schicksal sterbender Sterne zu teilen, und dann, dem Horizont des Ereignisses vollständig ausgeliefert, wird mir bewusst, dass ich mich aus diesem Zustand des Kontrollverlusts hinauskatapultieren muss. Zurück in den vertrauten Bereich, in dem die Schwerkraft wirkt.

Ich sage, dass ich die Gegenseitigkeit als angemessen empfinde. Ich glaube, Laura lacht. Aber ich bin mir nicht sicher, vielleicht sagt sie auch etwas. Ich werde nicht schlau daraus, ihre Zunge ist immer noch an meinen Lippen, und ich bin plötzlich über ihr, wir haben die Rollen getauscht.

Ich hätte nichts dagegen, wenn unser Kellner jetzt hier wäre, ich könnte ihm sagen, dass Laura besser schmeckt als jeder der Gänge heute Abend, einschließlich der Weine. Aus den Lauten, die sie ausstößt, und ihren Wortfetzen schließe ich, dass auch sie ganz einverstanden damit ist, dass wir nicht die Sechzehn-Gänge-Variante gewählt haben. Denn dann wären wir sicher noch im Restaurant. Kosten-Nutzen-technisch ist das hier deutlich besser.

Wir schmiegen uns aneinander, und meine Anspannung verhilft mir dazu, trotz meiner relativen Unerfahrenheit in diesen Dingen, forsch voranzuschreiten. Ich brauche keine Erfahrung. Lauras Reaktionen geben mir die Gewissheit, dass alles gut ist, was ich tue.

Mit der Zeit kommen wir ein wenig zur Ruhe, die Überraschungen kommen nicht mehr so ruckartig, eher wie die Stellen hinter dem Komma, Laura stößt einen tiefen, glasklaren, langen Schrei aus, ich spüre ein Gurgeln in meinem Rachen, das merkwürdigerweise länger andauert, als es die Luft in meiner Lunge eigentlich zulässt.

Während wir auf dem Bett liegen, gehe ich alles noch mal in Gedanken durch. Die Wahrheit ist eigentlich, dass ich, seitdem wir das Restaurant verlassen haben, kaum noch einen klaren Gedanken habe fassen können. Ich war nicht ich selbst.

Oder doch?

Ich lausche Lauras Atem neben mir. Es ist alles sehr nah und sehr echt. Das einzig Wichtige. So viele neue Wahrnehmungen, so viele seltsame Erkenntnisse und Einfälle. Meine Haut kühlt sich langsam ab. Die Decke liegt wie eine Rolle am Fußende. Ich richte mich auf, bekomme eine Ecke zu fassen und ziehe sie zu mir herüber.

«Ist jetzt die Zeit gekommen, sich umzudrehen und zu schnarchen?», fragt sie.

Das ist eine legitime Frage. Es ist spät, und die Qualität des Schlafes steht in unmittelbarem Zusammenhang zur Schlafposition. Aber darum geht es jetzt wohl nicht. Ich sage, dass ich mich nicht erkälten möchte, aus vornehmlich beruflichen Gründen.

«Aha. So was habe ich noch nie gehört», entgegnet sie. Sie richtet sich auf, stützt sich auf den Ellenbogen ab. Ihr Gesicht ist über mir, so nah, dass ich wieder die Wärme spüre. Sie lächelt. «Du siehst aber nicht so aus, als würdest du mich gleich darum bitten, bei dir zu übernachten.»

«Nun, die Regionalzüge fahren nicht mehr, du würdest also Geld sparen, wenn du hier in Kannelmäki bis morgen früh bleiben würdest.» Was rede ich da? Natürlich stimmt das, aber es ist ja nicht das, was ich sagen möchte. Ich suche ihren Blick. «Also ... ich wünsche mir nichts mehr, als dass du hier bei mir bleibst.»

Diese Worte haben einen anderen Ursprung, sie sind nicht Resultat einer rein logischen Betrachtung, aber sie stimmen, das zählt. Vielleicht ist es gut, dass ich im Liegen gesprochen habe, denn Worte dieser Art verursachen bei mir dieses komische Schwindelgefühl. Laura lächelt, schmiegt sich an mich.

«Wie gut, dass Johanna heute bei Tuuli sein kann», flüstert sie. «Ich hatte nämlich gehofft, dass du die Sache so sehen würdest.»

Ich möchte eine Frage stellen. Eine wichtige Frage. Aber ich komme nicht dazu, weil Laura ihre Lippen auf meine legt.

Es ist doch noch nicht an der Zeit, schlafen zu gehen.

20

Am Himmel ist keine einzige Wolke zu sehen, die Luft ist angefüllt mit herbstlicher Frische. Die Sonne ist für die Jahreszeit recht warm. Ich spüre diese Wärme auf der linken Hälfte meines Gesichts, während ich von der Bushaltestelle zum Abenteuerpark laufe. Der Morgen ist in jeder Hinsicht makellos, als hätte auch er eine bahnbrechende Erfahrung gemacht. Natürlich sehe ich alles durch eine Art Filter. Als stünde ich neben mir selbst. Dieses Gefühl ist ebenso erhebend wie verwirrend. Es erfüllt mich mit etwas, das man wohl als Freude bezeichnen kann. Zugleich ist da aber auch ein anderer Gedanke. Dass ich mich dem Unbekannten anvertraut habe, dass ich meine Hand nach etwas ausgestreckt habe, in der Dunkelheit, ohne zu wissen, was genau es ist.

Dennoch: Es geht mir blendend. Als hätte ich einen Wettkampf für mich entschieden, von dem nur Eingeweihte wissen. So in etwa. Es sind neue, fremde Gedanken, schwer zu kontrollieren, schwer zu steuern. Eigentlich sind es keine richtigen Gedanken, eher Energieschübe, Erleuchtungen. Sanfte Blitze. Ich gehe zügig, mit leichten, großen Schritten. Meine Sicht auf Dates hat sich ein für alle Mal verändert. Nur zum Teil natürlich. Ja, ich möchte gerne wieder ein Date, aber nur mit Laura. Ansonsten ist meine Meinung dieselbe. Diese Nähe, die ich vergangene Nacht geteilt habe, würde ich nicht mit jemand anders teilen wollen. Es ist und bleibt etwas Besonderes, ein Ereignis von verschwindend geringer Wahrscheinlichkeit.

Als ich am Parkplatz ankomme, bin ich schon reichlich spät. Aber egal, ich bin voller Energie, werde heute alles nacharbeiten können, was ich …

Plötzlich fährt ein kühler Windhauch durch meine Jacke, mein Hemd. Meine Krawatte schnürt sich um meinen Hals, obwohl ich sie nicht angetastet habe. Das Blau am Himmel verblasst, die einzige Wolke weit und breit verdunkelt die Sonne.

Nichts kann einen Morgen so verdunkeln wie ein Kriminalpolizist.

Osmala. Er steht mitten auf dem Parkplatz. Am Mast, an dem eigentlich die große *DeinMeinFun*-Flagge wehen sollte. Aber da weht nichts, weil die Flagge in der Reinigung ist und der neue Mast noch nicht geliefert wurde. Osmala hat mich schon gesehen. Er winkt mir zu. Ich hebe ebenfalls die Hand und gehe auf ihn zu.

Osmala ist ein breiter, schwerer Mann. In jeder Hinsicht. So wie er da auf dem Asphalt steht, in seinem grauen Blazer und der schlechtsitzenden Jeans, fügt er sich in die Landschaft wie die Statuen auf der Osterinsel. Damit spiele ich nicht auf die ungeklärte Herkunft dieser Statuen an, sondern auf eine gewisse Erhabenheit, etwas Geheimnisvolles, das Osmala umgibt. Erst als ich ihm sehr nah bin, kann ich mit Sicherheit sagen, dass er ein Mensch und keine Statue ist. Die kühle Luft hat seine Ohren und seine Nase rot gefärbt. Rot wie ein Feuerwehrauto. Es verleiht seinem gräulichen, eckigen Antlitz sogar eine gewisse Frische.

«Der Fahnenmast ist abgebrochen», sagt er.

Als sei das für mich, den Besitzer dieses Parks, eine Neuigkeit.

«Ich weiß», entgegne ich. «Wir haben bereits einen neuen bestellt.»

Osmala betrachtet den Stumpf des Mastes. Er lässt sich Zeit. Dann lässt er seinen Blick über den weiten Parkplatz wandern. Er dreht eine komplette Runde.

«Er ist nicht von allein gefallen», merkt er an. «Das kann man an der Bruchstelle erkennen. Da sind entsprechende Spuren. Das macht niemand aus Versehen, zumindest nicht einfach so. Selbst wenn man sehr ungeschickt ein- und ausparken würde, von mir aus sogar rückwärts, könnte man das nicht bewerkstelligen.»

«Wie gesagt, wir haben den neuen Fahnenmast schon ...»

«Wer hat das hier gemacht?»

«Das weiß ich nicht», entgegne ich wahrheitsgemäß.

«Sie haben doch Überwachungskameras.»

Ich kläre ihn darüber auf, dass der Parkplatz leider ein blinder Fleck im System gewesen sei. Das Gerät war erstens falsch positioniert und zweitens defekt. Osmala denkt entweder nach oder er tut nur so. Wenn ich die Rötung seiner Nase und seiner Ohren in Betracht ziehe, dürfte er eine ganze Weile auf mich gewartet haben.

«Fällt Ihnen jemand ein, der einen Grund hatte, den Mast kaputtzumachen?»

«Nein.»

«Ist das Ihrer Meinung nach vielleicht eine Botschaft gewesen?»

«Eine Botschaft?»

«Als wolle jemand Sie an irgendetwas erinnern.»

Ich schüttle den Kopf, betrachte den Stumpf.

«Ich wüsste nicht, woran mich das erinnern sollte.»

Das stimmt. Ich habe mir natürlich auch meine Gedanken gemacht. Aber ich kann beim besten Willen keine Nachricht aus diesem abgetrennten Fahnenmast ableiten. Es ergibt einfach keinen Sinn.

«Erinnern Sie sich an das Foto, das ich Ihnen gezeigt habe?»

«Ja, sicher.»

«Könnte vielleicht dieser Mann hinter der Sache hier stecken?»

Nur wenn er aus der Tiefkühltruhe auferstanden sein sollte, denke ich, danach auf den Parkplatz gelaufen ist, Schwung geholt, den Mast demoliert und sich wieder in die Tiefkühltruhe gelegt hat.

«Das kann ich Ihnen beim besten Willen nicht sagen. Es erscheint mir unwahrscheinlich.»

«Wie meinen Sie das?»

«Na ja ... Sie haben angedeutet, dass es sich um einen Kriminellen handelt. Das hier sieht nach der Arbeit eines Amateurs aus.» Während ich das sage, wird mir bewusst, wie zutreffend es ist. Es war zweifellos Absicht und in mehrerlei Hinsicht dilettantisch. Das wird mir plötzlich klar.

«Ich bin eigentlich nicht wegen des Fahnenmasts gekommen», sagt Osmala.

Das ist sein Stil, so viel habe ich bereits gelernt. Er springt von einem Thema zum anderen. Ich weiß, wie ich darauf reagieren muss.

«Gibt es etwas Neues zum Tod meines Bruders?»

«Nicht dass ich wüsste», sagt er. Er scheint wenig beeindruckt von meinem Ablenkungsversuch. «Wie gut kennen Sie Ihre Mitarbeiter?»

«Ich bin erst seit kurzer Zeit hier.»

«Selbstverständlich», sagt er. «Deshalb die Frage. In so kurzer Zeit lernt man sich nicht wirklich kennen. Es gibt kaum Gelegenheit, sich näherzukommen, nicht wahr?»

Ich schweige. Osmala begutachtet mich jetzt ebenso interessiert wie Minuten zuvor den Stumpf des Fahnenmastes. «Hat denn Ihr Bruder jemals über die Mitarbeiter gesprochen? Hat er berichtet, wen er eingestellt hat? Über die Kriterien, nach denen er seine Leute aussuchte?»

«Nein.» Tatsächlich hat Juhani nie über diese Dinge gesprochen. «Er hat das nie thematisiert.»

«Und Sie?»

«Ich?»

«Haben Sie mal nachgefragt? Oder haben Sie selbst schon Mitarbeitergespräche geführt? Um die Leute ein wenig kennenzulernen. Solche Gespräche sind ja recht beliebt in Unternehmen. Oder?»

«Ich habe einfach dafür noch keine Zeit gefunden. Vielleicht demnächst, sobald ich mich ein wenig eingearbeitet habe.»

«Sicher», sagt Osmala. «Ich habe davon gehört. Interaktive Führung. Vorgesetzte kommen mit ihren Angestellten zusammen, hören zu, stellen die eigenen Pläne vor, man tauscht sich aus, skizziert seine Bedürfnisse, seine Erwartungen. So was in der Art.»

Etwas an Osmalas Gerede irritiert mich. Wir stehen mitten auf dem weiten Parkplatz, unter freiem Himmel, aber es fühlt sich an, als wären wir in einem sehr kleinen, schlecht klimatisierten Raum. Einem Raum mit Wänden aus Glas.

«Ich bin etwas spät dran», sage ich, mache behutsam einen Schritt in Richtung Eingang. «Wenn es in Ordnung ist, würde ich jetzt ...»

«Die Arbeit ruft», sagt Osmala. «Selbstverständlich.»

Ich interpretiere das als Zustimmung, laufe los. Auf den ersten Metern streift mich noch sein Blick, dann ist er in meinem Rücken. Ich höre seine Stimme.

«Ein Frontschutzbügel», sagt er.

Ich drehe mich zu ihm um. «Bitte?»

«Das war ein Auto, das vorne einen Frontschutzbügel hat. Man kann die Spuren erkennen. Das schränkt die Suche ein wenig ein.»

Ich sehe den Rest des Fahnenmastes an, dann Osmala.

«Danke für den Hinweis», sage ich, bin mir aber nicht sicher, ob er mich noch hört. Er hat seinen Blick abgewendet, betrachtet das klingelnde Handy in seiner Hand.

21

Die Scheune, in der der Mann erhängt wurde, ist rot und groß. Sie steht in deutlicher Entfernung zu den anderen Gebäuden des Hofs. Für mich ist von Vorteil, dass sie an der Südseite fast an den Waldrand grenzt.

Aufgrund der Position der Sonne ist der Wald schattig und geschützt. Ich bin lange und zügig gelaufen und deshalb ziemlich außer Atem. Und ich bin mir noch nicht ganz sicher, was ich als Nächstes tun soll. Einige Meter Wald trennen mich von dem weiten Gelände, etwa fünfzehn Meter sind es bis zur Scheune. Ich kann sehen, dass eine Tür der Scheune einen Spaltbreit offen steht, weit genug, damit eine Katze oder ein Hund hindurchpasst. Oder ein Ferkel. Oder ein schlanker Mann. Einer, der eher lang als breit ist ... zum Beispiel, weil man ihn erhängt hat.

Ich atme tief, stehe gegen eine der alten Tannen gelehnt und versuche, meine Gedanken zu ordnen. Und an Gedanken mangelt es nicht.

Der Wald riecht herbstlich.

Die vergangenen Tage sind die glücklichsten meines Lebens gewesen, so widersprüchlich das in Anbetracht der Situation auch klingen mag. Die schlaflose Nacht mit Laura hat ein Feuer in mir entzündet, von dem ich nicht wusste, dass es in mir lodert. Etwas davon ist geblieben. Nicht in dem Sinne, dass ich jetzt so geschmeidig daherrede wie Perttilä oder andauernd meine Muskeln zur Schau stelle wie Kristian. Aber ich bewege mich anders, spreche anders, bin selbstsicherer geworden. Jedes Mal, wenn ich Laura sehe, wird das Feuer größer, dann verschmilzt es mit dieser neuen Selbstgewissheit.

Laura hat fleißig an den Wandgemälden gearbeitet. Wenn ich vorbeischaue, kann ich nur staunen. Ich muss mich anstrengen, um mich loszureißen. Sie selbst ist so vertieft in ihre Arbeit, dass sie manchmal sogar vergisst, meinen Gruß zu erwidern.

Ich atme die Waldluft ein, bis sie tief in meine Lungen gedrungen ist. Dann kehre ich gedanklich zu der Scheune zurück, zu dem Grund, der mich an diesen Ort geführt hat.

Mit dem Abenteuerpark stehen die Dinge nicht zum Besten.

Unsere Bank hat alle Kredite gewährt, die sie gewähren kann. Unser Umsatz hat sich auf einem ordentlichen Niveau eingependelt. Aber es reicht nicht. Das Geld wird zunehmend zu einem Problem.

Und es ist natürlich nicht das einzige Problem.

Ich musste etwas unternehmen, wegen der Aufnahmen der Überwachungskameras. Glücklicherweise werden die Aufnahmen nach einer Woche automatisch gelöscht. Esa kontrolliert sie ohnehin nicht, solange kein triftiger Grund vorliegt. Die wilde Verfolgungsjagd und meine Selbstverteidigung mit dem Hasenohr sind demnach längst im digitalen Universum mit seinen Einsen und Nullen versandet. Meines Wissens hat Esa auch das Video, in dem ich die Leiche in der Tiefkühltruhe verstaue, nicht angesehen. Das hätte ich sicher gemerkt, während wir in seiner stickigen Kommandozentrale unsere Überwachungsmaßnahmen besprochen haben. Er hat gefragt, warum ich mich so dafür interessiere. Ich habe ehrlich entgegnet, dass mir die Sicherheit des Parks eben am Herzen liegt.

Kristian ist wieder wegen der Sache mit der Geschäftsführung auf mich zugekommen. Allerdings hat er seine Strategie angepasst. Er trat nicht mehr annähernd so aggressiv und fordernd auf wie bisher, sondern setzte ein breites Lächeln auf, das seine strahlend weißen Zähne freilegte. Er erzählte mir, dass er Fortbildungen für sich ausgesucht habe, *phantastische* Seminare. Er sah mit seinem hellblauen Hemd auch irgendwie verändert aus. Und er sagte irgendwas von einem Mentor, mit dem er gesprochen habe, doch wir kamen nicht dazu, das Ganze zu vertiefen, weil sein Telefon klingelte und ich mein Gespräch mit Minttu K. fortsetzen musste.

Minttu K. riecht Tag für Tag mehr nach Cidre, Minzpastillen und Pall-Mall-Zigaretten. Ihr Büro mutet wie ein Nachtclub an, mit den heruntergelassenen Jalousien, der Discomusik und der Kneipenbeleuchtung. Ihre Stimme ist morgens so rau, dass man damit Holz schleifen könnte. Sie besteht darauf, unser Marketingbudget auszuweiten. Ich habe mich laut darüber gewundert, dass von der jüngsten Bestellung, immerhin eine recht hohe Investition, erst eine schmale Kiste mit Flyern und Postern eingetroffen sei. Sie sagte, dass ich keine Ahnung habe von langfristig angelegtem Branding. Ebenso wenig begreife ich die Bedeutung von Influencern. Auch diesen Dialog muss ich bei Gelegenheit weiterführen.

Und demnächst würde ich mich um die Tiefkühltruhe im Café kümmern müssen. Leider ist Johanna dauernd da, fast als würde das Café ihr gehören. Wobei sie ja in der Tat fürs Café zuständig ist, eigentlich könnte ich sie loben. Die Besucher sind mit unseren Backwaren und sonstigen Speisen sehr zufrieden. Ich selbst fand die üppigen Schinken-Käse-Sandwiches zuletzt sehr schmackhaft. Eher beunruhigend war, was ich kürzlich an den Truhen entdeckte. Vorhängeschlösser. Das macht die Sache kompliziert. Johanna hat den Diebstahl von Eiscreme als Grund für diese

Neuerung genannt. Hinzu komme, dass das Öffnen der Truhe unnötig Energie verbrauche. Was gekühlt werden müsse, müsse kühl bleiben.

Und dann ist da noch die Forderung von Eidechse. 50 000 Euro.

Ich brauche mehr Zeit. Deshalb bin ich hier. Mein Entschluss stützt sich auf klare Berechnungen.

Wenn ich bei meinen Berechnungen auf ein Problem stoße, kehre ich immer zurück zum Ausgangspunkt. Es bringt nichts, mit Teillösungen zu arbeiten, wenn dabei der Kern des Ganzen aus dem Blick gerät und deutlich ist, dass dieser höchstwahrscheinlich die Lösung in sich trägt.

Genau deshalb habe ich jetzt begonnen, mich Schritt für Schritt auf die Scheune zuzubewegen. Ich meide den direkten Weg über den Hof, möchte ungern Eidechse begegnen. Wobei weit und breit kein Geländewagen in Sicht ist. Er ist nicht hier. Aber wer dann? Bislang habe ich niemanden zu Gesicht bekommen. Das zweistöckige Haupthaus ist ein hellgelbes Fertighaus, im Stil eines Bauernhauses. Das weiße Garagentor ist verschlossen.

Gleich ist es so weit.

Ich lasse den Wald hinter mir, bin jetzt auf dem Hof, nähere mich dem Haus und der Veranda. Die Luft ist erfüllt vom feuchten Nordostwind, der durch den Wald fegt und aus der anderen Richtung von den freien Feldern, aber da ist auch noch etwas anderes. Eine Süße. Ich nehme die Stufen zur Veranda, sehe eine Klingel an der Wand, spiele mit dem Gedanken, einfach meinen Zeigefinger darauf zu legen.

Dann schrecke ich zurück, stolpere fast.

Die Tür zum Haus öffnet sich wie von selbst. Aber das kann nicht sein. Ich höre eine Stimme.

«Henri, komm rein.»

Die frischgebackenen Zimtschnecken duften, wie ich es nur aus guten Cafés oder Konditoreien kenne. Wir sitzen an einem robusten Esstisch aus Holz. Auf dem Tisch türmen sich Zimtschnecken, eine davon liegt auf meinem Teller neben meiner Porzellantasse. Mir gegenüber sitzt der Große. Sein Gesicht, das einem Spaten ähnelt, ist ein wenig errötet.

«Ich habe ein neues Rezept ausprobiert», sagt er. «Aber vor allem verwende ich seit einiger Zeit nur noch Bio-Mehl. Das beeinflusst den Geschmack. Es gibt Leute, die behaupten, dass man gar keinen Unterschied merkt, es sei egal, welches Mehl man zum Backen verwendet, aber da bin ich komplett anderer Meinung. Bio-Mehl oder gar nichts. Was denkst du?»

Der Große spricht übers Backen in derselben Tonlage, in der er Todesurteile fällt. Es ist vermutlich nicht zielführend, ihn zu fragen, woher er wusste, dass ich kommen würde. Woher er wusste, dass ich an der Tür stand. Er wusste es einfach.

Ich führe das Gebäck zum Mund, beiße hinein. Durchs Fenster sehe ich eine idyllische Landschaft, das Ensemble der Bauernhäuser, Felder, Wald. Das Gebäck ist weich, schmilzt auf der Zunge. Ich kaue, während er mich ansieht. Ich schlucke herunter und stelle fest, dass ihm die Zimtschnecken hervorragend gelungen sind.

«Und das Bio-Mehl?»

Da muss ich nicht lange nachdenken. «Bio-Mehl oder gar nichts.»

«Und da gibt es noch mehr Geheimnisse», sagt er. «Die Backzeit ein wenig verkürzen, ein wenig mehr Butter, und ein wenig roh darf das Ganze am Ende durchaus sein. Und natürlich muss es ganz frischer Zimt sein. Iss, iss.»

Ich esse. Der Empfehlung verleiht der Große auch mit der Pistole Nachdruck, die in seiner rechten Hand auf dem Tisch ruht. Es sind riesige Zimtschnecken, eine Menge davon. Ich bin eigentlich satt, aber er hebt die rechte Hand, wedelt mit der Pistole. Ich kaue beharrlich weiter, esse noch ein halbes Kilo schweres, zwei Hände breites Gebäckstück. So kann man seinen Tag verbringen, im Westen von Uusimaa, während man eine Waffe anstarrt.

Wir schweigen. Reden könnte ich jetzt gar nicht mehr, mit vollem Mund und mahlendem Kiefer, doch auch der Große spricht nicht. Der Lauf der Waffe ist direkt auf mich gerichtet, das kleine Loch zeigt auf meine Brust. Ich höre nichts außer meinem Kauen, verschlucke mich fast am letzten Bissen, wische meinen Mund ab. Wir sehen einander an.

«Nun?», fragt der Große.

«Köstlich», sage ich und denke über die richtige Terminologie nach. «Perfekte Backzeit, optimale Konsistenz, dank des Bio-Mehls.»

Der Große fokussiert mich. Als sei ich ein seltenes Exemplar, vielleicht ein sehr alter Fisch. «Ich meinte eher, was dich hierhergeführt hat.»

«Ja, das stimmt.»

Deshalb bin ich gekommen. Mein Weg wird entweder in die rote Scheune führen oder zum Lieblingstümpel von Eidechse, oder ich darf die drei Kilometer zu Fuß zur Bushaltestelle laufen.

«Ich habe ein Problem mit der mittleren Führungsebene», sage ich und versuche, in seinem Gesicht zu lesen. Ich suche nach einer Reaktion, positiv oder negativ. «Es ist ein Problem, das unsere Vereinbarung gefährdet.»

«Mittlere Führungsebene ...»

«Ich kenne seinen Namen nicht. Aber ich habe mehrfach in seinem Geländewagen gesessen. Seinen Tyrannosaurus-Freund nennt er AK.»

Er lacht. Das Lachen ist kurz und schnell vorbei. Seine blaugrauen Augen sind wie schmale Streifen, als hätte er jahrelang geblinzelt, als sei das Blinzeln schließlich chronisch geworden. Ich hole Luft und erzähle ihm, wie ich in den Geländewagen gepackt wurde, mein Gesicht unter dem Schritt einer nackten Frau endete und, am wichtigsten, wie der Mitarbeiter des großen Bäckers 50 000 Euro von dem Geld einforderte, das eigentlich ihm gehört. Natürlich nenne ich ihn nicht Bäckermeister, alles andere spreche ich aus, so wie es sich zugetragen hat.

Danach sitzen wir schweigend da. Ich hoffe, dass ich nicht noch mehr Zimtschnecken essen muss. Dazu wäre ich nicht fähig. Mein Magen ist so voll mit Zucker, Butter und dem berüchtigten Bio-Mehl, dass er streikt.

«Sie hat sich auf dein Gesicht gesetzt?»

«Sie saß nicht wirklich. Sie ist aufgestiegen wie auf einen Fahrradsattel, hatte nach einigen Sekunden aber genug und ist dann wieder vom Rad abgestiegen.»

Der Große denkt nach.

«Das klingt ganz erfrischend», sagt er und macht den Eindruck, als würde er mit sich selbst sprechen. «Immer dieses Backen. Nichts als Zimtschnecken, das wäre mal eine Abwechslung.»

«Ich fand es nicht besonders erfrischend», sage ich, denn ich will zum Thema zurückkommen. «Was diese 50 000 anbelangt ...»

«Habe ich verstanden», unterbricht mich der Große. Er ist wieder er selbst, richtet sich in seinem Stuhl auf, nach wie vor mit der Waffe auf mich gerichtet.

«Hast du denn so viel übrig?»

«Was? Natürlich nicht.»

«Wie viel bringt die Bank?»

«Es ist zu früh, das genau zu sagen. Aber die Vergabe der Kredite ist noch besser gelaufen als erhofft.»

«Also fließt Geld ab, aber nichts kommt rein?»

Seine Stimme klingt in diesem Moment furchteinflößend, insofern, als sie vollkommen neutral bleibt, während er einen Umstand konstatiert, der seinen Interessen widerspricht.

«Das war in dieser Phase nicht anders zu erwarten. So wie das Ganze anläuft, würde ich sagen ...»

«Hat schon jemand seinen Kredit zurückgezahlt?»

Es gibt nur eine Antwort.

«Nein. Aber wie gesagt, das war auch nicht zu erwarten. Die ersten Rückzahlungen sind kommende Woche fällig.»

«Und der Vergnügungspark?»

«Abenteuerpark. Er macht moderate Gewinne.»

«Also würdest du sagen, dass der Mutterkonzern stabil ist und das Bankgeschäft vielversprechend angelaufen ist.»

«Das ist eine gute Zusammenfassung der aktuellen Situation», sage und meine ich.

Aber das Gespräch hat im Allgemeinen einen Ton, den ich nicht begreife. Irgendetwas passt nicht. Vor mir sitzt ein Anleger, dessen Kapital sich vermindert und für den es nur Risiken gibt, der aber trotzdem alles andere als besorgt wirkt. Darüber kann ich jetzt nicht nachdenken, ich habe Grund zur Sorge ...

«Was die mittlere Führungsebene betrifft, das werde ich mir mal näher ansehen», sagt er.

«Was heißt das?»

«Du sagst, dass du keine 50 000 hast. Wie willst du sie denn bezahlen?»

«Gar nicht.»

«Und dann?»

«Er wird die Fotos dir und ...» Fast ist mir Lauras Name rausgerutscht, aber der gehört ganz sicher nicht hierher.

«In gewisser Weise hast du sie ja nun schon gesehen. Es gibt also keine Basis mehr für eine Erpressung.»

«Hm. Das werde ich ihm ausrichten.»

Das überrascht mich. Sollte alles so einfach gewesen sein? Dann dämmert mir eine Erkenntnis. «Und was kommt dann?», frage ich.

«Es kommt, wie es kommen muss», sagt der Große. «Der Stärkere wird überleben. Das hast du doch heute gelernt. Man muss immer die ganze Zimtschnecke essen.»

Der Große bietet mir keine Mitfahrgelegenheit an. Ich frage auch nicht danach. Ich laufe eineinhalb Kilometer über Kies, dann noch einmal genauso weit auf einem holprigen Fahrradweg, entlang einer Landstraße.

Der Nachmittag wird langsam zum Abend, die Bäume verwachsen mit dem Himmel. Mein Telefon habe ich bewusst nicht mitgenommen. Jetzt fühlt es sich merkwürdig an. Als sei meine Verbindung zur Welt gekappt worden. Letztlich kommt mir das nicht ungelegen, denn ich muss nachdenken. Während ich im Bus nach Helsinki sitze, die dunklen Wälder und die helleren Vororte betrachtend, begreife ich, dass es eigentlich weniger ums Nachdenken geht und mehr um reine Mathematik. Ich muss mal wieder, in aller Ruhe, einiges durchrechnen.

22

Laura arbeitet an der vierten Wand, an der Ostseite des Parks. Sie bewegt sich wie eine Boxerin, geht auf Abstand, nähert sich an, als würde sie eine Serie von Hieben vorbereiten. Kinder schreien. Der Farbgeruch vermengt sich mit dem Duft des Hackbratens, der aus dem Café im *Krummen Kuchen* kommt.

Ich habe einige Zeit mit der Planung verbracht. Wie gehe ich die Sache mit Eidechse an? Wann endlich steht mir für diesen ganzen Schlamassel eine schlüssige Gleichung zur Verfügung? Bislang kann davon keine Rede sein. Immerhin eines ist sicher. Ich weiß, dass Eidechse hinter mir her ist. Er wartet auf eine günstige Gelegenheit. Auch wenn ich ihn nicht sehen kann, weiß ich, dass er da ist.

Alles schreitet voran wie im Zeitraffer.

Die Zeit verrinnt.

Anders kann sie gar nicht. Der Weg hat nur eine Richtung. Ich habe mal eine Definition von Zeit gehört – das unwiderrufliche Fortschreiten von Existenz und Ereignissen aus der Vergangenheit über die Gegenwart hin zur Zukunft –, wobei mir besonders das Wort *unwiderruflich* aufgefallen ist. Allein deshalb sollte man die Zeit immer mit einem Warndreieck versehen.

Ich verrenne mich immer öfter in solchen Gedanken. Ich rechne und rechne, aber gefühlt vergeblich. Ich stelle mit Erstaunen fest, dass sich Berechnungen als problematisch erweisen. Oder wenn nicht als problematisch, dann zumindest als langsam, lückenhaft, zäh. Das ist neu für mich und fremd.

Ich stehe hinter Laura und weiß nicht, warum ich kein Wort rausbringe. Sie ist beschäftigt mit der Lempicka.

«Hallo», sage ich schließlich.

Sie dreht sich schnell um, scheint überrascht zu sein. Ich mache, was ich auch zuvor schon gemacht habe, beuge mich vor, will sie umarmen, einen Kuss geben. Aber Laura bleibt auf Abstand. Der Kuss gerät zu einem tollpatschig misslingenden Versuch. Eine vage Berührung ihrer Wange. Die Umarmung läuft ins Leere, ist eher eine unbeholfene mit mir selbst, die mich alles andere als erwärmt.

«Ich habe für nächste Woche eine gründliche Reinigung der Halle bestellt», sagt sie. «Die Rutsche stinkt nach ranziger Milch, im Trickschloss wurden diverse Überraschungen gefunden. Das muss alles gründlich gesäubert werden.»

Ihr Ton ist auffällig sachlich. Sie sieht hinüber zum Schloss, dann zum Berg mit der Rutsche. Mich sieht sie nicht an.

«Gut», sage ich automatisch.

«Der Donut wird auch gleich mitgereinigt», sagt sie. Sie klingt anders, wie am allerersten unserer gemeinsamen Arbeitstage. «Der klebt ein wenig, man bleibt schon stellenweise hängen.»

«Danke», sage ich wie ferngesteuert, «dass du dich um den Park kümmerst.»

«Das ist mein Job.»

«Ja.»

Wir schweigen. Es ist, als würde ein kühles Messer durch meinen Magen fahren. Ich fühle mich haltlos, verloren. Kein besonders angenehmes Gefühl.

«Ich dachte, dass wir vielleicht heute Abend ...»

«Ich werde den ganzen Abend zu tun haben», sagt sie, wieder der Wand zugewendet. «Johanna geht mit Tuuli ins Kino, und ich muss diesen Abschnitt hier fertigbekommen.»

«Okay. Wie wäre es dann ...»

«Und morgen muss ich früh raus.»

«Dann vielleicht morgen ...»

«Da hat Tuuli Sport.»

Laura konzentriert sich auf ihre Arbeit, bewegt sich schnell und präzise, sie weiß, was sie tut. Ich stehe immer noch in ihrer Nähe, aber scheine mich von ihr zu entfernen, als ob ich ins Meer oder Weltall gesogen werde.

«Ich habe in nächster Zeit alle Hände voll zu tun», sagt sie. Sie sieht sich um, meidet aber meinen Blick. Ich sehe ihr Gesicht, ihre Lippen. Wann haben wir uns zuletzt geküsst? Sie macht sich wieder ans Malen. Hat sich schon wieder abgewendet, malt verbissen. Ich stehe einen Moment da, bilde mir ein, dass ein eisiger Wind durch die Halle weht. Mein Handy klingelt. Ich muss los. Der Aufbruch fällt mir körperlich schwer. Ich gehe trotzdem.

«Bis später dann», sage ich.

Laura dreht sich halb um, ihr Blick streift mich. «Tschüs», sagt sie hastig. Es klingt so, wie man sich vielleicht nach einem Einkauf im Supermarkt an der Kasse verabschiedet.

Spät am Donnerstag, nachdem unser Park seine Tore geschlossen hat, drehe ich eine Runde und sehe mir die Gemälde an, an denen Laura gearbeitet hat. Ich bin allein. Die Farbe riecht frisch, und in meinem Zwerchfell ist ein seltsames Stechen. Erst denke ich, dass es eine Reaktion auf den Farbgeruch ist, aber das ist Unsinn. Die Wände sehen toll aus, aber während ich sie betrachte, schleicht sich eine neue Unsicherheit an, sie nagt an mir, immer stärker, mit den kalten Zähnchen einer Ratte. Ich lasse meinen Blick noch für einen Moment auf die Wand gerichtet, aber dann muss ich los. Ich schließe die Tür ab und gehe zur Bushaltestelle.

Ich bin so spät unterwegs, dass die Buslinie, die ich normalerweise nehme, nicht mehr fährt. Also laufe ich einen Kilometer zur nächsten Haltestelle. Die Straßen sind komplett leer. Es ist spät, und in dieser Gegend schließen die letzten Geschäfte auch schon um 22 Uhr. Das war vor einer Stunde. Auch der Fahrradweg ist in beide Richtungen verwaist, ein schmaler Streifen Land liegt zwischen der Straße und dem Weg. Es ist so still und öde, dass man einfach mitten auf der Fahrbahn laufen könnte.

Es ist nicht so, dass ich dann schneller vorankommen würde. Und es wäre zu später Stunde ein riskantes, unverantwortliches Verhalten. Mit anderen Worten, es macht keinen Sinn. Aber solche Gedanken fliegen mir in letzter Zeit zu wie Vögel, die mir im Kopf herumschwirren. Sie sind plötzlich da, ein-, zweimal ihre Flügel schlagend, und verschwinden wieder.

In der Ferne ist das Rauschen der Autobahn zu hören. Im Industriegebiet parkt ein Lastwagen rückwärts ein. Dann herrscht wieder Stille. Kühle Nacht. Mir geht es nicht besonders gut, irgendwie habe ich das Gefühl, einen Fehler gemacht zu haben. Sicherlich habe ich in den vergangenen Wochen einige Fehler begangen, aber die kann ich alle benennen.

Der Fahrradweg neigt sich ein wenig, vor mir tut sich eine Baustelle auf. Auf Höhe des Weges wird eine Kreuzung mit einer Unterführung gebaut. Ich sehe haufenweise Erde und mit Wasser befüllte Gruben. Ich passiere eine Straßenlaterne, bin gerade mitten im Lichtkegel, als ich das Geräusch höre. Ein Motor. Ich schrecke auf, denn das Geräusch kommt nicht von der Autobahn, sondern aus einer falschen Ecke. Ich drehe mich um und sehe den Wagen, der mit hoher Geschwindigkeit auf mich zusteuert. Er fährt auf dem Fahrradweg.

Innerhalb von Sekunden kann einiges passieren.

In der Kürze der Zeit gelingt es mir nicht, alles exakt zu berechnen, aber ich weiß, dass ein tonnenschweres Auto bei einer Geschwindigkeit von einhundert km/h für einen Menschen das gleiche Risiko darstellt wie ein Hammer für eine Mücke.

Mir bleibt nur Zeit für eine einzige Bewegung.

Ich werfe mich nach rechts, auf einen Wall, er ist Teil der Baustelle. Ich liege auf einem 40 Zentimeter hohen, 40 Grad geneigten Gefälle. Das müsste reichen. Der Wagen folgt mir zu dem Wall, der Motor heult auf, die Vorderreifen fressen sich in die kleine Anhöhe hinein, lösen sich vom Boden. Ich drücke mich gegen die Erde, möchte mich darin vergraben. Einer der Reifen erfasst meinen Rücken, als das Auto über mich hinwegfährt, es fühlt sich an, als sei mein Rückgrat gebrochen, meine Haut abgeschält. Es klingt, als würde ein Düsenjäger über mich hinwegfliegen, und das ist das Beste daran. Der Wagen ist über mir.

Als das Auto mich hinter sich gelassen hat, drehe ich mich um. Der Wagen ist in Schieflage geraten, Geschwindigkeit, Gewicht und Neigung passen nicht zusammen. Der Wagen kippt, überschlägt sich und gleitet, auf dem Dach liegend, voran. In schwindelerregendem Tempo, er scheint sogar schneller zu werden, wie ein großer sonderbarer Schlitten. Er steuert auf die Baustelle zu, kommt dort mit so einer Wucht und Präzision zum Stehen, als hätte er die ganze Zeit darauf abgezielt.

Die Grube ist wie gemacht für das Auto. Der Fahrgastraum ist in der Grube verschwunden, und das Auto wirkt wie von einem großen Magneten gehalten. Ich richte mich mühsam auf, versuche zu begreifen, was ich sehe. Der Motor des Wagens ist still, die Lichter sind erloschen. Alles ist so wie vorher. Abgesehen davon, dass etwa fünfzig Meter entfernt ein Auto auf dem Dach liegt, zur Hälfte vergraben. In meinem Rücken pocht ein brennender Schmerz. Mein Herz schlägt so schnell und heftig, dass ich mich zum Atmen zwingen muss. Für eine Weile stehe ich einfach nur da. Ich bin am Leben, die Gefahr scheint vorüber zu sein. Ich betrachte den Wagen, unfähig, den Anblick zu verarbeiten.

Dann renne ich zum Auto, ganz intuitiv. Meine Beine bewegen sich wie von selbst, sie sind steif vom Adrenalin. Je näher ich dem Wagen komme, desto deutlicher sehe ich das Loch, in dem der Innenraum des Fahrzeugs verborgen ist. An den Seiten sind nur wenige Zentimeter Raum. Ich erreiche den Rand des Lochs, sehe hinab. Da ist etwas unter der Wasseroberfläche. Erst kann ich es nicht zuordnen, aber dann wird mir klar, dass es eine ausgestreckte Hand ist, sie ragt aus einer Trainingsjacke hervor, die Trainingsjacke hat drei Streifen, die fuchtelnde Hand ist zur Faust geballt.

Es ist AK auf dem Fahrersitz.

Die Tür lässt sich nicht öffnen. Da ist nicht genug Platz, Wasser hat das Wageninnere geflutet. AK steckt fest, er ist eingeklemmt zwischen dem Airbag und dem Sitz, es gelingt ihm nicht, den Sicherheitsgurt zu lösen. Er gestikuliert wild, vermutlich seit einer Weile.

Dann verschwindet die wedelnde Faust, irgendwo in der Grube, die Straßenbeleuchtung erreicht sie nicht mehr. Ich umkreise den Wagen, kann keinen Beifahrer entdecken. Da ist nur AK, allein in dem BMW. Ich blicke mich um. Niemand ist da, kein Mensch, die Straßen wie leergefegt. Das Einzige, was ich sehe, ist eine Bremsspur, die vom Fahrradweg bis zur Baustelle reicht, bis zur Grube, in der sozusagen kopfüber der BMW liegt.

Mein Rücken schmerzt höllisch. Ich muss mich hinlegen. Oder

bewegen. Ich denke kurz darüber nach. Ich kann keinen vernünftigen Grund dafür finden, warum ich mich hier neben diesem Erdloch hinlegen sollte. Es würde niemandem weiterhelfen, weder mir noch irgendjemandem noch AK.

Ich atme einige Male tief ein, dann mache ich mich auf den Weg.

23

Jemand hat sich das Bein gebrochen.»

Esas Gesicht ist schmerzverzerrt, so als sei er derjenige, der sich das Bein gebrochen hat. Er ist aber gerannt, außer Atem.

Ich halte eine der Treppenstufen des Trickschlosses in meiner Hand, die sich gelöst hat. Ich wollte das eigentlich reparieren, aber jetzt lege ich das Teil ab und folge ihm in die Halle. Ich bin erst kürzlich, mit Verspätung, zur Arbeit gekommen, habe wenig geschlafen.

Der unruhige Schlaf war durchdrungen von Albträumen mit Untoten, die aus Wassergruben stiegen und mich mit deutschen Autos in die Enge trieben. Mein Rücken schmerzt bei jedem Schritt. Höllisch. Als würde jemand eine Keule hineinrammen. Dennoch habe ich mir vorgenommen, mich heute körperlicher Arbeit zu widmen, aus zwei Gründen. Erstens könnte es mir dabei gelingen, meine Gedanken zu sortieren, zweitens vertritt unser Werkmeister Kristian heute wieder mal Venla an der Kasse. Deshalb hätte er gar nicht die Zeit, die Trittfläche zu reparieren.

«Was ist passiert?», frage ich Esa, als wir am Ort des Geschehens ankommen.

«Also, der Kleine ist die Wand bei der Hornkanone hochgeklettert und runtergefallen. Er wollte wohl die Gegner außer Gefecht setzen, aber ihm hat die Rückendeckung gefehlt.»

«Aha. Hast du einen Rettungswagen gerufen?»

«Ja», sagt Esa. «Ich habe denen aber gesagt, dass es nicht eilt.»

Ich meine mich verhört zu haben. Die Halle ist angefüllt von schreienden, tobenden Kindern, die jetzt, früh am Morgen, noch frisch bei Kräften sind.

«Was?»

Esa wiederholt, was er eben gesagt hat.

«Warum denn das, um Himmels willen?»

«Na ja, ich habe ihn schon verbunden. Auch der Vater und die Mutter haben Erste Hilfe geleistet.»

Wir biegen am Bananenspiegel scharf links ab und erreichen den Aufenthaltsbereich, in dem die Erwachsenen auf ihre Kinder warten. In der Sitzecke liegt ein Junge auf einem der Sofas. Er scheint trotz allem guter Dinge zu sein, auch wenn ihm der Schock ins Gesicht geschrieben steht und er offenbar geweint hat. Vater und Mutter hingegen ...

«Wer ist hierfür verantwortlich?!», brüllt der Vater. Er erhebt sich aus seinem Sessel und macht ein paar Schritte auf uns zu. Er ist in meinem Alter, trägt seine kurzen dunklen Haare akkurat nach rechts gescheitelt. Auf seinem dunkelblauen Pullover prangt die Silhouette eines Golfspielers. Die Mutter des Jungen hat lange blonde Haare, trägt einen weißen Rollkragenpullover, auf dem derselbe Golfspieler abgebildet ist. Ihr Gesicht und ihre Augen sind gerötet, sie ist in heller Aufregung.

«Verantwortlich wofür?», frage ich.

«Für das Bein von unserem Julius», entgegnet der Vater. Er deutet auf seinen Sohn.

Esa hat gute Arbeit geleistet, das ist augenscheinlich. Der Verband wurde professionell angelegt, sehr effektiv, mit einem langen Teil aus der Hornkanone als Schiene.

«Wenn Julius minderjährig ist, sind Sie als Eltern für ihn und sein Bein verantwortlich, solange er hier im Park spielt.»

Der Vater schüttelt den Kopf, als hätte er gerade die unfassbarste Behauptung aller Zeiten gehört. «Ich will den Leiter des Abenteuerparks sprechen», sagt er.

«Das bin ich.»

«Dann will ich, dass die Polizei verständigt wird.»

«Die Polizei ist eben gegangen», sagt Esa, bevor ich dazu komme zu antworten.

Ich drehe mich um. «Wie bitte?», fragen der Vater des Jungen und ich gleichzeitig.

«Dieser Kommissar, der schon mal da war, um mit dir zu reden», sagt Esa. Ich muss ihn am Weiterreden hindern. Osmala. Er ist heute schon wieder da gewesen? Er weiß sicher schon von dem Mann, der in der Baustellengrube ertrunken ist.

«Danke für deinen Einsatz, Esa», sage ich und wende mich wieder an die Eltern des kleinen Julius. «Das Wichtigste ist doch, dass mit Julius alles in Ordnung ist.»

«Aber es ist nicht in Ordnung», schreit die Mutter.

«Es ist nur ein Knochenbruch», sage ich.

«Wie können Sie das nur sagen?», fragt die Mutter.

«Es ist ein Fakt», sage ich. «Er schwebt nicht in Lebensgefahr.»

«Lebensgefahr», brüllt der Vater. «Sind Sie wahnsinnig? Wollen Sie sagen, Julius hätte sterben können?»

«Julius, Sie, ich, wir alle», sage ich und spreche aus kürzlich gewonnenen Erfahrungen und auch aus meinen Erfahrungen als Versicherungsmathematiker.

«Wer auch immer ... wir alle können jederzeit zu Tode kommen. Manchmal ist das wahrscheinlicher als an anderen Tagen. Tatsache ist, dass es immer und überall geschehen kann.»

Als ich den Satz vollendet habe, nehme ich drei Dinge gleichzeitig wahr. Obwohl ich in jeder Weise recht habe, hätte ich womöglich besser darauf verzichten sollen, die Worte auszusprechen. Zum Zweiten sehe ich, dass der Vater zittert, drittens beobachte ich eine schnell dunkler werdende Rötung im Gesicht der Mutter. Esa richtet den Verband am Bein des Jungen. Wo ist eigentlich der Krankenwagen? Für eine Weile herrscht Schweigen, dann fliegen die Fetzen.

«Dieses Schwein will, dass unser Julius hier in diesem Park stirbt!», schreit er. «Ich werde Sie und diesen ganzen Park verklagen. Ich rufe umgehend meinen Anwalt an.»

Der Vater fischt sein Handy aus der Tasche, zögert. Die Mutter kniet inzwischen bei Julius, streicht mit einer Hand über seine Haare.

«Sollte er ein Trauma davontragen ...»

«Es ist nur der Unterschenkel», sagt Esa.

Die Mutter bricht in Tränen aus.

«Sie werden von uns hören, Sie Betrüger», ruft der Vater.

Jetzt rege ich mich auf. Haltlose, realitätsferne Anschuldigungen.

«Ich bin kein Betrüger.»

«Was soll das?» Er zeigt Richtung Eingang. «Sie versprechen nette Spiele für die ganze Familie!»

«Da stehen auch die Regeln. Es ist untersagt, auf den Geräten zu klettern.»

«Julius braucht seine Freiheiten. Er ist frei ... wie ein Vogel», sagt die Mutter. «Julius. Mein Spatz.»

«Sie werden meinem Sohn nicht erklären, was er zu tun und zu lassen hat», poltert der Vater. Er baut sich vor mir auf.

«Offenbar muss ich genau das tun», sage ich. «Die Regeln hier gelten für alle. Das ist eine Eigenschaft von Regeln, dass sie für alle gelten. Sonst würde Anarchie herrschen. Das ist nachgewiesenermaßen eine schlechte Idee.»

Der Vater will etwas entgegnen, hebt seine rechte Hand, als plötzlich die Sanitäter auf der Bildfläche erscheinen, ganz in Weiß. Sie eilen direkt zu Julius, gehen vor ihm in die Hocke. Sie agieren schnell und konzentriert und sind die Ruhe selbst.

Nach einer Weile bringen sie Julius auf einer Trage raus, und er wirkt ganz zufrieden und zuversichtlich. Seine Eltern flankieren die Trage und reden jetzt nicht mehr auf mich, sondern auf die Sanitäter ein. So wie ich die Wortfetzen deute, die an mein Ohr dringen, geben sie ihnen Tipps und erklären ihnen, was sie alles falsch machen.

Esa kehrt in seinen Kontrollraum zurück. Ich beschließe, die Reparatur im Trickschloss erst mal aufzuschieben. Mich beschäftigt, was Esa gesagt hat. Osmala. Er ist hier gewesen. Ich weiß nicht, was ich davon halten soll. Ich könnte immerhin herausfinden, ob er den Park inzwischen verlassen hat. Ob sein Wagen noch auf dem Parkplatz steht? Ich laufe durch die Halle, passiere den Infostand, an dem Kristian gerade telefoniert, und trete ins Freie. Ich gehe weiter, zum Parkplatz, der unter einem kalten, tiefblauen Himmel liegt. Ich lasse meinen Blick über das Gelände schweifen und kann den alten, trist-grünen Seat des Polizisten nirgends entdecken. Der Spätherbst kriecht unter mein Hemd, unter meine Krawatte. Der Wind fegt über die Reifenspur, die meinen Rücken ziert. Ich sehe mich noch mal in Ruhe um, bevor ich mich abwende und wieder reingehe.

Kristian beendet sein Gespräch, als ich mich dem Service-Point nähere. Er lächelt. Der Kragen seines hellblauen Hemdes lässt mich an eine Kontinentalplatte denken. Groß, steif, robust. Seine Haare hat er mit Gel ein wenig hochgestellt.

«Einen phantastischen Tag wünsche ich dir», sagt er.

«Hallo», sage ich. Mir fällt für diesen Tag kein lobendes Adjektiv ein. «Gehe ich recht in der Annahme, dass Venla nicht zur Arbeit erschienen ist?»

Keine Ahnung, warum ich mich jetzt danach erkundige. Vielleicht geht es mir schon mehr um die Lösung eines Mysteriums als um Führungsfragen. Kristian scheint wenig überrascht zu sein.

«Du solltest dich auf den Verkauf fokussieren», sagt er. «Was du verkaufst, ist nicht etwa ein Milchshake oder ein Staubsauger, nein, das bist du selbst. Ob es gelingt, das entscheidet dein *state of mind.*»

Er lächelt schon wieder. Oder immer noch. Ich brauche noch einen Moment, bis ich endlich begreife, was hier passiert ist. Ich habe ein Monster geschaffen. Kristian ist meinem Rat gefolgt, hat Kurse besucht, hat sich weitergebildet. Er wähnt sich auf dem Weg zum Geschäftsführer.

«Über das eine oder andere habe ich mir Gedanken gemacht», sagt er, bevor ich dazwischengehen kann. «Sollten wir nicht diese Kreditsache mehr pushen? Als Geschäftsführer wäre da mein Motto: Immer ABC. Always be closing. Bleib hartnäckig. Oder MIG, mache immer Geschäfte. Ja, also pushen ...»

Er deutet auf das kleine, dreieckige Schild, das am Rand der Servicetheke steht. Unsere Empfehlung, zu günstigen Konditionen einen Kredit abzuschließen. Ich nehme das Teil und verstaue es hinter der Theke.

«Wir pushen jetzt erst mal gar nichts», sage ich. Die Aussage gerät etwas zu streng, fast spöttisch nutze ich den englischen Begriff. Vielleicht kann ich mildernde Umstände geltend machen. Ich bin überfahren worden. In letzter Zeit sogar diverse Male, buchstäblich und im übertragenen Sinn.

«Kristian», sage ich, jetzt wieder ruhiger. Ich habe keine Wahl, ich muss den Perttilä in mir aufspüren, am besten sofort. «Die Reise ... unsere Reise zu einem wirklich fokussierten Erfolg, zum allumfänglichen Gelingen steht im unmittelbaren Zusammenhang zur Freude am Team. Das Team stärkt das Individuum, auf einer geistigen wie auch physischen Ebene. Körper und Seele. Die Lösung verbirgt sich gerne in den emotionalen Prozessen, im Transfer, in der Interaktion, dann, wenn sie die höchste Dichte, eine gewisse Default-Dynamik erreicht. Ich schätze dich so ein, dass du wachsen wirst, sowohl in der Wahrnehmung des großen Ganzen als auch in der Umsetzung, die nur im Kollektiv ihre Erfüllung finden wird. Kontrolle, Ressourcenbeherrschung beginnt möglich zu erscheinen. Lernprozesse, Relevanz, die direkten Wege, die Verbindungslinien, linear psychologisch wie auch emotional ausgewogen, du verstehst.»

Ich suche seine Augen, werde nicht weichen. Nach einer Weile senkt er seinen Blick, sucht etwas mit den Händen, tastet die Theke ab. Dann nähern sich endlich neue Besucher, Kristian heißt sie willkommen.

24

Auf dem Weg ins Büro denke ich über die Begegnung mit Kristian nach, darüber, was sie bedeutet. Das weiß ich.

Ich verzögere und verschiebe alles. Das ist nicht gut, denn in der Mathematik ist zwar zuweilen von der Unendlichkeit die Rede, aber in unserer Welt, der Realität, in der wir leben, hat alles seine Grenzen. Einen Punkt, an dem alles einstürzt. Und ich habe das Gefühl, dass ich mich diesem Punkt langsam annähere. Ein unangenehmes Gefühl, denn ich kann es nicht exakt benennen. Vom Hasenohr bis zu den Krediten ist alles gespannt wie eine Geigensaite, ich kann mir keine Risse an den Rändern leisten.

Ich bleibe an der Tür stehen. Ich weiß nicht, warum. Alles ist so, wie ich es gestern zurückgelassen habe. Ich habe nach Juhanis Tod aufgeräumt, Ordnung geschaffen. Jeder Papierstapel hat seinen Platz. Trotzdem, irgendwas ist anders. Irgendetwas ist verstellt und vielleicht wieder zurückgestellt worden. So etwas ist mir schon immer aufgefallen. Sobald man in einer Gleichung nur eine Ziffer, ein Zeichen abändert, ist das Endergebnis ein ganz anderes.

Da ich auch nach ein, zwei Minuten nicht benennen kann, worin die Veränderung besteht, gehe ich langsam zu meinem Schreibtisch und setze mich.

Wenige Sekunden später fühle ich mich, als würde ich nie wieder aufstehen.

Ich denke nicht, dass es nur Müdigkeit ist. Vielleicht ist die Last, die ich trage, der Schlitten, den ich ziehe, einfach zu schwer geworden. Die Schulden, meine Versuche, sie zu begleichen, der Tote in der Truhe, der versuchte Mord an mir, noch ein Toter im Wagen in der Baugrube und die zunehmende Ungewissheit in allen erdenklichen Bereichen ... vielleicht ist das alles zu viel. Ich bin Versicherungsmathematiker. Als solcher habe ich gelernt, daran zu glauben, dass die Dinge vorhersehbar, plausibel, vernünftig betrachtet werden können. Andererseits bin ich ein zum Tode verurteilter Versicherungsmathematiker mit Reifenspuren auf dem Rücken. Klar ist, dass Eidechse AK geschickt hat.

AK wandelt inzwischen auf anderen Fahrradwegen, und Eidechses Wunsch hat sich noch nicht erfüllt. Er muss irgendwo in der Nähe sein. Gut möglich, dass er mich jetzt, in diesem Moment, beobachtet. Und ich habe keine Idee. Keine Ahnung, was ich tun soll. Die Einschätzung des Großen habe ich in Erinnerung. *Der Stärkere wird überleben.* Momentan komme ich mir nicht besonders stark vor.

Aber da wäre etwas, das mir Kraft schenken könnte. Jemand.

Laura.

Vielleicht habe ich in den vergangenen Tagen irgendwas falsch interpretiert. Vielleicht wollte sie sich einfach auf ihre Arbeit konzentrieren. Könnte sein, dass sie ihre Arbeit einfach so gut machen will wie irgend möglich. Das wäre verständlich, das kenne ich selbst. Auch ich hätte keine Lust auf einen minutenlangen Zungenkuss, wenn ich gerade mit einer komplexen Rechnung befasst wäre. Danach schon, vorausgesetzt, es wäre die richtige Person und einvernehmlich.

Unsere gemeinsame Nacht spüre ich oft auf meiner Haut. Wenn die Erinnerungen mich überraschen, sind sie erstaunlich konkret, fast physische, greifbare Bilder. Je weniger ich Laura sehe, desto mehr denke ich an sie. Das ist unlogisch. Sie hat einiges gesagt, was bislang niemand über mich gesagt hat. Ich habe auch früher schon die Neigung gehabt, Gespräche wie auf Band abzuspeichern. Aber jetzt spule ich sie vor und zurück, nicht um mich der Tatsachen zu vergewissern, sondern um das zu hören, was zwischen den Zeilen ist. Zärtlichkeit, Wärme und vor allem, dass sie sieht, wie ich bin, und dass ihr tatsächlich gefällt, was sie sieht.

Vielleicht ist Laura einfach nur beschäftigt. Sie muss mehrere Wände bemalen und sich um ihre Tochter kümmern. Wenn die Wände fertig sind, wird sicher die Zeit kommen, in der wir ... ich versuche, die Gedanken zu verscheuchen. Woher kommen sie? Ich male mir aus, wie Laura und ich im selben IKEA-Bett erwachen. Obwohl wir über so etwas, solche Pläne, nie gesprochen haben. Ich stelle mir vor, dass wir eine gemeinsame Wohnung beziehen, natürlich eine mit günstigem Quadratmeterpreis. Und dann verreisen wir «last minute» an einen Ort, an dem die Sonne karge Felsen beleuchtet, mit einem Meer, das kobaltblau schimmert. In einer anderen Vorstellung laufen wir Hand in Hand im frischen Herbstmorgen von der Bushaltestelle zum Abenteuerpark.

Aber jetzt ist jetzt, auch jetzt ist Vormittag, ich bin im Büro.

Schopenhauer hat mich am frühen Morgen geweckt. Er hat, auf seine bewährte Art, die Hinterbeine von sich gestreckt, seinen Rücken gedehnt und zu einem Buckel geformt, dann hat er sich vorgebeugt, aufgerichtet und die Beinchen ausgeschüttelt. Dann hat er wie immer unser Gespräch eröffnet. Mir ging durch den Kopf, dass er der Gleiche geblieben ist, während ich mich verändert habe. Um das zu erkennen, muss ich mir nur die Ereignisse der jüngsten Zeit vor Augen führen. Mein Leben hat sich verändert. Es scheint eine unumkehrbare Veränderung zu sein. Vielleicht. Sicher bin ich nicht. Schopenhauer folgt jedenfalls seinen alten Gewohnheiten. Ich habe ihm meine Gedanken verschwiegen, habe ihn gestreichelt und gesagt, dass ich ihn gut verstehen könne. Und ich dachte, dass es manchmal die Routinen sind, die einem zeigen, wie viel sich verändert hat.

Ich korrigiere meine Haltung im Stuhl, sehe auf die Uhr und treffe eine Entscheidung. Ich werde heute mit Laura sprechen.

Immerhin ist es denkbar, dass sie meine Gefühle erwidert. Es herrscht genug Chaos, ein wenig Klarheit zwischendurch kann nicht schaden. Klarheit, wie sie nur ein durch Akribie errungenes Rechenergebnis liefern kann. Ein Schiff kann ohne Anker sein oder aber einen stabilen besitzen. Und was ist besser, sobald ein Sturm aufzieht?

Ich fahre den PC hoch und denke darüber nach, einen zweiten, frischen Blick auf das Zimmer zu werfen, als ich Geräusche und Bewegungen auf dem Gang vernehme. Samppa steht auf der Schwelle zu meinem Büro.

«Hallöchen», sagt er.

«Hallo», entgegne ich. Meiner Stimme ist deutlich anzuhören, dass ich überrascht bin, ihn zu sehen. Samppa hat bislang wenig Interesse daran gehabt, mit mir ins Gespräch zu kommen. Ich habe mir das so erklärt, dass er mit seiner Ausbildung zum Erzieher und seinem jugendlichen Schwung vermutlich zu einer gewissen Selbständigkeit in der Lage ist, was man nicht von allen Mitarbeiterinnen behaupten kann. Er sieht sich um, betrachtet den leeren Gang, sein silberner Ohrring blitzt auf im Sonnenlicht, er wendet sich wieder mir zu.

«Hättest du fünf?», fragt er.

«Äh ... ja, sicher», sage ich, nachdem ich begriffen habe, was er meint. Fünf Minuten. «Setz dich doch.»

Samppa nimmt Platz, nestelt an seinen Armbändern herum. Auf seinen Armen tanzen bunte Figuren, die er in die Haut tätowiert hat: Micky Maus, eine Art Engel, offenbar ein Wikinger. Sein Namensschild schmücken Herzchen, ich zähle insgesamt sechs davon. Er ist zum ersten Mal in mein Büro gekommen, es ist sogar das erste Mal, dass wir unter uns sind. Ich warte, bis er die Bänder und Ketten an seinen Handgelenken sortiert hat und bereit ist, mir sein Anliegen vorzutragen. Aber es kommt nichts. Er sitzt nur da und sieht mir in die Augen.

«Ist alles gut?», fragt er schließlich.

Das überrascht mich in der Tat.

«Was meinst du?»

«Du siehst irgendwie ... gestresst aus», sagt er, zieht ein wenig die Schultern nach oben. «Aber das ist vielleicht verständlich ... der Tod ... zeigt uns, wie zerbrechlich alles ist.»

«Der Tod», frage ich und wundere mich, woher er von der Baugrube und dem Autounfall wissen könnte.

«Der Tod deines Bruders.»

«Ah, ja.» Ich hoffe, dass ich nicht klinge wie ein Mann, der den Tod seines Bruders als Nebensache abtut. «Natürlich. Es ist ... eine zermürbende Zeit gewesen.»

«Auch deshalb wollte ich warten», sagt Samppa.

«Auf was wolltest du warten?»

«Ich wollte Rücksicht auf deinen schweren Verlust und deine neue Aufgabe nehmen, du musst dich ja in diese neue Verantwortung erst mal reinfinden. Ich bin sowieso nicht der Typ, der bei jeder Gelegenheit die Ellbogen ausfährt oder sich sofort anbiedert. Ich glaube eher an stille Einflussnahme.»

Pause. Das gibt mir Zeit zu überlegen, was ich von Samppas stiller Einflussnahme wissen könnte. Sehr wenig. Ich war in jedem Fall erleichtert darüber, dass er den Kinderclub und die Spielecke und andere Aktivitäten übernommen hat, ohne das groß mit mir zu besprechen. Ich habe auch – rückblickend betrachtet – automatisch angenommen, dass er der einzige der Belegschaft ist, der einfach nur das macht, wofür er bezahlt wird. Ich weiß nicht, wie es ist, ein Unternehmen mit Tausenden Angestellten zu führen, wenn jeder etwas anderes machen will als das, was er tun sollte. Aber ganz sicher weiß ich, dass schon die Leitung eines kleinen Unternehmens wie diesem eine echte Herausforderung darstellt, vergleichbar mit schweren mathematischen Gleichungen.

Ich habe nicht vor, seine Pause zu beenden, vielleicht merkt er das.

«Mir ist aufgefallen, dass viele hier bei uns in letzter Zeit neue Chancen bekommen haben», sagt er.

«Das ist sicher eine gute Sache. Das stärkt das Selbstbewusstsein, wenn man etwas dazulernt. Man wird dann mutiger, traut sich an neue Sachen heran. Es entsteht eine Aufwärtsspirale. Man kann das gut beobachten bei Kindern. Und auch bei Erwachsenen. Esa redet inzwischen auch mal über andere Sachen als über die Marine, Kristian nimmt an Fortbildungen teil, Laura malt, Johanna probiert neue Rezepte aus. Ich habe das alles beobachtet. Das ist gute Mitarbeiterführung. Du hast frischen Wind hier reingebracht. Alle haben etwas bekommen, das sie weiterbringt.»

Er hält kurz inne.

«Fast alle», sagt er dann.

Frischen Wind. Mir ist gar nicht bewusst gewesen, dass sich Esa und Johanna in einer Aufwärtsspirale befinden, aber ich begreife, was Samppa mir sagen möchte. Er will irgendwas. Natürlich. Jeder scheint etwas anderes zu wollen als das, was er schon hat.

«Woran denkst du?», frage ich.

Es scheint, als würde er zwischen etwas abwägen. Mit den Fingern seiner rechten Hand betastet er die Bändchen am linken Handgelenk.

«Einen Kindertag. Hier im Park.»

Ich sehe ihn an. «Kindertag?»

«Ja. So soll es heißen. Vielleicht auch Kinderwoche. Aber wir können mit einem Tag anfangen.»

«Ist das nicht die Idee hinter dem Park? Dass jeder Tag hier ein Kindertag ist?»

Samppa schüttelt den Kopf. «Reversion, Immersion.» Er schweigt schon wieder.

«Das verstehe ich nicht», sage ich ganz unschuldig.

«Das erfordert Mut.»

«Aha.»

«Du machst dir vielleicht wenig Gedanken über diese Dinge, wenn du deine langen Tage hinter dem Schreibtisch verbringst. Auf deinem Chefsessel, von allen wertgeschätzt.»

Ich sage nichts.

«Also ... Für einen Tag, lieber eine Woche, sind die Kinder die Erwachsenen und die Erwachsenen die Kinder. Rollentausch. Reversion. In eine andere Rolle hineintreten, Immersion. Die Kinder haben das Kommando, sie animieren zum Spielen, backen, passen auf, bemalen die Wände, während die Erwachsenen spielen.»

Ich schweige.

«Stell dir vor», sagt Samppa. «Ein Kind sitzt da auf deinem Chefsessel und ist Geschäftsführer. Einen Tag lang oder eine Woche.»

Ich befolge Samppas Rat und stelle es mir vor. Ich stelle mir ein Kind vor, das Besuch von Eidechse bekommt, in einer Tiefkühltruhe einen Toten findet, ein Kind, das beim großen Mann Schulden hat.

«Wie du sicher merkst, beginnt die Idee sofort, in Gedanken zu wachsen. Oder?», sagt Samppa.

«Das ist wahr.»

Samppa rutscht unruhig auf seinem Stuhl hin und her, er sitzt jetzt aufrecht, seine Finger, die mit den Bändern und Kettchen spielen, bewegen sich immer schneller.

«Also, von mir aus können wir das ganz schnell umsetzen, ich habe schon etwas Material entwickelt, sowohl für die Kinder wie auch für die Erwachsenen. Denen fällt es manchmal erstaunlich schwer, sich auf das Spielen einzulassen. Sie haben die Fähigkeit zu spielen verloren. Zum Teil natürlich, weil sie begonnen haben, sich zu fürchten ...»

«Nein», sage ich.

«Äh ... was?»

«Nein», wiederhole ich. Ich halte inne, kann ihm schlecht erzählen, was in unserem Park zurzeit vor sich geht, hinter den Kulissen.

«Es wird keinen Kindertag geben», sage ich. «Zumindest vorläufig nicht.» Ich bemühe mich darum, möglichst versöhnlich zu klingen.

Ich sehe die plötzliche Veränderung in Samppas Wesen. So sieht jemand aus, der mit Begeisterung gegen eine Wand gerannt ist. Sein Gesicht wird rot, in seinen Augen ist ein wütendes Glimmen.

«Warum nicht?»

«Es ist zurzeit einfach nicht möglich.»

Er starrt mich an. Als hätte ich ihn gerade persönlich beleidigt. Vermutlich stimmt das sogar.

«Aber die Wände bemalen ... das ist also möglich?»

«Was hat denn das damit zu tun?»

«Du hast Angst vor einem Kindertag, aber keine Angst vor Rendezvous mit Kriminellen?»

«Wie bitte?»

«Du fürchtest dich vorm Spielen, so wie viele Erwachsene ...»

«Also ja, ich fürchte mich davor, aber was meinst du mit Kriminellen? Waren diese Männer im Park? Sind sie auf dich zugekommen?»

Samppa blinzelt. Als müsse er das Bild von mir scharfstellen.

«Welche Männer?», fragt er. «Es geht um Laura.»

Ich weiß natürlich nicht, wie es sich anfühlt, wenn über einem ein Hochhaus einstürzt, aber für einen Moment ahne ich, wie es sich eine halbe Sekunde vor dem Einsturz anfühlt. Ich versuche, meine Gesichtszüge und meine Körperhaltung unter Kontrolle zu behalten.

«Klar», sage ich.

«Ich will damit nicht sagen, dass eine Haftstrafe aus einem Menschen immer einen potenziellen Verdächtigen macht», fährt Samppa fort. Er wechselt das Handgelenk, nestelt jetzt an der anderen Seite herum. «Ich bin überzeugt davon, dass Menschen sich ändern können und jeder eine zweite Chance verdient. Deshalb bin ich hier, um über den Kindertag oder besser die Kinderwoche zu reden, denn auch da geht es ja darum ...»

«Lass uns noch kurz bei deiner Kollegin bleiben», unterbreche ich Samppa. Ich bewege mich auf dünnem Eis. Ich bin außer mir, hoffe aber, dass man es mir nicht ansehen kann. Samppa nimmt offenbar an, dass ich von der Sache weiß. Aber ich habe keine Ahnung.

«Du kannst vertraulich zu mir sprechen. Ich kann dir versichern, dass ich immer das Wohl unseres Parks im Blick habe.»

Das ist nicht die ganze Wahrheit, aber immerhin ein Teil davon. Samppa sieht mich an. Ein wenig fühle ich mich erinnert an das Duell, das ich kürzlich mit Kristian ausgetragen habe. Ein Duell im Anstarren. Auch hier gilt wieder, dass ich keine Wahl habe, ich muss das Duell gewinnen. Samppa stellt einen neuen Rekord im Schweigen auf.

«Lass uns offen miteinander reden», sagt er schließlich. «Es ist ja auch so, dass Juhani sie ohne jede Absprache eingestellt hat. Das weiß ich, denn ich hatte für die Stelle damals einen Freund vorgeschlagen, der hervorragend geeignet war, Kinder und Erwachsene in Kunstfragen zu erziehen, zudem hatte er gerade in Pädagogik promoviert. Aber wie aus dem Nichts hat Juhani Laura angestellt, eine Malerin, die gerade aus dem Gefängnis gekommen war. Okay, sie hat niemanden umgebracht, wie du weißt, aber immerhin ziemlich happige Wirtschaftsverbrechen. Wie nennt man das noch mal? Na ja, Betrug, Steuerhinterziehung, etwas in der Art. Offen gestanden weiß ich nicht, inwiefern sie dieser Hintergrund für unseren Park qualifiziert hat und wie Juhani ihre Anstellung begründet hat. Sicher, sie ist eine Künstlerin, das sehe ich jetzt, sie blüht richtig auf. Das ist inspirierend für uns alle. Deshalb bin ich gekommen, um über den Kindertag oder besser die Kinderwoche zu sprechen, weil hier ja alle ihre Wünsche und Träume ...»

«Hast du mal mit Laura über diese Angelegenheit gesprochen?» Ich muss Samppa unterbrechen, denn er monologisiert wie ein Marathonläufer, in gleichmäßigem Tempo, potenziell stundenlang. Meine Geduld reicht dafür gerade nicht aus.

«Über den Kindertag?»

«Über die Haftstrafe.»

Samppa wirkt überrascht.

«Ich habe mal diesen Mann gesehen, mit dem kühlen Blick und der kalten Stimme. Ich habe vielleicht nie einen kühleren Blick gesehen. Er hat Laura angestarrt und irgendwas gesagt. Dass es ja toll sei, dass sie aus dem Knast raus ist. Also, ich war zufällig in der Nähe, mit ein paar Kollegen. Was Laura daraufhin zu dem Mann gesagt hat, möchte ich lieber nicht wiederholen. Das war eisig. Sie hat den Mann zum Teufel gejagt. Und mir ist bei der Gelegenheit klargeworden, dass es Themen gibt, die ich mit Laura besser nicht besprechen sollte.»

«Dieser Mann.» Ich versuche, das ganz beiläufig klingen zu lassen. Am liebsten würde ich Samppa packen und rütteln, damit er mir alles sagt, was er weiß. «Wie sah der denn aus?»

«Na ja, ganz normal. Gewöhnlich», sagt er. «Oder nein, nicht ganz. Zumindest wird das nicht seiner eigenen Meinung entsprochen haben. Er hat sich ziemlich aufgeplustert. Ein Wichtigtuer.»

Wieder legt Samppa eine Pause ein. Und mir gehen die Fragen aus. Ich glaube, aus seiner Beschreibung herauslesen zu können, dass es Kimmo war, dieser eigenartige Ex-Lover. Aber ich bin nicht sicher, was ich jetzt damit anfangen soll. Außerdem ist es an der Zeit, Samppa loszuwerden. Die Wände in diesem Büro engen mich ein, es ist bedrückend, meine Kräfte schwinden. Ich ahne jetzt, woher meine Müdigkeit, meine Erschöpfung kommt, was sie zunehmen lässt. Da ist etwas, das ich nicht wusste, ein Dunkel, das mich die ganze Zeit umgeben hat, während ich mich habe blenden lassen von vereinzelten Sonnenstrahlen.

«Was den Kindertag betrifft», sage ich. «Ich verspreche dir, über den Vorschlag nachzudenken.»

«Was heißt das?»

«Das heißt, dass ich nach einem Weg suche, auf dem wir deine Idee verwirklichen können.»

Das entspricht der Wahrheit. Sollte ich meine eigenen Probleme und die des Parks lösen können, wäre ich jederzeit bereit, meinen Chefsessel einen Tag oder gar eine Woche lang an ein sechsjähriges Kind abzutreten.

Samppa lächelt, zum ersten Mal, seitdem er den Raum betreten hat.

«Wie ich schon sagte, du machst das sehr gut hier», sagt er.

«Du bist wie Midas. Alles, was du anfasst, erstrahlt in neuem Glanz.»

25

Schrille Schreie, die jedes Trommelfell auf die Probe stellen. Ich werde auf beiden Seiten von einer Horde Kinder überholt. Die Halle ist heller als zuvor. Grell, überbelichtet, entblößt und hässlich. Das Gebrüll der Kinder ist wie das Kratzen von tausend Fingernägeln auf einer Kreidetafel. Der Geruch von Würstchen, der aus dem *Krummen Kuchen* dringt, erinnert mich an Parks im Frühjahr, wenn die Schneeschmelze alles freilegt. Die Rutschen glänzen eisig. Die Krokodilbahn, die sonst in Schneckentempo vorankriecht, ist heute ein aggressiver Hochgeschwindigkeitszug. Das allgemeine Rauschen und Brummen, dieser nicht enden wollende Lärm, all das kommt mir physisch nah, wie schwere Schläge, die sich über meinen ganzen Körper verteilen, überall einschlagen.

Ich muss stehen bleiben und merke, dass das eine gute Sache ist. Laura spricht mit jemandem. Der Mann ist in meinem Alter, er gestikuliert, wirkt begeistert, deutet auf die bemalten Wände. Er scheint seinen Augen nicht glauben zu können. Das kann ich nachvollziehen. Auch mir fällt es schwer, den Anblick zu verarbeiten. Hat Laura einen Weltrekord aufgestellt? So was in der Art.

Die Wände sind fertig, und sie sind bemerkenswert.

Ich gehe ein paar Schritte zurück, bleibe auf der Brücke zwischen der Schießbude am Waldhorn und dem Riesendonut stehen. Einige Väter und Mütter lehnen hier am Geländer. Sie sehen erschöpft aus und vermitteln den Eindruck, schon bessere Tage gehabt zu haben als diesen hier in unserem Abenteuerpark. Laura und der Mann unterhalten sich lange.

Der Mann deutet immer wieder auf die Wände, dann verschränkt er zwischenzeitlich die Arme vor der Brust und lauscht aufmerksam Lauras Worten. Am Ende geben sie sich die Hand. Der Mann dreht sich einige Male um die eigene Achse, sucht etwas. Dann scheint er das Gesuchte gefunden zu haben und geht in die Richtung. Vermutlich ist er mit seinem kreischenden Kind oder seinen kreischenden Kindern hier. Es hat mir gutgetan, für eine Weile hier zu stehen, zur Ruhe zu kommen. Ich denke, dass ich wieder in Kontakt mit mir bin, dieser plötzliche Anflug von Hypersensibilität hat sich wieder gelegt. Ich kann wieder gleichmäßig atmen, höre und betrachte ganzheitlich, meine Finger haben ihren Tastsinn zurück, und die Beleuchtung in der Halle erscheint mir wieder normal.

Laura betupft mit einem weißen Stück Stoff den lila-bläulichen Rand ihrer O'Keeffe-Wand, während ich nähertrete. Sie wendet mir den Rücken zu, trägt eine schwarze Arbeitshose und ein rotes T-Shirt. Ihre wilden Haare sind offen. Vielleicht spürt sie, dass sich jemand annähert. Sie wendet sich um, als ich nur noch wenige Schritte entfernt bin. Sie ist zufrieden, stolz, aber als sie mich sieht, friert ihre Miene ein.

«Hallo», sagt sie.

«Hallo», sage ich.

Sie blickt sich um, nach links, nach rechts. Sie freut sich nicht darüber, mich zu sehen. Nicht im Geringsten.

«Die Wände sind fast fertig», sage ich. «Glückwunsch.»

«Die Feinarbeit fehlt noch. Aber danke.»

Da ist nichts mehr übrig von der Vertrautheit, die wir geteilt haben. Ganz zu schweigen von der Wärme.

«Da war wohl noch jemand, dem die Bilder sehr gefallen haben», sage ich und bin in Gedanken schon mit der Frage beschäftigt, was ich als Nächstes sagen könnte.

«Was?»

«Na, da war doch eben dieser Herr ...»

«Ach so, stimmt. Ein Journalist. Von *Helsingin Sanomat*, der Tageszeitung. Er war mit seinen Kindern hier. Ja, er fand es gut. Er will morgen mit einem Fotografen vorbeikommen und die Wände ablichten.»

«Das ist doch großartig.»

«Es kam ein wenig überraschend, das muss ich zugeben.»

Laura sucht meine Augen, ich suche ihre. Ihr Blick ist neutral, ausdrucklos. Obwohl wir uns gegenüberstehen, recht nah, scheint jede Verbindung zwischen uns gekappt worden zu sein. Schwer zu glauben, dass wir uns kürzlich in einem Regionalzug geküsst haben.

«Wolltest du irgendwas mit mir besprechen?»

Die Frage überrascht mich.

«Irgendwie», ich nicke, aber was wollte ich mit ihr besprechen? Ich suche nach Worten, finde keine. «Ich weiß nicht.»

«Da du hier bist», sagt sie, und dabei sieht sie sich wieder um, wie ein Schulkind vor dem Überqueren der Straße. «Wäre es vielleicht gut, wenn ich etwas sage.»

Das Geschrei der Kinder, die ganze Geräuschkulisse des Parks ist wie ein stürmisches Meer hinter uns. Als würde ich mit Laura im Sturm am Ufer stehen, darum bemüht, sie zu verstehen.

«Es ist nicht leicht», sagt sie und senkt den Blick auf das weiße Stück Stoff in ihren Händen. «Ich hätte das sicher schon früher erzählen sollen.»

Erleichterung durchströmt mich. Laura spricht von selbst über das, was mich in so große Unruhe versetzt hat. Das ist gut, damit erspart sie mir die Fragen, die ich nicht habe stellen wollen.

«Es ist sicher nicht leicht», sage ich, nicke ihr aufmunternd zu. «Das verstehe ich.»

Sie scheint von meinen Worten überrascht zu sein.

«Nein ... also, es ist nicht leicht. Und es ist gut zu wissen, dass du es verstehst. Wir hatten eine schöne Zeit.»

«Eine sehr schöne Zeit», sage ich.

«Also ... ich muss es dir jetzt sagen.»

«Ich höre dir zu.»

«Die Sache zwischen uns ist vorbei.»

Das ist nicht, was ich erwartet habe. Das ist etwas ganz anderes. Da ist wieder das Hochhaus, das über mir einstürzt, da ist wieder die weite Halle, unnatürlich grell ausgeleuchtet. Laura hat sich abgewendet, ich bilde mir ein, eine Träne auf ihrer Wange erkennen zu können. Wäre ich in der Lage zu sprechen, würde ich sagen, dass ich nichts verstehe. Gar nichts. Aber ich stehe nur da und sehe eine weitere Träne ihre Wange hinablaufen.

«Vorbei», sage ich.

Sie nickt. Ihre Lippen zittern, wir stehen uns schweigend gegenüber. Irgendwann bewegen wir uns gleichzeitig, sie wendet sich wieder ihrem O'Keeffe-Wandbild zu, und ich laufe los, schlage den Weg zu meinem Büro ein. Ich durchquere die Halle wie in Trance, achte halbherzig darauf, keinen unserer Besucher anzurempeln, und erreiche schließlich das Büro. Ich setze mich hinter den Schreibtisch und bleibe so sitzen, bis der Abend kommt und der Park seine Tore schließt.

Dann stehe ich auf, mache die Lichter aus und schließe ab. Ich bestelle ein Taxi zum Haupteingang. Das widerspricht meinen Prinzipien, aus mindestens zwei Gründen. Erstens ist mein persönliches monatliches Budget genau kalkuliert, es wird nach dieser Fahrt bereits nahezu erschöpft sein. Zweitens schätze ich eigentlich die Bewegung, morgens und abends. Aber es gibt auch gute Argumente für die Fahrt in dem Mercedes-Benz. Ich fühle mich unfähig zu laufen, fühle mich, als wäre etwas in mir explodiert, als wäre da ein Krater. Und nicht zu vergessen bleibt, dass mir ein rachesüchtiger Krimineller nach dem Leben trachtet.

26

An dem Tag von Juhanis Urnenbeisetzung stehe ich um kurz vor sechs auf.

Die vergangenen beiden Tage habe ich wie in einem Nebel in meiner Wohnung verbracht. In einem dichten Nebel, in dem ich kaum atmen konnte. In dieser Zeit wurde mir bewusst, dass man die meisten praktischen Dinge tatsächlich am Küchentisch, mit Laptop und Telefon erledigen kann. Zum Beispiel die Planung der Instandsetzung des Rutschberges, die sich zu einer Art Krieg der E-Mails zwischen Kristian und diversen Zulieferern und Subunternehmern entwickelt hat. Kristian nutzt dabei jede Gelegenheit, den Anschein zu erwecken, dass er Geschäftsführer sei. Er macht das eigentlich gut, agiert im Interesse des Parks. Er packt die Sache an. Und es ist nicht seine Schuld, dass ich selbst zurzeit jeder Kraft beraubt bin und keine Aussicht auf Besserung sehe.

Ich lehne mich gegen die Spüle, der Wasserkocher brummt und rauscht vor sich hin. Hinter dem Fenster geht die Dunkelheit in Dämmerung über. Es ist die Zeit, in der man Formen zu erkennen beginnt, Umrisse, von denen man nicht ganz sicher ist, ob sie wirklich zu konkreten Dingen gehören oder Produkte der Phantasie sind. Mein Laptop liegt zugeklappt auf dem Esstisch. Auf der Seite, an der ich mein Homeoffice eingerichtet habe. Er scheint Radioaktivität abzustrahlen. Etwas Feindseliges, Abstoßendes, er ist umgeben von einem Energiefeld. Diese Wahrnehmung ist an diesem Morgen besonders ausgeprägt.

Schopenhauer hat gefrühstückt, jetzt hockt er, mir den Rücken zukehrend, auf der Schwelle zum Wohnzimmer und putzt sich die Schnauze. Kräftig und akribisch streicht er mit der Pfote an seinem Kopf entlang. Vielleicht hat der andere Schopenhauer ja doch recht gehabt mit der Einschätzung, dass sich übermäßige Anstrengung letztlich nicht lohnt und dass man sich stattdessen auf das Wesentliche konzentrieren solle. So wie es mein Schopenhauer hier macht. Gelassen bleiben und einfach ablehnen, falls jemand etwas anderes als Essen, Schlafen und gelegentliches Sightseeing vom Balkon aus vorschlagen würde. Es ändert ja ohnehin alles nichts: Am Ende stehen Niederlagen, Verluste, Einsamkeit und schlussendlich der Tod.

Ich schneide mir zwei dicke Scheiben Roggenbrot ab, belege sie mit Putenwurst, gieße heißes Wasser in meine Tasse und setze mich an den Tisch. Ich schlage die Zeitung auf und sehe umgehend das Foto. Laura posiert vor einem ihrer Wandgemälde, es ist das Tove-Jansson-Bild. Ich blättere weiter und finde den Artikel, er füllt eine Doppelseite aus, mit drei Bildern.

Der Text stellt sowohl Lauras Kunst als auch sie selbst vor. Von einer Haftstrafe ist nicht die Rede. Das ist ein böser Gedanke, das muss ich zugeben. Aber manches, was mir im Moment durch den Kopf geht, ist neu und mindestens teilweise nicht zu kontrollieren. Auf dem größten der Fotos lehnt Laura an der Wand, das von Tove Jansson inspirierte Gemälde hinter ihr scheint endlos zu sein. Man könnte vermuten, dass sie erst mit ihrer Arbeit an dem Projekt begonnen hat, als wäre diese kilometerlange Wand die erste von vielen, die sie bemalt hat. Es fällt mir schwer, das Foto anzusehen, es schmerzt. Der Nebel verdichtet sich wieder, mein

Magen, meine Brust erkalten, eindringliche Kühle durchströmt meinen Körper. Je länger ich das Bild betrachte, desto heftiger wird der Schmerz.

Ich falte die Zeitung zusammen, sehe aus dem Fenster, kaue auf meinem Brot herum. Dann nehme ich meine Teetasse und umkurve den Tisch, setze mich an die andere Seite, an den Laptop.

Sekunden später muss ich mich an der Tischkante festhalten, um nicht vom Stuhl zu fallen.

Die Kontoinformationen sind aktualisiert worden.

Keine der Personen, die einen Kredit beantragt haben, hat ihre Schuld beglichen. Weder die Kreditsumme noch den Zinseszins. Niemand. Der Gewinn der Kreditanstalt beträgt exakt null Euro. Ich starre die Zahlen an, sie verändern sich nicht. Das bedeutet, dass niemand sich an die Regeln gehalten hat. Obwohl es eine faire Vereinbarung gewesen ist. Kein einziger unserer Kreditnehmer ist der Auffassung, dass ein Blitzkredit mit Niedrigzins eine bilaterale Vereinbarung ist.

In unserer Broschüre wurde das Konzept klar und einfach erläutert. Unmissverständlich wurde herausgearbeitet, dass es sich um ein seltenes Angebot handelt, das im Vertrauen auf die Seriosität aller Beteiligten ausgesprochen wird. Natürlich ist mir der Gedanke durch den Kopf gegangen, dass möglicherweise Einzelne mit der Rückzahlung in Verzug geraten könnten. Dieses Risiko habe ich einkalkuliert. Aber die Vernunft sowie auch die unbestechliche Expertise der Statistik sagten mir, dass die allermeisten zurückzahlen würden. Weil es ein faires Angebot war, besser als das der Konkurrenz. Das sei, so dachte ich, einfache Mathematik, in der Praxis erprobt. Ich hätte nicht für möglich gehalten ... dass ... das Kapital in den Taschen der Kreditnehmer steckt. Oder nicht mal mehr dort. Viel wahrscheinlicher ist, dass es längst in alle Winde verstreut worden ist, abgeflossen in den Kanalisationen dieser Welt.

Das ist völlig absurd.

Mit anderen Worten …

Es ist das Ende.

Der Friedhof in Malmi ist an diesem verregneten Herbstnachmittag menschenleer. Alle sind tot oder etwas Ähnliches würde Juhani vielleicht scherzhaft sagen, das weiß ich. Aber Juhani schweigt. Ich halte seine Asche in meinen Armen. Die Urne mit Juhani wurde in einem schwarzen Auto des Bestattungsunternehmens nach Malmi gebracht. Jetzt ruht die Urne bei mir, unter meinem abgewinkelten rechten Arm. Sie ist überraschend schwer. Der Bestatter folgt mir in höflichem Abstand. Ein recht junger Mann, er trägt einen Hut und eine Sonnenbrille, trotz des Regenwetters. Es ist ein langer Fußweg. Der Regenschirm in meiner linken Hand möchte sich gerne dem Wind anvertrauen, zu ihm gesellen, als einfach brav in meiner Hand zu verweilen und mich vor den Regentropfen zu schützen.

Wir biegen einige Male um 90 Grad ab, bleiben endlich stehen, machen ein paar finale Schritte über den nassen, aufgeweichten Rasen und kommen schließlich an dem kleinen Loch an, das für Juhani ausgehoben worden ist. Die Erde um die Grube herum ist frisch und matschig. Ich sehe mich um. Der schwarzgekleidete Bestatter kommt schnell an meine Seite, nimmt den Regenschirm entgegen und hält ihn über meinen Kopf, während ich die an der Urne befestigte Kordel um mein Handgelenk lege und die Urne ins Grab hinabgleiten lasse. Oder nein, noch nicht.

Ich halte inne, und es kommt mir vor, als würde auch alles andere innehalten. Ich hebe den Blick.

Tausend Gräber, Regen von der Seite. Die hohe Steinmauer, dahinter die Ringstraße. Im Regen haben die Äste sich schwarz eingefärbt, das Gewicht des Wassers hat die Blumen auf den Gräbern niedergedrückt. Eine einsame Kerze in einer Laterne flackert vor sich hin, wie das letzte Licht auf dieser Welt.

Dann nehme ich eine Bewegung wahr in dieser vollkommen regungslosen Szenerie. Etwa dreißig Meter entfernt von mir, rechter Hand, bleibt jemand stehen. Ein Mann, er trägt einen Regenmantel. Er wendet sich ab, steht still, die Kapuze seines Mantels verdeckt sein Gesicht. Vielleicht hat er das Grab gefunden, das er sucht. Oder ...

Plötzlich bin ich sicher, Eidechse zu erkennen. Seinen Rücken. Die Haltung ist ähnlich. Ich erkenne auch eine Gruppe von Menschen, die auf mich zukommt. Ich wende mich wieder dem Mann zu, der ein wenig geduckt im Regen steht, auch er scheint die Näherkommenden registriert zu haben. Er läuft, entfernt sich. Mit kurzen Schritten, auch das erinnert mich an Eidechse.

Bevor ich mir Gewissheit verschaffen kann, ist er schon hinter einer Hecke verschwunden. Auch die Gruppe hat ihre Richtung geändert. Sie sind jetzt seitlich von mir, einer trägt eine Urne. Durchaus möglich, dass dieser Verstorbene, in der Urne, mir gerade einen Dienst erwiesen hat.

Tote retten Leben.

Weiter kann ich den Gedanken nicht denken.

Der Tag ist dunkel und grau, mein Anzug ist durchnässt.

Zeit, meinen Bruder zu begraben.

Die Kordel umschließt mein Handgelenk, die Urne gleitet hinab in die Erde. Im Gleichtakt mit der Kordel treten Erinnerungen, wie an einer unsichtbaren Schnur aufgereiht, vor meine Augen.

Perttiläs Büro, meine Kündigung, ein Anwalt, der mich über den Tod meines Bruders in Kenntnis setzt. Und über mein Erbe. Ein Hasenohr, das mir das Leben rettet, ein Toter, den ich einfriere, ein Mann wird erhängt, in meinem Beisein, ich gründe eine Bank, weiche im letzten Moment einem Geländewagen aus, verliebe mich, werde enttäuscht, gerate täglich tiefer in Schwierigkeiten.

Die Urne erreicht den Boden, einen Ort ohne Wiederkehr.

Ich lasse die Kordel los, lasse noch etwas anderes los, richte Worte an Juhani, ich weiß nicht, ob ich sie laut ausspreche oder nur in Gedanken: Ich habe es nicht geschafft.

Ich war einfach nicht in der Lage, den Abenteuerpark zu retten. Vielleicht rette ich nicht mal mich selbst. Es ist schlicht und einfach nicht zu machen. Ich sage dir ehrlich, dass ich keine Idee mehr habe und keine Kraft. Wie bist du auf die Idee gekommen, dass ich das schaffen könnte? Das macht keinen ...

Sinn.

Weil nichts einen Sinn hat.

Und nichts hat einen Sinn, weil sich keiner dafür interessiert.

Sieh dich um, Juhani. Nicht da unten, in dem schlammigen Grab, schau etwas höher, vielleicht hast du ja schon eine Form angenommen, die dich in höheren Sphären schweben lässt. Dann wirst du sehen, dass nichts, was hier passiert, sich lohnt.

Sieh dir doch die Welt an.

Schopenhauer hat recht behalten. Glücklich ist, wer nicht geboren ist.

Das Leben ist kein Kredit, es ist ein Zahlungsmittelbetrug. Ein Projekt zur Maximierung der eigenen Dummheit, das durchschnittlich 75 Jahre dauert. Und nichts anderes wollen wir. Es ist unsere Wahl, wir rauchen, saufen, fressen, und wenn wir eine gesellschaftliche Veränderung durchsetzen, dann grundsätzlich zum Schlechteren. Immer wenn die Vernunft Segen bringen könnte, reden alle über ihre Gefühle. Nichts Sinnhaftes entsteht, nicht mal aus Versehen. Erfolgreich ist derjenige, der kein kluges Wort findet und die Schuld dafür anderen gibt. Eins und eins ergibt nicht zwei, Juhani. Je nachdem, wer gerade spricht, ergibt es was zum Teufel auch immer.

Und in dieser Welt hätte mir etwas gelingen sollen, mit Hilfe von Vernunft?

Ich atme tief ein.

Ich bin mir ziemlich sicher, dass ich nicht laut gesprochen habe. Für einige Sekunden verweile ich am Grab, sehe den Regentropfen dabei zu, wie sie ins Dunkel hinabfallen. Ich habe eine Entscheidung getroffen. Wir kehren zum Parkplatz zurück. Der Bestatter steigt in seinen schwarzen Wagen und ich in ein weißes Taxi.

Zu Hause lege ich meinen nassen Anzug auf einen Kleiderbügel, putze meine Schuhe, koche mir einen Tee und setze mich an den Computer. Ich nutze einen Browser, der meine IP-Adresse verschleiert, und verwende eine Mail-Adresse, die meine Identität nicht offenbart. Juhani hat mir mal gezeigt, wie das funktioniert, wie man sich im Netz bewegt, ohne Spuren zu hinterlassen. Ich dachte, es sei eine Art Hobby von ihm, aber inzwischen neige ich zu der Vermutung, dass er die Anonymität auch aus triftigeren Gründen geschätzt hat.

Klar ist, dass ein anderer diese Mail abschicken muss, nicht ich. Die Nachricht soll eine Kettenreaktion auslösen, an einem bestimmten Punkt in der Kette stehe ich.

Empfänger ist die Ermittlungsbehörde zur Bekämpfung der organisierten und der Wirtschaftskriminalität. Namentlich Pentti

Osmala. Ich habe seine Visitenkarte. Die Nachricht handelt von Gerüchten, die besagen, dass in der Kühltruhe eines Cafés in einem Abenteuerpark ein Toter liegen könnte. Eine Leiche, die möglicherweise von Interesse sein könnte für Ermittler.

Im ersten Entwurf ist der Text viel zu sachlich, er klingt wie das Machwerk eines Menschen, der an Grammatik und Logik glaubt. Ich bringe Gedankengänge und Zeitformen durcheinander, setze ein paar Ausrufezeichen, mache Rechtschreibfehler. Schon bald ist der Text deutlich zeitgemäßer. Ich starre ihn an, verharre mit meinem Zeigefinger auf der Enter-Taste.

Ich werde die Mail morgen absenden. Ich will selbst vor Ort sein.

So paradox es ist, das ist die kluge Wahl, es ist die Kapitulation vor dem ganz normalen Wahnsinn.

Ich fühle mich gut, erleichtert, gehe früh zu Bett, schlafe sofort ein.

27

Es ist ein strahlender Morgen, die Herbstsonne steht am Horizont und blendet meine Augen, wärmt das Gesicht, während ich aus dem Taxi steige. Der Parkplatz ist leer, der Asphalt verströmt noch den Geruch des nächtlichen Regens. Der Park erscheint mir heute irgendwie kleiner. Sicher, nach wie vor steht da ein riesiger Kasten, der von Norden bis Süden meinen Blick ausfüllt, aber er wirkt nicht mehr ganz so dominant und schwer wie früher. Er hat mich nicht mehr im Griff, er ist keine Last mehr auf meinen Schultern.

Etwas hat sich verändert.

Vermutlich ich selbst. Ich sehe auf die Uhr auf dem Display meines Handys. Die Nachricht habe ich vor vierzig Minuten abgeschickt.

Drinnen läuft mich Kristian fast über den Haufen. Er kommt aus dem Pausenraum, ist auf dem Weg in die Eingangshalle. Er legt schnell ein Lächeln auf sein Gesicht, dasselbe mache ich. Sein Lächeln ist unnatürlich breit und definitiv nicht echt. Mir dagegen fällt es nicht schwer. Er möchte etwas sagen, aber ich komme ihm zuvor.

«Ich wünsche dir einen phantastischen guten Morgen, Kristian», sage ich. «Was für ein umwerfend großartiger Morgen. Die Stelle des Geschäftsführers ist näher, als du glaubst.»

Kristian bleibt stehen. «Wirklich?», fragt er.

«Ja», entgegne ich. «Aber so was von wirklich.»

Er scheint den Tränen nah zu sein.

«Tough love, deine Methoden sind hart, aber du weißt, was du tust», sagt er. «Du bist ein guter Boss.»

Ich klopfe ihm ein paarmal auf die Schulter, sehe, dass seine Augenwinkel wirklich feucht sind. Ich gehe weiter, verzichte darauf, eventuellen Missverständnissen vorzubeugen. Bald wird sich auch die Polizei von meinen Führungsqualitäten überzeugen dürfen.

Ich schaue bei Esa im Überwachungsraum vorbei. Die Luft ist dick wie Gelee, angefüllt mit Schwefel, der mir ins Hirn sticht. Esa wendet sich mir zu, steht auf, als er mich in der Tür stehen sieht.

«Hallo. Magst du dich setzen?», fragt er.

Nein, denke ich intuitiv. Würde ich mich setzen, wäre ungewiss, ob ich jemals die Kraft finden würde, wieder aufzustehen. Unabhängig von allem anderen, was mir bevorsteht, würde sich ein Ableben aufgrund von menschlichen Ausdünstungen wie eine verpasste Chance anfühlen.

«Nein, danke dir. Ich wollte dir nur sagen, dass ich deine Arbeit sehr schätze. Vielen Dank.»

Esa schüttelt den Kopf. Ich betrachte seinen Pullover. Es ist merkwürdigerweise nicht der Marines-Sweater mit Adlern, Schwertern und Gewehren, sondern ein farbenfroher, gemütlicher Strickpulli. Darauf sind Bälle in verschiedenen Größen abgebildet. Auch Esas Erscheinungsbild, insbesondere sein Gesicht, hat sich verändert. Er hat seinen Oberlippenbart abrasiert.

«Ich muss mich bei dir bedanken», sagt er. «Du hast hier eine neue Disziplin reingebracht. Du übernimmst Verantwortung, du führst. Ich habe zum ersten Mal das Gefühl, dass ich mich ein wenig zurücklehnen kann. Alles ist besser geworden. Ich habe sogar angefangen, zur Arbeit zu radeln. Ich verkaufe meinen Geländewagen. Der Schlüssel liegt da auf dem Tisch, falls du eine Probefahrt machen möchtest. Ist es okay, wenn ich den Wagen auf dem Parkplatz stehen lasse?»

«Klar», sage ich. Ich muss raus hier. Mein Gesicht schmilzt schon. Nein, das kann nicht sein, aber mein Bedarf an Sauerstoff ist trotzdem real. «Mach einfach weiter wie bisher. Bis dann.»

Ich gehe zurück in die Halle, durchquere sie, empfinde eine Art Wehmut. Ich hätte nicht gedacht, dass ich diese Rutschen und Hindernisbahnen mal berührt ansehen würde, aber so ist es. Ich winke Samppa zu, er erwidert meinen Gruß fröhlich, hebt beide Daumen. Der Kindertag ist näher, als er annimmt.

Ich erreiche den Büroflügel, finde Minttu K. buchstäblich in ihre Arbeit vertieft, den Kopf auf dem Tisch. Sie trägt ein enganliegendes schwarzes Kostüm, ihre gebräunten, mit Silberringen ausgestatteten Hände ruhen auf dem Tisch. Es riecht nach Cidre, Zigaretten und Aftershave, von dem ich eher nicht glaube, dass Minttu K. es verwendet.

«Alles in Ordnung?», frage ich.

Sie richtet sich abrupt auf, zunächst desorientiert, als wäre sie gerade erst auf der Erde gelandet, aber dann ist sie wieder ganz sie selbst.

«Du hattest recht», sagt sie, ohne Begrüßung oder andere Floskeln. Sie schnappt sich eine Zigarette aus einer Schachtel auf dem Tisch. «Manchmal ist oldschool die beste Alternative. Einige von denen sind richtige Arschlöcher.»

«Ich habe das nur gesagt, weil unser Budget eben begrenzt ...»

«Schatz», sagt sie, steckt sich die Zigarette an und zeigt damit auf mich. «Genau so. Ich mag, wie du denkst. Mehr fürs Geld. Versteh mich nicht falsch, zu Juhanis Zeit lief das ein bisschen aus dem Ruder.»

«Verstehe ...»

«Schatz», sagt sie mit dieser Stimme, die mich an eine Motorsäge erinnert. «Du machst das gut, du hast Stil. Wir machen es so, wie du gesagt hast. Ich erledige ein paar Telefonate, sichere uns die besten Konditionen.»

«Bestens», sage ich. «Gut, dass hier alles seinen Gang geht.»

Das meine ich ernst. Ich bin schon zur Tür raus, als ich in meinem Rücken höre, wie Minttu K. mit einem Zischen eine Metalldose öffnet. Sie spricht mit jemandem am anderen Ende der Leitung: «Mein Boss ist ein Genie, pass auf, ich rate dir, unser Angebot anzunehmen ...»

Ich fahre meinen Computer hoch und beginne zügig zu arbeiten. Ich möchte meinem Nachfolger, wer immer das sein wird, eine möglichst einfache und durchschaubare Buchhaltung hinterlassen, die auch näheren Untersuchungen standhält. Das meiste habe ich schon gestern Abend geschafft, jetzt folgt der Feinschliff. Wie angenommen ist nicht mehr viel zu tun. Ich bin von Beginn an sorgfältig gewesen – fast möchte ich sagen: vernünftig –, deshalb wird das Ganze schnell erledigt sein. Ich lehne mich zurück, sehe mich um. Juhanis Jacke hängt immer noch in der Garderobe. Sie wirkt nicht so, als sei sie bereit, vom Haken zu gehen. Sie hat ihr Schicksal angenommen.

In der letzten Zeit habe ich das Büro Schritt für Schritt vom Chaos befreit, wer hier Platz nehmen wird, wird akkurate Papierstapel und freie Flächen vorfinden. Ich bin bereit.

Wie auf Zuruf erscheint Johanna an meiner Tür. Obwohl ich sie schon gesehen habe, klopft sie noch an den Türrahmen, um sich bemerkbar zu machen. Ich stehe auf, es fällt mir gar nicht schwer. Mit Johanna habe ich am wenigsten gesprochen. Der *Krumme Kuchen* ist eine Erfolgsgeschichte, und Johanna führt das Café mit eiserner Hand. Ein paarmal habe ich mich über Details gewundert, aber die hat sie immer schlüssig und pragmatisch begründen können. Ja, in der Tat ist sie eine Pragmatikerin, nichts, was sie tut, ist zweckungebunden, alles folgt einem Plan. Ihr Gesicht ist hart und von Furchen übersät, ihr Körper ist stramm und sehnig.

«Du wirst im Café erwartet», sagt sie. «Oder eher in der Küche.»

Ich gehe voran, Johanna folgt mir.

«Übrigens, danke», sagt sie, während wir den Südflügel entlanglaufen. Ich drehe mich um.

«Wofür?», frage ich.

«Für die Freiheiten.»

«Das Café ist ein voller Erfolg. Du machst das ausgezeichnet.»

Wir erreichen das Café, sind bald in der Küche.

«Ich meine nicht nur das. Ich denke, du bist das Beste, was dem Park passieren konnte.»

Ich komme nicht mehr dazu zu fragen, was genau sie damit sagen will. In der Küche wartet Osmala, er ist in Begleitung von zwei Uniformierten, alle tragen hellblaue Latexhandschuhe.

28

Hallo», sagt Osmala. Er winkt mir mit seiner blauen Hand zu. «Kriminalpolizei. Sie erinnern sich vielleicht.»

Osmala steht mit dem Rücken zur Tiefkühltruhe, mit offenem Jackett. Irgendwie wirkt es so, als wolle er die Truhe vor mir verbergen. Er ist ein stattlicher Mann, mit breiten Schultern, dennoch schlaksig. Sein Jackett hat genug Stoff, um einen Tennisplatz bei Regen abzudecken, aber damit die Truhe zu verbergen, gelingt Osmala nicht ganz.

«Hallo», erwidere ich und sage, dass ich mich erinnere.

«Macht es Ihnen was aus, wenn wir in die Truhe reinschauen?»

Die Frage ist rhetorisch, Osmala schaut hinein, wo er hineinschauen will. Das ist sein Job. Ich möchte gerade Johanna darum bitten, die Schlösser aufzuschließen, aber mir fällt im selben Moment auf, dass dort keine Schlösser mehr sind. Das ganze Konstrukt, die Schlösser, die Verbindungsteile, alles ist weg. Ich weiß nicht, ob man mir die Überraschung anmerken kann, aber meine Antwort verzögert sich um einige Sekunden.

«Natürlich», sage ich.

Osmala nickt dem Uniformierten rechts von ihm zu. Sie haben offenbar eine Art Choreographie einstudiert. Der Uniformierte geht zur Truhe, hebt den Deckel an, tritt zur Seite. Osmala dreht sich um, beugt sich hinunter, steckt seinen Kopf in die Truhe. Ein kalter Hauch weht durch die Küche.

Osmala nickt auch dem zweiten Uniformierten zu, der neben ihn tritt. Osmala hebt die diversen Tiefkühlprodukte aus der Truhe, reicht sie dem Kollegen. Der Kollege legt die Pakete auf den Arbeitsflächen aus Metall ab.

«Die Sachen dürfen aber nicht tauen», höre ich eine Stimme in meinem Rücken sagen.

Ich wende mich um. Johanna scheint es damit sehr ernst zu sein. Was verständlich ist. Sie weiß nicht, was ich in dieser Truhe kürzlich eingefroren habe. Ich suche Osmalas Blick. Er hält etwa dreißig belgische Aufbackbrötchen in den Händen. «Das könnten Tatwaffen sein», sagt er, zeigt Johanna die Brötchen.

Johanna scheint wenig überzeugt zu sein. Ich muss sie irgendwie loswerden. Für das, was hier passiert, bin nur ich verantwortlich.

«Könnte Johanna vielleicht zu den Kunden gehen, da warten welche an der Theke», sage ich. «Es scheint sich eine Schlange gebildet zu haben.»

Osmala konzentriert sich immer noch auf die belgischen Backwaren.

«Warum nicht», murmelt er.

Ich wende mich Johanna zu, vielleicht gibt ihr mein Gesichtsausdruck zu verstehen, dass es gut wäre, wenn sie geht. Sie schaut beleidigt zur Truhe, dann geht sie. Osmala und der Uniformierte arbeiten sich weiter voran. Der zweite Polizist in Uniform richtet seine Aufmerksamkeit nicht auf die Kühltruhe, sondern auf mich. Er hat sich kaum merklich zwischen mich und die Küchentür geschoben. Das sollte mich nicht überraschen.

Die Truhe müsste bald leer sein. Auf der Arbeitsfläche liegen schon die ersten Hühnerschenkel. Bald werden sie auf Größeres stoßen. Es folgen Croissants. Ich weiß nicht mehr, wie viele Tüten davon in der Truhe liegen, aber Osmala müsste bereits eines der letzten in den Händen haben. So ist es. Er hält inne. Er ist vermutlich auf den provisorischen Zwischenboden aus Styropor gestoßen, den ich in der Eile zusammengebastelt hatte. Er ist kurzzeitig irritiert. Aber dann dauert es doch länger, als ich annehme. Er steht still. Als er sich endlich wieder in Bewegung setzt, scheint er noch nichts entdeckt zu haben. Er hebt noch ein paar Hühnerschenkel heraus.

Ich weiß nicht, wie viele Hühnerschenkel es inzwischen sind. Unmöglich, sie zu zählen. Die Menge der Hühnerschenkel auf der Arbeitsfläche entspricht inzwischen sicher dem Volumen ... eines Berufskriminellen. Osmala beugt sich weiter vor, sein Oberkörper verschwindet fast vollständig in der Truhe. Er klopft mit den Fäusten gegen den Boden und die Wände, kratzt mit den Fingernägeln an den Innenseiten entlang. Er scheint unzufrieden zu sein, grummelt vor sich hin. In dem anonymen Hinweis wurde explizit und zutreffend auf diese Kühltruhe verwiesen. Das weiß ich.

Osmala tritt zurück. Sein Gesicht hat eine Farbe angenommen, die zwischen Kirsch-Violett und Feuerlöscher-Rot angesiedelt ist. Es könnte daran liegen, dass er einige Minuten lang mit dem Kopf in der Truhe hing, bei minus zwanzig Grad.

«Dann öffnen wir die zweite Truhe. Einverstanden?», fragt er.

«Bitte», sage ich. Mehr fällt mir nicht ein.

Auch die zweite Gefriertruhe ist mit Lebensmitteln befüllt. Ich habe mich nicht in der Truhe geirrt, nur in einer Sache.

Ich befülle die Truhen eigenhändig in der Reihenfolge, in der Osmala sie ausgeräumt hat. Dabei kann ich mich nun auch selbst davon überzeugen, dass der Inhalt der Truhe anders ist, als ich angenommen habe. Da sind einfach nur tiefgekühlte Lebensmittel. Als ich fertig bin, sind meine Finger steif vor Kälte. Osmala hat die Uniformierten weggeschickt, vielleicht haben sie Dringlicheres zu tun, als hier bei gefrorenen Schenkeln und belgischen Brötchen zu verweilen. Osmala wandert durch die Küche, betrachtet Dinge, ohne sie zu berühren. Ich weiß, wonach er sucht, aber ich bin auch vollkommen sicher, dass er es weder in Schränken noch Regalen finden wird.

«Erinnern Sie sich an das Foto, das ich Ihnen gezeigt habe?», fragt er unvermittelt.

Ich nicke.

«Haben Sie den Mann seit unserem Gespräch gesehen?»

«Nein.»

Er geht langsam zur Tür. Dann wendet er sich um, richtet sein Jackett, streckt den Rücken durch. Sein Gesicht hat den vertrauten grauen, blassen Ton angenommen.

«Sie haben gar nicht gefragt, wonach wir suchen.»

«Ich dachte, dass Sie das wissen», sage ich.

Er scheint die Antwort abzuwägen und am Ende zu akzeptieren.

«Ja», sagt er. «Ich kann Ihnen natürlich nicht mehr dazu sagen.»

Auch mir fällt nichts weiter ein. Das habe ich begriffen, während ich die Truhe wieder befüllt habe.

Mein Handy klingelt in der Hosentasche. Osmala wendet sich ab, macht die Tür auf, verschwindet im Café. Durch den Spalt in der Schwingtür kann ich ihn sehen, er entfernt sich, wie in einem fragmentarischen Film. Er läuft mit schweren Schritten Richtung Halle und Ausgang. Ich nehme das Telefon, betrachte die Nummer. Rufnummer unbekannt, ich gehe trotzdem ran. Es ist äußerst unwahrscheinlich, dass mich heute noch irgendetwas im Mindesten überraschen könnte.

Und dann stellt sich heraus, dass auch das wieder ein Irrtum ist.

29

Esa ist nicht in seinem Überwachungsraum, aber der Autoschlüssel liegt noch auf dem Tisch. Ich nehme ihn, lasse den Schlüssel in meine Tasche gleiten und schreibe auf einen Zettel, dass ich eine kleine Probefahrt mit dem Geländewagen mache und natürlich für das Benzin aufkommen werde. Ich halte den Atem an, bis ich wieder in der Halle bin. Ich laufe weiter Richtung Hintereingang.

Ich sehe sofort die Veränderung.

Früher waren in diesem Bereich des Parks nur Kinder, jetzt sind mindestens genauso viele Erwachsene da. Sie stehen herum oder bewegen sich langsam, machen ein paar Schritte vor oder zurück. Es werden immer mehr. Vor einigen der Wandgemälde herrscht ein kleines Gedränge. Laura kann ich nirgends entdecken. Ich würde ihr wünschen, dass sie sehen könnte, wie viele Leute hier ihre Werke bewundern. Der Gedanke macht mich zugleich stolz und traurig. Ich gehe weiter, bevor es mir noch schwerer fällt.

Ich folge den Anweisungen und kontrolliere regelmäßig den Rückspiegel. Niemand folgt mir. Die Fahrt dauert vierunddreißig Minuten.

Das kleine Industriegebäude ist grau und weinrot, grau der Beton, weinrot das Wellblech. An der Wand prangt eine Leuchtreklame. Sie ist allerdings ausgeschaltet, ich kann eine Erdbeere erkennen und den schief hängenden Schriftzug: «Südfinnische Konserven und Beeren».

Der Name scheint unvollständig zu sein, ebenso wie die ganze Umgebung. Die Straße endet abrupt hinter dem Fabrikgebäude. Es wirkt, als sei der ursprüngliche Plan gewesen, diesen Weg auszubauen, aber dann hat jemand den Blick gehoben und festgestellt, dass dafür keinerlei Grund besteht.

Links und rechts von der Straße sind nur Mischwälder, Felder, ungepflegte Lichtungen, keine Häuser. Ich bin hier weder vom Hauch innovativer Kraft umgeben, noch sehe ich ein vielversprechendes Start-up-Unternehmen.

Ich fahre leicht bergauf, zum Grundstück vor dem Haus, dort stehen bereits zwei weitere Autos. Ein neuerer schwarzer Geländewagen, Marke Land Rover, und ein etwas älterer Audi, der vor vielen Jahren vielleicht mal der Schrecken der Straße war.

Ich lenke Esas Geländewagen zu den beiden und steige aus. Die Sonne funkelt hinter kleinen, aber umso dickeren, dunklen Wolken, manchmal ist es hell, manchmal fast dunkel. Gerade jetzt schiebt sich eine Wolke beiseite, der Effekt gleicht dem Aufblitzen einer Kamera im Moment des Auslösens. Die Landschaft flackert, die umstehenden Birken haben schon fast die Hälfte ihrer Blätter abgeworfen, und die, die noch an den Bäumen hängen, sind gelb und trocken und spröde. Ich laufe über den hellgrauen, vom Regen durchfurchten Schotterweg, Rinnsale bahnen sich ihre Wege. Das Haus könnte einen Neuanstrich und eine Renovierung vertragen.

Die Tür oberhalb der kleinen Treppe wird geöffnet. Auf der Schwelle steht ein Mann, den ich kenne. Ich denke nicht, dass es dieses Mal um seine Backkünste geht. Der große Mann trägt eine grüne Jägerjacke, Treckinghosen und robuste Wanderschuhe.

Wenn ich jetzt noch seine Gesichtsfarbe und seinen Gesichtsausdruck mitdenke, würde ich sagen, dass er im Begriff ist, einen Elch zu erlegen. Mit bloßen Händen. Er wartet auf mich und hält die Tür auf. Ich gehe an ihm vorbei, trete ein, befinde mich in der Fabrikhalle. Die Stahlbehälter könnten Kochtöpfe eines Riesen sein. Ich sehe auch ein Fließband, das sich irgendwo durch die Halle schlängelt, Kessel, Stahlröhren, verschiedenste Arbeitsbereiche, alle ausgestattet mit Messgeräten und Schaltern. Der Geruch von Metall, Kunststoff und Chemikalien liegt in der Luft, dazu kommt noch ein Hauch von Beeren. Insofern ist der Name, der an der Wand des Gebäudes prangt, doch recht treffend. Hier werden also Konserven hergestellt, vermutlich irgendwas mit Beeren. Irgendwo surrt eine Maschine, die Produktion scheint zu laufen.

Ich sehe mich um, der Große signalisiert mir, dass ich weiterlaufen soll. Das mache ich, der Große folgt mir. Das Geräusch der Maschine wird lauter.

«Wir haben ein Problem», sagt er.

«Was denn für ein ...»

Jetzt bin ich bei der Maschine. Da ist noch etwas. Die Maschine ist eine Art Saftpresse. So wie sie Leute morgens gerne verwenden, aber eben wesentlich größer. Ein Mann hängt kopfüber in der Maschine. Er spricht.

«Ah, da bist du ja wieder», sagt er. Seine Stimme hallt, als käme sie aus einem Brunnen. «Also, wie gesagt, wir haben einfach eine schwächere Phase. Sobald die Moltebeeren und die Preiselbeeren ankommen, werfen wir die Produktion an, dann wird die Marmelade auch Käufer finden, ich habe ja schon einen in Deutschland für die Blaubeeren, der kommt nächste Woche nach Finnland, wir wollen mit ihm einen Vertrag abschließen, der unseren Gelee nach Deutschland, Mitteleuropa ...» Er redet so irrsinnig schnell, dass das Echo fast den Sinn seiner Worte verschluckt.

«Nun, unser Problem ähnelt diesem hier», sagt der Große in meinem Rücken.

«Ich verstehe nicht ganz», sage ich.

«Der Grundgedanke war ähnlich, auch diese Marmeladenfabrik sollte eine Art ... Schleuse ... für unser Bargeld sein. Das war zumindest, wie gesagt, die Idee. Dieser Herr hier hat allerdings nur mein Geld genommen, es kam nichts zurück. Er hat es verprasst. Und als ich später einen meiner Mitarbeiter hingeschickt habe, um das, was mir gehört, zurückzuholen, hat er Elchkonserven aus ihm gemacht. Du verstehst.»

«Das ist ein Missverständnis», ruft der Mann. «Und ich bleibe dabei, das Marmeladengeschäft ist zukunftsträchtig. Ich bin dabei, ein Netzwerk zu bilden und dann ...»

«Hinzu kommt, dass ich mit Bedauern Abschied von einem meiner Untergebenen nehmen musste», sagt der Große.

Er sieht mir tief in die Augen. Er spricht von dem Vorfall am Fahrradweg, von AK, der in der Baugrube ertrunken ist. Mir fällt keine Erwiderung ein.

«Und das war immer noch nicht alles», sagt er. «Der Zufall will es, dass ich schnell Bargeld benötige. Ich sage es noch einmal: Ich brauche sofort Bargeld.»

Ich widerstehe dem Impuls zu wiederholen, dass ich nicht verstehe. Zumal ich jedes seiner Worte durchaus verstehe. Nur begreife ich nicht, was genau das mit mir zu tun haben soll. Und da ist noch etwas, das mich sehr irritiert. Ich hatte eigentlich erwartet, dass mir der Große erklären würde, auf welche wundersame Weise eine Leiche abhandenkommen konnte, die in meiner Tiefkühltruhe gelegen hat. Auf der Fahrt hierher bin ich zu dem

Schluss gekommen, dass nur er derjenige gewesen sein kann, der das in die Tat umgesetzt hat. Er hat die Fähigkeit, die Mittel, und möglicherweise hat er auch ein Interesse daran gehabt, dass diese Leiche nicht mehr auftaucht, zumindest nicht vor den Augen von Polizisten.

Auch wenn ich keinen Schimmer habe, wie genau er es angestellt haben könnte, ist er der Einzige, von dem ich mir vorstellen kann, dass er dafür verantwortlich ist.

«Deshalb bist du hier», sagt der Große und macht ein paar Schritte zur Seite. Er trägt Handschuhe. Dreht an einem Regler, drückt einen Knopf, die Presse arbeitet jetzt deutlich lauter. Er kehrt zu mir zurück.

«Also, ich weiß nicht recht, wie ...»

«Du hast Geld», sagt er. Wieder fixiert er mich mit seinem Blick, ein eiskalter Hauch durchströmt meinen ganzen Körper, etwa so, als hätte ich soeben den Deckel einer Kühltruhe in mir selbst angehoben.

«Unser Kreditinstitut ...»

«... funktioniert nicht», sagt er.

Die Presse arbeitet auf Hochtouren. Ich höre dieses Geräusch überdeutlich, alles andere ist weg, steht still, für einige Sekunden. Ich schweige.

«Niemand hat seine Schuld beglichen», sagt er. Seine Stimme hat jetzt diesen bedrohlich neutralen Ton angenommen, den sie auch bei ihm zu Hause hatte, als wir uns gegenübersaßen, er mit einem Revolver, ich mit Hefegebäck. «Ich würde mich wirklich wundern, wenn irgendjemand die Zinsen beglichen haben sollte. Übrigens, mich anzulügen lohnt nicht, Lügner enden im Entsafter.»

«Das ist kein Entsafter», ruft der Mann in der Presse. «Und

das Geschäft … also, Saft ist nichts im Vergleich mit Marmelade …»

Der Große wendet sich abrupt um, ich kann seine Wut spüren, auch wenn er äußerlich gelassen bleibt. Der Mann in der Presse schweigt.

«Weißt du, ich bin Miteigentümer eines Inkassobüros», sagt er. «Kredite gegen Bares.»

«Bei Inkasso sind die Zinsen immens», sage ich.

«Etwa das Zehnfache der ausbezahlten Summe.»

«Da bin ich eher skeptisch in Bezug auf die Legalität …»

«Ha! Was denkst du dir eigentlich? Dein Gerede über faire Zinssätze. Das fand ich vom ersten Moment an lächerlich. Heute lache ich noch lauter darüber.» Aber er lacht nicht.

Im Gegenteil, ich habe ihn noch nie so ernst gesehen. Mir schießt durch den Kopf, was Laura gesagt hat. Über ihre eigene finanzielle Lage und darüber, dass alle Mitarbeiter eines unserer Darlehen aufgenommen haben. Eben weil sie einen höheren, gar einen zehnfachen Zins nicht hätten tilgen können.

«Hier sind alle Infos, die du brauchst», sagt der Große und fischt ein gefaltetes Blatt aus seiner Jacke. Er überreicht es mir. «Summe, Kontonummer, Name. Du überweist innerhalb von zwei Tagen. Natürlich im Namen des Parks. Ich weiß, dass du das hinbekommst. Du bist dazu in der Lage, findest Wege, das war mir sofort klar. Sieh zu, dass alles im Lot bleibt in deinem Abenteuerpark. Wir werden noch viele Kredite brauchen.»

Der letzte Satz ist ihm rausgerutscht, dessen bin ich sicher. Das hätte ich nicht hören sollen. Zumindest nicht zu diesem Zeitpunkt. Er betrachtet den Marmeladenmann in der Presse.

«Hier siehst du ein Beispiel, das dir Warnung genug sein sollte.»

«Was passiert mit ihm?»

«Du solltest es andersherum sehen. Das hier wird dir passieren, wenn du nicht tust, was wir gerade vereinbart haben.»

Ich denke nicht, dass wir eine Vereinbarung getroffen haben, behalte das aber für mich. Ich denke, unser Gespräch hat ohnehin lange genug angedauert, ich mache einige Schritte rückwärts, schiele zur Tür. Als ich mich wieder ihm zuwende, hält er dieselbe Waffe in der Hand wie kürzlich bei ihm zu Hause. Als wir Hefegebäck gegessen haben.

«Wohin des Weges?», fragt er.

«Zur Arbeit. Das, was du willst, ist ja nicht ganz einfach zu machen, da muss ich nachdenken und habe einiges zu tun.»

So ist es. Der Große nickt.

«Das stimmt.»

Ich warte.

«Und ich dachte, dass unsere Zusammenkunft wohl beendet sei», sage ich.

«Ja, sicher.» Er geht wieder zu der Armatur mit den Reglern und Knöpfen, hält weiterhin die Waffe in der Hand. «Mit dem offiziellen Teil sind wir durch. Da ich im Moment einen Mangel an Mitarbeitern habe, muss ich viele Angelegenheiten selbst erledigen. Das ist aber auch recht erfrischend. Handfestes zu machen, an der Basis zu arbeiten.»

Jetzt klingt er, als würde er übers Backen sprechen. Sanftmütig. Fast väterlich.

«Wo wir von Mitarbeitern reden. Ich musste einen gemeinsamen Bekannten entlassen. In seiner Aufregung sagte er mir, was du mit zwei Leuten aus meinem Team angestellt hast. Ich denke, er war ein wenig eifersüchtig. Weil ich mit dir ins Geschäft gekommen bin.»

Ich weiche seinem Blick nicht aus. Er wendet sich nach einer Weile ab, die Presse rumort wieder lauter. Ich bin nicht sicher, ob er mir nun die Erlaubnis erteilt hat zu gehen.

Er steht mit dem Rücken zu mir, der Lauf der Waffe zeigt Richtung Boden. Ich drehe mich behutsam um, mache einige Schritte zum Ausgang. Dann beschleunige ich, richte den Blick auf das quadratische Fenster oberhalb der Tür. Da schimmert schon der halbdunkle Nachmittag.

«Vergiss nicht, zwei Tage», ruft mir der Große hinterher.

Die Worte hallen nach, während ich durch den Nieselregen zu Esas Geländewagen laufe.

30

Die Metallbank auf dem Friedhof in Malmi ist kalt und feucht, aber davon lasse ich mich nicht stören. Ich sitze unter der großen Eiche, mit Blick auf Juhanis Grabstein. An der Stelle, an der die Urne hinabgelassen wurde, ist noch ein kleiner Erdhügel zu sehen. Ich habe weder Blumen noch sonst etwas mitgebracht, denn ich wusste gar nicht, dass ich kommen würde. Man könnte sagen, dass ich das Auto fuhr, welches mich zum Friedhof brachte. Ich gehe nicht davon aus, dass Juhani Antworten hat. Selbst wenn, wüsste ich nicht, wie er sie mir mitteilen sollte. Es ist also nicht davon auszugehen, dass ich hier eine Lösung finde, die die Dinge grundlegend ändert. Vielleicht bin ich einfach hier, um irgendwo zu sein. Und um nachzudenken.

Die verschwundene Leiche ist bei weitem nicht mein einziges Problem. Ich war mir sicher, dass nur der Große für das Verschwinden des Toten verantwortlich sein könnte, aber ebenso sicher bin ich, dass er in diesem Fall etwas hätte durchblicken lassen. Jemandem selbstlos einen Gefallen zu tun wäre nicht sein Stil. Das bringt mir mein Dilemma mit den Krediten in Erinnerung.

Der Große hatte das die ganze Zeit geplant. Ich war nur ein Glied in der Kette. Und es besteht kein Zweifel daran, dass das Inkassobüro ebenfalls ein Glied in der Kette ist. Ich sehe schon, wie das Inkassobüro einen Kredit aufnimmt, um meinen Kredit aufzukaufen, und sobald das Geld durchgeflossen ist, bleiben nur noch die unbezahlten Kredite, und das Büro geht bankrott. Worum es die ganze Zeit ging. So wie auch der Abenteuerpark letztlich bankrottgehen soll, nachdem er ausgesaugt wurde. Das ist ihm vorhin so rausgerutscht, weil er so von sich eingenommen und durch den Mann in der Saftpresse abgelenkt war. Aber ich habe das durchschaut, ich habe begriffen, was es für unseren Park bedeutet. Er wird unter der Last seiner Schulden zusammenbrechen, denn das Geld wird in Kanälen abfließen, die mit dem Park selbst gar nichts mehr zu tun haben. Ich atme tief aus. Mein Atem dampft im kreisförmigen Licht einer Straßenlaterne, die gerade erst angegangen ist. Die Geschäftsmodelle des Großen sind mir inzwischen klar. Die praktischen Dimensionen des Ganzen hat er mir überzeugend dargelegt, sowohl in der Scheune als auch in der Marmeladenfabrik.

Ich bin unter eine Walze geraten. Das akzeptiere ich. In den vergangenen Wochen habe ich viele Fehler gemacht, ich habe mich geirrt, Dinge falsch eingeschätzt. Dass ich hier bin, ist so logisch und folgerichtig, wie das Leben nur sein kann.

Aber letztlich geht es hier gar nicht um mich.

Es geht um den Park, um die Leute, die für ihn arbeiten und keine Ahnung davon haben, dass alles auf der Kippe steht. Sie haben Kredite aufgenommen, weil ich ihnen versichert habe, dass das vernünftig sei. Sie haben sich auf mich verlassen. Ich denke an Samppa, an seinen Kindertag, an Laura und ihre Wandgemälde, an Kristian und seinen Wissensdurst, an Esa und seinen Wunsch nach Veränderung, an Johanna, die mit Hingabe den *Krummen Kuchen* betreibt. Sie alle haben Besseres verdient als Betrug, falsche Versprechen, Insolvenz und finanzielle Schwierigkeiten. Ich denke auch an Juhani, seine Träume und Wünsche. An seine kindliche Begeisterungsfähigkeit und seine unerschöpfliche

Phantasie. Keine Ahnung, ob Juhanis Träume irgendwann der Realität näherkommen werden, aber eines weiß ich, ich will, dass sie leben. Ich will, dass Juhani lebt.

Und noch etwas ist mir klargeworden. Zunächst sind diese Worte gefallen, ohne dass ich sie in ihrer Tragweite erfasst habe. Der Große sagte, dass Eidechse ihm von zwei Mitarbeitern berichtet hat, die ich außer Gefecht gesetzt haben soll. Das bedeutet, dass sie nicht nur von der Sache in der Baugrube wissen, sondern auch von dem Toten in der Truhe. Das ist gar nicht so schlecht, das könnte den Keim eines Plans in sich tragen.

Ich sitze auf der Bank, bis es dunkel wird.

Dann gehe ich.

Ich werde nicht fliehen, nicht weichen. Vor nichts und niemandem.

Im Gegenteil, ich werde sichtbar sein, damit man mich finden kann.

31

Ich mache einen Rundgang durch den menschenleeren Park, der im Halbdunkel liegt. Es ist kurz nach elf. Ich habe Esa den alten Geländewagen abgekauft, zu einem angemessenen Preis. Esa ist heute als Letzter gegangen, jetzt bin nur noch ich hier. Meine Kontrollrunde ist letztlich ohne Nutzen, ich weiß, dass niemand da ist, dass die Türen verschlossen sind. Vorübergehend.

Ich bleibe in der Dämmerung vor Lauras Gemälden stehen. Ich betrachte sie. Sie sind großartig. Auch wenn ich jetzt im schwachen Licht nur die Konturen erahnen kann, die großen Bögen, die scharfen Kontraste. Ich erinnere mich an den Moment, als ich zum ersten Mal Lauras Skizzen angesehen habe. Es bedrückt mich, aber das macht nichts, das erscheint mir eher wie ein Anzeichen meiner Rückkehr zur Vernunft. Die merkwürdige Leichtigkeit von heute Vormittag, die Entscheidung, mich selbst anzuzeigen, kommt mir jetzt lächerlich vor, wie ein Anfall von Irrsinn und Egoismus. Auch wenn es verrückt klingt: Das Verschwinden der Leiche und die nervenzehrende Verhandlung in der Marmeladenfabrik haben mir einen Weg eröffnet, den ich beschreiten könnte. Ich reiße mich von den Bildern los. Es ist ohnehin zu dunkel. Ich gehe zum Ausgang.

Die Halle ist noch hell beleuchtet. Da es draußen stockdunkel ist, kann ich nicht erkennen, was hinter den Glastüren ist. Die Türen gleiten zur Seite, ich trete ins Freie. Es ist ein später, kühler

Abend, der wolkenlose Himmel reicht bis zu den Sternen. Der Parkplatz ist leer, in der Ferne sind Scheinwerfer und Rücklichter vereinzelter Autos.

Ich gehe nach links, passiere die Halle, laufe noch ein Stück weiter, kehre dann zurück zum Gebäude, steuere auf die Straße zu. Von dort kehre ich in einem weiten Bogen zum Eingang zurück.

Ich habe keine Ahnung, wie dieser Spaziergang auf einen Beobachter wirken könnte, aber das ist ohnehin egal. Ich will gesehen werden, egal aus welchem Winkel man den Park beobachtet. Ich betrete wieder die Eingangshalle, lasse die Türen geöffnet.

Auf Höhe des Rutschberges steht eine Sitzbank für Eltern. Ich setze mich, warte. Ich spüre den Luftzug, der von der offenen Tür kommt. Ich trage ein Hemd, eine Krawatte und eine Anzughose. Mein Jackett habe ich ausgezogen, neben mir zusammengelegt. Der Schlüssel des Geländewagens ist in meiner Hosentasche. Fehlt nur noch ...

«Du bist ein guter Fallensteller», sagt Eidechse. «Überhaupt bist du durchaus geschickt. Trotzdem begreife ich nicht, was unser Herr Großkopf-Riesentrollo in dir zu sehen glaubt.»

Ich sehe seine Silhouette, er steht etwa fünfzehn Meter von mir entfernt. Er hat sich lautlos angenähert, ist zu mir gekommen, ohne dass ich etwas gehört habe.

«Falls es deine Absicht war, jemanden zu überraschen», fährt er fort, «dann muss ich dich enttäuschen. Der andere müsste überrascht werden, bist du in der Lage, das zu kapieren, Emmentaler?»

«Einstein», sage ich und stehe auf.

«Was?»

«Einstein war der Physiker. Vermutlich hattest du ihn gemeint. Aber Emmentaler ist eine Käsesorte.»

«Zur Hölle, natürlich weiß ich das», schreit Eidechse. «Das war Ironie, verdammt noch mal. Ich wollte wissen, ob du das kapierst.»

«Oder meinst du Edamer?»

Seine Silhouette scheint näher zu kommen. Eine Silhouette, die den Kopf schüttelt.

«Fuck», sagt Eidechse.

«Cheddar», sage ich, setze mich in Bewegung. Ich mache schnelle Schritte zur Seite, zum Rutschberg.

«Willst du mich verarschen?»

«Mustaleima, ein finnischer Emmentaler. Den hast du wahrscheinlich gemeint.»

Er kommt auf mich zu, ich bewege mich weiter Richtung Rutschberg.

«Bist du wirklich so blöd, wie du aussiehst? Das hier soll deine Falle sein? Das ist für den Arsch.»

«Ich denke, so was bieten wir hier nicht an.»

«Klar, davon verstehst du nichts. Obwohl man auf deinem Gesicht gut sitzen kann.»

Zehn Meter, neun, acht …

«Das habe ich nicht vergessen», sage ich.

Da ist ein Messer. Es flackert kurz auf, verschwindet wieder im Dunkel.

«Man sollte Menschen nicht so behandeln, wie du es tust», sage ich. «Man sollte Leute nicht nötigen, Dinge zu tun …»

«Darüber machst du dir Sorgen? Jetzt, hier, allein in dieser Halle?»

«Was macht dich so sicher, dass ich allein bin?»

«Vielleicht ist es dir nicht aufgefallen, du Hirni, aber du hast die Türen vor mehr als einer Stunde geöffnet. Du bist allein in deinem bescheuerten Vergnügungspark …»

«Abenteuerpark», sage ich, drehe mich um, beginne zu laufen.

Eidechse folgt mir. Wir beide rennen. Er will Rache. Ich laufe im Kreis um den Rutschberg, erreiche die freie Fläche auf Höhe des Trickschlosses, renne weiter zum Ausgang. Aber in Wirklichkeit strebe ich gar nicht dem Ausgang entgegen, sondern steuere ein näherliegendes Ziel an, den immer fröhlichen Gesellen mit dem sonnigen Lächeln und den Vorderzähnen, die aussehen wie riesige, schneeweiße Paddel eines überdimensionierten Ruderbootes. Er winkt so eifrig, dass man seinen Gruß erwidern möchte, auch wenn man weiß, dass er aus Kunststoff und Metall besteht.

Eidechse holt auf, ich muss also nicht extra verlangsamen. Als ich das Seil erreiche, ist er nur noch fünf Meter von mir entfernt. Ich ziehe ruckartig am Seil, ändere meine Laufrichtung minimal und verlasse mich auf Mathematik und Physik. Etwa zwei Meter liegen zwischen uns, als der riesige Hase umfällt. Geschwindigkeit im Verhältnis zur Masse. Die Schwerkraft leistet ganze Arbeit.

Der 140-Kilo-Hase trifft, froh grüßend, Eidechse ziemlich genau im Gesicht. Eidechse endet zwischen dem Hasen und einer Wand. Allerdings ist er nicht bewusstlos, nur benommen. Er versucht, sich aufzurappeln. Damit habe ich gerechnet. Ich eile zum Hasen, schnappe mir etwas, das sich bereits als Schlaginstrument bewährt hat. Er hat sich aufrichten können, steht mir gegenüber, mit dem Messer. Im orange-grünen Nachtlicht, mit diesem verzerrten, hektischen Blick, erscheint er mir wie ein Wahnsinniger. Seine Augen glühen und glimmen, pechschwarz.

«Du verdammter hirnbehinderter Formelfreak …»

Ich schlage mit dem Hasenohr zu.

Eidechse passt in den Kofferraum des Geländewagens, nachdem ich ein wenig nachgeholfen habe. Seine Arme und Beine habe ich so fest aneinandergebunden, dass er sich gewiss nicht wird bewegen können. Seinen Mund habe ich mit Klebeband versehen. Er atmet schwer durch die Nase und sieht mich auf eine Weise an, die noch furchteinflößender ist als vorhin, als er mit dem Messer auf mich losgegangen ist.

Ich starte den Wagen, lasse ihn zur anderen Hallenseite rollen, blicke zum Eingang. Die Türen sind verschlossen. Esas Kameras habe ich rechtzeitig deaktiviert. Der Hase steht wieder an seinem Platz. Vielleicht bin ich schon erfahren im Umgang mit diesem Tier, jedenfalls war es kein Problem, die Spuren zu beseitigen und das Riesenkaninchen an Ort und Stelle zu bringen. Das Ohr allerdings wird keinen weiteren Konflikt mitmachen. Das Ohr zu reinigen und zu flicken hat ebenso lange gedauert wie alles andere. Jetzt scheint es wieder fester Teil des Hasen zu sein, nichts deutet darauf hin, dass es für einen Nahkampf zweckentfremdet wurde.

Ich lasse meinen Blick durch den Park wandern. Nicht, um mich von irgendetwas zu überzeugen, sondern einfach nur, um sicherzugehen, dass er wirklich existiert.

Ich erinnere mich an meinen ersten Arbeitstag. Damals kreisten meine Gedanken um die Frage, wie ich das alles wieder loswerden könnte. Jede Minute in diesem verdammten Park empfand ich als Zeitverschwendung. Das aber war eine bemerkenswerte Fehlannahme. Heute sehe ich die Sache anders. Letztlich genau gegenteilig. Ich erkenne hier vieles, was sich zu verteidigen lohnt. Vieles, was ich bewahren sollte. Ich weiß schon, dass diese Begriffe, *Liebe* und *lieben*, inflationär Anwendung finden, in Waschmittelwerbung, in Müsli- oder Fernreisespots, aber es berührt mich wirklich. Es verursacht ein Lodern in meiner Brust, es überwältigt mich, dass jemand daran denken könnte, diesen Abenteuerpark zu bedrohen. Ich spreche es laut aus, auch wenn nur ich selbst es hören kann.

Dies hier ist mein Abenteuerpark, und ich liebe ihn.

Ich kenne die Strecke. Der Verkehr auf den Straßen hat sich gelichtet, die Wege werden schmaler.

Die Nacht ist schwarz, sie legt sich um den Geländewagen. Die Lichtkegel der Scheinwerfer folgen dem Rhythmus der dunklen Kurven. Ich erreiche die bekannte Kreuzung und bremse ab. Ich wähle den leicht ansteigenden Pfad nach rechts, steuere den höchsten Punkt des kleinen Hügels an, fahre abwärts, raus aus dem Wald auf freies Feld. Schon bald tauchen in der Ferne die Umrisse der Scheune auf.

Ich fahre normal, nicht schnell, nicht langsam. Das Haus ist dunkel, nichts regt sich. Kein Auto weit und breit. Ich fahre noch etwa fünfhundert Meter, biege dann nach links auf den noch kleineren Waldweg ab. Ich freue mich darüber, den Geländewagen erstanden zu haben, besonders als ich abbiege. Das Auto schaukelt von einer Seite zur anderen, aus dem Kofferraum ist Fluchen zu hören. Eigentlich höre ich kein Fluchen, aber aus der Tonlage schließe ich, dass es sich um Fluchen handelt. Ich steuere den Wagen tiefer in den dichten Tannenwald, muss nachdenken.

Kann ich sicher sein, dass der Große wirklich abwesend ist?

Andererseits bin ich auch schon früher als uneingeladener Gast hier gewesen. Sollte er zu Hause sein, könnte ich sagen, dass ich mit ihm reden muss. Ich denke, dass die Tageszeit keine Rolle spielt, sein Business folgt nicht den üblichen Bürozeiten. Ich muss ihm auch nicht den Kofferraum dieses Wagens präsentieren. Eidechse ist festgezurrt, er wird nicht auf den Hof gerannt kommen.

Die Situation ist ein Paradebeispiel dafür, dass man zunächst den Faktor erkennen muss, den man unmöglich beeinflussen kann: in diesem Fall zurückzukehren. Es gibt kein Zurück. Demzufolge bleibt nur die Flucht nach vorn. Es gilt, das Beste daraus zu machen, in die Gänge zu kommen.

Ich bin wieder auf dem schmalen Kiesweg, biege ab, nähere mich in gemächlichem Tempo dem Grundstück, so als wolle ich einfach nur zu Besuch kommen. Der Weg zum Hof kommt mir endlos vor. Die Scheinwerfer streifen das Haus, ich öffne das Fenster, schalte den Motor aus, ohne die Lichter zu löschen. Ich lausche, höre nichts. Kein Wind rauscht in den Bäumen, kein Vogel singt. Der Herbst ist so präsent, dass sogar die Mücken verstummt sind. Der Boden duftet feucht nach später Blüte, nach vergangenem Sommer. Das Haus bleibt dunkel. Ich lösche das Licht der Scheinwerfer, warte. Dann steige ich aus, gehe zum Haus, nehme die Stufen nach oben, drücke den Klingelknopf, den ich bei meinem letzten Besuch gar nicht betätigen musste. Der schrille Ton beschallt das Innere des Hauses, aber nichts regt sich.

Ich kehre zum Wagen zurück, nehme die Taschenlampe, die im Fußraum bereitliegt. Ich schalte sie ein, laufe zur Scheune, zu der Rampe, die zu den breiten Türen führt. Die Türen sind verschlossen. Ich gehe seitlich an der Scheune entlang, an der Waldseite, von der aus ich letztes Mal das Grundstück im Blick gehabt habe. Ich finde eine unverschlossene Seitentür, trete ein. Sofort steigt mir der beißende Geruch von Schimmel in die Nase. Der Gestank ist so intensiv, dass ich glaube, ihn als Dunst im Lichtkegel der Taschenlampe sehen zu können. Der Betonboden ist ein wenig uneben, die kleinen, schmalen Fenster erinnern an eine Gefängniszelle. Ich winde mich um lose Bretter und Müllhaufen herum, erreiche eine Treppe, gehe nach oben. Die Holzdielen knarren, während ich mich oberhalb des schimmligen und staubigen Raums bewege. Wenn der Kegel meiner Taschenlampe einen Gegenstand trifft, ist es, als würde er mich anspringen. Ich gehe deshalb behutsam voran, nehme mir die Zeit, ein Bewusstsein dafür zu entwickeln, was mich umgibt. Fast alles wirkt unverändert, es ist wie an dem Abend, an dem ich hier gewesen bin. Ich laufe die Scheune in ihrer gesamten Länge ab, erreiche die Rückseite. Von hier kam der Große bei unserer ersten Begegnung. Ich entriegele die breiten Türen, hebe das Brett an, das sie zusammenhält, stoße die Türen weit auf und gehe über die Rampe zum Wagen. Ich setze mich ans Steuer, fahre über die Rampe, stelle den Wagen so ab, dass er zur Hälfte in der Scheune ist.

Ich steige aus, öffne den Kofferraum, mache intuitiv einen weiten Sprung, nach hinten.

Zu sagen, dass sich meine Pläne verändert haben, wäre eine Untertreibung.

Ich habe keine Ahnung, wie es Eidechse gelungen ist, sich in diese Position zu bringen. Es überfordert mein Vorstellungsvermögen, wie irgendjemand, selbst ein geübter Yogi oder Turner, diese Übereinkunft zwischen Körper und Raum erreichen kann, die ich im Schein meiner Taschenlampe sehe.

Eidechse hat sich auf unerklärliche Weise zunächst vom Klebeband befreit, ein Stück der Polsterung abgebissen, hat sich hin und her gewälzt, vermutlich um die Fesselung zu lösen. Es ist ihm gelungen, sein rechtes Bein freizumachen, aber dann hat er sich offenbar mit dem Fuß und dem Tape und den Schnüren eine Art Falle gestellt. Er hat sich ... versehentlich ... erdrosselt.

Er sieht aus wie ein menschlicher Knoten. Sein Gesicht, seine Augen, er atmet nicht. Er ist tot.

Neue Herausforderung: mehrere Aufgabenstellungen gleichzeitig in einer Gleichung zusammenführen, die aufgeht. Es sollte mir zugutekommen, dass ich darin Übung habe.

Für Eidechse kommt jede Hilfe zu spät. Das ist ein Fakt. Ich wende mich ab, leuchte mit der Taschenlampe die Scheune aus, wende mich wieder Eidechse zu. Ein Lösungsweg eröffnet sich. Vielleicht. Die beste Alternative, unter den gegebenen Umständen. Ein gangbarer Weg. Schritt eins könnte Schritt zwei ermöglichen. Und so weiter.

Eine Nacht auf dem Land hat ihren eigenen Zauber. Ein Gefühl der Ursprünglichkeit stellt sich ein. Kein Hintergrundrauschen, keine beleuchteten Straßen, keine Schatten. Nur undurchlässiges Dunkel, das die Sinne schärft. Man riecht anders, schmeckt anders, ein archaischer Jagdinstinkt bricht sich Bahn. Ich schmecke und rieche den Staub, die Fichten, die Dachsparren und hebe Eidechse unter den Achseln aus dem Kofferraum. Ich ziehe ihn, Stück für Stück, über den Scheunenboden. Seine Achseln sind nass und warm, er ist tonnenschwer und eigenartig biegsam. Aber wir kommen an, endlich. Ich richte ihn auf, lehne ihn gegen eine der Säulen, gehe zur Treppe, hole den Block, an dem immer noch das Seil befestigt ist. Ich löse das Seil, lege es Eidechse um den Hals, befestige es da, wo die Druckstellen sind. Dann werfe ich das Seil über einen der Dachbalken, halte die Luft an, sehe mich angestrengt in der Gegenrichtung um.

Es ist nicht schön, nicht mal, sich zu vergegenwärtigen, was ich hier mache.

Ich erhänge einen Toten.

Und es ist schwieriger, als ich gedacht habe. Eidechse wiegt so viel wie ein durchschnittlicher Erwachsener, das verlängert den Vorgang. Der Dachbalken quietscht, das Seil knirscht, reibt gegen das Holz. Ich halte mir die Ohren zu, versuche, mir klarzumachen, dass es unausweichlich ist. Notwendig. Endlich baumelt Eidechse in der Luft. Das Seil hat sich festgezurrt.

Ich steige in den Wagen und stoße behutsam zurück, über die Rampe in den Hof. Dann gehe ich noch mal hoch, um die Türen zu schließen, ich meide den Blick auf den Toten. Nachdem ich drei Stufen der Treppe genommen habe, sehe ich mich doch noch mal um. Da hängt der Mann, der andere erhängt hat. Der andere für seine Zwecke benutzt und bedroht und erpresst hat. Der gekommen ist, um mich zu töten. Wäre ich er, würde ich vermutlich sagen: «Eins und eins macht zwei.»

Aber ich bin nicht er, ich bin ich.

Deshalb schweige ich und gehe in Gedanken die nächsten Schritte durch.

Nach einer Fahrt von etwa acht Kilometern lege ich auf einem einsamen, kleinen Rastplatz eine Pause ein. Ich streife die Latexhandschuhe und auch die Überwürfe an meinen Schuhen ab. Auch den Schutzoverall ziehe ich aus. Des Haarschutzes habe ich mich schon vorhin entledigt. Ich entsorge alles in einer schwarzen Mülltüte, die ich in einen großen Mülleimer werfe.

Es ist kurz nach fünf Uhr morgens, als ich zu Hause ankomme. Mein Telefon liegt, wo ich es liegengelassen habe: auf dem Tisch im Flur.

Ich gebe Schopenhauer Futter, dusche mich und koche mir einen Tee. Dieses Mal behellige ich Schopenhauer nicht mit Details aus der vergangenen Nacht, ich streiche mit der Hand über seinen Kopf, seinen glatten Rücken und über die Flanken, die von seinem Schnurren ein wenig erzittern. Dann geht Schopenhauer zum Balkon und sieht dem Tag dabei zu, wie er anbricht. Ich trinke meinen Tee und esse ein Roggenbrot mit Butter und Räucherlachs. Diese kleine Mahlzeit löst einen Heißhunger aus, ich mache mir gleich noch ein Brot und dann noch ein drittes. Dann esse ich zwei Sauermilchjoghurts mit reichlich Honig. Erst jetzt wird mir bewusst, dass ich ausgehungert bin. Ich war den ganzen Tag und die ganze Nacht lang unterwegs und mit Ereignissen konfrontiert, die meine Aufmerksamkeit vom Speiseplan abgelenkt haben.

Nach einer zweiten Tasse Tee setze ich mich an meinen improvisierten Arbeitsplatz vor den PC und schreibe eine weitere Nachricht an den Ermittler, Osmala. Dieses Mal muss ich nicht nach der richtigen Tonlage suchen, sie stellt sich sofort ein. Ich denke, dass diese Mitteilung überzeugend sein wird. Trotz des Fehlalarms zuvor wird Osmala in Aktion treten.

Der fiktive Absender der Nachricht erklärt, dass er um sein Leben fürchte und auf dem Weg zu einem Hof sei, um dort seinen Boss, einen einschlägig bekannten Kriminellen, zu treffen. Sollte das sein letztes Lebenszeichen sein, so wolle er hiermit der Polizei die Identität seines Mörders bekanntmachen. Ich beschreibe deutlich genug den Weg zur Scheune und füge hinzu, dass diese Mail automatisch zu einem terminierten Zeitpunkt versendet werden wird, vorausgesetzt, der Absender kehre nicht mehr zurück und habe dementsprechend nicht mehr die Möglichkeit, den Sendevorgang abzubrechen.

Ich drücke auf «Enter» und fahre den Computer runter. Ich stehe auf, bringe mein und Schopenhauers Geschirr in die Küche, verstaue alles in der Spülmaschine, schalte sie ein. Für eine Weile bleibe ich gegen die Spüle gelehnt stehen und habe zum ersten Mal seit langem den Eindruck, nichts zu denken. Nichts denken zu müssen. Ich gehe zu Schopenhauer auf den Balkon, leiste ihm Gesellschaft.

Der Morgen ist noch zerbrechlich, das spärliche Licht der Straßenlaternen reicht nur wenige Meter weit, große Kleckse bleiben schwarz. Schopenhauer richtet seinen Blick fest auf die ausgefransten, fast blätterlosen Birken und auf die Büsche neben den Bäumen, die so dicht sind, dass sie an einen Dschungel erinnern.

Ich selbst kann dort nichts Besonderes, nichts Verdächtiges erkennen, aber ich verstehe Schopenhauers wachen Blick sehr gut.

Er hat beschlossen, auf der Hut zu sein, sich nicht überraschen zu lassen. Von nichts und niemandem.

32

Ich schlafe bis mittags, rasiere mich, ziehe mich an, binde meine Krawatte und verlasse meine Wohnung. Es ist ein windstiller, klarer Tag, die Luft ist frisch und beißend kalt. Die weiße Sonne glimmt, aber sie wärmt kaum. Es ist ein Wintertag, mitten im Herbst.

Ich bin schon fast beim Wagen, als mir in den Sinn kommt, dass ich ja wieder meine Monatskarte bei mir habe. Meine Entscheidung ist eine für die Umwelt und auch eine, die Benzinkosten einspart.

Die Zugfahrt empfinde ich als angenehm. Weit und breit kann ich keine Erpresser oder Kontrolleure entdecken. Auf den Anschlussbus muss ich nur kurz warten, auch die Busfahrt verläuft reibungslos. Ich blättere in einer Boulevardzeitung auf dem Display meines Handys. Ich weiß, dass es zu früh ist, die Nachricht, die mich interessiert, wird noch nicht vermeldet worden sein. Der Gedanke, dass mein Plan scheitern könnte, ist so unschön, dass ich ihn auszublenden versuche. In jedem Fall muss ich jetzt noch wachsamer sein, noch vorsichtiger, vorbereitet auf das Schlimmste. Auf wen kann ich mich verlassen? Auf wen konnte ich mich verlassen, bevor ich einen Abenteuerpark geerbt habe? Auf Schopenhauer. Auf wen ist bis heute Verlass? Schopenhauer. Auf beide. Auf den Kater und den Philosophen.

Ich betrete den Park durch den Hintereingang, durchquere

die Halle und stelle beiläufig fest, dass die Besucherzahlen stetig anwachsen. Mehr Kinder, mehr Erwachsene. Es liegt auch an Lauras Wandgemälden, die neue Aufmerksamkeit erregt haben. Von unserem Kreditunternehmen hatte ich Ähnliches erhofft, aber das wird nicht mehr allzu lange existieren. Ich erreiche mein Büro, setze mich umgehend an den Schreibtisch, fahre den Computer hoch. Während das Betriebssystem lädt, lausche ich der Geräuschkulisse des Parks. Die Tür zu meinem Büro steht offen. Obwohl die Halle einen Flur und zwei Kurven weit entfernt ist, dringt das Grundrauschen bis hierher.

Ich logge mich in das Buchhaltungssystem der Bank ein und sehe, dass der Saldo exakt null Euro beträgt. Weil es eine Sache von wenigen Klicks war, die Kredite zu vergeben, konnte jeder sie vergeben, der an der Kasse Dienst hatte. Kristian hat sich besonders hervorgetan, das kann ich an den Log-in-Daten ablesen. Er ist ein hervorragender Verkäufer, hat an einem einzigen Nachmittag dreißig vollwertige Kredite vergeben. Wenn ich mich recht entsinne, war es der Nachmittag, an dem er mir erstmals voller Begeisterung von seinen Fortbildungen berichtet hat.

Ich muss mir einmal mehr eingestehen, dass ich im selben Moment richtig und falsch lag. Die Nachfrage ist angesichts des Niedrigzinses wie erhofft, aber die Rückzahlungsmoral scheint nicht besser zu sein als im Falle von Wucherzinsen. Nicht einer hat bislang auch nur die erste Rate beglichen. Niemand bequemt sich dazu, zumindest die geringen Zinsen abzuzahlen. Ich logge mich aus und will gerade die Buchführung starten, als mir bewusst wird, dass jemand den Raum betreten hat, ohne anzuklopfen.

Ich weiß, wer da ist, noch bevor ich den Blick hebe. Ich habe die Schritte erkannt, die Art, wie sie sich bewegt.

Laura sieht heute so aus wie damals, als sie mir an meinem

ersten Tag den Park gezeigt hat. Es ist nicht nur die Brille mit dem dunklen Rahmen und der wache, neugierige Blick, es sind nicht nur die wilden Haare. Sie trägt auch genau dieselbe Kleidung. Den gelben Kapuzenpulli, die schwarzen Jeans, die bunten Turnschuhe. Und mehr noch, es ist eben auch diese Art, wie sie sich bewegt, wie sie in der Mitte des Raums stehen bleibt. Irgendwie kommt es mir so vor, als würde ich zu diesem Moment zurückkehren, in dem ich sie zum ersten Mal gesehen habe. Obwohl ich das natürlich nicht tue, nicht tun kann. Es wäre in jedem Fall unmöglich, vor allem nach dem, was inzwischen geschehen ist und was ich inzwischen erfahren habe. Alles ist ... vorbei.

«Hast du kurz Zeit?»

«Ja, sicher», sage ich. Es fällt mir schwer zu sprechen. «Magst du dich setzen?»

«Ja, das wäre wohl besser.»

Sie nimmt Platz auf der anderen Seite des Tischs. Ich hoffe darauf, dass sie das Gespräch beginnt, denn ich habe keine Ahnung, was, ganz zu schweigen davon, *wie* ich es sagen könnte. Der Moment, in dem sie mir mitgeteilt hat, dass das, was zwischen uns war, vorbei sei, hat sich mir tief eingeprägt. Und er kommt immer dann mit Wucht zurück, wenn ich sie vor mir sehe. Die Erinnerung daran ist körperlich, brutal, als würde man mir etwas ausreißen, den Teil von mir, der meine Emotionen und Handlungen reguliert. Es ist, als würde ich durch kalten Beton waten, innerlich und äußerlich.

«Ich möchte mich bei dir bedanken», sagt sie und wartet offenbar auf irgendeine Reaktion meinerseits, meine Beteiligung an diesem Gespräch. Aber ich bringe kein Wort raus. «Ja», fährt sie fort, «ohne dich würde es diese Wandgemälde nicht geben. Du hast mir die Möglichkeit eröffnet, du hast mir die Wände zur

Verfügung gestellt, du hast mich ermutigt, auf eine besondere Art und Weise. Dafür möchte ich dir danken.»

«Gern geschehen», höre ich mich sagen.

Sie zögert. Aber sie sieht mir auch in die Augen. Einige Male setzt sie an, etwas zu sagen, hält inne.

«Ich habe ein Stellenangebot erhalten.»

Stille.

«Und ich habe es angenommen.»

Ist das Grundrauschen aus der Halle lauter geworden? Ich denke, ja, es dringt durch die Ohren in meinen Körper ein.

«Ich kündige», sagt sie.

Wir sitzen uns schweigend gegenüber, ich meide jetzt ihren Blick. Ich sollte etwas entgegnen, ich weiß sogar, was.

«Glückwunsch zum neuen Arbeitsplatz.»

«Danke», sagt sie. Wieder legt sie eine kurze Pause ein, fährt dann fort. «Du hast aber noch gar nicht gefragt, was meine neue Arbeit sein wird.»

Ich muss kurz an das Frauengefängnis in Hämeenlinna denken. Das sage ich nicht, das bleibt Teil der dunklen Masse, die in mir aufsteigt. Der Versuch, meinen Mund zu öffnen, misslingt. Ich habe tausendundeine Fragen, die nichts zu tun haben mit Lauras zukünftigem Arbeitsplatz.

«Ja, was wird es denn sein?», frage ich.

«Ich werde Wände bemalen, so wie hier. Insgesamt acht, ein Auftrag von einer Firma, die ihren Eingangsbereich so gestalten will, dass er einen Eindruck hinterlässt.»

Ich erahne einen Funken in ihren Augen und das Lächeln, an das ich mich gut erinnere. «Ich kann jetzt machen, was ich immer machen wollte. Meine eigentliche Arbeit, meinen Traumberuf. Endlich. Manchmal werden Träume doch wahr.»

Jetzt ist ihr Lächeln erloschen.

«Ich möchte, dass du weißt, dass das zum Teil dein Verdienst ist.»

«Danke», sage ich. Mehr fällt mir nicht ein. «Dann weiß ich Bescheid.»

«Du erinnerst dich sicher, dass es mir viele Jahre lang schwergefallen ist zu malen. Das ist für mich eine große Wende. Auch dafür danke.»

«Klar. Gern geschehen», zwinge ich mich zu sagen.

«Und du?»

Die Frage überrumpelt mich. Ich habe keine Antwort parat. Vermutlich sieht man mir das an.

«Es sieht doch gut aus für den Park», sagt sie. «Ich habe hier noch nie so viele Leute gesehen.»

«In der Tat bewegen sich die Tagesumsätze auf Höchstniveau.»

«Das ist dein Werk, Henri.»

«Was genau?», frage ich intuitiv.

Laura weicht meinem Blick aus, streicht sich über die Haare.

«Wenn ich es richtig verstanden habe, steckte der Park in Schwierigkeiten, bevor du hier eingestiegen bist», sagt sie. «Und jetzt sieht alles viel besser aus. Die Leute kommen, die Mitarbeiter sind zufrieden. Ich denke, dass du den Park gerettet hast. Du hast sehr gute Arbeit geleistet.»

Nun, es ist zu früh, das abschließend zu beurteilen, denke ich. Es wird davon abhängen, ob ... nun, es hängt davon ab, wovon es abhängt ... im wahrsten Sinn.

«Das Gröbste scheint hinter uns zu liegen», sage ich. Aus irgendeinem Grund füge ich noch hinzu: «Das hoffe ich zumindest.»

Ich denke, sie möchte noch etwas sagen, aber sie presst die Lippen zusammen und scheint abzuwarten, bis der Impuls sich gelegt hat. Ihre Gesichtszüge verändern sich, kaum merklich, aber ich kann es sehen. Es ist nur ein Moment. Ihre Augen glänzen, sie atmet tief aus. «Ich will dich nicht länger stören», sagt sie.

«Du störst nicht», sage ich. Das klingt ebenso banal, wie es wahr ist. Denn dieses Gespräch ist keine Störung, es ist eine Qual.

Das Grundrauschen aus der Halle klingt, als wäre hinter oder neben uns das Meer. Vielleicht lauschen wir beide für einen Augenblick den Wellen? Meine Finger sind taub, auf meinem Zwerchfell liegt ein unsichtbares Gewicht, in meinem Innern sind hier und da eisige Steine. Ich denke, dass unser Gespräch vorbei ist. Ich bereite mich darauf vor, irgendwas zu sagen, zum Beispiel, dass ich mich jetzt wieder der Buchhaltung widmen sollte oder so, aber ich komme nicht dazu.

«Eine Bitte hätte ich noch», sagt Laura.

Ich versuche, sie fragend, abwartend anzusehen, vermutlich gelingt es mir.

«Diese Firma», sagt sie, «die mir den Auftrag erteilt hat. Sie wollen das zügig voranbringen, die Eröffnung der neuen Geschäftsräume soll in sechs Wochen stattfinden. Und meine Kündigungsfrist beträgt einen Monat. Ich werde es nicht schaffen, die Wände in zwei Wochen zu bemalen. Also, ich würde auf mein Gehalt dieses Monats verzichten.»

Vielleicht sehe ich aus, als sei mir nicht ganz klar, was sie meine, obwohl ich durchaus eine Ahnung davon habe, was sie mir sagen will.

«Ich will sofort gehen. Um mit dem Malen beginnen zu können. Ich fordere natürlich kein Gehalt für die Zeit, in der ich schon für einen anderen Arbeitgeber tätig bin. Ich verzichte auf ...»

«Das ist nicht nötig», sage ich.

«Doch, ich will es so.»

«Es ist nicht ...»

«Es würde mich freuen, es so zu machen.»

Eigentlich klingt sie nicht besonders erfreut. Im Gegenteil, sie klingt so ernst wie lange nicht. Ich weiß nicht, was mich an der Situation am meisten überrascht. Irgendwie spüre ich auch, dass ich langsam in die Gänge komme, auch wenn ich nach wie vor in diesem Bad aus Beton gefangen bin.

«Es geht doch auch um die Sprachschule deiner Tochter, oder ...», fange ich an und weiß nicht, worauf ich hinauswill. Sie hebt ruckartig ihre Hand, korrigiert die Position ihrer Brille. Dann sieht sie mir direkt in die Augen.

«Das ist schon geregelt», sagt sie. Und macht einen Punkt, als sei mehr nicht zu sagen.

Ich schiebe unsinnigerweise Papiere hin und her. Aber meine Hände wollen etwas tun, irgendwas. Ich sitze da, muss Laura direkt in ihre blaugrünen Augen sehen.

«Sicher», würge ich endlich heraus. «Du kannst sofort gehen.»

Die Worte verursachen Schmerzen in meinem Mund. Ich begreife nicht ganz, weshalb. Lauras Augen schimmern, sie streicht blitzschnell mit der rechten Hand über ihre Schläfe und Wange, streckt den Rücken durch. Es sieht aus, als wolle sie, im selben Moment, aufstehen und doch sitzen bleiben.

Schließlich legt sie ihre Hände auf die Stuhllehnen.

«Ja. Dann gehe ich», sagt sie. Es klingt, als würde sie das jemandem sagen, der nicht im Raum ist.

Sie steht auf. Das Rauschen nimmt immer weiter zu, schwillt weiter an, aber es sind die Wellen in mir selbst.

«Danke, Henri.»

33

Nach zwei Tagen des Wartens kostet die Boulevardpresse den Fall in vollen Zügen aus.

LEICHE IN SCHEUNE ENTDECKT.

ABRECHNUNG IN DER UNTERWELT?

Schnell stoße ich auf eine interessante Stelle in der Berichterstattung. Eine Person sei festgenommen worden. Der Verdächtige stammt aus dem kriminellen Milieu und ist polizeibekannt.

Es hat funktioniert, denke ich. Es ist vorbei. Alles.

Oder, wie mir heute Vormittag klar wurde, fast alles.

Ich schließe den Hintereingang, gehe die Stahltreppe zum Hof hinunter. Es ist 23 Uhr, windstill und kühl. Ohne Beleuchtung wäre dieser Planet ein riesiger dunkler Keller. Ich trage einen Sack Müll zum Container, lasse ihn hineinfallen. Der Deckel knallt genauso laut zu, wie ich erhofft habe. Ich möchte, dass von meinem Aufbruch Notiz genommen wird. Ich will, dass man mich dabei sieht, wie ich gehe.

Nachdem ich um die Ecke gebogen bin, überquere ich den Parkplatz, diagonal zum Gebäude. Als ich weit genug gelaufen bin, wage ich einen Blick nach rechts und entdecke an der Wand dieselben feinen vertikalen Lichtreflexionen, die mir auch heute früh aufgefallen sind.

Das habe ich vermutlich den Schlagzeilen in der Zeitung zu verdanken.

Nach der Lektüre heute Vormittag musste ich an die frische Luft. Es waren gute Nachrichten, soweit sie eben gut sein können, aber sie lösten in mir eine verspätete Stressreaktion aus. Wobei das auch mit Laura zu tun hat, damit, wie alles zu Ende ging.

Nachdem ich eine Runde um den Park gelaufen war, fühlte ich mich besser. Konnte wieder atmen, hatte ausreichend Sauerstoff, mein Magen schmerzte nicht mehr ganz so stark, nicht mehr so, als würde jemand Metall darin schmelzen. Ich erreichte das Schild mit der Aufschrift *DeinMeinFun*.

Die Sonne schob sich vor eine Wolke, und ich sah etwas aufblitzen, im Augenwinkel.

Ich konnte nicht genau erkennen, was es war.

Ich suchte die Wand ab, begann zu erahnen, was diese Lichtreflexion auslöste. Sobald ich den richtigen Winkel gefunden hatte, wurde das Sonnenlicht von einem dünnen Stahlkabel reflektiert, dessen Ende hinter einer der blockartigen Barrieren aus Beton zu liegen schien. Von dort aus schlängelte es sich über die Wand bis aufs Dach. Dort verlor ich es aus dem Blick.

Ich ging zurück zum Park, durchquerte eilig die Halle, stieg über die Hintertreppe aufs Dach und näherte mich dem Seil. Es war erst kürzlich an unserem Schild mit dem Schriftzug *DeinMeinFun* befestigt worden, neu und sauber.

Jetzt, am späten Abend, lasse ich den Parkplatz hinter mir, gehe den Fahrradweg entlang in Richtung Bushaltestelle. An der Stelle, an der der Weg zwischen den kleinen Felsen und dem Waldstück nicht eingesehen werden kann, ändere ich meine Richtung, klettere über einen von Bäumen umgebenen Hang auf den Parkplatz des Möbelhauses und nähere mich dem *DeinMeinFun* von der anderen Seite wieder an. Bei dem Imbiss, der längst dichtgemacht hat, aber immer noch den Geruch von Fastfood aus dem vergangenen Frühjahr ausströmt, bleibe ich stehen. Ich bin sicher, dass man mich gesehen hat. Und man hat auch zur Kenntnis genommen, dass ich als Letzter gegangen bin, dass also der Park jetzt leer steht. Das Seil liegt bereit. Die Gleichung geht auf. Unstrittig. Ich spüre, wie meine Lust am Rechnen und mein Zutrauen in die eigenen Ergebnisse zurückkehrt. Noch ist es nicht reibungslos, mich beschleicht nach wie vor das Gefühl, dass das eine oder andere Zahnrad nicht ins andere greifen möchte, dass in dem Puzzle verbindende Teilchen fehlen, aber dennoch. Ich sehe jetzt etwas, das die Gleichung begreiflich macht.

Den Hyundai. Langsam kommt er angetuckert, der Fahrer scheint noch darüber nachzudenken, ob es der richtige Moment ist, ob er das Fahrzeug auf den Parkplatz unseres Abenteuerparks lenken sollte.

Der Wagen hat einen Frontschutzbügel, so wie es Osmala, der Ermittler, vor einiger Zeit vermutet hat. Vermutlich sollte ich mich im Stillen bei ihm bedanken. Das ist der Pick-up, der den Fahnenmast gefällt hat. Und er biegt langsam auf den Parkplatz ein, der Fahrer sondiert die Lage. Sobald der Wagen aus meinem Blickfeld verschwunden ist, renne ich los, über die Straße, über das Gelände bis zum Haupteingang, an der Hallenwand entlang. Dann verharre ich regungslos, höre den Wagen näher kommen, immer näher ...

Bis er stehen bleibt.

Ich schaue um die Ecke, der Fahrer wendet, setzt zurück. Ich fische mein Telefon aus der Jackentasche. Ich muss was überprüfen, das dauert nur eine halbe Minute. Ich betrachte das Display, verstaue das Handy wieder in der Tasche. Der Wagen steht in wenigen Metern Abstand von der Halle, mit der Anhängerkupplung zur Wand, die Fahrertür wird geöffnet. Der Fahrer huscht zu der Betonbarriere, hebt das Seil auf, verknüpft es mit der Kupplung.

Ich laufe zügig auf ihn zu, der dröhnende Motor des Pick-ups übertönt meine Schritte. Der Fahrer verknotet das Seil, streckt den Rücken durch und will gerade in den Wagen steigen, als ich meine Hand auf seine Schulter lege.

Er wendet sich ruckartig um, macht einen Sprung von mir weg. Das macht er allein, ich trage nichts dazu bei. Er kracht mit dem Rücken und dem Hinterkopf gegen die Kühlerhaube des Pick-ups, schreit auf. Es ist ein hoher Schrei. Die Kapuze ist fast vollständig vom Gesicht gerutscht, der Pulli ist etwa drei Kleidergrößen zu weit. Offenbar ist dem Fahrer schwindlig, und es ist ... eine eher zierliche, kleine Person.

Ich packe die Kapuze, reiße sie dem Unbekannten vom Gesicht, sehe in die Augen einer jungen Frau.

«Venla?», frage ich.

«Was?»

Wie es aussieht, habe ich alles akkurat und korrekt berechnet, nur das finale Resultat nicht. Venla ist erschrocken und zugleich verärgert. Sie hat kurze blonde Haare und wütende grüne, blaue Augen.

«Du warst das», sage ich. «Du hast hier unseren Flaggenmast rasiert. Und du hast auch die Hühnerschenkel unter die Krokodilbahn gelegt. Jetzt willst du unser Schild vom Dach reißen.»

«Na und?»

«Damit die Firma dir ein Monatsgehalt zahlt? Du wirst nicht für Sabotage bezahlt, sondern dafür, dass du am Service-Point deine Arbeit machst. Dein Verhalten ist unklug, in jeder Hinsicht. Unser Park leidet darunter. Und auch der Hyundai deines Vaters leidet.»

«Woher weißt du …?»

«Ich habe den Fahrzeughalter abfragen lassen, gerade eben, es gibt da eine App», sage ich. «Dein Name wird kaum Tero sein. Und das Ganze hier muss aufhören, sofort.»

Sie ist erschrocken, wütend, aber jetzt kommt noch etwas anderes hinzu. Verwirrung.

«Wer bist du eigentlich?»

Das sage ich ihr. Ich erkläre ihr auch, welche Umstände mich hierhergebracht haben. Juhanis Tod, die aktuelle Situation. Ich erkläre ihr auch, dass wir angesichts steigender Besucherzahlen durchaus mal wieder Hilfe an der Servicetheke gebrauchen könnten. Vor allem eine, die sowieso schon bei uns angestellt ist.

«Juhani ist tot?»

«Ja», erwidere ich. «Hat Kristian dir das nicht gesagt?»

Venla schüttelt den Kopf.

«Wir reden nie. Ich schreibe ihm nur per WhatsApp, frage, ob er mich vertreten kann, und er sendet mir ein Däumchen und ein Herz.»

«Offenbar ist er ziemlich verknallt.»

«Wie kommst du darauf?»

«Hm. Ich habe Erfahrung mit so was, und es ist nicht allzu kompliziert, das herzuleiten. Aber darum geht es nicht. Wir sollten mal darüber reden, was …»

«Juhani hat mir versprochen, meine Platte zu produzieren, wenn ich den Verkaufsrekord einstelle. Und das habe ich gemacht.»

Ich muss das kurz sortieren. Juhani. Armer Kerl. Was ist da noch alles liegengeblieben? Was muss ich noch aufräumen, was muss noch aus der Welt geschafft werden? Welche Geheimnisse birgt dieser verdammte Park? Ich kann Venla gar nicht böse sein.

Es ist eher harmlos, ein Schild aus der Verankerung zu reißen. Ich habe Schlimmeres erlebt.

«Juhani war kein Plattenproduzent.»

«Nein, Sherlock, war er nicht!»

«Soll heißen, es tut mir leid, wenn er dir da Unsinn erzählt hat. Er hat ziemlich viel geredet, wenn der Tag lang war. Immerhin hat er dich monatlich bezahlt.»

Venla wendet sich ab, nach links, wo das Seil im roten Schein der Rücklichter schimmert.

«Rufst du die Polizei?»

Die Polizei rufen? Das würde Osmala ein weiteres Mal in den Park locken, am Ende würde er sich veranlasst sehen, hier doch noch alles auf den Kopf zu stellen. Außerdem brauche ich keine neuen Probleme. Ich brauche Lösungen. Klare Vereinbarungen.

«Kann ich damit rechnen, dass du morgen zur Arbeit kommst? Und wirst du den Job machen, für den du hier bezahlt wirst?»

«Okay.»

«Um neun?»

«Um neun.»

«Gut.»

Sie mustert mich forschend.

«Meinst du das ernst?»

«Ja.»

«Ich kann also einsteigen und losfahren?»

«Vorausgesetzt, du löst das Seil.»

«Äh ... stimmt», sagt Venla. Sie läuft zur Anhängerkupplung, löst den Knoten, präsentiert mir das Seilende, bevor sie es zu Boden fallen lässt. Dann geht sie an mir vorüber zum Wagen, steigt ein. Bevor sie die Tür schließt, hält sie inne.

«Mein Verkaufsrekord», sagt sie.

«Flaggenmast», sage ich.

«Ah. Okay. Bis morgen dann.»

Sie steuert den Hyundai ihres Vaters über den Parkplatz zur Straße, dort beschleunigt sie und verschwindet im Nichts.

34

Ich überprüfe noch mal alles, bevor der Park seine Tore öffnet. Inzwischen betrachte ich die Zukunft nicht mehr nur aus der Perspektive des bloßen Überlebens. Es ist eine Weile her, seitdem ich das zuletzt getan habe. Ich erwäge, den Rutschberg zeitnah auf Vordermann bringen zu lassen. Das wäre eine erhebliche Investition, riskant. Damit ist nicht zu spaßen, und doch ... es fühlt sich gut an.

Es gibt mir Kraft, nach vorne zu schauen. Während ich von einer Attraktion zur nächsten schlendere und mir Notizen mache, denke ich darüber nach, dass ich wohl in den vergangenen Wochen einen inoffiziellen Crashkurs zum erfolgreichen Betreiber eines Abenteuerparks absolviert habe.

Ich denke nicht, dass viele Unternehmer dieselben Erfahrungen gesammelt haben wie ich. Und ich würde behaupten, dass ich mit recht guten Noten bestanden habe. Als Prämie kann ich noch die Lösung des Rätsels um Venla und den Flaggenmast obendrauf packen. Ich beende meine Runde, mache letzte Notizen und lege den Ordner zur Seite. Ich sehe mich um, mein Blick fällt auf das Café, den *Krummen Kuchen*. Der Geruch von frischen Zimtschnecken steigt mir in die Nase, in der etwas kühlen Halle ist es ein einladender Duft, der Wärme ausstrahlt. Johanna habe ich noch nicht angesprochen, weder auf die Tiefkühltruhen noch auf die Schlösser. Warum hingen diese Schlösser für einige Zeit an den

Truhen? Und warum waren sie weg, als Osmala die Truhen inspiziert hat? Ich möchte keinesfalls den Eindruck erwecken, dass die Leiche in der Truhe – sollte Johanna sie irgendwie bemerkt haben – in irgendeinem Zusammenhang mit mir stehen könnte. Es gibt keine Verbindung von mir zu diesem Mann. Johanna soll weiterhin glauben, dass mich der Besuch des Polizisten, Osmala, völlig überrascht hat.

Ja, dabei wird es einfach bleiben, das Ganze hat sich erledigt. Ich fühle mich heute wie befreit, gönne mir sogar einen Blick auf Lauras Wandgemälde. Die Erinnerung an sie wühlt mich auf, hebt einen Nebel vor meine Augen. Aber ich bin irgendwie auch auf seltsame Weise im Reinen mit allem, denn ich habe ihr ja gesagt, was ich für sie empfinde, habe ihr gesagt, dass sie wunderbar ist und dass sie mir etwas Unbekanntes, Neues offenbart hat. Klar, so reden Leute über die Liebe. Ich rede darüber, wie die anderen das auch tun. Nichts ist so wie die Liebe. Sie macht glücklich, verursacht Übelkeit, ist zugleich glasklar und diffus.

Laura hat recht gehabt mit dem, was sie sagte. Wenn ich mir den Park so ansehe, sieht alles gut aus. Es kann gelingen, den Park zu retten, zumindest bin ich nah dran.

Ich bin ziemlich durch den Wind, empfinde gleichzeitig alles Mögliche, aber vor allem eine Art triumphaler Erleichterung, während ich durch die Eingangshalle gehe, um die Türen zu öffnen. Draußen steht die Sonne tief, sie scheint für Anfang Oktober sehr hell und stechend. Ihr Licht bricht an den Fenstern, wird zerschnitten und gefiltert und erzeugt Quadrate und Rechtecke am Boden der weiten Halle. Hinter den Türen sehe ich schon die Menschen, die Schlange stehen. Das ist neu, dieser Andrang bevor wir öffnen. Ich betätige den Hebel an der Wand, die Glastüren gleiten zur Seite. Ich wünsche den Besuchern einen guten

Morgen, heiße sie willkommen. Ein recht großer Mann tritt ein, er kommt aus dem Gegenlicht auf mich zu. Ich erkenne ihn. Und meine Erleichterung verfliegt. Es ist, als sei sie nie dagewesen. Ich ringe mich dazu durch, auch ihm einen guten Morgen zu wünschen, reiche ihm die Hand.

Osmala ist allein. Das registriere ich sofort, und ich begreife auch, warum. Wäre er hier, um mich festzunehmen, hätte er Verstärkung dabei. Es geht also um irgendetwas anderes.

«Störe ich?», fragt er. Eine seltsame Frage. Wer würde sich nicht ein wenig gestört fühlen, wenn andauernd ein Ermittler der Kriminalpolizei vor der Tür stehen würde.

«Keineswegs», entgegne ich. Ich habe wieder den Geruch von Zimtschnecken in der Nase und frage ihn, ob ich ihm Kaffee und Gebäck anbieten könne.

«Nun, das wäre ja ... aber ich stehle Ihnen nicht die Zeit?»

«Ich entscheide einfach, dass jetzt meine Kaffeepause beginnt. Ich bin ja Inhaber dieses Parks.»

Tatsächlich sage ich das mit einem gewissen Stolz. Osmala bemerkt es, das kann ich sehen. Ich lasse Venla am Service-Point allein. Sie scheint alles im Griff zu haben, leistet gute Arbeit. Osmala folgt mir in die Halle. Er bleibt stehen. Mit einigen Schritten Verzögerung bemerke ich es, drehe mich zu ihm um.

«Wäre es Ihnen recht, wenn wir doch nicht ins Café gehen würden?», fragt er. «Ich würde mir lieber diese Wände ansehen. Meine Frau hat darüber in der Zeitung gelesen.»

«Ja, sicher», sage ich.

«Aber lassen Sie mich Ihnen zunächst eine Aufnahme zeigen», murmelt er und schlägt das Heft auf, das er mitgebracht hat. Er entnimmt dem Heft einen Farbausdruck in DIN-A4, auf dem der Große abgebildet ist.

«Ist der mal hier gewesen?»

«Nicht dass ich wüsste. An einen Mann wie diesen würde ich mich erinnern. Er sieht ... ziemlich gefährlich aus.»

Osmala nickt, nimmt das Foto wieder an sich, legt es zurück ins Heft.

«Er ist in der Tat sehr gefährlich. Und Sie sind sicher, dass Sie ihn nicht gesehen haben? Vielleicht in Anwesenheit Ihres Bruders?»

«Absolut, nein. Wer ist das?»

Die Frage kommt von Herzen und ist aufrichtig. Ich weiß nichts über diesen Mann, kenne nicht mal seinen richtigen Namen. Osmala schließt die Augen, öffnet sie.

«Pekka Koponen», sagt er.

«Das sagt mir nichts.»

Osmala mustert mich nachdenklich.

«Nun, das hatte ich vermutet.»

«Hat dieser Koponen irgendetwas über unseren Park gesagt? Warum fragen Sie nach ihm?»

Das ist keine abwegige Frage. Ich bin Inhaber dieses Parks, ich muss so etwas wissen. Osmala scheint die Frage dennoch zu überraschen. «Ob er etwas über den Park gesagt hat? Nein. Solche Typen reden eher selten mit der Polizei ...»

Ich warte. Osmala hat sich ein wenig abgewendet, sieht an mir vorbei.

«Wie viele dieser Rutschen haben Sie hier?»

Ich folge seinem Blick. «Dreizehn.» Am Rutschberg erfreuen sich schreiende Kinder an der Schwerkraft.

«Ihnen ist sicher bekannt, dass eine Ihrer Mitarbeiterinnen mal für ein Wirtschaftsdelikt verurteilt wurde.»

Ich kenne Osmala schon ganz gut, durchschaue seine Taktik.

Er liebt Ablenkungsmanöver, um dann im geeigneten Moment abzuschließen, wie ein Stürmer, ein Torjäger, auf dem Fußballfeld.

«Davon habe ich Kenntnis, ja», sage ich. Natürlich könnte ich nachhaken. Das wäre normal. Einige dieser Nachfragen liegen mir auf der Zunge. «Wieso denn? Hegt die Polizei irgendeinen Verdacht?»

Osmala schreitet voran, langsam, mit schweren Schritten. Ich gehe an seiner Seite. Osmala blickt hinüber zur Krokodilbahn, die gerade lostuckert.

«Meines Wissens nicht», sagt er. «Sollten wir?»

Wir erreichen die Wand mit dem Frankenthaler-Gemälde, betrachten das imposante Bild. Mir geht durch den Kopf, dass ich die Künstlerin kenne und dass sie mir zugleich ein Rätsel ist.

Ich wäge meine nächste Reaktion ab. Auch die ist berechtigt, denn ich bin verantwortlich hier. «Ich weiß es nicht. Hat denn die Mitarbeiterin, von der Sie sprechen, Kontakte zu diesem … gefährlichen Koponen?»

«Nein», sagt Osmala. «Davon habe nun ich keine Kenntnis. Meine Frage wäre eher, ob Ihnen irgendwas merkwürdig vorgekommen ist. In Bezug auf diese Mitarbeiterin.»

«Nein», entgegne ich, ein wenig erleichtert über diese Information. Ich weiß nicht, wie ich reagieren würde, wenn Laura irgendwas mit dem Großen zu tun hätte. «Ich muss Sie eines fragen, im Vertrauen, aber ich leite den Park und will, dass alles gut …»

«Sie machen sich Sorgen», sagt Osmala.

«Selbstverständlich.»

«Die Polizei kommt hier vorbei, stellt merkwürdige Fragen, wühlt in den Kühltruhen herum …»

«Ja, richtig.»

Osmala sieht mich an. Aufmerksam. Dann läuft er weiter, zur nächsten Wand, Lee Krasner. Ich folge ihm.

«Ich verstehe Sie», sagt er. «Aber zu laufenden Ermittlungen kann ich Ihnen keine Auskünfte geben. Wie Sie sich vorstellen können, haben wir in alle Richtungen ermittelt.»

«Aber Sie sagten doch ...»

«Sie werden sich schon Ihren Reim darauf machen können», sagt Osmala. «Hätte ich meine Ermittlungen zu diesen beiden Personen abgeschlossen, wäre ich sicher jetzt nicht hier.»

Wir bleiben stehen.

«Ich will offen zu Ihnen sprechen», sagt Osmala. «Mein Interesse gilt auch Ihnen und dieser Malerin.»

Er nickt in Richtung der Wand mit dem Krasner-Motiv.

«Und auf alles, was ich Ihnen erzählt habe, hätten Sie auch selbst kommen können. Diese Konstellation ist ja recht interessant.»

«Konstellation?»

«Ein neuer Inhaber ohne jede Erfahrung. Eine Geschäftsführerin, die sicher einiges gelernt hat während ihrer Ehe mit einem hochkarätigen Betrüger. Ich würde sagen, dass ihre Verurteilung nicht ganz fair war. Sicher, sie hat das eine oder andere Dokument gegengezeichnet, aber ich weiß, dass es sich um einen geschickten Manipulator handelte. Wie Sie sicher wissen, haben wir diese Verbindung natürlich sofort gesehen und in unsere Ermittlungen einbezogen. Ob Ihre Mitarbeiterin, die Malerin, etwas vorhaben könnte oder ob sie Verbindungen zu Koponen hat.»

Ich konzentriere mich auf das Gemälde. Während Osmala gesprochen hat, sind die Farben intensiver hervorgetreten. Osmala zuckt mit den Achseln.

«Ihnen ist nichts aufgefallen. Es gab keinen Kontakt, keinen

Umgang Ihrer Mitarbeiterschaft mit Koponen oder wem auch immer ... persönlich, möchte ich sagen ...»

Osmala atmet tief ein, bevor er fortfährt.

«Persönlich bin ich froh darüber, das zu hören. Ich finde es großartig, wenn Leute den Absprung schaffen, ihren Kurs ändern, auf den richtigen Weg zurückkehren, ein neues Kapitel aufschlagen. Sehen Sie sich nur diese Wände an.»

Das tue ich, dazu muss Osmala mich nicht auffordern.

Krasner, Tanning, de Lempicka, Frankenthaler, O'Keeffe und Jansson. Es ist, als würde ich das alles zum ersten Mal sehen. Osmala fischt sein Telefon aus der Brusttasche, betrachtet das Display.

«Ich muss jetzt gehen», sagt er.

«Natürlich», sage ich, ohne den Blick von dem Gemälde zu nehmen. Es leuchtet, blendet mich.

«Diese Gemälde sind wirklich klasse. Tolle Arbeit.»

Osmalas Worte holen mich ins Hier und Jetzt zurück. Ich suche seinen Blick, begegne seinen Augen. Dann wendet er sich dem Ausgang zu.

«Was Ihnen hier gelungen ist, erfordert sicher viel mehr an Arbeit, als man sich vorstellen mag.»

Alles ist heller, bunter, kräftiger, meine Sinne sind verwirrend geschärft. Alles ist anders, obwohl sich augenscheinlich nichts verändert hat. Osmala ist weiterhin ein typischer finnischer Polizist, der die Mühen seiner Arbeit nicht scheut. Wir befinden uns immer noch im Abenteuerpark, an den Wänden prangen nach wie vor Lauras Bilder. Die geschärften Sinne sind das eine, noch wichtiger erscheint mir aber, dass ich das Gefühl habe, endlich wieder eins und eins zusammenrechnen zu können. Zum ersten Mal seit einiger Zeit stehen mir Gleichungen vor Augen, die keine einzige unbekannte Variable aufweisen.

«Das stimmt», sage ich.

«Am Wochenende komme ich noch mal mit meiner Frau hierher, um die Bilder anzusehen», sagt Osmala.

«Sie sind stets willkommen», sage ich und lächle, obwohl Osmala sich schon umgedreht hat und Richtung Ausgang läuft.

Ich bin diesem Polizisten in gewisser Weise dankbar. Wenn Sie wollen, lade ich Sie und Ihre Frau zu Gebäck und Kaffee im *Krummen Kuchen* ein. Das denke ich nur, spreche es nicht aus, denn das wäre aus mehreren Gründen nicht klug.

Osmala winkt mir noch mal zu, bewegt sich wie auf einem eigenen Gleis, während er einige Meter neben der Krokodilbahn entlangläuft. Dann verschwindet er hinter dem Rutschberg. Ich warte noch eine Weile, bis ich mich wieder den Gemälden zuwende.

Sie glühen, und ich stelle noch ein paar Berechnungen an.

35

Die Berechnungen setze ich in meinem Büro fort. Ich öffne das Kreditverwaltungsprogramm der Bank. Auf den ersten Blick fällt nichts auf. Ich schiebe alle Daten in meine Excel-Tabelle und gehe die Kredite einen nach dem anderen durch und sehe recht bald minimale Veränderungen.

Der Saldo sinkt schneller, als der Wert der Kredite voraussetzen würde. Zuerst dezent, dann, sobald die Richtung klar ist, deutlich schneller, und dann rauscht der Saldo in den Keller. Am Ende subtrahiere ich die faktisch vergebenen Kredite vom Ausgangssaldo und sehe, dass die Hälfte des Geldes, das in die Kreditbank eingezahlt wurde, sich in Luft aufgelöst hat. Rund 125 000 Euro.

Natürlich hat es sich nicht aufgelöst. Es ist akkurat auf ein anderes Konto verlagert worden, und die entsprechenden Überweisungen wurden verschleiert. Es war nicht hochkomplex, ein paar Mausklicks haben ausgereicht für denjenigen, der die Methode kannte und wusste, dass er von den geringen Einzelsummen profitieren könnte. Die Gesamtsumme ist hoch, die einzelnen Darlehen aber sind in den meisten Fällen gering, einige liegen bei lediglich fünfzig Euro. Viele Kredite, viele Daten, viel Raum, um davon abzulenken, dass unter dem Teppich ein riesiges Loch klafft.

Leider kann ich mit Hilfe der Software nicht nachvollziehen, wo das Geld geflossen ist, aber da ich das Ganze endlich durchschaut habe, werde ich schnell fündig auf den Kontoauszügen.

Diese legen unmissverständlich offen, wofür das Geld ausgegeben wurde. Für, so heißt es explizit, Beratertätigkeiten. Da steht es. Die Bankdaten des Empfängers sind für alle Überweisungen identisch. Das erleichtert einiges. 125 000 Euro. Investiert in «Beratertätigkeiten».

Ich lehne mich zurück. Es ist offensichtlich, dass man nur halbherzig versucht hat, das Ganze zu verschleiern. Ziel war es, Zeit zu gewinnen, die Aufdeckung zu verzögern, vielleicht auf einen Zeitpunkt, zu dem ich es herausfinden sollte. Aber mir wird noch etwas anderes klar.

Jemand hat davon gewusst. Vielleicht vom ersten Tag an oder zumindest ziemlich früh. Vermutlich seitdem ...

Genau.

Die Situationen stehen mir wie Fotos vor Augen, die ich vor langer Zeit gemacht, aber heute erst entwickelt habe. Die erste Begegnung mit Eidechse ... Mitarbeiter, die reinkamen und mich so aus der unangenehmen Situation befreiten. Wie sie ihre Blicke haben wandern lassen, wissender, als ich dachte. Wenig später habe ich allen die Idee mit der Kreditbank vorgestellt, plötzlich war Geld da, Kapital, das ich selbst verschleiert hatte. Eine der mitwirkenden Personen konnte ich nicht täuschen, nämlich die, die für die täglichen Berichte zuständig war. Ich hatte alle Mitarbeiter zügig eingearbeitet, um möglichst schnell viele Kredite vergeben zu können. Wer Erfahrung mit finanziellen Grauzonen mitbrachte, und sei es nur durch dubiose Machenschaften eines Lebenspartners, konnte durchaus aus dem von mir etablierten System Interessantes entdecken. Und spätestens, als in der Kühltruhe des Cafés etwas entdeckt wurde, was dort nicht hingehört, werden sich auch die zweifellos inoffiziellen Folgen meines Handelns erschlossen haben.

Mit anderen Worten: Es war durchaus möglich, durch genaues Hinsehen die richtigen Schlüsse aus meinem Verhalten zu ziehen. Um sie sich dann zunutze zu machen. Es war vorherzusehen, dass ich nicht darauf aus sein würde, Osmala hier rumschnüffeln zu lassen. Es war auch klar, dass ich gezwungen sein würde, stillzuhalten und in der Bilanz der Kreditbank eine kreative Begründung für das versickerte Kapital zu finden. Das hätte ich dann mit Hilfe der doppelten Buchführung bewerkstelligt, von deren Existenz der Täter sehr wahrscheinlich Kenntnis hatte, und falls nicht, erahnte er aufgrund eigener Erfahrungen, dass es eine solche geben könnte. Und schließlich wusste die Person auch, dass das Geld, das sie stahl, letztlich bereits gestohlenes Geld war. Oder besser: Geld, das es letztlich offiziell gar nicht gab.

Deshalb wusste sie auch, dass ich klug genug sein würde zu schweigen – selbst wenn ich irgendwann begreifen sollte, was mit den 125 000 passiert ist.

Während ich all diese Überlegungen anstelle, hat mein Herz begonnen, deutlich härter und lauter zu schlagen, und ein kühler Sturm bahnt sich an in meinem Innern. Ich betrachte noch einmal die Zahlen, die Resultate. Mathematik ist absolut unbestechlich. Immer der Wahrheit verpflichtet. Die Wahrheit ist: Ich wurde reingelegt. Und das ist nicht alles. Es fühlt sich an, als hätte die Wahrheit scharfe, kalte und mir sehr bekannte Nägel, die nur allzu bereit sind, mir weh zu tun. Ich betrachte wie gebannt die Zahlen. Der Sturm schwillt an, die Nägel graben tiefer.

Und dann gebe ich auf, lasse den Sturm losbrechen.

ZWEI WOCHEN SPÄTER

Gegen Mittag füllt sich der Parkplatz. Dem Lärm und dem Gewimmel im Park nach zu urteilen könnte es für uns der beste Sonntag werden. Oder der beste Tag überhaupt in diesem Jahr. Die Ticketverkaufszahlen liefern den Beweis: Es ist unser erfolgreichster Tag. Einerseits ist das für mich persönlich und finanziell ein Erfolg – wenn es so weitergeht, werden wir uns viel früher erholen als gedacht. Andererseits eile ich von einer Krisensituation zur nächsten.

Allein in der vergangenen Stunde gab es eine ganze Reihe von Zwischenfällen: von einem verstauchten Handgelenk über gefälschte Eintrittskarten und einen durch Kaugummi verursachten Stau auf einer der Rutschen bis hin zu zwei zankenden Müttern, die erst aus dem Park und schließlich bis zu ihren Autos eskortiert werden mussten.

An einem dieser Autos stehe ich jetzt, an diesem wolkenlosen, kühlen Oktobernachmittag. Ich kann sogar noch eine der Frauen in ihrem Fahrzeug fluchen hören, und dann erhalte ich eine Nachricht aus dem *Krummen Kuchen.* Kurz und auf den Punkt. Von Johanna würde ich auch nichts anderes erwarten. Die Mutter im Auto zeigt mir gleich zweimal den Mittelfinger: einmal beim Rückwärtsausparken und noch einmal, als sie das Gaspedal durchtritt.

Ich finde Johanna in ihrer blitzsauberen Küche. Alle Mitarbeiter sind in Bewegung, zielorientiert, das überrascht mich nicht. Unter Johannas Leitung läuft dieses Café wie ein Uhrwerk. Sie sieht mich, nickt mir zu. Die furchtlose, beinharte Triathletin. Der Ironman kann kommen. Das war mein erster Eindruck von ihr, und er hat sich nicht verändert. Ich habe noch kein Gespräch mit ihr geführt, das über einige Worte hinausgegangen wäre. Bisher war das einfach nicht nötig. Auch jetzt scheint alles in der Küche im harmonischen Gleichtakt abzulaufen: die Öfen, die Fritteusen, beide Geschirrspüler, die große stählerne Knetmaschine, so groß wie ein kleiner Betonmischer. Auf den ersten Blick sehe ich nichts, wobei ich ihr helfen könnte. Bevor ich etwas sagen kann, deutet sie auf einen der hohen Hocker.

«Setz dich», sagt sie. «Wir müssen reden.»

«Okay.»

«Achtzehn Minuten», sagt sie und schiebt ein Blech Croissants in den Ofen. Sie erinnert dabei an eine Curling-Spielerin, eine besonders gute, schnelle, präzise Curling-Spielerin. Sie knallt die Ofentür zu und wirft einen Blick auf ihre Smartwatch. «Das sollte reichen.»

Ich bin nicht sicher, ob sie sich damit auf die Croissants oder die voraussichtliche Länge unseres Gesprächs bezieht, also bleibe ich einfach sitzen und warte. Zum zweiten Mal innerhalb weniger Wochen befinde ich mich im Wettlauf mit der Zeit und dem Gebäck in einem Ofen.

«Dir ist sicher aufgefallen, dass etwas fehlt», sagt sie, und ich meine sie dabei in Richtung der Tiefkühltruhe nicken zu sehen, ganz sicher bin ich mir aber nicht. «Alles, was du wissen musst, ist Folgendes: Du musst dir deshalb keine Sorgen mehr machen.»

Jetzt bin ich mir vollkommen sicher. Zu einhundert Prozent.

«Danke», sage ich zögernd. «Also ... danke für die Chickenwings.»

«Wie gesagt, ich sollte eigentlich dir danken. Aber es fehlt ja noch etwas, nicht wahr?»

Das geht alles etwas zu schnell, denke ich. Andererseits, falls Johanna ohnehin schon Bescheid weiß ... die Sache mit der Kühltruhe deutet darauf hin, dass sie vielleicht sogar mehr von all diesen Ereignissen begreift als ich selbst. Ja, doch, eine schnelle Analyse der Gesamtsituation lässt mich ahnen, dass es so sein muss.

«Einhundertfünfundzwanzigtausend Euro», sage ich.

«Irgendwelche Theorien dazu?»

Das geht mir schon wieder zu schnell, aber da sie sich über die Grundlagen bereits bestens informiert zeigt, schlussfolgere ich, dass ich ihr meine Theorie vorlegen darf. Denn das ist alles, was ich habe. Eine Theorie.

«Sie war es», sage ich. «Laura. Ich kann nur raten, wann das alles angefangen hat, aber ich denke, ich bin nah dran. Als diese beiden Männer hier waren, hat sie den einen, den ich Eidechse nenne, erkannt. Vielleicht war er ein Bekannter ihres Ex-Manns. Ihres Ex-Manns, dem sie eine Haftstrafe zu verdanken hat. Laura hat gesehen, dass der Park in finanziellen Schwierigkeiten steckt, vielleicht ist ihr das schon aufgefallen, als Juhani noch gelebt hat. Dann hast du in der Kühltruhe den Mann gefunden, den ich dort ... zwischenzeitlich verstecken musste. So, wie Laura von dir sprach, und so, wie sie dich ihre Tochter betreuen ließ, musstet ihr euch nahestehen. Ich denke, ich weiß sogar, wo und wann ihr euch kennengelernt habt.»

Ich halte inne. Johanna schweigt. Mit anderen Worten: Sie streitet nichts ab. Also fahre ich fort.

«Vielleicht hat eine von euch den Mann in der Truhe wiedererkannt. Dann erzählte ich Laura von meiner Idee mit der Bank, den Darlehen. Da sie die Finanzen des Parks kannte, wusste sie, dass wir kein Kapital haben. Das Geld musste also von außen kommen, und da ihr klar war, mit wem ich es zu tun hatte, war ihr bewusst, dass es schmutziges Geld sein musste. Den Umgang mit der neuen Banking-Software lernten alle. Sie kennt sich außerdem recht gut damit aus, bestimmte Zahlungen unbemerkt abzuwickeln und dem Ganzen den Anschein von Legalität zu verleihen. Sie wusste, dass ich die Zinsen von Inkassobüros für unfair halte und dass ich mich nicht an Osmala wenden würde, den du sofort erkannt hast, so viel ist sicher. Sie vertraute darauf, dass ich irgendwann den Stecker ziehen würde. Dann musste sie nur noch sicherstellen, dass es keine Verbindung zwischen ihr und dem Park mehr gab. Laura hat sich das Geld genommen, und jetzt ist sie weg.»

Johannas Gesichtsausdruck ist unverändert. Sie wirft einen Blick auf ihre Smartwatch, ein kurzes Zucken fährt über ihre Lippen. Zum ersten Mal sieht sie in meiner Gegenwart besorgt aus. Vielleicht hat sie Angst, dass die Croissants zu viel Hitze abbekommen. Nein, eher nicht. Es ist etwas anderes.

«Nein», sagt sie.

Sie sieht mir direkt in die Augen.

«Es ist nur eine Theorie ...»

«Das meine ich nicht», sagt sie.

Die Geräte summen vor sich hin. Ihr sanftes Surren ist das einzige Geräusch in der Küche.

«Du hast recht», sagt sie. «Sie wusste, woher das Geld kam. Und dass der Park in Gefahr war. Nicht nur der Park, auch du. Sie wollte dem Park und dir helfen, aber als dieser Ermittler auftauchte, musste sie auf Distanz gehen. Den Ermittler habe ich wiedererkannt, da hast du vollkommen recht.»

«Aber als ich gesagt habe, dass sie das Geld genommen hat, hast du verneint.»

«Weil deine Theorie falsch ist», sagt sie. «Sie hat das Geld nicht gestohlen.»

Von all den unsinnigen Aussagen, die ich in jüngster Zeit gehört habe, ergibt diese am wenigsten Sinn. Ich versuche mir andere Szenarien auszumalen, andere Abläufe, aber viel fällt mir nicht ein. Genau genommen gar nichts. Johanna muss ahnen, wie erfolglos ich mir den Kopf zerbreche.

«Sie hat das Geld nicht veruntreut», erklärt Johanna. «Sie hat es genommen, um den Park zu retten. Es liegt bereit. Im Moment werden die Finanzen des Parks von gewissen Akteuren immer noch aufmerksam beobachtet.»

Damit meint sie natürlich Osmala. Die polizeilichen Ermittlungen dürften bald abgeschlossen sein. Aber das ist nicht der Grund dafür, dass ich mich fühle, als würde die Welt um mich herum verblassen. Ich höre weder den Lärm aus dem Park noch die Küchengeräusche, nur mein eigenes Herz kann ich schlagen hören und das Rauschen meines Blutes.

«Mal angenommen, das sei so passiert ...»

«Ist es.»

«Warum sollte sie ... das alles auf sich nehmen?»

Johanna sieht jetzt nicht mehr wie eine Triathletin aus, die den Ironman meistert, sondern eher wie die Siegerin, die zäheste von allen.

«Du willst wirklich, dass ich es dir sage, ja?»

«Ich versuche nur, zu verstehen, was das alles ...»

«Sie liebt dich.»

Die Straße führt leicht bergan. Der Abend ist dunkel, der Himmel klar. Ein paar Sterne sind bereits zu sehen. Ich laufe immer schneller und mache dabei allerlei Beobachtungen, die eigentlich nur zur Ablenkung dienen, und das weiß ich auch. Ich biege in die kurze, gebogene Straße ein, die zum richtigen Wohnblock führt. Ich betrachte die Umgebung und denke, dass das wirklich eine schöne Gegend ist, gut gelegen, nicht weit vom Naturschutzgebiet entfernt, solide Bauqualität, verlässliche und stetige Wertsteigerung der Immobilien durchaus erwartbar. Die Gebäude stammen aus den 1950ern, Funktionalität war das Hauptanliegen bei ihrer Erbauung.

Tatsächlich ist es ein Haus aus den 50ern, das ich suche, ein gut erhaltenes, wunderschön am Hang gelegenes mit toller Aussicht über die Bucht auf der anderen Seite. Die Wohnungen dürften ein bis drei Schlafzimmer und praktische, zweckmäßige Grundrisse haben. Logisch, rational, schön ...

Dann steht mir plötzlich so klar wie der Abendhimmel die Erkenntnis vor Augen, dass ich mich nicht länger ablenken kann und werde, nicht eine Sekunde länger. Es reicht auch nicht mehr aus, logisch und rational zu sein. Da muss mehr kommen. Was genau das sein soll, weiß ich noch nicht, aber es fühlt sich an, als müsste ich etwas loslassen, etwas, woran ich zu lange und wie mit eingefrorenen Fingern festgehalten habe.

Ich stehe vor einem schwach beleuchteten Hauseingang im Osten von Helsinki und drücke auf die Klingel. Sonntagabend in der Vorstadt. Die Vögel sind für den Winter nach Süden geflogen, es weht kein Wind, in der Ferne ist das Rauschen des Verkehrs auf den Straßen. Ich lausche der Stimme, die aus der Sprechanlage dringt. Eine junge Stimme.

«Wer ist da?»

«Mein Name ist Henri Koskinen.»

Stille.

«Wer ist da?», fragt die Frau mit der jugendlichen Stimme noch einmal.

«Henri Koskinen», wiederhole ich.

«Warum?»

«Warum ich Henri Koskinen heiße?»

«Was?»

Ich weiß nicht weiter. Gerade möchte ich fragen, mit wem ich denn verhandle, als es summt und die Tür entriegelt wird. Ich trete ein. Es gibt keinen Aufzug, also steige ich die Treppe in den vierten Stock hoch. Die Wohnungstür steht offen, und als ich recht schwungvoll die letzten Stufen nehme, sehe ich für einen Moment ein kleines Gesicht im Türrahmen. Das ist dann wohl ...

«Meine Tochter», sagt Laura Helanto. «Tuuli.»

Laura steht im Flur unter einer Deckenlampe, die ihr wildes Haar in Brand zu setzen scheint. Bildlich gesprochen, versteht sich. Tuuli versteckt sich halb hinter einer Tür zur Rechten. Als ich Hallo sage, verschwindet sie ganz.

«Komm rein», sagt Laura.

Ich trete ein, schließe hinter mir die Tür. Dann drehe ich mich um. Wir stehen uns gegenüber, in Laura Helantos Wohnung. Sie ist warm und gemütlich beleuchtet, der Duft von Lasagne steigt mir in die Nase. Genau so sollte ein Zuhause riechen, genau so sollte es sich anfühlen. Laura sieht mich an. Vermutlich wartet sie darauf, dass ich etwas sage.

«Ich habe heute mit Johanna gesprochen. Sie hat mir erklärt, warum du es getan hast.»

Laura wirft einen Blick über die Schulter, dann wendet sie sich wieder mir zu. Ich habe verstanden. Natürlich. In Hörweite von Tuuli werde ich nicht laut aussprechen, dass sie eine versierte Betrügerin ist. Dass sie es geschafft hat, sowohl die Polizei als auch mich in die Irre zu führen. Und dass sie mich beschützt hat, während ich eine Leiche versteckt und mich im Erhängen von Toten geübt und mit einer Reihe von Kriminellen angelegt habe. Kriminelle mit gefährlich gering ausgeprägter Selbstbeherrschung. Das alles ist Schnee von gestern. Eigentlich gibt es jetzt nur noch eines, was ich tun möchte.

«Und deshalb», sage ich, «wollte ich mich bei dir bedanken.»

Laura steht regungslos. Ich beginne mich zu fragen, warum sie so lange braucht, um zu antworten.

«Gern geschehen», sagt sie schließlich.

«Das ist noch nicht alles.»

«Nicht?»

«Nein.»

Wir stehen uns eine gefühlte Ewigkeit lang gegenüber, die Sekunden vergehen langsamer als sonst, und dann gelingt es mir endlich, den eisigen Griff, mit dem ich mich selbst umschließe, zu lösen.

«Seitdem ich dich kenne, fühle ich mich sehr unwohl in deiner Gegenwart», setze ich an. «Und das ist das Schönste, was ich jemals erlebt habe. Ich bin zu dem Schluss gekommen, dass dieses Phänomen sich auf mindestens drei Faktoren stützt. Erstens, du bist der schlaueste Mensch, den ich je getroffen habe. Du hast mich hinters Licht geführt, das hat noch nie jemand geschafft. Zweitens, deine Kunst lässt mich Dinge fühlen, die ich noch nie empfunden habe. Ich kann es nicht erklären und will es auch gar nicht. Drittens, du lässt mich die Mathematik vergessen. Natürlich nicht immer, das wäre auch nicht gut fürs Geschäft und würde unser aktuell vielversprechendes Wachstum vermutlich im Keim ersticken. Aber du lässt mich die Dinge in einem neuen Licht sehen. Du bringst mich dazu, mein Leben anders leben zu wollen. Oder zumindest weckst du in mir den Wunsch, den Schwerpunkt nicht mehr ausschließlich auf die Berechnung von Wahrscheinlichkeiten zu legen. Und jetzt denke ich gerade, dass es noch einen vierten Faktor gegeben haben muss, aber wie gesagt, du lässt mich die Dinge vergessen. Und auch das gefällt mir.»

Ich habe schnell gesprochen und großenteils andere Worte verwendet als die ursprünglich angedachten. Aber zu meinem Erstaunen meine ich jedes einzelne ernst. Laura lächelt, dann rollt eine Träne an ihrer Wange entlang. Nein. Doch. Sie tut beides: Sie lächelt, sie weint.

«Henri, ich kann aufrichtig feststellen, dass so was noch nie jemand zu mir gesagt hat.»

«Das ist noch nicht alles», sage ich.

«Nicht?»

«Nein.»

Ich gehe einen Schritt auf sie zu. In diesem Moment taucht Tuuli aus ihrem Versteck auf. Sie ist ziemlich klein und sieht ihrer Mutter sehr ähnlich.

«Du bist Henri Koskinen», sagt sie.

«Und du bist Tuuli», sage ich.

Das bringt sie zum Strahlen. Ich erwidere ihr Lächeln. Dann suche ich Lauras Blick, und mir fällt wieder ein, dass ich noch zwei Dinge erledigen muss. Das erste spukt mir schon seit dem Gespräch mit Johanna im Kopf herum.

«Ich liebe dich, Laura», sage ich.

Und das zweite ...

«Ich liebe dich, Henr ...»

Ich küsse sie, sie küsst mich, wir halten uns in den Armen. Könnte ich sprechen, würde ich ihr sagen, dass es die perfekte Gleichung ist.

Anmerkung zur Nutzung der Quellen

Die untenstehenden Schriften haben in die Arbeit an diesem Roman Eingang gefunden, auf freudvolle und nützliche Weise. Ich habe mich der Weisheit dieser Werke künstlerisch frei bedient. Für Fehler oder Missverständnisse bin ausschließlich ich verantwortlich. Wie auch für diese ganze Geschichte, die ich – auch das sei an dieser Stelle ausdrücklich zugestanden – von Anfang bis Ende frei erfunden habe.

Gigerenzer, Gerd: Risiko. Wie man die richtigen Entscheidungen trifft. Bertelsmann, 2013.

Holopainen, Martti: Tilastomatematiikan perusteet. Otava, 1992.

Laininen, Pertti: Todennäköisyys ja sen tilastollinen soveltaminen. Otatieto, 2001.

Salomaa, J. E.: Arthur Schopenhauer. Elämä ja filosofia.
Werner Söderström Osakeyhtiö, 1944.

Schopenhauer, Arthur: Kuolema ja kuolematon. Suomentanut ja johdannolla varustanut Eino Kaila. Arvi A. Karisto Oy, 1919.

Schopenhauer, Arthur: Pessimistin elämänviisaus. Valittuja lukuja Schopenhauerin teoksista. Werner Söderström Osakeyhtiö, 1944.

Schopenhauer, Arthur: Taito olla ja pysyä oikeassa.
Eurooppalaisen filosofian seura, 2005.

Taleb, Nassim Nicholas: Der Schwarze Schwan. Die Macht höchst unwahrscheinlicher Ereignisse. dtv, 2010.

Taleb, Nassim Nicholas: Narren des Zufalls. Die verborgene Rolle des Glücks an den Finanzmärkten und im Rest des Lebens. btb, 2013.

Statistics Finland: The Statistical Yearbook of Finland 2017. Tilastokeskus: Suomen tilastollinen vuosikirja 2017. Tilastokeskus, 2017.